1 MONTH OF
FREE
READING

at

www.ForgottenBooks.com

By purchasing this book you are eligible for one month membership to ForgottenBooks.com, giving you unlimited access to our entire collection of over 1,000,000 titles via our web site and mobile apps.

To claim your free month visit:
www.forgottenbooks.com/free981169

ISBN 978-0-332-66500-9
PIBN 10981169

ARNALDO GAMA

A ULTIMA DONA

DE

S. NICOLAU

(Episodio da historia do Porto no seculo XV)

2.ª EDIÇÃO

LISBOA

PARCERIA ANTONIO MARIA PEREIRA

LIVRARIA EDITORA

5o, 52—Rua Augusta—52, 54

1899

Typographia da Parceria ANTONIO MARIA PEREIRA
Beco dos Apostolos, 11, 1.º — LISBOA

Aos seus verdadeiros amigos

Henrique Carlos de Miranda

Manuel de Sousa Carqueja

dedica

O autor.

I

O ARRUIDO

Já sentes comprida a noite
Qu'eu assim mandei fazer ?
Pois mais te quero dizer,
Que sentirás muito açoute,
Se ca quizeres vir ter.

CAMÕES.—*Amphytrião.*

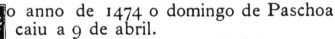o anno de 1474 o domingo de Paschoa caiu a 9 de abril.

A primavera, que principiára sem chuvas, e fresca sómente o quanto bastava para se differençar do estio, realçára com um tempo delicioso as sumptuosas festas da Semana Santa, celebradas na cathedral do Porto pelo bispo D. João de Azevedo.

Tinham sido verdadeiramente esplendidas aquellas solemnidades, e tanto que haviam assombrado e enchido de muitas invejas os bispos e cabidos, que d'ellas ouviram. Asseveravam os que haviam corrido mundo — e d'esses não havia então poucos no Porto — que nunca em Italia, nem mesmo em

Roma, tinham assistido a funcções como as que o
bispo D. João celebrára aquelle anno, desde a Quar-
ta-Feira de Cinza até á primeira oitava da Paschoa,
ou *dia do sermão,* como então se dizia. O natural
brio dos cidadãos do Porto e a tendencia que sempre tiveram, para dispender em festejos magnificos,
exultava portanto com a satisfação do orgulho verdadeiramente justificado. Não se fallava de outra
cousa, não havia para que pretender recordar outros factos. O entono d'aquellas grandes festas fizera deslembrar ainda os casos mais graves e chegára até a apagar totalmente a inquietação em que
andára até alli a cidade, em razão de acontecimentos importantissimos que lhe estavam impendentes.
Por um lado, a saude cada vez mais precaria de
Henrique IV, rei de Castella, ameaçava para muito
breve a guerra da successão, á qual Portugal já de
maneira alguma se podia esquivar [1]; por outro, o
tabellião Lourenço Annes estava a acabar o seu
tempo de alcaide pequeno, e era mais que provavel que o rude e soberbo alcaide-mór João Rodrigues de Sá, neto e em tudo descendente do famoso
Sá *das galés,* renovasse então a contenda capri-
chosa que tivera havia dois annos com a cidade
ácerca da nomeação d'aquelle official publico [2].
Estes dois acontecimentos imminentes eram deveras de valor incalculavel para o Porto, já como a
primeira terra commercial portugueza e uma das
mais commerciaes da Europa d'essa epocha, já
como cidade heroicamente ciosa como nenhuma outra, dos seus fóros, privilegios e liberdades. A satisfação, porém, do orgulho inspirado pelas festas
do bispo accendera por tal maneira os animos,
que chegára a escurecer estes graves incidentes de
tão proximo futuro e que tanto implicavam com os
interesses commerciaes e com o innato e brioso es-

[1] Vide nota I.
[2] Vide nota II.

pirito liberal, que tão ardentemente inspirava os portuenses de então.

Aos ultimos dias de abril um acontecimento inesperado e nunca até alli succedido, transmudou de subito golpe esta jubilosa e airada situação.

A primeira armada das que annualmente o Porto costumava[1] enviar contra os piratas da Andaluzia voltou aoDouro sem ter preenchido o seu fim, porque os andaluzes tinham-se acolhido a seguro, mal a presentiram ao mar. A estupefacção do desapontamento, o frenesi da zanga e o receio inesperado de males que por aquella maneira se costumavam evitar, invadiu impetuosamente os animos do povo. Os commerciantes calculavam cabisbaixos e tristes as despezas mallogradas da armada e os riscos a que os carregamentos ficavam sujeitos até d'ahi a tres ou quatro mezes, epocha da segunda expedição; a gente pobre que, ou de grado ou de força se tinha embarcado e que esperava, em galardão de tal sacrificio, trocar á custa dos piratas, os grosseiros vestidos de panno bristol e de panno antona por outros mais finos de londres e de ipre, raivava e vociferava desesperada por vêr d'aquella maneira illudidas as suas dulcissimas esperanças. Deante d'aquelles importantissimos contratempos, a lembrança das festas do bispo varreram-se do animo de todos da mesma fórma que o nevoeiro da manhã se varre de sobre o Douro ao primeiro sopro do leste, que investe de rijo com elle.

Para completar a infelicidade, as trovoadas de maio tinham chegado e com ellas o mau estar e a irratibilidade nervosa, resultantes da pressão da electricidade. Havia tres dias que o céo estava côr de chumbo, variegado apenas aqui e alli por pequenas nuvens de um branco acizentado que fuzilavam a espaços; o ar estava abafado e calmoso e, de quando em quando a chuva como que a escarnecer ou

---

[1] Vide nota III.

caía de subito em grossissimas pingas, ou cessava
de repente e na maior força d'aguaceiro. Ninguem
se entendia com aquellas pirraças meteorologicas,
que é bem de calcular o quanto acrescentariam de
zanga áquelles espiritos já por tão justos motivos
concitados.

Eram para mais de onze horas e meia da manhã
do derradeiro dia de abril. A esta hora Gomes Bochardo, bolseiro do bispo e almoxarife dos vastos
senhorios, que Ruy Pereira, senhor da terra de
Santa Maria [1] e um dos mais poderosos fidalgos da
epocha, possuia em Refoios de Riba d'Ave;—filho
de mãe portuense e de pae castelhano, mas já agora
cidadão do Porto por seu nascimento, saia da estalagem do Souto, uma das sete que a camara fizera
preparar, havia já annos, a convite d'el-rei D. João I [2],
e a passo grave e autorisado tomava pela rua fóra
em direcção do norte.

Era Gomes Bochardo homem de mais de cincoenta
annos de edade, de estatura meã, gordo, espadaúdo
e de apparencia de grandes forças. No rosto boche-
chudo e de côr apopletica luziam dois olhos pequenos e traiçoeiros, artisticamente vendados por um
certo ar de bondade hypocrita e de sisudez e gravidade que, á mingoa de melhor explicação, podiam passar rasoavelmente por indicios inequivocos
de grandissima covardia. Trazia o cabello crescido
até aos hombros e apartado ao meio, segundo o
uso de então. Vestia um saio de londres, comprido
á portugueza antiga e apertado na cintura por um
cinto de coiro branco com fechos de latão; calças
de antona verde, sapatos de cordovão branco esfrolado e barrete novo de ipre preto. No cinto trazia pendurado, sobre a direita, uma escarcella de
pelle de gamo, apespontado de vermelho; e da esquerda via-se-lhe solto um cutelo, arma terrivel de

[1] Vide nota IV.
[2] Vide nota V.

que faziam muito uso não só os peões, m3s até os cavalleiros d'esse tempo.

Gomes Bochardo era homem de prol e grosso em cabedaes, ganhos, dizia elle piedosamente, a muito trabalho seu e muito tento com a vida; amontoados á força de roubos e de muito abusar dos officios, bradava-lhe na cara e encarrancadamente a má lingua popular. Apezar, porém, de todas as suas riquezas, Bochardo era geralmente mal visto e odiado pela gente do Porto. Os seus officios de bolseiro do bispo e de almoxarife de Rui Pereira implicavam muito fundamente com a bolsa e com o orgulho portuense, para d'elles lhe poder resultar outros sentimentos. Debalde se empenhava o bom do homem em chamar amigo a todo o mundo, em affectar benevolencia e espairecer ares de sisudo e de bem comportado; o bolseiro do bispo via-se muitas vezes obrigado a fazer penhoras para receber as rendas da mitra, de que era arrecadador e thesoureiro, e d'ahi o odio do povo; e o almoxarife de Rui Pereira tinha acceitado ser *homem* de um nobre, ser serviçal de um fidalgo, e d'ahi o desprezo dos orgulhosos infanções democratas do Porto.

D'estes sentimentos, a d'elles não estar já desenganado, teria agora Bochardo, prova cabal e definitiva ao caminhar pela rua do Souto fôra. Aos cumprimentos e gestos cortezes, com que se inclinava ás senhoras visinhas, que estavam a charlar pelas portas, entretanto que os paes, os maridos e os amos jaziam repousando a sesta, retribuiam ellas em voz sufficientemente entoada, apódos e vaias insultuosas, e impando de desprezo provocador. *T'arrenego, bruxo, sapo-macho, antrecosto de carrapato, rufião, burrella parçudo sejas tu, excommungado nas egrejas*, e outros dicterios, acompanhados de gestos, de arremessos, de cruzes e figas, tal era toda a correspondencia da sua abemolada cortezania. Gomes Bochardo, como sisudo e prudente, e ademais por acostumado a taes salvas, fazia ouvidos de mercador, e continuava como que ás cegas, mas placidamente para a frente, cumprimentando sempre as visinhas, os cães, os gatos e até as soleiras das portas, com gravidade que demonstrava logo á primeira vista que era difficil de perturbar.

D'esta fórma atravessou elle pelo sitio, onde a rua das Flôres, que ainda então não existia, separa hoje a do Souto da dos Caldeireiros, e em seguida entrou n'esta, a qual e a Ferraria de Cima ainda n'essa epocha se chamavam ambas rua do Souto. A rua do Souto principiava então á esquina dos Pelames e acabava á porta da judiaria, a qual defrontava quasi com a porta do Olival, e ficava pouco mais ou menos, onde hoje é a cabeça da rua de S. Bento da Victoria.

Ao chegar a dois ou tres passos distantes do local, onde, do lado do norte, principia actualmente a rua dos Caldeireiros, Gomes Bochardo parou. Ahi a rua alargava-se n'um pequeno largo, que abria ao fundo n'uma viella chamada rua de Mend'Affonso, a qual levava, ao postigo das Hortas, junto do qual havia uma pequena capella de Nossa Senhora da Consolação, n'essa epoca propriedade da viuva Violante Affonso. Sobre essa capella fundaram os padres loios, dezesete annos depois, o seu convento, em razão do qual o postigo das Hortas, alargado e acrescentado por elles, se veiu a denominar porta de Santo Eloy.

Gomes Bochardo esteve aqui parado um minuto. Durante elle relanceou um olhar d'aguia para uma casa de modesta mas airosa apparencia, que fazia esquina para a rua da Ferraria ; depois enviezou um olhar surrateiro para uma officina de armeiro, junto da qual se achava ; como que hesitou um momento, e por fim entrou para dentro d'ella.

— Fernão Martins, amigo, onde é que sois? Sus, ouvide, homem de prol — bradou então, já no meio da officina e batendo as palmas de rijo.

— Olá, hó! Quem brada ? — ouviu-se dizer lá das

aguas-furtadas em voz varonil e desempenadamente
entoada.

— Descei... fazei mercê de descer — replicou Bochardo—Este sou... Gomes Bochardo, vosso grande
amigo e servidor...

— Tal sois? Ora, ieramá, aguardae se quizerdes
— respondeu de cima o armeiro, em voz de mau
modo e de quem não tinha engraçado com a visita.

Bochardo não desfalleceu com a descortezia do
acolhimento. Voltou-se para um cabide, onde estavam em amostra, umas couraças e gabinetes primorosamente acabados, cruzou as mãos atraz das costas, e poz-se a examinal-os, como entendedor que
aprecia a peça que pretende comprar.

Minutos depois o armeiro desceu da agua-furtada,
e entrou na loja pela porta lateral, que dava para ella.

Fernão Martins Balabarda, um dos melhores armeiros que havia no Porto, era homem de sessenta
annos de idade, alto, secco e reforçado. Tinha aspecto autorizado e severo, e usava barba crescida
e o cabello cortado á *chamorra* ; moda introduzida
no reinado de D. João I, e que, por diametralmente
opposta aos portuguezisssimos cabellos compridos
havia ja caido em desuso mas não tanto que não
houver-se ainda muita gente, sobretudo de certa
idade, que d'ella não fosse sectario. Trazia as mangas da camisa de estopa arregaçadas muito por cima do cotovello, até onde chegavam as meias mangas do gibão, o qual e as calças eram de bristol côr
de castanha. Do pescoço descia-lhe até abaixo dos
joelhos um avental de coiro, atado para as costas
por atilhos tambem de coiro. Nos pés trazia uns borzeguins de bezerro branco já velhos.

A dois passos da porta o armeiro parou, fincou
nos quadris os punho herculeos, e disse com o sobr'olho carregado e em voz secca:

— Que pretendeis de mim, Gomes Bochardo?
Fallae prestes, que estou de afogadilho e nada azado para muito parola.

—O' Santa Maria, meimigo,—exclamou Bochardo, juntando piedosamente as mãos — e eu que tinha tanto a dizer-vos, que hoje recebi recado de Rui Pereira com encommendas grandes e de pressa para vós !. . .

O armeiro bateu impaciente com o pé no chão.

— Por S. Barrabás ! — exclamou arremessando — que sempre ha de tér vosso senhor que mandar-me, quando mais atabafado sou de incumbencias ! Estou, jurami, para o enviar ao diabo. Ora, andae, ieramá, que ha ahi mais armeiros na terra...

— Ai, Fernão Martins, não digaes tal, que elle não vol-o merece, que é tão vosso amigo, que antes quizera perder as cincoenta mil dobras que a rua Formosa custou á cidade [1], do que mudar de official. . .

— Bem, dizei pois — interrompeu o armeiro com modo secco, e como quem se aquietava só pelo sentimento generoso de não parecer ingrato.

Gomes Bochardo espremeu as mãos com força uma contra a outra, tirou um estalo dos beiços, que alongára ao mesmo tempo, e disse em seguida :

— Bem sabeis, Fernão Martins, que Rui Pereira foi a Refoios com seus homens d'armas para haver reparação de certos desaguisados que aquelle ruim de Martim Ferreira fez em nossas terras, quando lá entrou em assuada... Pois, homem, tem havido arruidos e brigas que farte. Assim, quer o fidalgo que, além das encommendas que vos deixou, lhe façaes mais senhos arnezes, laudeis, couraças, solhas, fachas, espadas d'armas... emfim só por minha ementa vos poderei dizer quantas são.

— Pois andae, lêde, que vos ouço.

Gomes Bochardo deu lentamente dois ou tres passos mais para o armeiro, e disse como que a medo :

[1] Vide nota VI.

— Mas, homem, é que emfim... eu quizera tambem dizer-vos duas palavras sobre aquelle negocio do fôro do bispo... E isto melhor o dissera á puridade, que aqui... Bem vêdes que nos ouvem... Se o quizesseis, subiriamos a vosso aposento... e seria mais de proveito para nossa negociação...

O bolseiro parou. Fernão Martins cravou os olhos n'elle, hesitou um momento, mas por fim disse-lhe, voltando-lhe as costas e internando-se para dentro da porta, que levava para as aguas-furtadas.

— Ora andae, subi...

Gomes Bochardo, não esperou segundo convite. Lançou-se logo apoz o armeiro, e desappareceu juntamente com elle.

O leitor deve saber que Bochardo, ao dizer que eram escutados, não faliára sem motivo. Defronte do armeiro havia uma loja de alfaiate, á porta da qual estava, cosendo n'um gibão de fustão de Florença, uma rapariga de pouco mais de vinte annos, cujos grandes olhos, formosos e vivos, não desfitavam Bochardo com aquella semceremonia e insolente curiosidade, que é propria das mulheres do povo. Fôra até isto o que decidira o armeiro a favor da proposta do almoxarife do senhor da Terra de Santa Maria. Ao vêl-os desapparecer, a rapariga fez uma galante momice de contrariada, e relanceou umas poucas de vezes com visivel impaciencia, uma taverna, que havia pegada com a loja do armeiro, e á qual parecia estar de atalaia.

Oito ou dez minutos mais tarde, saiu do interior da casa para a bodega uma outra rapariga, egualmente formosa, que chamou logo com um psiu a attenção da visinha, e lhe fez uma airosa mesura como a agradecer-lhe, arremessando-lhe ao mesmo tempo um beijo com as pontas dos dedos.

— Psiu... psiu, Ignez Pires; ouves? — disse a alfaiata para a outra, que, mal lhe fizera o gracioso aceno, voltára as costas para dar aviamento a seus afazeres.

Ignez Pires voltou-se, e acenou de lá com a cabeça em signal de quem prestava attenção.

— Sabes quem entrou agora ahi em casa do armeiro?

— Quem, menina?

— Gomes Bochardo, o bolseiro do bispo. E se visses o olhar que elle lançou alli para casa do bacharel! Ai! Alda Mendes... pobre moça! O trugimão anda por aqui com mau sentido n'ella.

— Ai, mana, que me dizes! — exclamou a outra, juntando as mãos, e vindo com cara de pasmo até á porta. — Pois tal se passa! Bem o dizia eu. Se aquelle mescão de Pero Annes, que é cabdel dos homens que Rui Pereira ahi deixou na estalagem do Souto, não faz al que passar e repassar na rua mil vezes; e hontem o Bochardo aqui andou todo o dia com elle, caminhando e parando, fallando á puridade, e vigiando a casa do bacharel...

— Jesus, mana, Jesus mil vezes!...

— E não haver, aramá! quem mate estes rufianaços! Ora sabe, menina, que até são ladrões tavolageiros, que dão tavolagem publica em seu quartel, e jogam o curre-curre a muitos dinheiros seccos e molhados[1]... Até hontem lá roubaram ao meu homem quatro corôas e dez grossos![2]... Chorei toda a noite!...

— Abrenuncio! T'arrenego! — exclamou indignada a alfaiata. — Não ha justiça na terra, que assim fazem sua vontade, e o senado deixa-os viver na cidade contra nossos privilegios...

— Ai, mana — atalhou Ignez — por vida tua!... É que os beleguinaços estão como viandantes e não como homens do fidalgo. Assim m'o disse o meu homem. Mas andar, muitieramá, andar, que lá diz o ditado que tantas vezes vaé o cantaro á fonte 'té que quebra, e o que não se faz na Santa

---

[1] Vide nota VII.
[2] Vide nota VIII.

Luzia, far-se-ha n'outro dia; e juro a Deus! que se elles não restituirem o dinheiro ao meu homem, hão de sentil-o. Que não é elle para que lhe façam o ninho atraz da orelha, como a perro sandeu encouchado. Que elle m'o disse, e sabe, Leonor, que este Pero Annes é filho de um tal Gonçaleannes, que no tempo do infante D. Pedro, por tratar deante d'elle de traidores os cidadãos do Porto, foi lançado da cidade, elle, sua mulher, e seus filhos até á quarta geração, com penna de serem açoitados na picota e depois enforcados se cá voltassem [1]. Ora o meu homem sabe o, e se lhe não derem o dinheiro, levantará tal arruido na cidade, que não fique ladrão d'estes...

Aqui Ignez Pires foi interrompida por um grande arruido de vozes e brados, que soaram de dentro da casa do armeiro; e logo este, pallido, com os labios descórados e os olhos brilhantes como duas centelhas, appareceu, aferrado a Gomes Bochardo, na loja, d'onde de prompto saltaram para a rua engalfinhados um no outro.

—A mim... a mim, ladravaz! A mim, rufião, marinello! A mim... a mim, gargantão!... — bradava o armeiro por entre os dentes cerrados, e a cada *a mim*, que soltava, era socco que te parto pela cara e pelo peito do bolseiro do bispo.

– Homem... pardiez! estae quedo... Olhae... vêde... Fernão Martins... homem, ensandeceste!... Corpo de tal!... Vêde... homem—balbuciava Gomes Bochardo, não fazendo outra resistencia mais do que anteparar-se, quanto podia, com os braços, forcejando ao mesmo tempo por desasir-se da presa de ferro do armeiro.

—A mim... a mim, bilhardão! —rouquejava este, continuando a fazer chover tremendo aguaceiro de murros e panazios em cima da cabeça do devotado Bochardo.

[1] Vide nota IX.

Ergueu-se logo grande berreiro da parte do mulherio da visinhança, que tinha sido concitada pelas vozes d'aqui d'el-rei, em que irromperam Ignez e Leonor, mal viram a desordem. Os homens despertaram da sésta, e lançaram-se impetuosos na rua. Mas o armeiro era geralmente estimado, e como ia de cima na contenda, ninguem tratou de a despartir, porque dos soccos, que choviam sobre Bochardo, não se julgavam perdidos, senão os que lhe não assentavam em cheio na cara.

Ergueu-se então temeroso alarido de vaias e apupos entre gargalhadas, uivos e assobios insultantes. O mulherio era quem alentava com mais calor a assuada. A ella, o armeiro redobrou de velocidade de movimentos. Gomes Bochardo começou a redemoinhar n'um verdadeiro turbilhão de pancadaria.

Então chegaram a correr, do lado da estalagem do Souto, cinco homens armados, uns de arnezes outros de saios de malha, bacinetes na cabeça, escudos embraçados, e espadas e punhaes nos cintos. Logo que foram avistados, muitos dos espectadores da contenda entraram, a correr, nas casas visinhas, e sairam logo armados de áscumas, de cutellos, de fachas, de chuços, e alguns com béstas, e dois ou tres com arcabuzes, e morrões accesos e promptos para fazer fogo.

Apezar d'isso, os recem-chegados approximaram-se audazmente dos dois contendores; mas nada mais fizeram, porque um apupo terrivel da multidão deu-lhes a conhecer que era perigoso o intervir de qualquer maneira na lucta. Aqui já Gomes Bochardo, desesperado de se poder soltar da presa do armeiro, tinha travado com elle arca por arca, e, como homem de grandes forças, sustentava agora airosamente o seu posto. Mas Fernão Martins não lhe era inferior em validez muscular, e tinha a vantagem de ser mais alto e mais desembaraçado de movimentos do que elle. Depois de alguns minutos de lucta indecisa, o armeiro conseguiu desaferrar o bolseiro de si, e, tomando-o pelo comprido cabello, revirou-lhe as ventas para o ar, e a saraivada de soccos recomeçou a cair por onde acontecia.

— Que tão honrado homem, como Gomes Bochardo, ande assim deshonrado a punhadas de um mal assombrado villão, cousa é que se não pôde soffrer! — disse então o mais dianteiro dos homens d'armas, que, pelo visto, parecia ser tambem o mais corajoso d'elles.

Um apupo temeroso foi a resposta d'aquella provocação, e logo algumas pedras cairam sobre os cinco escudados, que fizeram corpo, e metteram mãos ás espadas, adargando-se ao mesmo tempo com os escudos. Não se atreveram porém a desembainhar; e o povo soltou assombrosa gargalhada de escarneo.

Mas Gomes Bochardo tinha reconhecido aquella voz. Eram homens d'armas de Rui Pereira. Cobrou animo, revirou-se, e fazendo de subito um impeto de desesperado, procurou o cabo do cutello que lhe tinha corrido para a ilharga; arrancou-o, e ia a erguel-o...

Não o chegou porém a erguer.

II

O ECHACORVOS DA SÉ

Que grande homem, meu Lopes, admirado
Seu esforço me tem, sua prudencia !

Diniz — *O falso heroismo.*

Ão o chegou porém a erguer.

Ao mesmo tempo que os cinco escudados appareceram do lado da estalagem do Souto, assomou tambem á bocca do largo Paio Martins Balabarda, echacorvos da Sé e irmão do armeiro.

Era mais alto do que elle, secco, esguio e tão magro, que os musculos, grossos como cordas, levantavam-se em alto relevo na pelle escabrosa e tostada. Afigurava um esqueleto, mas um esqueleto dotado de forças quasi sobrenaturaes. A cara era uma extravagancia, uma anomalia, uma aberração de todas as leis da plastica. Era muito com-

prida, estreita, e, dos lados, chata por egual. Imagine o leitor uma superficie de mais de palmo de
comprimento e menos de meio palmo de largura ;
e n'ella duas sobrancelhas de espessura de um dedo,
dois olhos rutilantes do brilho que revela o homem
bulhento por natureza e pacato por estudo, um nariz de papagaio, e uma bocca rasgada e de beiços
finissimos, rodeada de uma barba preta, que chegava até meio do peito, e tão basta que alargava
para os lados como tufadissima vassoira, a que servia de cabo aquelle engoiado e estreitissimo fron-
tespicio.

Esta figura descommunal trazia na cabeça um
barrete de velludo preto, velho e coçado, enterrado
pelas orelhas abaixo, mas não tanto que occultasse
inteiramente a falta total da orelha esquerda. Vestia garnacha velha de bristol ruço, e calçava umas
botas de bezerro de grossa solaria pregada. Ao
pescoço trazia um alforge de panno de treu, do
bolso dianteiro do qual saiam para fóra a cruz e
meia duzia de contas de umas camandulas, que, a
julgar pela amostra, satisfariam a devoção capri-
chosa de qualquer santão africano. Na mão direita,
e pendurado de dois dedos por um argolão, bam-
boleava um enorme retabulo de S. Thiago com sua
caixinha, tudo feito de grossa taboa de castanho, e
orlado de solido brocal de ferro.

Duas palavras ácerca dos antecedentes d'este personagem, que bem nol-as ha de merecer ao correr
da novella.

Paio Martins Balabarda fôra desde creança teimoso, bulhento e muito amigo de vaganear e andar
a flaino, qualidades que sobejamente explicam a razão porque esteve mais de vinte vezes á morte de
coças de pancadaria, que levou de seu pae Martim
Balabarda, que fôra dos homens d'armas que o
condestavel trouxera do Minho, o que basta para
acreditar que não era muito para graças, nem muito
affeito a olhar a vida dos outros como cousa sa-

grada[1]. A mãe, attendendo-lhe ao caracter vaganão, e sobretudo para o trazer arredado do genio do marido, alcançou d'este que lhe comprasse um jumento, uma grade e quatro cantaros, e o fizesse, por castigo, aguadeiro ou *açacal*, como então se chamava[2]. Era o modo de vida mesmo ao pintar para o genio airado de Paio; mas o maldito jumento é que o não era para a condição teimosa d'elle. D'aqui resultou que ao fim de oito dias fez ao jumento o que Martim Balabarda, mais dia menos dia, lhe faria provavelmente a elle, a não ser o alvitre da mãe. Matou-o á força de pancadaria. Temendo-se então do que lhe resultaria da audacia de se apresentar, criminoso d'aquelle burricidio, diante dos olhos do ex-homem d'armas de Nuno Alvares Pereira, passou para além Douro, e fugiu para a Terra de Santa Maria, onde se alistou entre os homens de Rui Pereira, que era parente chegado do condestavel e neto d'aquell'outro Rui Pereira, que ajudou o mestre d'Aviz a matar o conde Andeiro[3]. Ao cabo de dezeseis annos — tinha elle trinta e um — voltou, e foi offerecer-se á camara para bésteiro do conto[4]. Houveram seus dares e tomares, se sim ou não o aceitariam; mas por fim resolveu-se a duvida a contento do supplicante, em razão de que, apezar dos privilegios, ninguem queria ser bésteiro do conto, e a offerta de Paio deixava portanto um mau logar de menos para preencher. A razão d'aquella hesitação fôra o ter Paio Martins voltado sem a orelha esquerda, e ser este desorelhamento um pouco desairoso para a corporação.

D'elle, comtudo, tal era a historia.

Rui Pereira fôra um dos que acompanharam os infantes D. Henrique e D. Fernando na desgraçada jornada de Tanger. Seguiu-o Balabarda, como seu

[1] Vide nota X.
[2] Vide nota XI.
[3] Vide nota XII.
[4] Vide nota XIII.

homem d'armas; e logo, no primeiro dia que desembarcaram em Ceuta, fez grande volta e arruido por causa do alojamento que lhe deram. Não contente com isto, quando foram processionalmente, nó dia seguinte, á nau capitanea buscar as bandeiras de Christo e de el-rei, pelo mesmo motivo se travou de razões com um anadel, e tal alarido fez e taes pragas jurou, que foi grande escandalo d'aquelle solemníssimo auto. Devassou-se de quem era o homem, e soube-se que era de Rui Pereira. Correu se este, e com razão, d'aquelle feito, e como já vinha azedo com elle por outras muitas que antes lhe fizera, pediu ao conde D. Pedro de Menezes, capitão de Ceuta, que lhe desse licença para castigar o seu homem com a penna que o *Regimento da guerra* impunha aos volteiros, que fazia arruidos por causa de alojamento etc. etc. Aprouve ao conde que fosse castigado; pelo que Paio Balabarda foi agarrado por força, e, apezar seu, desorelhado da orelha esquerda [1]. D'aqui ficou-lhe grande sanha e ódio contra Rui Pereira, de cujo serviço se despediu logo, passando, mal voltou ao reino, para o de Martim Ferreira, senhor de Ferreira, que d'aquelle era inimigo capital. Tal era a origem do desorelhamento, de que Paio nada se corria, e de que pouco tinha em verdade de que se correr, porque, bem considerado o caso, valia apenas, o mesmo que dizer que elle não era homem para graças, do que resultava mostrar-se verdadeiro filho de um d'aquelles destemidos, que ajudaram Nuno Alvares a defender heroicamente a independencia portugueza.

Paio Balabarda serviu de bésteiro até os cincoenta annos de idade, e durante este extenso periodo foi sempre o dianteiro em todas as voltas, arruidos e brigas, que houveram na cidade, cuja coragem e patriotismo representou com egual brio, todas as vezes que ella teve de dar homens a el-rei para os

[1] Vide nota XIV.

não poucos feitos d'armas importantes, que se acabaram durante este longo espaço de tempo. Ao fim d'elles deixou a ordenança, e, por conselho de seu irmão Fernão Martins, a quem estremecia e respeitava, metteu-se a echacorvos da Sé, logar que alcançou pela valia, que tinha seu sobrinho Vivaldo Mendes, com Affonso Esteves, bacirrabo [1] do bispo e seu granda valído. O officio já tinha decaido d'aquelle antigo esplendor primitivo. O echacorvos já não era o meio terrivel e brutal, de que se serviam os bispos para dizimar ás cegas a bolsa e os haveres dos habitantes do bispado. Já não podia prégar, nem excommungar, nem vender absolvições [2]. A ordenação affonsina tinha-o reduzido a pouco mais do andador actual, que d'elle deriva a origem. Assim mesmo Paio Balabarda, afóra achar-se já enjoado da bésta, aceitou-o pela razão referida. de mais a mais, a ordenação affonsina nunca foi rigorosamente posta em pratica: ora, se Paio Martins, ao infringir o *Regulamento da guerra*, não attendeu ás conveniencias da sua orelha esquerda, por elle ameaçada tão seriamente como se viu, que se lhe daria a elle agora da ordenação, de quem nem o proprio corregedor Gonçalo Camello fazia lá muito caso?

Com estas más qualidades de volteiro e de rixoso tinha Paio Martins em si outras excellentissimas, que de todo faziam desculpar aquellas. Era bom irmão, bom amigo, caritativo como poucos, generoso e cavalheiresco, justiceiro e inimigo de arbitrariedades. A esta ultima qualidade devia elle até a perda da sua orelha; porque reza a historia que, se elle fez barulho em Ceuta, foi porque o quizeram sacrificar a não sei que injustiça na repartição dos alojamentos. E' assim o mundo, e pelo ser é que o seculo XIX, o seculo do muito juizo, creou a scien-

[1] Caudatario.
[2] Vide nota XV.

cia das conveniencias. D'antes ainda haviam casmurros que teimavam em dirigir o carro social pelo
caminho direito; hoje vae elle por onde quer, e cada um vae apoz elle, sem tentar dirigil-o, mas dirigindo-se a si pelos torcicollos e, ás vezes, grandes
torceduras que elle faz. Por isso é que já não apparecem desorelhados.

Tal foi o personagem que embaraçou que Gomes
Bochardo erguesse o cutello, e o cravasse no armeiro.

Ao vêl-o arrancar da arma assassina, o echacorvos deu um pulo para junto dos dois contendores,
rodeou n'um relance o enorme retabulo, e fêl-o
cair uma, duas e tres vezes sobre as largas costas
do bolseiro. A' primeira Bochardo gemeu, e torceu-
se; á segunda, ficou derreado; e á terceira, caiu
estatelado no meio do chão, berrando como toiro
derribado n'um matadoiro.

— Justiça, que me matam! Soccorrei-me, homens!
Aqui... aqui de Ruì Pereira!

A estas vozes os cinco homens do senhor da
Terra de Santa Maria metteram mãos ás espadas
e aos punhaes, e aquelle que já se mostrára mais
affouto, arremetteu de adaga em punho contra o
echacorvos. Este relanceou-o com o olhar seguro e
terrivel do homem avezado a arruidos, fez pé atraz,
e rodeou o portentoso retabulo, que, n'um relance,
troou qual maça d'armas, sobre o bacinete do aggressor, ao mesmo tempo que a temerosa bota de
solaria pregada o apanhou com tal pontapé pela
barriga, que, a não ser o tonelete de ferro do arnez
que trazia vestido, era de certo uma vez homem.

Déra-se o primeiro golpe; estava portanto travada a contenda. Os homens de Rui Pereira rodea-
ram immediatamente Bochardo e o companheiro
derribado, acobertados com os escudos e com as
espadas desembainhadas em punho. O armeiro, ao
vêr aggredir o irmão, saltou de um pulo para dentro de casa, e reappareceu logo armado de uma
bisarma. O povo soltou um *mata* temeroso, e ia

a arremessar-se contra os aggressores, que seriam de certo despedaçados pelo foror e pela raiva popular, quando, por felicidade, chegou ao logar, onde estava o echacorvos, um homem já de idade, com uma gorra de velludo na cabeça, e com um pelote e mais vestuario de excellente panno, e todo farpado[1], que era o requinte do pintalegrismo da épocha. Acompanhavam-n'o outro homem tambem idoso e mais gravemente vestido, e dois outros armados de bacinetes, e cambazes, especie de saios de couro cobertos de laminas de ferro do feitio de solhas, razão porque se chamavam tambem *corpos de solhas* ou simplesmente *solhas*.

Fôra á custa dos esforços d'estes dois homens, que o velho pintalegrete lográra chegar até ao coração da contenda.

— Tendo-vos, homens, de par d'el-rei, tendo-vos! — bradou elle rijamente e estendendo os braços para o povo, como que para conter a torrente.

A multidão estacou. Aquelle homem era o tabellião Lourenço Annes, alcaide pequeno da cidade, geralmente estimado e bemquisto de todos. O outro era Fernão Vicente, escrivão da alcaidaria[2], e os armados dois dos esbirros ou homens jurados, que o concelho era obrigado a dar ao alcaide para fazer a policia da terra.

Os homens de Rui Pereira, incluindo o que fôra derribado pelo echacorvos, o qual já se pozera de pé, voltaram então as costas á multidão e partiram a fugir pelo Souto abaixo.

— Fernão Balabarda — continuou o alcaide — dizei homem, que arruido é este? Vós com essa bisarma e est'outros armados!... Ah! Paio, Paio — accrescentou, fitando o echacorvos, como quem d'elle suspeitava ser causa do arruido.

[1] Vide nota XVI
[2] Vide nota XVIII.

— Olhae, alcaide—replicou com mau modo o armeiro—aqui não ha para que achacar Paio...

— Então, pezar de mouros!...—bradou o alcaide, como quem não gostava da advertencia.

— Então, corpo de tal!—acudiu com egual recacho o armeiro, interrompendo-o—perguntae do arruido a esse mal assombrado mescão que ahi jaz derribado. Aqui não ha para que vos tornardes a outrem. E, por beelzebut! que estou...

E aqui o armeiro meneou ameaçadoramente a bisarma, fitando em Bochardo um olhar que chispava centelhas de indignação.

— Morra o bolseiro!

— Morra o trugimão!

— Uxte! sapo-macho!

— Arredar, arredar, dom alcaide, ou senão...

E a multidão fez um impeto temeroso que estreitou o circulo, que o alcaide e os seus homens, com o armeiro e o echacorvos faziam em torno de Gomes Bochardo, que o medo obrigava a portentos de equilibrio, apezar das insoffriveis dôres que o derreavam.

Lourenço Annes enfureceu-se com aquella falta de respeito, a quê não estava acostumado, por muito mimoso que era da benevolencia popular.

— A mim... a mim!—bradou então, vermelho até á raiz dos cabellos.—Corpo de Deus consagrado! De par d'el-rei, requeiro-vos...

A multidão soltou um brado temeroso.

— Arraial, arraial, por el-rei!—bradou com atroador alarido.

— Alcacer por sua senhoria!

— Mata, mata o falso!

— Morra o traidor!

E aqui um novo impeto quasi que fez bater o armeiro e o echacorvos, o alcaide e os seus homens cara com cara uns nos outros.

Bochardo, de cocoras, como estava, deu um salto prodigioso e acolheu-se para o meio d'elles. Nunca acrobata fez maior prodigio. A cólera popular estava em pontos de romper de todo os diques que a continham. Algumas áscumas já procuravam com affan chegar até ao corpo do bolseiro. O alcaide pequeno ia vêr matar a seus pés um homem sem lhe poder valer. Mais um segundo e tudo estava perdido.

Felizmente, porém, n'este repellão um dos amotinados pregára, sem o querer, medonho canelão no echacorvos. Este, segundo o seu genio, dementou com a dôr e tornou-se fulo de raiva. Revirou-se e assentou ás cegas tres ou quatro murros nos que achou mais a geito. Depois revolveu o terrivel retabulo, e bradou por entre os dentes cerrados:

—Arredar, arredar, marinéllos! Assim cuidaes que as minhas canellas são para pagar os feitos do bolseiro? Ah! perros!...

E dizendo, deu mais dois ou tres passos para a frente, sempre com o espantoso retabulo em velocissimo rodizio.

A multidão recuou, deixando diante de si praça de respeito.

—Fernão Balabarda, dizei vós, que fez este homem?—Acudiu então o alcaide, reconhecendo que lhe cumpria satisfazer de alguma fórma á ira popular.

O armeiro relanceou-o com olhar enviezado.

—E que quereis vós saber d'isso por agora, alcaide?—rosnou com mau modo.—Prendei-o que assim cumpre e tudo al é nada.

—Prender homem sem lhe saber culpa! Ensandeceste, armeiro. Fallae, bem vêdes...—replicou o alcaide, indicando a multidão com olhar significativo.

Fernão Martins bateu impaciente com o pé no chão; depois disse por entre os dentes cerrados:

—O rufião quiz peitar-me com o foro que pago ao bispo, a que lhe desse ajuda para haver á mão a sobrinha do bacharel de em frente... para o

perro do cabdel... dos homens de Rui Pereira...

A colera abafou aqui a voz do armeiro.

— Oh! Santa Maria!—exclamou indignado o alcaide, fulminando o triste Bochardo com um olhar
terrivel.

— E não esqueçaes que o ladravaz appellidou Rui
Pereira e não el-rei, como mandam os degredos de
sua senhoria [1],—rosnou o echacorvos, que estava a
cinco ou seis passos de distancia, como que de sen-
tinella á multidão.

— Morra! Morra!—bradou esta concitada pela
revelação do armeiro.

A tempestade principiava a encarrancar-se cada
vez mais medonha.

— Homens, ouvide—bradou então o alcaide—so-
cegae, que justiça vos será feita d'este aleivoso, segundo a ordenação. Avisae-vos, que não podeis fazer direito por vossas mãos e que ha ahi picota e
forca para quem se põe em logar das justiças d'el-
rei...

O alcaide chegára até aqui com o seu aranzel pa-
cificador e conseguira principiar a fazer impressão
na turba-multa, mas d'aqui não pôde passar. Cor-
tou-lhe a palavra uma mulher de mais de meia idade—baixa, grossa, vermelha até á raiz dos cabellos,
e de cara de verdadeira virago. Vestia uma fraldi-
nha de burel e um manteu de bristol vermelho,
com as pontas apertadas para o lado de traz sobre
a cinta; nos pés trazia umas balugas já esburaca-
das.

Saindo á frente da multidão, esta encarrancada
matrona fincou os punhos herculeos na cintura, e
cortou de chofre o eloquente discurso do alcaide,
bradando-lhe cheia de raiva:

— Que estaes vós ahi a dizer, alcaide? Por minha fé, que perdestes o sizo, Lourenço Annes.

[1] Vide nota XVIII.

Pois, iéramá, ha de ahi haver força e picota para os homens honrados, e fará sua vontade este grande aleivoso, falso, excommungado, este bolseiro da má hora, que rouba o bispo e o pobre do povo, que nos penhora, que nos prende, tudo para viver á barriga fôrra, e nós que choremos lagrimas de sangue, que paguemos para sua má vida, e ainda por cima que ouse deshonrar as barbas honradas de homens bons taes como Fernão Balabarda!... Olhae vós com que agora nos vem o enxovêdo! Isto não é para soffrer-se!

E, levantando no ar os dois ponderosos punhos, tomou folego, e continuou, voz em grita e cada vez mais furiosa :

— Que arrazoaes vós outros, pecos que sois? Justiça do povo, justiça do povo! Vêde que esse homem é castelhano, mau visinho e traidor á cidade. Corpo de tal! Foi elle, jurami. que avisou os andaluzas da partida da armada. Que esperaveis d'esse villão almoxarife do ruim de Rui Pereira, de que é serviçal? Ainda o largareis? Andae, andae, muitieramá, andae, que eu vos juro que se irá rindo, e fará de vós mau feito, a poder que possa e sendo em seu siso. Arreceae-vos dos feros do doudarrão do alcaide? Ai que moça que eu sou para me deixar atabafar das parolas d'este mau pezar! Vêde o que tirastes de vos pordes a peito com João Rodrigues por elle! Ah! homens, ha em vós pejo? Juro a Deus, que não! Tendes medo? Dae-o ao demo; que aqui está Mari'Affonso, enxerqueira das Aldas...[1]

E aqui a colera abafou-lhe a voz totalmente, e a enxerqueira ergueu os punhos cerrados ao alto, soltou um grito de panthera irritada, e por fim bradou em voz terrivel :

— Mata, mata o bolseiro do bispo. Morra o falso, o excommungado, o traidor castellão!...

---

[1] Vide nota XIX.

— Morra! — repetiu a turba-multa enfurecida.

E a onda popular arremessou o echacorvos e a enxerqueira de encontro ao alcaide e aos seus homens, que vinham com as lanças cruzadas, e auxiliados pelo honrado armeiro, descendo vagarosamente pela rua abaixo, e já tinham entrado muito avante por onde mais tarde foi a rua dos Caldeireiros.

Gomes Bochardo soltou um brado de supremo terror. O alcaide empallideceu. Tudo estava perdido.

Mas o animo generoso do echacorvos não soffria o assassinato do bolseiro. Muitos contra um! Ao esbarrar portanto de encontro ao irmão e ao alcaide, rumourejou-lhes tres ou quatro palavas com velocidade quasi egual á da electricidade. Depois tomou a enxerqueira pelo peito, bateu com ella de encontro á multidão, e logo arremetteu com esta a socco e a pontapés, e assim abriu caminho até um poial de pedra, que havia á porta do armeiro. N'um relance appareceu de pé em cima d'elle.

— Sus, homens e diabos! — bradou em voz de trovão — sus, que falla S. Thiago mata-mouros, que, apezar de ser appellidado por castellãos, é d'alma mais portuguez que vós outros, rufianaços, ladrões, excommungados...

E, dizendo, bateu rija palmada no retabulo, que levantou acima da cabeça, e ficou com o braço direito estendido e os olhos scintillantes pregados na multidão.

D'esta alguns homens, mal viram o echacorvos em pé sobre o paiol a fallar em S. Thiago, deslisaram-se surrateiramente por aqui e por alli, por onde poderam. A maioria ficou, mas voltou-se toda para elle, com visiveis symptomas de inquietação e mau estar.

E' que o echacorvos ia prégar um sermão, e se os sermões do echacorvos, prégados de cima de um poial de rua, em flagrante contravenção da lei, já

não obrigavam a bolsa do povo, como quando eram
prégados do alto dos pulpitos das egrejas, com assentimento e beneplacito dos bispos, ninguem comtudo gostava ainda agora de assistir a elles, porque
á força do caracter official e obrigatorio succedera
a força da má lingua e da coscovelhice, para amor-
daçar a qual, quando empregada por homens do
genio de Paio.Balabarda, não havia remedio senão
fazer das bolsas *bandeiras de paz e de amizade.*

Assim, os que puderam fugir logo, fugiram; e
d'ahi por diante a multidão foi adelgaçando cada
vez mais, porque das abas d'ella ia sempre retirando
gente á formiga.

— Vós todos já estaes a ferver nas caldeiras do
inferno—irrompeu por fim o echacorvos—em corpo
e alma, vestidos e calçados. Ah! bragantões! As
penas eternas do justo juiz estão já a estoirar em
riba de vós, herejes, scismaticos, excommungados!
Qual de vós, jurami, ouve missa a preceito? Dizei,
rufianaços? Tudo são bodos, tudo são folganças,
roubos, amasíos, traições..., e de temor de Deus
nem migalha! Ah! Mem Abril, grande parvo, que
estás tu a olhar para mim? Cuidas que te não sei a
vida, bilhardão? Como rima! Diz, que fizeste do coto
do gallo das trevas [1], que apagaste antes de tempo
nas festas do bispo, ladravaz? Foste bebel-o á bodega de Pero Bugalho, á porta do Olival, outro
tão bom como tu? Ahi és tu, homem de prol? Ai,
mano... Bem te lombrigo, Pero; não estejas a pôr
a cabeça a socairo do arcaboiço d'esse marinello,
que se põe em bicos de pés, para que eu te não
veja. Ah! ladrão! Que fizeste da taça de prata que
roubaste ao arabí Eleazar, quando foste á judiaria,
para que elle te guarecesse a cabeça d'aquella tormenta de pancadaria, que levaste de teu parceiro

---

[1] *Gallo das trevas ou vela Maria* era o nome que se dava
á vela mais alta das do candieiro triangular, que se usa accender no officio das trevas, na Semana Santa.

Nuno Baluga, quando lhe roubaste ao butir [1] aquelles oito cruzados da tua tavolagem, excommungado?
Já, vinde aqui lançar n'esta arquinha dois brancos [2]
cada um, para que S. Thiago mata-mouros vos tire
pelas orelhas para fóra das pennas do inferno, que
tendes merecido. Por isso é que querieis matar o
bolseiro, ladrões! Já, dois brancos aqui cada um,.
ou vou lá, e chanto-vos tal andada de couces que
a haveis de mentar toda a vida. O' Mari'Affonso,
grande velhaca, que estás ahi a rosnar, aleivosa? E
pensas que te não sei da vida, desavergonhada? Tu
inchas freama, e pões cebo em rim de carneiro, e
vendes pórca em vez de porco, e ovelha em vez de
carneiro... [3]

— Ladrão echacorvos, assim tu medres como fallas verdade, excommungado nas egrejas — rosnou a
enxerqueira, estendendo para elle o punho cerrado.

— Ah! hervoeira de má hora! — bradou o echacorvos em voz de trovão — E pias todavia! Se des-
pregas a lingua, grande aleivosa, olha que salto lá
que te faço em astilhas. Já para aqui, n'esta arca
de malfeitorias [4] — e dizendo batia na caixinha do
retabulo — já para aqui quatro leaes [5] d'esses que
levas roubados n'essa escarcella, ladravona.

— Quatro estocadas, quatro dardos, quatro den·
tadas, ladrão, fugidiço das galés! — exclamou a enxerqueira, ageitando sobre o hombro a alcofa, em
que trazia a carne — Mau pezar veja eu de ti, escommungado!

E dizendo, voltou-lhe as costas, e partiu, praguejando.

O echacorvos ainda continuou por algum tempo
a apostrophar insultuosamente a multidão, que continuava a retirar furtivamente por differentes dire-

[1] Vide nota XX.
[2] Vide nota XXI.
[3] Vide nota XXII.
[4] Vide nota XXIII.
[5] Vide nota XXIV.

cções. Por fim já poucos restavam. Paio Balabarda saltou então abaixo do poial, e correu com a caixinha por esses. Uns deram, outros não deram. Os que deram, não ouviram palavra, e os que não deram, fartaram-se de injurias.

Por fim dispersaram. Gomes Bochardo foi levado pelo alcaide ao juiz, e por elle mandado para a cadeia, que era a esse tempo, na rua Chã[1]. O armeiro, esse entregou a bisarma ao irmão, disse-lhe algumas palavras em voz sumida, e dirigiu-se para casa do bacharel. O echacorvos entrou então para dentro da loja, encostou-se a uma bigorna monstruosa, que havia no meio d'ella, e poz-se com toda a gravidade e socego a rebater com o conto da bisarma os pregos do retabulo, que haviam saltado com a bateria, em que girára esforçadamente.

[1] Vide nota XXV.

III

O PRECURSOR DA IMPRENSA

Tambem ha para *vos* posteridade.

BOCAGE. *Ode* III.

As amaveis leitoras d'este livro — se por ventura este meu livro tem leitoras — que, no pleno gozo de todas as commodidades da civilisação d'este seculo, desbaratam a regalada ociosidade, que Deus lhe concedeu, a lêr as farfalharias e futilidades romanticas da escóla franceza e seus imitadores, impressas em branco e assetinado papel e em typo primorosamente modelado, nem ao de leve imaginam de certo, que, antes que o amor da especulação e do lucro inspirasse a Guttemberg o grandioso invento, que tão nitidamente lhes porporciona a ellas o seu tão querido passatempo, haviam uns entes, ignorados, obscuros, sem nome, que passavam a vida inteira, a mocidade e a velhice, curvados sobre extensas tiras de pergaminho, co-

piando, copiando, copiando sempre livro após livro,
exemplar após exemplar, a fim de que as lucubra-
ções do sabio e as inspirações do genio pudessem
ser lidas e aproveitadas, não pelas multidões, que
para essas não bastavam elles, mas pelos mimosos
da fortuna e pelos favorecidos dos principes.

O *copista* foi o precursor da imprensa. Antes de
Guttemberg a imprensa era elle, porque era\elle
que fazia pelo trabalho manual, pela calligraphia, o
que hoje se faz pelo trabalho mechanico, pelos pré-
los. E' enorme a differença entre estas duas ordens
de trabalhos. Aquelle mal podia chegar a poucos ;
este chega, e ainda sobra depois de chegar para todos. Era o remo a par do vapor; era o coche de
posta a par do caminho de ferro. Mas ainda assim,
que immensos, que grandiosos não foram os serviços por elle prestados á civilisação universal — ao
principio, desaffrontado, livre, e festejado, nos tempos em que a Grecia e Roma foram senhoras ; depois enformado nas solidões dos conventos, quando
a barbaria dos povos germanos, passando por cima
da civilisação romana, cobriu a Europa com as trevas da idade media ; e mais tarde, outra vez livre,
outra vez desaffrontado e festejado quando o alvorecer da epocha do renascimento das letras produziu aquella sêde de estudo e de saber, para fartar
a qual eram poucos os sem numero de copistas, que
então pullularam na Europa ! Mal sabia Theodorico,
aquelle celebre abbade d'Ouche, que tanto contribuiu, no seculo IV, para o engrandecimento da calligraphia, o immenso valor que tinham as suas palavras, quando dizia aos seus monges : — «Escrevei,
escrevei ; que cada letra, que traçaes n'este mundo, é a remissão de um peccado no outro.» A não
ser o copista, aquelle automato-machina, áquelle
paciente e ignorado verme que ia roendo desaper-
cebidamente na obra do obscurantismo, a civilisação do mundo fôra por ventura impossivel. Foi elle
a espada de dois gumes, com que ella se defendeu

da barbaridade, que esmagou o imperio dos cesares, até o dia em que Guttèmberg a armou com a força omnipotente da imprensa.

N'esse dia o copista morreu. A sua missão estava cumprida. Abandonando a defeza da civilisação, entregava o campo a pelejador mais potente do que elle. A calligraphia sustentára até ahi brilhantemente o seu posto, e a mortalha, com que foi sepultada, era esplendida e magnifica. A arte do copista tocára o apogeu da perfeição. A letra era um verdadeiro primor calligraphico; e a illuminura tarjava os livros, e adonairava as iniciaes dos capitulos, e até dos paragraphos, com magnificas miniaturas, admiraveis, algumas pela correcção do desenho e todas pela finura das tintas, pela delicadeza dos traços e pelo imaginoso da invenção. N'esta epocha, a calligraphia estava tão empossada na perfeição, que d'ella já saia o optimo, o bom e o mau. E não nos estranhem o asserto. A arte é só exclusivamente perfeita no dia em que toca a perfectibilidade. Entretanto que se trabalha por chegar a esta, o mau é impossivel, porque o fervor não dá logar ao descuido; mas logo que ella se alcança, apenas nos apossamos d'ella, mal o conseguimento substitue o gozo ao trabalho, o optimo, o bom e o mau apparecem logo de mistura. Esta variedade não significa decadencia; demonstra a pósse segura e incontestada [1].

A arte do copista morreu assim. Tal era a perfeição, a que tinha chegado, que a imprensa ao nascer, não fez mais do que copial-a. Diga-se sem rebuço a verdade. Ao principio a imprensa não foi mais do que uma falsificação da copia; e o grande homem, a quem o mundo deve o mais potente motor da sua civilisação, não passava então de um miseravel falsificador. Quando Guttemberg abriu pela primeira vez em madeira as letras usadas pe-

[1] Vide nota XXVI.

los copistas, não tinha em vista a creação do poderoso irradiador da luz civilisadora. Mirava unicamente aos lucros de uma especulação, que bem se pôde chamar criminosa, porque tendia a illudir a boa fé dos seus contemporaneos. Como é de crêr, as obras dos copistas eram demoradas e por isso carissimas. Quem achasse portanto um meio mechanico, que reproduzisse rapidamente centenares d'aquellas copias, com tão perfeita imitação das manuaes, que aquellas fossem tomadas por estas, podia jactar-se de ter empolgado a fortuna, de ter achado a pedra philosophal. Tal foi o primeiro mobil da grandiosa inspiração, que fez brotar a imprensa da actividade do genio creador de Hans Gentfleisch de Solugeloch, conhecido em todo o mundo pelo nome legitimamente famoso de João de Guttemberg [1].

Ora aqui teem as leitoras quem foi o precursor, e d'onde dimana à origem da arte admiravel, que produz as paginas primorosas, em que ella lê as bugiarias romanescas, que deleitosamente lhe embellezam o ocio.

Em 1474 a imprensa ainda não tinha chegado a Portugal; e o copista, o paciente e incansavel operario da civilisação europeia, ainda reinava entre nós [2].

Vivaldo Mendes, sobrinho do armeiro do Souto, com quem o leitor acaba de travar relações um tanto ruidosamente, era n'essa epocha o mais afamado copista do Porto. Esta fama provinha-lhe não só de ser perfeito illuminador e admiravel calligrapho, mas tambem da sua qualidade de bacharel em *degredos* [3], que dava á sua pessoa grande autoridade litteraria. Era um homemzinho muito pequeno, magro, enfezado, de voz effeminada, e naturalmente acanhado e muito timido. D'estes defeitos provinha o não ter podido o bom do bacha-

---

[1] Vide nota XXVII.
[2] Vide nota XXVIII.
[3] Licenciado em canones.

rel dar carreira direita pelo caminho das letras; o que, reunido ao seu imperioso amor·pelo desenho e artes correlativas, tinha feito d'elle um copista.

Vivaldo Mendes tinha perto de cincoenta annos de idade. Era filho de uma irmã do armeiro e do echacorvos, a qual era muito mais velha do que elles. Como os tios, Vivaldo tinha tambem uma irmã, porém muito mais nova do que elle, pois tinha apenas trinta e cinco annos de idade. D'esta era filha Alda Mendes, formosissima donzella, que tinha na sua companhia.

Eil-o aqui está no seu escriptorio. Havia apenas meia hora que tinha jantado, e mal jantára, viera, segundo o seu costume, já n'elle quasi instincto, embetesgar·se na sua enorme cadeira de copista. Era esta uma especie de pulpito de pau de nogueira, com um alto espaldar, no topo do qual se alongava para a frente uma especie de docel, com as extremidades primorosamente entalhadas. Nas faces exteriores das paredes lateraes d'este quasi pulpito, viam-se, presos em argolas de metal amarello, quatro tinteiros de chifre, dois de cada lado, ponteagudos, compridos, e cada um com sua tinta de côr diversa. Na frente, o tal pulpito era aberto; mas á altura da cinta de Vivaldo, tinha uma taboa, á feição de meza de escrever, a qual se erguia, baixava ou abria por meio de certas molas, rijas bastantes para lhe dar a necessaria firmeza e consistencia. Sobre esta taboa via-se agora uma comprida tira ou *rotulo* de pergaminho, escripta até meio a tinta preta com as rubricas e iniciaes de formosissima purpura. A um lado estava o *estilo* ou ·penna de ferro, usada pelos copistas para escrever no pergaminho.

Dentro d'esta enorme cadeira ou banca, uma das mil milhares de variantes das bancas dos copista[1], a mesquinha figura de Vivaldo era como

[1] Vide nota XXIX.

uma areia n'um dedal; graças porém a um fartis-
simo mongil de grã rouxa, matizado aqui e alli de
pingas de tinta preta e de rabiscos de outras côres,
dentro do qual estava como que perdido o exiguis-
simo corpo, não fazia alli tão triste figura como
naturalmente devia fazer. Na cabeça tinha uma
touca de meyni, aconchegada até ás orelhas, por
debaixo da qual lhe fugiam os compridos cabellos,
os quaes juntamente com ella como que lhe enqua-
dravam o rosto, effeminadamente desbarbado. Os
pés tinha os mettidos n'uns pàntufos forrados de
lã, quentes e commodos.

De pé, defronte d'elle, e com a mão pequenina
apoiada na taboa-escrevaninha, estava uma formosissima menina, de dezesete annos apenas de edade, pequena, franzina e delicada de corporatura, e
cujos grandes olhos negros, franjados de pestanas
da mesma côr, rutilavam aquella deliciosa timidez,
que assemelha estes typos aos anjos. O cabello,
apartado ao meio, e preso por uma fita escarlate
que lhe rodeava a cabeça, caia-lhe solto, como a
donzella que era[1], pelas costas abaixo, e em compridos e longos anneis ao longo das faces. Rodea-
va-lhe o pescoço uma esclavagem[2] de bellas grana-
das e vestia um sainho[3] de meyni verde esmeralda
e uma fraldilha[4] de londres azul, rofegada de fes-
tos e cingida por uma faixa ou cingidouro de escarlate. A camisa, que se lhe afogava no pescoço logo
por debaixo da esclavagem, era de fina bretanha, e
terminava n'uma *gorgeira* ou colarinho bordado de
preto. Nos pés calçava uns chispos, sapatinhos muito
delicados, altos e de longos bicos, de carneira vermelha com lavores a preto.

Aquella linda e mimosa rapariga era Alda Men-

[1] Vide nota XXX.
[2] Uma das mil variedades que havia de collares.
[3] Especie de jaqueta comprida e larga; coisa assim a modo
dos actuaes *paletots* das mulheres.
[4] Saia.

des, sobrinha do copista. Se por ventura ha ahi algum erudito, que a tache de vestida com mais pompa, do que convinha á sua condição, saiba que era ella o beijamin dos tios, que com ella gastavam opulentamente, como quem a desejára trazer não só sobre as palmas das mãos, mas até sobre as proprias cabeças, se tanto lhes fosse possivel. Reza até a historia — o que pôde muito bem ser má lingua — que o echacorvos sisava o seu padroeiro S. Thiago, de cuja caixinha saiam para os vestidos e para os enfeites de Alda, mais de dois terços das offerendas, a que elle obrigava *torti colli* os devotos.

Alda, como eu já disse ao leitor, era filha de uma irmã do bacharel-copista, muito mais moça do que elle. O pae, esse era ainda a esse tempo mysterio, e como tal aguarde-se a continuação da historia para o descobrir. D'ella o que sei pelo entretanto é que Branca Mendes fôra até aos dezoito annos rapariga muito cabida e honesta. A este tempo teve aquella filhinha, quando a familia menos o esperava. O bacharel aceitou o facto como era de esperar da sua proverbial bondade. Chorou com Branca, e recebeu nos braços a sobrinha, que assim lhe caia, como que das nuvens, em casa. Emquanto aos tios, o armeiro e o echacorvos, então ainda bésteiro do conto, foi a coisa muito por outra maneira. Levantaram horrenda tempestade, quasi que estiveram para matar a sobrinha, e, como viram que o bacharel lh'a defendia com esforço que lhe era sobrenatural, e de que só d'esta vez deu signaes, pozeram-se de mal com os dois, e não quizeram saber mais d'elles. Assim se conservaram dez annos, durante os quaes Alda foi medrando em formosura, em graças e em meiguices. Os dois casmurros não a consentiam em casa, mas, como ouviam admirar a pequena pela visinhança, vinham ás vezes espreital-a. Os carinhos do meigo coração de Alda, carinhos de que elles não gozavam por

teimosos, mas em que se extasiavam á surrelfa,
quando a viam, aos beijos, enlaçada nos braços das
visinhas, foram pouco e pouco calando n'aquellas
duas almas de pederneira. Continuaram porém a
teimar em não quererem que lhes entrasse as portas para dentro; mas, pelos visinhos, faziam chegar
ás mãos de Branca e do bacharel, pannos, enfeites
e até dinheiro para ajudar a crear a pequéna.

A este tempo Branca Mendes abandonou de todo
o mundo, e *emparedou-se* — terrivel penitencia, da
qual mais logo direi alguma coisa aos leitores. Alda
ficou, pois, entregue totalmente aos cuidados e aos
carinhos do bacharel, que chorou amargamente a
resolução da irmã. Por esta occasião o echacorvos
caiu gravemente doente de molestia quasi mortal.
Salvaram-n'o a pericia e os cuidados paternaes,
com que foi tratado por Eleazar Rodrigues, joven
judeu da communa do Porto, abastado negociante
e famosissimo physico, ou medico como hoje dizemos. Levantando-se do leito de dôr, Paio Balabarda
ergueu-se com pensar inteiramente differente a respeito da sobrinha. Começou a fazer milhares de
meiguices a Alda, indo a casa do bacharel vinte
vezes ao dia para a vêr e abraçar, e duas ou tres
pelo menos conversar com a emparedada pela fresta
da cella. Nos primeiros dias embirrou em que ella
se havia de desemparedar, e tornar para sua casa,
a cuidar da filha. Respondia a penitente que a deixasse servir alli a Deus, visto que pelo seu grande
peccado não devia mais pertencer a este mundo. A
esta ultima razão Paio Balabarda desasisava totalmente e ameaçava arrombar a cella a golpe de
acha d'armas, e levar Branca *pelas orelhas*, como
elle dizia, para casa de seu irmão d'ella. Ia-se aze-
dando o caso, porque a emparedada não cedia, e o
genio teimoso do futuro echacorvos principiava a
acachoar. Acudiu aqui o *abbade* (capellão) do hospital da Senhora da Silva, nos baixos do qual era
a cella de Branca, e ameaçou de excommunhão

aquelle teimoso, se continuasse a perturbar a serva de Deus com taes brados e ameaças. Paio replicou que excommunhão não *brita osso*, e que lh'os britaria a elle abbade, se ousasse fazer-lhe mais admoestações. O anadel dos bésteiros do conto, a que Paio pertencia, ainda recebeu peior resposta. O alcaide pequeno escapou por milagre de ser aberto de alto a baixo por um golpe de acha d'armas, que o echacorvos lhe despediu, um dia que elle o ameaçou de o prender, juntando á ameaça a imprudencia de o aferrar por um braço. Então alguns amigos de Paio lembraram-se de recorrer ao judeu Eleazar, que d'elle era grande amigo, e que sobre elle exercia indisputada influencia, desde o dia em que o salvára d'aquella molesta mortal.

Eleazar Rodrigues era, pela primeira vez, n'esse anno, arabí da communa dos judeus [1], cargo de eleição annual, que d'alli por diante recaiu sempre n'elle até este anno de 1474, em que estamos. O arabí dos judeus do Porto, apezar de ser ainda moço, era tão venerado e estimado pelos seus correligionarios, como respeitado e amado pelos christãos do burgo liberal. As riquezas, que ajuntára ao grosso cabedal, que herdára de seus paes, eram resultado de bem succedidas especulações commerciaes, e não da usura, não das lagrimas dos que a necessidade obrigára a recorrer ás suas grandes riquezas. Ao contrario de todos os demais judeus, a bolsa de Eleazar estava sempre generosamente aberta para quem d'ella tinha necessidade. Franco e rasgado por indole, virtuoso e caritativo de coração, homem de costumes severos e irreprehensiveis, de figura esbelta e de aspecto grave e veneravel, Eleazar era estimado por todos. Os ricos olhavam-n'o como exemplar respeitavel da verdadeira nobreza d'alma; os pobres achavam n'elle um pae, que lhes matava a fome, e que nas molestias corria para o lado d'el-

[1] Vide nota XXXI.

les, sem receiar os contagios, por mais graves que se afigurassem aos outros. A este homem, pois, foi que os amigos de Paio recorreram para o abrandar d'aquella porfia. Eleazar fallou-lhe, e desde aquella hora, o teimoso bésteiro continuou sim a ir saber todos os dias 'da emparedada, mas não tornou a apparecer armado da terrivel acha d'armas, nem a porfiar em que ella se desemparedasse.

Entretanto as coisas em casa do armeiro corriam temeroso caminho. Fernão Martins Balabarda levára muito a mal a subita mudança do irmão, que achacava de desairosa e villã. Refertavam os dois ao principio todos os dias com pulmões egualmente apurados e valentes. Por fim Paio começou a calar-se ás razões do armeiro e a oppôr a surdez aos berros d'elle. Um dia, porém, em que Fernão Martins estava mais accêso em sua birra, Paio ergueu a cabeça da posição resignada, em que o escutava, e disse-lhe com os olhos raiados de sangue e luzentes de furor concentrado:

— Irmão, por beelzebut! que não mais fallemos em tal. Corpo de Deus consagrado, que estou para arrebentar com este empanturramento! Mas, pezar de mim! al te não posso dizer por agora se não que ha hi grande segredo em Alda, o qual, juro a Deus! que é mais para chorar, do que para acoimar de villão.

A voz de tristeza e a profusão de pragas, com que Paio proferiu e acompanhou estas palavras, fizeram profundo abalo no armeiro. Não replicou coisa alguma, e d'ahi por diante deu em fazer com fervor o mesmo que Paio já fazia; isto é, deu em estremecer Alda com affecto que bem se podia dizer insensato.

Eis aqui tudo o que sei por agora, ácerca do mysterio do nascimento da mimosa e linda menina, que estava em pé em frente da banca do bacharel copista — cujo escriptorio, *scriptorium*, nome especial do gabinete dos copistas, era guarnecido por seis pesadas cadeiras de nogueira, dois escabellos, uma bilha d'agua com seu pucaro, e muitos rolos e infolios de pergaminho, uns escriptos e outros ainda em branco. Como se vê, o *scriptorium* de Vivaldo Mendes nada tinha de notavel em relação a estes objectos, todos necessarios para o seu officio de copista. Havia n'elle porém um outro que se tornava digno de especial menção; o qual se achava sobre um pedestal de pau, pregado na parede em frente da banca do bacharel. Era elle um formosissimo clepsydro ou relogio movido por agua [1], o qual com o seu unico ponteiro de ferro, primorosamente modelado em fórma de serpente, trazia a casa de Vivaldo tão regular e tão a horas como qualquer quartel militar da actualidade. Esta primorosa peça fôra-lhe dada de presente pelo bispo D. João d'Azevedo, que a tirára do paço, para onde viera nos fins do seculo anterior, e a dera ao copista para o recompensar de um magnifico *paxoeiro* [2], escripto em letras d'oiro e magnificamente illuminado, com que elle o brindára em um dos seus anniversarios. Diziam os praguentos da terra que n'uma epocha, em que já era conhecida a mola espiral e em razão d'esta descoberta os relogios de algibeira; e em que os pendulos já tinham substituido definitivamente os clepsydros, havia bem vinte annos e mais, o dar uma machina tão antiga e já tão depreciada a Vivaldo, fôra, da parte do bispo, sovinice e não generosidade. Assim parecia em verdade; mas o primoroso da obra e a estimação em que era tida por Vivaldo Mendes, que, além de copista eminente, era bacharel em degredos, fazem suspeitar de invejosa a apreciação dos contemporaneos, e conservam em bom pé a opinião da munificencia do prelado, que despendeu tão ás mãos largas e tão desaffrontadamente com as esplendidas festas da semana santa de 1474.

[1] Vide nota XXXII.
[2] Vide nota XXXIII.

O bacharel, com os cotovellos fincados ás paredes do pulpito — que poisal-os era-lhe impossivel em razão da pequenez dos seus braços — as mãos enlaçadas sobre o estomago, e o corpo um pouco reclinado sobre ellas, dizia assim á sobrinha, que fitava com affecto'extremosissimo de pae:

— Alda, sobrinha, negros tempos se avisinham á gloriosa arte de calligraphia. Ha muito que t'o digo; e mais vezes t'o direi ainda, menina, porque esta dôr ha de dar commigo na sepultura, e quero que saibas, para a apregoar ao mundo, *urbi et orbi*, a causa da morte do teu desgraçado tio,.Vivaldo Mendes, bacharel em degredos e copista do nosso venerando bispo, *antistes*. *Oihmé!* Aquella divina sciencia, de que disse o sublime Alcuino[1]:

Est decus egregium sacrorum scribere libros.
Nec mercede sua scriptor et ipse caret.

está ameaçada de total aniquilamento! Corpo de Deus consagrado! E que de tanto mal seja causa um sandeu, um minguado flamengo, nascido em não sei qual rincão da Allemanha, e inventor d'essa negregada *arte da imprensão*, que dizem que já é chegada a Castella, destruindo, arruinando os copistas, que subiram a tão alto esta sublime arte de calligraphia, que d'elles bem se pôde dizer, *hodie scriptores non sunt scriptores, sed pictores*, já os copistas não são copistas, mas pintores! Alda, eu vi uma d'essas miseraveis copias. Ah! S. Lucas, meu advogado! Que torpeza, que miseria, que horror! E aquillo se chama livro! E aquillo ha de substituir a divina arte de escrever! *Proh pudor!* Que sua senhoria el-rei mandasse lavrar, ha vinte quatro annos, os cruzados, para ir resgatár Constantinopla, que o turco tomára então, e que hoje, *hodie*, hoje, já, n'esta hora, não lavre outra moeda ainda

[1] Vide nota XXXIV.

de mais valia, minas, talentos, *minae, talenti*, para
levantar sua hoste, e ir sobre aquelle aleivoso flamengo, e reduzil-o a menos d'hastilhas, a elle e aos
seus excommungados parceiros! A' bofé, que tal
se não pôde soffrer! Pezar de mim! Ó Harduí-
no, Ovon, Eriberto, Modesto, Ambrozio Autpere,
Helfwlfo, ó manes sublimes, erguei-vos do pó das
vossas campas, *ex pulvere*, e vinde salvar a arte
divinal, de que dissestes com tanto direito,

> .... Felix
> Comptis qui potuit notis ornare libellos!

O tu, Dagulfo, que escreveste em letras de piro o
magnifico psalterio, offerecido por Carlos Magno aó
papa Adriano; tu, Ingoberto, escriptor sublime do
bello *Codex bibliorum*, que Pavia offereceu ao
mesmo imperador; tu, Sintramo, que escreveste em
letras onciaes o magnifico Evangelho, chamado de
Salomão, ao qual *iulla alia comparabilis videretur*;
ó vós, Beringario e Luithardo, copistas admiraveis
do admiravel *Codex evangeliorum* de Ratisbonna;
e vós outros, mestres sublimes da calligraphia e da
illuminura, Eriberto de Verona, S. Dunstano, Eud-
fredo, Foulques... tu, Foulques, tão famoso *in
illuminationibus capitalium litterarum*, sus, vós outros, sus, homens de prole e de valia, que vae a
pique a divina arte, de que fostes cultores admiraveis. E ha de morrer a arte de copiar! E ha de
deixar de dizer-se —

> Hic interserere caveant sua frivola verbis,
>   Frivola nec propter erret et ipsa manus!

Ó Alcuino, ó grande mestre de Carlos Mágno e da
calligraphia! Ó' Theodorico...
   Aqui chegava o temeroso aranzel, cada vez mais
embrenhado em latim, com que aquelle algoz Vivaldo Mendes, havia dois annos, preparava todos

os dias a digestão, e apurava a paciencia angelica
da mimosa Alda, quando um grito temeroso partido
do largo, em frente da casa, cortou cerce pelo fa-
cinoroso dircurso.

A'quelle subitaneo brado, Alda estremeceu, e o
bacharel deu um salto na cadeira, e ficou com a torrente da massada engasgada na guella. Então fitaram-se um ao outro, escutando o borborinho, que succedeu após aquelle grito.

Minutos depois troou outro brado, ainda mais estrepitoso. Alda empallideceu, e correu para junto
da cadeira do tio, como para buscar protecção: Vivaldo Mendes fez-se pequeno como um novello dentro do seu pulpito, o rosto tornou-se-lhe côr d'azei-
tona sevilhana, e os olhos luziram-lhe com a luz do
verdadeiro terror. O desgraçado era ainda mais covarde do que Alda. Esta, passado o primeiro abalo,
applicou com curiosidade o ouvido, e, pondo o dedo
sobre os labios para impôr silencio ao medo, que o
tio ia a despeitorar èm gritos, esteve assim escutando durante alguns segundos.

As vozes, que indistinctamente se sobrelevavam
ao confuso ruido de muita gente reunida, não lhes
deixaram duvida alguma ácerca do que seria. Era
uma desordem; e qual ella fosse já o leitor sabe
muito bem.

— Jesus, mil vezes! — balbuciou então o bacharel — Santa Maria vale! Ó Deus, como esta gente
do Porto é volteira! E Alvaro Gonçalves não ser
hi comnosco! S. Lucas, meu advogado!... Alda,
sobrinha, vae, e vê o que é... Mas, sus, não vás...
guar-te, que não venha por hi alguma pedrada ou
virote perdido... Não vás... não vás... não
vás...

Isto dizia elle, repinicando como creança perra
com os pés no soalho, ao vêr Alda desapparecer
pela porta fóra, e não obedecer á sua primeira intimação para não ir.

A linda menina, mal o tio lhe dissera que fosse,

partira como um setta em direcção da janella da
sala da rua. Espreitou por entre as taboinhas da
adufa. N'aquella occasião o armeiro saltava para a
rua, armado da terrivel bisarma, e o echacorvos rodeava os ponderosos retabulo e bota sobre a cabeça e contra o tonelete do homem d'armas de Rui
Pereira.

Ao vêr os dois tios, que tanto estremecia, tão inter-
nados no arruido e como que alvos d'elle, Alda sentiu
vergarem-se-lhe os joelhos, começou a tremer como
varas verdes, e as lagrimas principiaram a desli-
sar-lhe mansamente pelas faces abaixo. Assim assistiu até ao fim da desordem, sem d'alli se poder
desapegar, e tão embebida na contemplação das differentes peripecias e episodios d'ella, que não ouviu nenhum dos guinchos repetidos, que o poltrão
do bacharel dava lá do *scriptorium*, sem ousar mexer-se de dentro do seu throno de calligrapho.

Por fim Fernão Martins entrou na casa do bacharel, e Alda correu a abrir-lhe a porta. Mal elle
entrou, lançou-se-lhe nos braços a soluçar e a tremer.

— Alda, menina — disse então o armeiro, apertan-
do-a com verdadeira ternura nos braços, e passando-
lhe a mão callosa por sobre os negros e formosos cabellos — não temas... não temas... Tudo é findo.
Corpo de mim! Não tenhas medo. Ah! aquelle parvo
de Vivaldo, que se enfurna lá com suas escripturas,
e te deixa aqui sósinha com teus receios! Por S.
Barrabás! Eu o ensinarei, bilhardão!...

— Senhor tio... — balbuciou Alda como para
desculpar o triste bacharel.

— Não tenhas medo, Alda, minha filha, não tenhas medo — volveu o armeiro, interrompendo-a. —
Tudo é findo, não ha para que ter medo; e emquanto áquelle doudarrão do bacharel bem merecia elle um par de couces por assim tão mal te guardar. Mas relevo-lh'os por teu amor. Corpo de tal!
que um par de orelhões eram, a bofé, bem empregados...

E vendo que Alda o não soltava dos braços, em que o tinha enlaçado, desprendeu a escarcella de coiro, que trazia pendente do cinto, e entregou-lh'a, dizendo:

— Não temas, Alda, não temas. Olha, toma esta escarcella, e sóbe a teu aposento. Ahi acharás umas arrecadas de perolas, que Alvaro te manda, as quaes o arabi lhe deu hoje por um formoso bulhão, que elle lhe fez. O bom do judeu, que sabe de vossos amores, e que muito se pena da birra do cabeçudo do velho, disse-lhe — são para Alda... A não ser tal, o honrado moço não lh'os aceitava. E pediu-me que t'os désse, porque se não atrevia elle a fazel-o! Ah! moças, moças! — continuou o armeiro, sorrindo e passando carinhosamente a mão pela cabeça da sobrinha — que tão fortes sejaes, que não haja ahi homem, que vos não tema! Ora vede vós, Alvaro Gonçalves, o melhor armeiro de Portugal e o mais esforçado homem do Porto, a arrecear-se de ser acoimado de ousado pela vozinha de rouxinol de uma coisa tal como esta! Ora, vae, Alda, vae, sobrinha, que hei duas palavras a dizer á puridade a Vivaldo...

— E prometteis?... — disse ella, sorrindo e aceitando a escarcella, com os olhos brilhantes de alegria infantil.

— Não fazer mal a Vivaldo? O bilhardão bem merecia hoje uma bateria... Mas por ti... vá. Ademais, Alda, tu bem o sabes, aquelle mau pezar faz de mim tudo quanto quer com suas bachelarias.

Assim dizendo, deu alguns passos em direcção ao escriptorio, d'onde o bacharel continuava a guinchar, porém mais compassadamente. De repente parou, e voltando-se para a sobrinha, que ficára junto da escada que levava para o andar superior, disse-lhe, arremedando ares de autoridade:

— Alvaro Gonçalves passará logo por hi, e entrará. Ora, sus, Alda, eu quero que lhe agradeças os brincos com boas palavras, que o moço honrado é, e muito te quer... e tu a elle, que me não enganas com tuas isenções, bilhardona. Ademais passará hoje elle má noitada, que entra no giro da rolda ahi do postigo das Hortas, e lá ficará grande parte da noite.

Alda sorriu-se, e atirou-lhe um beijo com as pontas dos dedos. O rosto severo do armeiro irradiou de repente o dulcissimo e profundo affecto com que a estremecia. Voltou correndo para ella, apertou-a amorosamente contra o peito, e cobriu-lhe o rosto de beijos, sem poder soltar palavra, tal era a enchente de sentimento suavissimo, que lhe ondeava no coração.

Depois dirigiu-se ao quarto do bacharel, empurrou a porta, e entrou para dentro.

Vivaldo Mendes, que ainda se achava debaixo de todo o peso do terror, que d'elle se apossára, apresentou uns grandes olhos espantados, ao sentir abrir a porta de repellão. Ao vêr entrar o tio, como que lhe tiraram uma montanha de cima do peito; porque junto do armeiro ou do echacorvos, Vivaldo era affouto como um dragão: não tinha medo... senão d'elles.

O armeiro dirigiu-se carrancudo a uma cadeira, que estava fronteira á banca do copista, empurrou, sem respeito algum, d'ella abaixo um ponderoso infolio pergaminacio, que ahi jazia; sentou-se, poz as mãos sobre os joelhos, e disse, fitando o bacharel com olhar enviezado:

—E, pois, ahi és tu, homem de prol, soterrado n'estas farfalharias, e Alda a tremer de medo ahi fóra, bilhardão! Juro a Deus, que estou para fazer em ti tal estrago...

A completa desoppressão do terror, que o acabrunhára, produzira em Vivaldo a reacção, que naturalmente costuma a accender nas almas covardes. Apoz a extrema timidez viera a audacia extrema.

—Corpo de mim! — bradou, pondo-se de pé com o olhito luzente como uma centelha. —Que estaes

ahi a farfantear, senhor tio? Como tremer? Se ella
lá foi pezar meu e seu grado! Por quanto, senhor
tio, eu era aqui ora revelando-lhe grandes verdades,
magnas veritates... Pezar de mim! que haja a sublime arte da calligraphia, *qua non prestantior altera,*
de morrer ás mãos de um aleivoso flamengo, que
nunca soube, nem sabe, nem saberá, *scivit, scit, scibit,*
o que é um rotulo de pergaminho, o que é escrever
em bandeira e escrever em folio, o que é uma inicial, uma rubrica [1]... Beleguinaço!

—Ahi já nós vamos!—rosnou o armeiro, envie-
zando um olhar de compaixão ao sobrinho. — Doudarrão! Nunca guarecerás dos cascos, viva Deus!

—A arte da imprensão!—continuou Vivaldo,
bracejando e esganiçando-se furioso—Arte, *ars!*
Aleivoso! Arte uma rebolaria que reduz o homem
a bruto, a pouco mais que asno de atafona que nada
menos é o que dizem por hi d'esse invento excommungado, judeu, falso, traidor... emfim, flamengo!
Arte, *ars!* Gargantão! Ignorantaço! Arte só é a que
dá regras, a que ensina a como pegar no estilo e
traçar a letra oncial, a franceza, a italica, a allemã;
a que diz onde a côr da purpura, onde o verde,
onde o roxo, onde o oiro... Arte! Arte é só
aquella que pôde ser exercida pelo sabios, pelos
homens que passaram a vida a salvar do esquecimento os grandes engenhos; pelos copistas, em
fim, os

> .... sacrae scribentes flamina legis
> Necnon sanctorum dicta sacrata patrum --

como diz Alcuino, o divino Alcuino, o sublime Alcuino, o grande mestre de Carlos Magno e da calligraphia.

—Corpo de tal! se ensandeceria...—balbuciou
o armeiro, fitando o sobrinho com anciedade.

[1] Vide nota XXXV.

—Se ensandeci! *Credite posteri!* Até nos homens
honrados e bons, como vós, senhor tio, o perro flamengo, aquelle Judas, marrano, excommungado nas
egrejas, fará taes mudança, que dirão que ensande-
cemos, nós copistas, porque lhe dizemos de claro
as verdades, de claro como a luz do sol, *sicut solis
lumen.* E comtudo os sabios somos nós, e elles os
sandeus, os excommungados, os aleivosos... Ah!
corpo de mim! eu vos direi—continuou, saltando
para o meio da casa, e tomando nas mãos uns pequenos livros de pergaminho, que estavam sobre
uma cadeira — Vêde este baldoairo; vêde este colhetano; vêde este perciçoeiro; vêde este psalterio gallego [1]... Ha ahi tal sandeu? Como rima! Sandeu
quem isto faz! Sandeu o sabio, o escrevedor, o bacharel, o copista... *Dii, vostram fidem!...*

Aqui o armeiro ergueu-se com mau modo, e atalhou o sobrinho, pondo-lhe a mão sobre o hombro,
e dizendo-lhe:

—Ora sus; parece-me que tivera o bispo que
estudar aqui de seu vagar. Ora sabe, sobrinho, que
dizem os velhos fallar claro e dar mau grado a mestres. A isto me atenho, que tudo o al são rebolarias,
que não são para homem de minha arte. Falla lingua christenga, homém, e deixa-te d'essas bachale-
rias, que são peiores que arabia em bocca de perro
alarve de Ceuta...

—Mas, senhor tio...

—Basta, e ouve. Eu te direi em duas palavras e
portuguez lidimo ao que venho. De hoje por diante,
mandarás cerrar e trancar muito bem tua porta.
Andam os andaluzes na costa, e fortes como satanazes...

—Jesus, mil vezes!

—Não tenhas medo, homem. Ahi sou eu bem
perto e mais Paio. Se algo acaecer, brada bem de
rijo da janella, e a perra da moura e Alda, e vós

[1] **Vide nota XXXVI.**

todos, que seremos logo comvosco. Ouves o que
digo? Olha que se o esqueceres, eu fiador, que,
apezar de bacharel, te darei tal andada de couces
e de pescoçadas, que te varram da cabeça toda
essa arabia, que te traz escalavrados os cascos. Pois
é pena! — acrescentou como para si o armeiro, dirigindo-se á porta — que era forte moço, muito sages,
e bem mentado, e promettia ser grande cousa por
seus estudos...

E aqui a porta, que se fechou sobre Fernão Martins, cortou o fio do discurso, que elle ia fazendo
ácerca dos predicados mentaes do sobrinho.

Mal ficou só, Vivaldo levou com desespero as
mãos á cabeça, e volveu com terror os olhos por
cima dos in-folios e dos pergaminhos, que tinha no
escriptorio. A sua primeira ideia foi que intenta-
vam roubar-lhe o seu thesouro, o fructo dos seus
trabalhos de calligrapho. Em consequencia d'isso,
correu dementado á escada, chamou pela sobrinha,
e pela escrava moura que o servia, e deu ordens
terminantes para trancar as portas com mais não
sei quantas trancas e ferrolhos de ferro.

IV

A TENTATIVA DE RAPTO

DAMETA—   Ceos, valei-me
        Soccorrei me, pastores!
SILVANO—   Que te assusta,
        Que infortunio, Dameta, te acontece?

                    QUITÁ.—*Licore.*

 leitor não se recusa de certo a acreditar que nos fins do seculo xv, e ainda muito tempo depois, nas ruas do Porto não havia, de noite, nem sequer arremedo do movimento de gente que hoje se vê. E o que acontecia no Porto, dava-se egualmente em todas as outras cidades e villas do reino. Os nossos passados acreditavam que as noites tinham sido inventadas para dormir, e as leis empenhavam-se em vigorisar esta crença. Assim, á ultima badalada das Ave-Marias, ou *sino d'ooraçom,* como então se dizia, todos os mouros e judeus já deviam de estar recolhidos dentro dos seus respectivos bairros, *judiarias e mourarias,* sob pena de multa, excepto nos casos permittidos pelas leis. Meia hora depois começava a ouvir-se o *sino de co-*

lher; e, ao som d'este, todas as tavernas e estabe-
lecimentos publicos fechavam as portas, e apaga-
vam as luzes. Depois de curto espaço de tempo, o
sino de colher principiava a apressar as badaladas.
Chamava-se a isto o *sino de correr*, o derradeiro
que tangia depois do sino da oração. Quando elle
emmudecia, então cessavam por lei todos os trabalhos em publico, e a população como que ferrava o
somno. Desde esse momento as ruas estreitas, tor-
tuosas e escuras ficavam ermas e solitarias, e por
ellas, afóra os homens jurados do alcaide, que ve-
lavam a segurança publica, quasi sempre muito
mal, apenas se via aqui e alli, e de longe a longe
um ou outro vulto, embrulhado em farto mantão ou
çorame, por baixo dos quaes se sentia o jogar das
laminas da armadura de que ia coberto. Era um
namorado, ou um caminheiro, a quem o dia não
chegára para vencer a jornada; ou então algum rixoso tençoeiro que ia esperar o inimigo, de quem
se queria vingar.

Tinham passado alguns dias depois do narrado
nos capitulos anteriores. Eram dez para onze horas
da noite. As ruas do Porto estavam desertas e silenciosas, como era de costume. A esta hora, á
meia claridade, que a luz da lua, quasi cheia, con-
seguia fazer entrar para dentro das estreitas e tor-
tas ruas da velha cidade, uma duzia de homens escudados e armados de bacinetes e capellinas, de
couraças e piastrões, subiam do Souto e desciam
d'onde, tempos depois, se chamou a Ferreira de
Cima, convergindo todos para o largo em frente da
casa do bacharel-copista, um a um, e como que
cautelosamente. Os ultimos, que chegaram, foram
tres, vindos do lado dos Pelames. Dois d'elles, armados de bacinetes e corpos de solhas, carregavam
aos hombros cada um com forte escada de mão. O
terceiro que os precedia alguns passos, era homem
alentado e espadaúdo. Vinha armado de um arnez
de fraldão e pernas de malha, trazia na cabeça

uma celada, do lado esquerdo da cinta uma espada e do direito a adaga e na mão uma facha d'armas. Pendia-lhe do pescoço um escudo. Ápezar de trazer a viseira levantada, não se lhe distinguiam as feições, porque o espaço, que mediava entre a viseira e o barbote, era pequeno de mais para que a luz tibia que havia na rua lhe podesse alumiar o rosto, retrahido lá para dentro d'aquelle pote de ferro. Por esta armadura mais de cavalleiro do que de peão, e pelas maneiras com que era tratado pelos outros, via-se bem que aquelle homem era o cabeça dos demais.

Mal chegou ao largo, reuniram-se todos em volta d'elle.

— Hi sois vós todos? O Gallego já chegou? — disse então, passando-os com a vista, como que a contal-os.

Um dos homens deu dois passos para a frente e approximou-se d'elle.

— E bem, a rolda?

— Desceu pela rua do Olival a fundo[1]. Seis homens e Fernão Vicente por cabdel.

— Ora sus, mãos á obra — volveu o cavalleiro — Rui Gonçalves, vae trancar a porta do armeiro. Se serão as armellas seguras?...

— Perdei o cuidado. Bem as vi eu de dia. Terão o proprio diabo aos coices.

E Rui Gonçalves, o homem que deu esta resposta, approximou-se á porta do armeiro, e atravessou por entre duas antigas e rijas armellas, que n'ella haviam, uma tranca de ferro que trazia sopesada na mão.

— Gomes Bochardo — disse então o cavalleiro.

— Eil-o, vae — respondeu o nosso antigo conhecido, apresentando-se.

— Ide vós de atalaia para o alto da rua. Se a rolda se achegar, assobiae a senha. Sús, vós ou-

<hr>

[1] Vide nota XXXVII.

tros; dois homens alli para a bocca da rua de Mend'Affonso; que não venha a guarda do postigo das Hortas. Ora, á boa ventura e mãos á obra. Por satanaz! despachae-vos ou perderemos o lanço.

A estas palavras os dois homens, que traziam as escadas, encostaram-n'as a uma das janellas do bacharel e principiaram a subir, seguidos de mais outros dois. Do alto um d'elles disse a meia voz:

— E bem, Pero Annes; matal-o-hemos?

— Corpo de tal! Se o perro ladrar, bofé que sim. Mas, vêde, se puderdes, atarracae-o antes de fórma que se não bula. O bacharel é covarde como lebre. Mas, andae, ieramá, despachae-vos.

A estas palavras os dois que estavam no alto da escada, metteram as pontas das adagas nas fendas da adufa, que saltou sem difficuldade; depois pozeram as mãos na porta da janella, abalaram-n'a com força duas vezes e ella cedeu, rebentando de par em par com estrondo.

Os quatro homens saltaram immediatamente para dentro.

Em seguida sentiu-se grande arruido dentro d'aquella casa, ouviram-se gritos d'afflicção, e minutos depois um dos homens appareceu de novo á janella com um vulto de mulher desmaiada nos braços.

— Pero Annes, hi sois vós?—disse elle sumidamente.

— Baixae, ieramá, baixae — replicou no mesmo tom o cavalleiro.

A estas palavras uma das janellas das aguas furtadas abriu-se de repellão, e d'ella sairam em voz de mulher estes gritos:

— Fernão Martins, Fernão Martins, accorrei-nos, que rausam Alda! Aqui d'el-rei! Aqui d'el-rei. Força-nos Pero Annes, cabdel...

A mulher, que bradava, callou-se de golpe. Ouviu-se então um grito de suprema agonia e o baque de um corpo arremessado com força contra o soalho.

Um minuto depois sentiram-se correr com violencia os ferrolhos da porta do armeiro, e esta abalar ao robusto impulso, que da parte de dentro lhe deram para a abrir. Mas o varão de ferro, passado nas armellas, conteve-a fechada, apezar dos esforços quasi sobrenaturaes, que da parte de dentro se faziam. Então ouviram-se duas medonhas pragas soltadas em voz temerosa, e logo principiaram a troar sobre a porta golpes successivos de machado, dados pelos que estavam assim, a pezar seu, encarcerados.

—Baixae, por beelzebut! baixae —gritava Pero Annes para o homem, que tinha Alda nos braços —baixae, ou está tudo perdido.

O leitor já sabe quem é Pero Annes, aquelle parceiro de Gomes Bochardo, e cabeça dos homens d'armas que Rui Pereira deixára na hospedaria do Souto, quando partiu para o Minho, e que alli se conservavam a titulo de viajantes, e não de apaniguados do poderoso fidalgo. Como taes não os consentiriam na cidade os privilegiados villões-infanções do Porto.

O homem que trazia Alda nos braços, chegou por fim á rua, e após elle os outros tres. Pero Annes tomou nos braços o corpo desanimado da pobre menina, e correu para o lado da rua, que ultimamente se chamou Caldeireiros. Ao passar pela porta dos Balabardas, já esta lascava á força dos golpes, que recebia da parte de dentro. Os homens d'armas reuniram-se então n'um corpo, e seguiram após o seu chefe.

Mas n'este momento o tecto palhiço da casa do armeiro fendeu-se, e pela fenda levantou-se a figura esguia e estupenda do echacorvos, com um bacinete na cabeça e o corpo defendido por um gibanete de ferro, tão formosamente brunido que lampejava á baça claridade do reflexo do luar. Via-se-lhe na mão uma bisarma.

Fender o tecto, sentar-se sobre a palha, empastada pela chuva e pelos raios do sol, e escorregar

para a rua, foi tudo um relance. Ao ouvir o som
d'aquelle baque e o tinir do gibanete ao bater nas
lages da rua, Pero Annes, que já ia a alguma distancia, parou e com elle os seus homens.

— O echacorvos! — exclamaram estes, lançando-se para a frente, como para fugir.

— Tende-o, por Satanaz! tende-o — bradou Pero
Annes.

A estas vozes, os homens de Rui Pereira arremetteram a Paio Balabarda. Este já estava de pé.
Soltou então um grito de hyena, e cerrou de um
salto com elles, encurtando-lhes d'aquella fórma a
distancia. A terrivel bisarma reluziu no ar' com a
rapidez do raio. Ouviu-se um grito, o estoirar de
um bacinete o o baque de um corpo no chão. Depois seguiu-se o tirilintar das espadas e das achas
d'armas sobre o gibanete do echacorvos, e o mar-
tellar da bisarma d'elle sobre os escudos, e sobre
os bacinetes dos contrarios. Mais um homem caiu
para se não tornar a levantar; outros cambaleavam,
mas voltavam de novo á refrega. Era desegual a
contenda; mas as forças gigantes de Paio Balabarda
conservavam-n'a n'um bem reconhecido equilibrio.
A um impeto, porém, que os homens d'armas fizeram em corpo, o echacorvos veiu de repellão até á
porta da casa, onde vivia. Ahi se conservou um minuto, sem que o numero dos contrarios lhe deixasse
avançar um só passo. Os repetidos golpes que recebia, já lhe tinham em parte abolado o gibanete.
N'isto a porta do armeiro estoirou finalmente por
junto de uma das armellas, e Fernão Martins, armado de uma ponderosa acha d'armas, saltou como
um tigre por ella fóra. Os dois irmãos fizeram então corpo, e, arremessaram-se com furia sobre os
inimigos, que recuaram tambem até metade da rua.
Mas aqui fizeram pé de resistencia, e a contenda
tornou de novo a equilibrar-se.

Assim esteve alguns minutos. Então ao lado dos
dois irmãos appareceu de repente um auxiliar. Era

um homem de boa estatura, coberto com um arnez completo, e com um montante nas mãos.

— A elles, aos falsos! — bradou, revolvendo temerosamente a terrivel espada de duas mãos.

— Esse sois, Luiz Baldaia? — exclamou o armeiro.

— Esse. A elles! — replicou o recem-vindo.

E os tres lançaram-se sobre os homens de Rui Pereira com um impeto irresistivel. Alguns d'elles cairam logo, os outros ainda resistiram alguns segundos; mas por fim lançaram-se a quem mais correria, fugindo pelo Souto abaixo.

Mas voltemos a Pero Annes.

Este, quando os seus homens arremetteram ao echacorvos, parou a observar o caminho que levaria aquella briga de um contra muitos. Mas ao vêr cair os dois primeiros, voltou as costas, e dirigiu-se apressadamente para o lado da estalagem da esquina dos Pelames. A par d'elle ia o bolseiro do bispo, o nosso bem conhecido Bochardo, para o guardar ia elle dizendo arrogantemente; mas a verdade pede que se diga, que ia mas era para fugir, porque, como se sabe, o bolseiro, apezar de homem apessoado e de grandes forças, não tinha genio para aquellas folias.

Os dois atravessaram açodadamente o espaço, que medeia desde o sitio onde hoje a rua dôs Caldeireiros desembocca na rua das Flôres, até á extremidade do largo do Souto, que fica para sul. O local era então muito outro do que é hoje. A montanha occupava ainda mais de metade do largo actual, e por ella abaixo havia umas toscas escadas abertas no granito, pelas quaes se descia do alto da velhissima rua dos Pelames.

Ao chegar ahi deram de rosto com um homem armado de um polidissimo arnez, que caminhava apressadamente para o logar do arruido, trazendo ao hombro um montante.

— Alvaro Gonçalves, o couraceiro da ponte de

S. Domingos! [1] — exclamou aterrado Gomes Bochardo.

— Tomae — replicou n'um relance Pero Annes,
atirando com Alda para os braços do bolseiro.

Depois acobertou-se com o escudo, e arremetteu
ao recem-vindo com a acha d'armas empunhada.
Este, ao vêr o subito arremettimento, relanceou
sobre os dois homens e sobre o corpo de Alda um
olhar de aguia. O coração disse-lhe de certo quem
era aquella mulher desmaiada. Soltou um grito medonho, e o terrivel montante desceu com a celeridade do raio sobre o escudo, com que o caudel dos
homens d'armas de Rui Pereira se acobertava.

Alvaro Gonçalves era o desposado de Alda, approvado e protegido pelo armeiro e pela echacorvos. Ao extremoso amor de poeta, com que elle a
adorava, correspondia aquella angelica creatura com
o meigo e profundo affecto, que taes anjos dedicam
ás almas superiores como a d'elle. Alvaro era um
bello moço de trinta annos de idade, de aspecto
formosamente varonil e de galharda e bem posta
corporatura. Possuia forças superiores ás do echacorvos, era corajoso como um leão, e generoso e
altivo como o melhor cavalleiro dos da Tavola redonda. Era o mais perfeito official couraceiro que
tinha o Porto. Os seus arnezes e corpos de couraças eram tão finos e bem acabados, que, para os
amolgar, precisava-se de espada temperada em Toledo e de pulso egual em robustez ao d'elle. Da sua
officina nunca saia armadura, que elle não experi-
mentasse primeiro a golpes d'espada e de acha
d'armas. As grandes qualidades da sua alma fa-
ziam-n'o respeitado e venerado por todos. Da sua
immensa coragem e forças gigantescas é bem de
suppór a nomeada que lhe viria n'uma epocha, em
que a validez muscular era reputada um dos mais
indispensaveis dotes physicos, e de todos elles o

[1] Vide nota XXXVIII.

melhor. O nome de Alvaro Gonçalves era pois medonho pezadello de pavor para aquelles de quem
a razão e a justiça o faziam inimigo; e animação
e esforço cego e temerario para todos que o viam
em qualquer contenda a seu lado.

Tal era o homem, com quem Pero Annes ousou
abarbar-se em combate singular. A prompta resolução com que o fez, e o nenhum receio que de-
monstrou ao fazel-o, eram provas cabalissimas do
seu grande esforço, e ao mesmo tempo de quanto
o inspirava a consciencia de possuir tambem forças superiores ás forças vulgares d'aquella epocha.

O pesado montante, que o armeiro jogava ás
mãos ambas, descendo pois sobre o escudo de Pero
Annes, fez cair despedaçada por terra a parte, que
alcançou, com aquelle golpe; isto apezar do rijo
brocal de que era orlado e da lamina de ferro, que
guarnecia, pela parte exterior, as muitas peças so-
brepostas de couro de boi, de que o escudo era
feito. Pero Annes aparou galhardamente este golpe, e ao mesmo tempo a sua pesada acha d'armas
troou, faiscando, sobre o arnez do armeiro. Seguiu-
se por alguns minutos uma lucta terrivel. Os golpes de Alvaro despedaçavam tudo o que podiam
alcançar da armadura, apezar dos saltos que dava
Pero Annes. com incrivel velocidade, para esqui-
var-se a elles. Os d'este, a despeito da força com
que eram jogados, pouco mais faziam que resaltar
sobre o rijo arnez de prova, que Alvaro Gonçalves
trazia vestido. De repente o montante, que o armeiro jogava ás mãos ambas, dividiu, lampejando,
o espaço, e caiu em cheio sobre a celada do seu
inimigo. A rija cimeira de ferro voou em pedaços,
e o montante penetrou pelo craneo até aos dentes.
Pero Annes estendeu os braços para a frete, largou
a acha d'armas, e caiu redondamente morto por
terra.

Alvaro correu então para onde via branquejar o
vestuario, com que Alda fôra arrebatada de casa.

A linda menina jazia ainda desmaiada sobre os tos-
cos degraus de granito da escada que descia dos
Pelames para o Souto. Estava só. Gomes Bochardo,
ao vêr Pero Annes cerrar com o temido couraceiro
da ponte de S. Domingos, déra logo o caso por
perdido; e, para se furtar ás legitimas consequencias do facto, deixára Alda, e acolhera-se, como um
galgo, pelas escadas, no alto das quaes desappareceu de repente por entre a escuridade, que ente-
nebrecia a tortuosa e estreitissima rua.

O armeiro tomou a amante em cheio nos braços,
fitou-a, e, ao vêl-a assim immovel e côr de cadaver,
soltou um grito de suprema agonia, e ficou a olhar
espantado para ella. Mas o ruido de homens armados, que se lançavam apressadamente no largo,
chamou-o de novo a si. N'um momento desprendeu
o escudo, que trazia lançado para as costas, e de
que se não servira até alli; cobriu a amante com
elle, e empolgou com uma só mão a comprida e
larga espada de dois gumes, que qualquer de nós
homens de hoje, benza-n'os Deus, mal poderiamos
levantar ás mãos ambas. Depois fincou o pé esquerdo na escada, e fitou os recemchegados com
olhos luzentes de raiva e de desespero.

Estes, correram hostilmente para elle; mas a
poucos passos, exclamaram, como se se sentissem
alliviados do peso de uma montanha:

— Alvaro Gonçalves! Esse sois?

O montante do couraceiro baixou-se então para
terra. Aquellas vozes eram de verdadeiros amigos.

Os homens que se tinham dirigido a elle eram
Luiz Baldaia e os dois irmãos Balabardas.

— Alda... sobrinha... menina... que tens?
Isto que foi... Alvaro... que foi? — diziam atrapalhadamente os dois irmãos, ao verem n'aquelle
estado a sobrinha, que estremeciam.

— Mataram-n'a! — balbuciou o armeiro.

E então aquelle homem de ferro, diante do qual
ninguem ousava affrontar-se inimigo, caiu desfalle-

cido sobre os degraus da escada, e as lagrimas
principiaram a rolar-lhe pelas faces abaixo, como
se fosse delicadissima mulher.

Os dois Balabardas soltaram um grito tremendo
de agonia. Luiz Baldaia curvou-se com anciedade
sobre o rosto de Alda, palpou-lhe o coração, e exclamou impetuosamente:

— Alvaro, ensandeceste! Voto a Deus! que tal
franqueza não se póde soffrer em homem de tua
arte. Sús, attende... olha...

E dizendo, arrancou-lhe a manopla da mão direita, e levou-lhe esta ao coração da linda menina.
As mãos dos dois Balabardas seguiram açodadas
a mesma direcção.

Um grito de suprema alegria irrompeu-lhes pelos
labios fóra. O coração de Alda pulsava.

O armeiro ergueu-se então como automato; e,
sem dizer palavra, tomou apressado o caminho da
casa do copista, com a amante nos braços. Pelas
faces abaixo iam-lhe deslisando lagrimas de suprema felicidade. Alda vivia! Luiz Baldaia, que d'elle
era amigo extremoso, seguira-o de par juntamente
com Fernão Martins. Em quanto ao echacorvos,
esse mal se convenceu de que a sobrinha era viva,
apanhou a bisarma, que havia soltado na força d'a-
quelle abalo, e largou a correr como damnado em
direcção da casa do bacharel. Ia resmoneando palavras entrecortadas, e que lhe saltavam pelos labios fóra como pedaços de lava lufada pela cratera
de um vulcão. Espicaçava-o a birra de vêr se ainda
encontrava algum dos homens de Rui Pereira, porque o queria escachar, de alto a baixo, de um golpe.

Quando chegou, o largo estava todo em reboliço,
as janellas illuminadas, e os visinhos no meio da
rua, armados e vociferando ruidosamente. Dois d'elles tinham entrado pela janella arrombada da casa
do bacharel, e acabavam de abrir a porta da rua.

O echacorvos correu para ella, plantou-se na soleira, e, revolvendo a terrivel bisarma, fez desviar

o gentio. Fincou então o punho esquerdo na cintura, poisou a mão direita sobre o conto da bisarma, e bradou:

— Ah, meimigos, homens de prol, por fim ahi sois! Corpo de Deus consagrado! Aqui se jogou inda agora muita infinda cutilada, e vós outros, moita; dormieis! Ah! bons homens! ahi sois vós ora que a tormenta passou. Dar, dar, villanagem! Ora é que é dar, que o perigo de receber é passado. Voto a tal! ladrões, rufianaços, aleivosos, excommungados... Tal merencória hei de vossa covardice, que estou em dar-vos taes boas noites com esta bisarma, que vos fiquem mentadas para todo o sempre jámais. Ah! bons visinhos, homens de prol... Arredar! arredar!

Estas ultimas palavras foram ditas, ao avistar Alvaro Gonçalves, Luiz Baldaia e o armeiro embaraçados na passagem pela turbamulta, que os cercava, e que os não deixava passar no ardor da curiosidade, com que inquiriam do facto.

— Arredar! Arredar! — bradou pois Paio Balabarda, começando a rodear a bisarma com tão pavoroso rodizio, que a multidão abriu immediatamente aos lados.

Os tres entraram então com Alda para dentro de casa, e o echacorvos tornou a collocar-se no limiar da porta, e continuou a apostrophar insolentemente os papalvos, que teimavam em conservar-se no largo, de boccas abertas em frente da arrombada janella. A esta appareceu logo Luiz Baldaia, que a fechou sem-ceremonia na cara d'elles.

Na casa do copista reinava silencio de cemiterio. Parecia não haver viva alma-de portas a dentro. Luiz Baldaia e o armeiro deixaram Alda entregue ao amante, e correram ao quarto do bacharel. Estava deserto. Abriram a porta do escriptorio, deserto tambem! Voltaram de novo ao quarto, procuraram, remexeram tudo, mas nada.

— Se o matariam!... — balbuciou com dolorosa anciedade o armeiro.

A estas palavras ouviu-se um suspiro dolorosissimo saido, ao parecer, de debaixo da cama. Luiz Baldaia, que já lá tinha revistado, tornou a baixar-se, e não viu mais que uma coisa a modo de trouxa, embrulhada n'um cobertor, a qual já vira da primeira vez.

— Não é d'aqui, por vida minha! — disse ao armeiro, apontando para a trouxa, e rodeando os olhos para vêr d'onde partiria o gemido, indicio do triste bacharel.

— *Oihmé!* — sentiu-se de novo, e agora distinctamente de debaixo da cama,

O armeiro e o moço Baldaia espreitaram de novo.

— Será elle isto? — disseram á uma, apontando para a trouxa.

Luiz Baldaia puxou-a de rijo para o meio da casa.

— *Oihme! Dii, vostram fidem!* — exclamou lá do interior o triste bacharel, molestado pela velocidade, com que o tinham arrastado cá para fóra.

Os dois repararam então, e viram que o cobertor estava rijamente apertado pelas extremidades cruzadas umas sobre as outras. Desataram-n'as, e o pequeno bacharel saiu de dentro d'aquelle embrulho.

Fôra o caso:

O homem de Rui Pereira, que se dirigira ao quarto d'elle, pejando-se de pôr mão em tão pequenita e infima creatura, desfizera-se d'elle d'aquella maneira. Atara-o dentro do cobertor, e depois atirára-o para debaixo da cama, como fardo de roupa suja em casa de villão. Segurava-se d'esta fórma de toda a intervenção dos berros d'elle. Se Vivaldo Mendes conseguisse vencer o medo, não conseguiria desenfardar-se, por mais que trabalhasse para isso. Como se vê, o medo continuára,

porém, sem modificações, o que se provava pelos
nenhuns signaes, que haviam de elle ter, procurado
soltar-se. A bem conhecida' voz do .tio fôra quem
lhe dera alma para desatar aquelle dolorosissimo
gemido, que denunciára a sua miseravel existencia.

— E Alda?

Taes foram as primeiras palavras, que o bacharel proferiu ao pôr-se de pé.

— E' lá com Alvaro no aposento da parte da rua
— respondeu Luiz Baldaia, mal podendo conter o riso.

O armeiro, esse enojado de tanta covardia e de
tanta pequenez, já tinha voltado para junto da sobrinha e de Alvaro Gonçalves. A' resposta de Luiz
Baldaia, o bacharel lançou-se como uma xara, na
direcção do local, onde lhe diziam que estava a sobrinha.

Quando chegou, achou-a já em seu sentido, mas
ainda nos braços do amante, abafada por aquelle
paroxismo de lagrimas, que succede nas mulheres
aos desmaios causados pelas grandes commoções.

O bacharel fez um milhar de mimos á sobrinha,
e quando a viu mais serena e socegada, exclamou
contra Alvaro, com o olhito luzente de pequenissima
e ridicula raiva:

— Chegaste por fim, rufianaço! Ah! perro, que
se ahi fôras comnosco, tal nos não aconteceria.
Ah! excommungado, falso, aleivoso...

E a cada epitheto era uma pescoçada em Alvaro, que, apezar de já ter lançado o bacinete para
o lado, não dava sequer pela pequena raiva do
pobre bacharel, tão embebido estava na contemplação do rosto angelical da sua querida Alda.

De repente Vivaldo estacou, levou com frenesi
as mãos á cabeça, e exclamou:

— *Oihmé! Perii! Opus et oleum perdidi!* — e
dizendo lançou-se como um tigre na direcção do
seu escriptorio, allumiando-se com a luz de uma
vela de cera, que arrancou de um ferro engastado
na parede, no qual estava espetada.

Ao vêr aberta a porta, soltou um grito de infinita afflicção. Arremessou-se de golpe para dentro
do seu *saıctum sanctorum*, examinou um por um
os pergaminhos, os livros, os tinteiros, tudo emfim.
Do peito opprimido saiu-lhe aqui um suspiro de
profunda satisfação. Não faltava cousa alguma.

Voltou em seguida á sala, tornou a espetar a
vela no ferro respectivo, e ficou-se a olhar a exta-
tica contemplação amorosa dos dois ternissimos
amantes, diante da qual o moço Baldaia e o armeiro
pareciam tambem fascinados.

— *Oihmé!* — gemeu por fim dolorosamente Vivaldo — Mataram a moira!

A estas palavras o armeiro estremeceu, tomou
a vela, de que o sobrinho se tinha servido, e correu ao andar superior, acompanhado por Luiz Baldaia.

Aos raios da lua, que entravam esplendidamente
pela janella aberta de par em par, via-se a pobre
escrava, prostrada no soalho, no meio de um lago
de sangue, com meio corpo sustentado sobre o cotovello esquerdo, e a face reclinada n'aquella mão.

Ao sentir o ruido dos que entraram no quarto,
a desgraçada volveu para elles o rosto livido e ensanguentado.

— E Alda? — balbuciou a custo.

— Salva — exclamaram os dois, correndo compa-
decidamente para ella.

— Grande é Deus e o propheta — balbuciou a
pobre moira, e caiu desanimada.

Luiz Baldaia, movido d'aquelle tão sincero e generoso affecto, tomou-a nos braços, e viu que tinha o seio rasgado por larga punhalada. Palpou-
lhe então o coração, e sentiu que ainda pulsava.

— Fernão Martins, — bradou rijo — prestes...
um physico... buscae um physico.

O armeiro lançou-se a correr pela escada abaixo.
Ao chegar á porta da rua, encontrou o echacorvos,
que continuava a despeitorar a bilis, que lhe sobe-

jára da refrega, vomitando mil improperios sobre
aquelles dos visinhos, que, por mais asnos, ainda
se achavam de bocca aberta no largo.

— Paio, ide prestes pelo arabi. Alda já é guare-
cida; mas a coitada da moira está-se finando, e, a
bofé, que cuido de mim que tambem não estou bem
parado.

Assim dizendo, apontou para uma ilharga, onde
havia sangue empastado, que tinha corrido para
fóra por entre as laminas do cambaz, que trazia
vestido. No calor da briga um dos homens de Rui
Pereira erguera com uma pontoada uma das solhas
e a ponta da espada entrára para dentro.

Corpo de Deus consagrado! — exclamou o echacorvos.

E dizendo, correu para o irmão, examinou-lhe a
armadura, e, ao achal-a falseada, bradou rijo:

— Ah! cão de mim! E inda ora o dizeis?

E sem mais palàvra, lançou-se rijo pela porta
fóra. O armeiro fechou-a então e Paio partiu a correr pelo Souto acima em direcção á judiaria do Olival.

Antes de passar adiante cumpre dizer alguma
cousa ácerca do poderoso auxiliar que Deus deparou aos dois irmãos Balabardas, visto que no revolver do arruido não tive occasião de o fazer.

Luiz Fernandes Baldaia — que será o principal
personagem de uma outra novella historica, que,
querendo Deus, escreverei em seguida a esta, se
me não atraiçoar a mesquinha saude, com que ha
annos me acho abarbado — era um bello moço de
perto de trinta annos de idade, de aspecto formosamente varonil, de corporatura elegante e refor-
çada, e valente e cavalheiresco como o armeiro da
da ponte de S. Domingos, de quem era especial
amigo. Seu pae Fernão Alvares Baldaia, vereador
muitas vezes e ainda agora n'este anno, do senado
do Porto, era um dos mais abastados negociantes
da cidade, onde era bemquisto e estimado pelas

suas excellentes qualidades e decidido amor pela sua terra natal; e respeitado não só pelos seus muitos capitaes, virtudes e sisudez, mais tambem pela sua intima amizade com el-rei D. Affonso V., com quem tanto privava, que foi, em 1476, o escolhido por elle, para ir a França, como seu agente particular [1], levar a Luiz XI o tratado feito por D. Alvaro de Ataide ácerca da guerra com Castella, tratado de que foi mais tarde resultado a desgraçada ida d'aquelle nosso bravo mas ingenuo monarcha á côrte do mais torpe e refalsado tyranno, que o seculo xv produziu. Em razão d'esta amizade, Luiz foi creado na côrte com o principe D. João, depois o grande rei, segundo d'este nome, a quem servia de pagem, e por quem era singularmente estimado. El-rei D. Affonso tinha tambem por elle particular affecto e predilecção, não só por causa da amizade e dos serviços do pae, mas egualmente em razão da muita valentia do moço, que na tomada de Arzilla se tornou tão notavel, que el-rei o julgou digno da honra de ser por elle armado cavalleiro, ao mesmo tempo que o principe, junto do cadaver do esforçado D. João Coutinho, conde de Marialva, que no assalto havia sido morto. Luiz Baldaia vivia pois quasi sempre na côrte, d'onde porém vinha frequentes vezes passar muitos dias com a sua familia no Porto, e onde estava agora já havia mais de dois mezes.

Dadas estas informações, e avisado o leitor de que deve guardar para mais logo o saber as razões porque Alda e Alvaro Gonçalves ainda não estavam casados — casamento que tão sem estorvos se lhe deve afigurar, pelas razões acima dadas—passo a escrever o capitulo quinto, com a consciencia desassombrada e convencido de que n'este não deixo peguilho, em que a curiosidade do leitor possa embirrar por falta de explicação.

[1] Vide nota XXXIX.

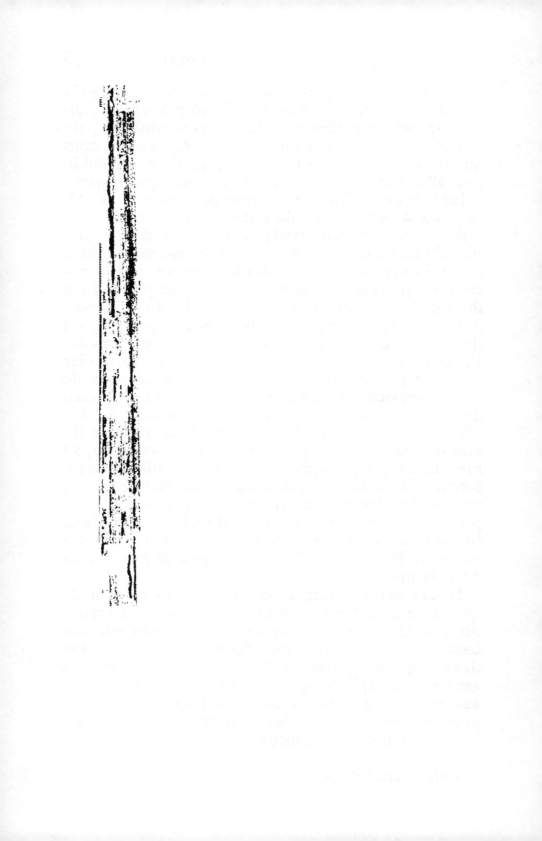

O JUDEU

Vistes uma claridade,
Que de cá té lá correu
Como ralo em tal idade
Tanto saber, tal bondade
Assi desappareceu.

SÁ DE MIRANDA. *Carta* III.

Ao mesmo tempo que os raptadores de Alda Mendes se viam obrigados a retirar em debandada diante das forças combinadas dos dois irmãos Balabardas e de Luiz Fernandes Baldaia, descia pela rua da Ferraria abaixo, então do Souto, um homem embrulhado n'um farto çorame, cujo capuz lhe occultava inteiramente as feições.

Ao chegar defronte do edificio, em cuja frontaria ainda actualmente se vê o oratorio da Senhora da Silva, parou. Aquella casa tinha então construcção muito differente da de hoje. Era um casarão de um só andar, muito acanhado em altura, com cinco janellas bastante espaçadas, estreitissimas, e terminadas em arcos ponteagudos. Tinha uma só porta,

baixa, larga e da mesma architectura. Esta porta
dava passagem para um atrio ou pateo, ao fundo
do qual se via outra porta mais pequena, mas da
mesma feição, que abria para o interior da casa.
No pateo, aos lados, havia quatro cubiculos ou cellas, tres das quaes estavam n'esta occasião abertas
e patentes; e a quarta, a que ficava á esquerda de
quem entrava, tapada a pedra e cal, de modo que
só se denunciava pelas ombreiras da pequena porta
e por uma fresta, em fórma de cruz, aberta ao meio
d'aquelle tapamento.

Esta casa era propriedade da confraria da Senhora da Silva, antiquissima corporação, que já
existia no seculo XII, segundo se vê de muitos documentos do cartorio da camara do Porto; e fazia
parte do hospital, que ella tinha a cargo, e que era
então o principal dos que havia na cidade. As cellas do pateo eram porção do grande numero das que
tinha aquelle edificio para asylo das emparedadas
ou donas de S. Nicolau, como tambem se chamavam. O hospital da Senhora da Silva era o local
preferido para os emparedamentos—barbarissima
penitencia que as idéas religiosas da epocha inspi-
ravam ás mulheres, e de que, sobretudo nos seculos anteriores, se abusou extraordinariamente no
Porto. [1]

O emparedamento—seja dito com venia dos eruditos e para esclarecimento dos que o não são—
podia bem considerar-se o enterro de uma mulher
viva. A cella da emparedada era um verdadeiro tu-
mulo, tanto mais medonho e terrivel que n'elle se
sepultava, não o corpo desanimado e frio, mas o
corpo animado e ás vezes cheio de energia, de mocidade e de affectos e paixões violentas. Um estreito
cubiculo de sete ou oito palmos de comprido—como
uma sepultura!—de quatro ou cinco de largo, fechado a pedra e cal por toda a parte, e apenas

[1] Vide nota XL.

n'uma das paredes uma estreita fenda em cruz, que servia para a confissão e communhão, e para passar o *alimento indispensavel* á vida, o qual em geral se reduzia a pão e agua, aqui tem o leitor o que era uma cella de emparedada. Acrescente a isto a completa sequestração de todos os affectos e a separação total da familia, a total solidão, um ermo, um deserto artificial collocado no meio de um grande povoado, com a inteira privação dos grandes espectaculos da natureza, com a perpetua ausencia das flôres, das arvores, do ar puro e até dos raios do sol, porque em geral estas cellas ou eram nos pateos dos hospicios ou nos claustros das cathedraes, ou então nos cantos mais escuros das ruas solitarias; e fará perfeita idéa do que era um emparedamento, e do que era uma emparedada.

As desgraçadas, que, inspiradas ou pelo ascetismo exagerado ou pelas paixões em desespero, se condemnavam á terrivel penitencia do emparedamento, morriam litteralmente para o mundo, continuando comtudo a girar-lhes a vida nas arterias, e o coração a pulsar-lhes com todos os affectos, com todas as paixões e com todos os instinctos, que são proprios da humanidade, e que na solidão se apuram e refervem. Era o verdadeiro enterro da vida. A ultima das pedras que cerravam a porta da cella da emparedada, era como a derradeira pázada de terra, não lançada pelo coveiro sobre um athaúde, mas sobre uma vida — uma intelligencia, um coração e milhares de instinctos, que levavam annos a desgastar; e para sofrear os quaes era precisa uma lucta desesperada, na qual a imaginação da martyr voluntaria chegava ás vezes a afiar-se ao ponto de poder, como aguia, fitar o sol do mysterio e penetrar com a vista o indefinido da eternidade. Aquelle era um suicidio lento e pavoroso, para affrontar o qual só é capaz a coragem da mulher — coragem incomprehensivel a não ser uma compensação ; cora-

gem omnipotente quando concitada ou pelo capricho ou pelo desespero das paixões; coragem a par·
da qual a do homem mais temerariamente esforçado é pura ninharia.

Nos fins do seculo XV o abuso do emparedamento tinha diminuido muito no Porto e em todo
o paiz. Ainda assim quando Branca Mendes se emparedou — havia dez annos — ainda no pateo da Senhora da Silva viviam duas emparedadas, uma das
quaes morreu poucos mezes depois e a outra um
ou dois annos mais tarde. A cella de Branca foi a
unica que ficou habitada. Todas as outras continuaram sem habitadoras; e assim permaneceram,
porque d'alli por diante não houve no Porto mais
mulheres que se tentassem com as negruras d'aquellas sepulturas, nem com o pomposo nome de
Donas de S. Nicolau.

Cousa singular! O Porto, a terra essencialmente
liberal, o Porto que desde tempos immemoriaes não
consentia que lhe pozessem a mão na bocca e lhe
travassem a respiração, o Porto que dizia aos reis
sim ou *não,* com desassombro e com altivez — o
Porto era a terra das emparedadas, era a povoação
de Portugal, onde as mulheres foram mais atacadas
d'esta temerosa loucura! Alguns querem explicar
esta singularidade, dando este facto como resultado
d'esse mesmo liberrimo espirito, que foi sempre
essencial dos habitantes do Porto; porque a liberdade de privar-se da liberdade é a prova mais cabal,
é o derradeiro argumento com que elle se pôde provar. A meu vêr, esta notavel antithese tirava origem
de uma outra causa. Resultava do espirito altamente
religioso, que inspirou sempre as mulheres do Porto,
e que fez d'ellas em todos os tempos os modelos das
filhas, das esposas e das mães, e admiraveis exemplos da briosa altivez, que não desce a labutar nos
torpes devaneios, que degradam a mulher, e para
os quaes tem debalde tentado impellil-as a actual
franquia de costumes — temeroso vaivem com que

a civilisação d'este seculo tenta aluir o venerando
e grandioso edificio levantado pelo espirito severo e
verdadeiramente fidalgo de nossos avós. Oxalá que
o *canalhismo* moral nunca possa conseguir a empreza, em que se acha empenhado, e que nos costumes do porto permaneça para sempre a essencia
d'aquelle pé de boi, d'aquelle Portugal velho, brioso,
cavalheiro, sensitiva em pontos de honra e pundo-
nor, de que só se podem rir os imbecis, que nem
mesmo de desprezo são merecedores.

Mas voltemos á narração.

O homem do çorame parou, como eu disse, á
porta do hospital da Senhora da Silva, e parado se
conservou um minuto, durante o qual pareceu vigiar em redor de si. Emfim, entrou para dentro do
atrio, esclarecido apenas pela luz tibia, que reflectia
do luar que batia de chapa no limiar da porta, e
dirigiu-se para junto da cella de Branca Mendes, a
cujo tapamento se encostou.

Assim permaneceu por muito tempo, immovel
e silencioso, a ponto que nem respirar parecia. Por
fim ergueu a cabeça, que tinha pendida para o peito,
e atirou para traz o capuz.

— Branca — disse em fim em voz sumida, que
era ainda menos que um cicio.

Um murmurio triste, um como gemido dolorosissimo correspondeu de dentro da cella áquelle som
quasi indistincto, que assemelhava as derradeiras
harmonias do echo de um suspiro dado ao longe,
trazidas nas azas da briza para alimentar uma saudade.

A cabeça do homem do çorame descaiu de novo
para o peito, e elle permaneceu silencioso por alguns minutos mais.

— Branca — irrompeu por fim em voz mais audivel — oras, pobre mulher? Ainda Deus se não
apiedaria de nós?

— Eleazar — respondeu de dentro uma voz maviosa e triste — tocaria elle por fim o teu coração?

Já o nome sacratissimo do meu Senhor Jesus Christo deixaria de ser blasphemia na tua bocca?

Eleazar Rodrigues, bemquisto arabi da communa dos judeus do Porto — que já vê o leitor que era elle — ficou immovel, e sem responder a estas palavras. Alguns minutos passados assim, a voz maviosa, mas triste da emparedada, ou *inclusa*, que é tudo o mesmo, irrompeu em tom de sentida amargura:

— Ha dez annos que rogo por ti a Deus n'esta aspera penitencia, e ainda não fui ouvida! Grande foi o nosso crime, Eleazar! Senhor Deus de misericordia, apiedae-vos de nós!

E ao findar estas palavras sentiu-se o som de uma fronte, que batia no pavimento da cella.

O corpo do arabi estremeceu, e aprumou-se:

— Ha dez annos, Branca, ha dez annos! — disse por fim — Ha dez annos que consomes dentro d'esta sepultura a vida, a mocidade e o coração! Ha dez annos que venho aqui todas as noites exorar-te piedade para ti, para mim e para nossa filha, e tenho sempre a mesma resposta, sempre a mesma negativa!... Que amor esse teu, Branca! Que amor, que sacrifica a felicidade de quem mais amas no mundo a um sonho reprovado pelo Senhor...

— Eleazar... Eleazar, não falles em Deus, não blasphemes.

— Deus é um unico para o christão e para o judeu — replicou com dignidade o arabi — O Deus, aos pés de quem sobem as tuas orações e as minhas, Branca, é o mesmo Deus, o Deus do Sinai, o Deus que arrancou o mundo ao cahos, que fez a luz, e que inventou o homem e a natureza, da qual o fez senhor...

— Oh! mas tu não crês no seu unico filho e verdadeiro Deus, em Jesus Christo...

— O crucificado do Calvario? O teu amor já fez o mais que podia fazer, Branca. Duvido! Se seria um justo aquelle? Se seria aquella sentença uma iniquidade?

— Foi, foi — exclamou com fervor a emparedada
— Jesus é Deus, Jesus é o filho de Deus. Eleazar,
Eleazar, abre o teu coração á voz do Senhor, que
te falla pela bocca de uma pobre mulher...

— Silencio, não prosigas — atalhou com dignidade o arabí — Branca, eu já t'o disse; o teu amor
fez o mais que podia fazer. D'aqui para diante...
Antes eu morra! Passar ávante seria sacrificar a
Baal, seria blasphemar, seria provocar a ira do
grande Adonai, do senhor do trovão e do raio...
Oh! a quanto já o teu amor me obrigou! Duvido! E
sinto que já não posso arrancar do coração esta duvida, porque foste tu que n'elle m'a implantaste. Oh!
Branca, Branca, e se soubesses os trances porque
ella faz passar a minha alma! Por ti me tornei blasphemo, por ti me tornei sacrilego! Duvido... cheguei a duvidar até de Deus, que é a origem de toda
a verdade; porque duvidar da justiça da sentença, que
que condemnou por impostor a Jesus Nazareno,
é duvidar de Deus, que disse a Moysés no Horeb
— eu sou o teu Deus, o teu unico Deus... E comtudo duvido, porque, tu me fazes duvidar, porque
se me afigura que da tua bocca de anjo não poderia sair a justificação d'aquelle homem, se a
sentença que o condemnou não fosse uma iniquidade! Se seria aquelle um justo? A tua imagem
e a tua voz são sempre a par de mim, e sempre espicaçando-me na alma esta duvida blasphema! Vejo-te aqui macerada, pallida e em lagrimas, sacrificando o teu amor á veneração pelo homem, que os meus passados crucificavam por impostor e por blasphemo; e a tua voz trôa-me então
aos ouvidos, bradando, Jesus, Jesus... até no proprio genesim [1], quando explico a lei a meus irmãos!
A doutrina d'elle era santa e era justa... menos
n'aquillo. Deus de Jacob, senhor potente dos exercitos, acorrei á fraqueza do meu espirito! Duvido;

[1] Vide nota XLI.

eu que não devia duvidar, duvido! Branca, que mais
pódes exigir de mim?

— Graças, Deus de misericordia, graças! — bradou aqui a inclusa com fervor verdadeiramente religioso — Deus já .te tocou no coração, Eleazar.
Prosta-te diante da imagem do Senhor crucificado,
pede-lhe perdão do muito que o tens offendido...

— Cala-te, não vás mais ávante — interrompeu
duramente o judeu — Para mim não ha mais que
um Deus, o Deus que fallou a Moysés no Sinai, o
Deus que nos salvou do poder dos Pharaós, o Deus
de Abrahão, de Isaac, e de Jacob, o grande, o omnipotente, cujo Messias ha de por fim descer á terra,
entre raios e trovões de gloria deslumbrante, a vingar o seu povo escolhido dos furores d'estes novos
assyrios, que até da luz e do ar nos prohibem o
gozo...

Aqui o judeu, como se caisse de repente em si,
rompeu de golpe a sua apaixonada profissão de fé,
que tanto ao vivo revelava o quão profundamente
estavam n'elle arreigadas as crenças da raça pros-
cripta e amaldiçoada por Deus.

Houve uma pausa de silencio profundissimo. Da
cella da emparedada não saía um unico som, e a
cabeça do judeu descaiu de novo para o peito.

— Branca — disse por fim Eleazar — escuta-me;
pelo nosso amor, por nossa filha, attende-me. E'
tempo que o teu escrupulo caprichoso se abrande,
é tempo que tu dês ouvidos á razão. Escuta-me pois.

E aqui o judeu callou se um momento, ergueu
nobremente a cabeça, atirou para traz os cabellos
que lhe haviam descaido para as faces, e em seguida continuou:

— Quando me recordo do que fui, Branca, quando
ponho o meu passado defronte do meu presente, e,
de face com esta comparação, me lembro de que
estás aqui!... Ha dezenove annos... recordas-te
d'esta epocha, Branca?... ha dezenove annos
Eleazar Rodrigues, o filho do bom Manassés, arabi

da communa dos israelitas do Porto, era um homem verdadeiramente feliz, feliz quanto o odio e as leis dos christãos permittem a um judeu que o seja. Durante os vinte annos, que então contava de idade, não tivera um só dia de pezar, uma unica noite conturbada pela insomnia da dôr. Jámais a desventura assombrára a paz do seu espirito com o mais pequeno desgosto, jámais o pungir da inquietação perturbára nem ao de leve o socego da sua alma. Tudo lhe sorria, tudo era elementos de ventura para elle. Amava, e respeitava seus paes, em cujo seio depositava todas as alegrias da santa paz do seu espirito, que eram os seus unicos segredos; e era prezado e estimado pelos seus irmãos da communa, que n'aquella felicidade tinham segura a inspiração dos beneficios e do affecto, com que elle os tratava. Até os proprios christãos lhe enfloravam a vida, usando com elle de benevolencia, que não tinham para nenhum outro judeu, e que fazia que os rigores dos decretos de el-rei fossem para Eleazar letra morta. A estes puros affectos, que lhe tornavam a vida aprazivel, juntava-se n'elle um outro, que lhe cobria de flôres a pavorosa recordação da passagem para o mundo apoz d'este mundo, para o mundo eterno dos espiritos. Era o amor pelo estudo da lei, ao qual se dedicára com fervor de verdadeiro filho do povo escolhido, e de quem havia de succeder a um pae sabio na cadeira do genesim da communa. A sua alma espraiava-se radiosa pelas santas crenças dos grandes prophetas, em cujas palavras se elevava até ao throno soberano do Deus senhor de Israel. O jubilo mais puro enchia o seu espirito, porque aquella fé não era conturbada pela mais pequena nuvem da duvida; era firme e clara como o throno supremo do omnipotente. No deleite da sua alma agradecia ao grande Deus batalhador o tel-o feito nascer no gremio da lei, para fóra da qual é impossivel o caminho do santo monte da gloria do Senhor; e na intolerancia que esta fé lhe inspirava,

não aborrecia, mas lastimava os estranhos á sua nação, os que haviam nascido fóra da lei do povo
eleito, dos quaes se arredava em espirito, não com
odio, mas com dôr; porque a felicidade, em que a
alma lhe trasbordava, movia-o á dôr e não ao
odio.

O arabi callou-se, e a cabeça pendeu-lhe de novo
para o peito, que lhe arfou ao mesmo tempo ao
impulso de um profundo suspiro. De dentro da cella
da emparedada soou o gemido dolorosissimo, que
é o natural desafogo, que se permitte o peito an-
ciado por pungente agonia, a que não concede outra expansão mais do que lagrimas silenciosa.

— Choras, Branca?— disse então o judeu, erguendo de novo a cabeça — Choras; ha dezenove
annos que não fazes mais que chorar, sem outro
fructo do que fazer de cada lagrima tua mais um
espinho para a pungente corôa do nosso martyrio!
Oh! quem disséra, ha dezenove annos, que as tuas
lagrimas haviam de ter só este resultado! Quem do
que tenho soffrido me pudera convencer na hora,
que se seguiu áquella, em que te encontrei exposta,
tu e teu,irmão, aos sarcasmos insultuosos d'aquelle
velho rancoroso, que vos persegue com o odio, que
um amor desprezado vota ha mais de meio seculo
aos descendentes d'aquelle que lhe foi preferido! E
quem dissera, Branca, quem me pudera adivinhar
que aquella historia, a que eu era por tudo indifferente, ainda havia de vir a ser um dia origem de
pezares para mim!

O judeu callou-se de novo um momento, e da
cella da inclusa saiu novo gemido ainda mais doloroso que o primeiro.

— E comtudo—continuou elle, rompendo de' chofre o silencio— e comtudo, fossem aquelles pezares mais feros no tresdobro, fosse a minha agonia
mil e mil vezes mais temerosa; que, se tu o qui-
zesses, Branca, eu a abençoaria, como apezar d'ella,
abençôo o dia em que te vi a vez primeira, ó doce

rosa do Cedron, ó pulcherrima entre todas as mulheres! Recordas te bem d'elle, Branca? Recordas-te d'aquella triste coincidencia, que foi como o prenuncio d'estes dezenove annos de martyrio? Eu fôra aquella tarde lançar-me entre as campas do nosso almocovar [1], a meditar, reclinado sobre a sepultura de meus irmãos, no que seria o incognito mundo dos espiritos. A minha alma, alevantando-se sobre as azas da brisa, que se arrastavam rumorejando por sobre aquelle chão de mortos, subira até aos confins da região do mysterio, e d'ahi caira despenhada e cega pela luz radiosa, que a offuscára, ao pretender penetrar para dentro do imperio do supremo infinito. Por mais de uma vez tentei aquelle vôo temerario, e de todas colhi o mesmo resultado; de todas me achéi despenhado e pequeno no meio d'aquelles funebres argumentos da pequenez das cousas humanas. Era triste e dolorosa a queda. No primeiro momento, o meu espirito aferrava-se dolorosamente áquellas lousas com terror desesperado, mas a fé alevantava-o de novo para o céo, e elle entoava a Deus um cantico novo, e, alentado por elle, cria, apezar de teimar com cega pertinacia em querer contemplar face a face o objecto d'aquella vivissima crença. Ao fim da tarde, saí d'alli, com o espirito cheio de Deus, mas alquebrado e triste, pela aragem das sepulturas que tantas horas havia respirado. Foi então que te encontrei... Deus de Israel — exclamou aqui o judeu, erguendo os braços e a face para o céo — Deus de meus paes, Deus pugnador, grande e omnipotente; só a ti que tiraste do chaos a luz, da terra o homem, do mar os peixes e do ar as aves, só a ti é que é dado estremar as admiraveis antitheses da natureza tão perfeitamente que d'umas não fique resaibo nas outras! Foi então que te encontrei, Branca, foi então que te vi pela primeira vez. Vi-te quando voltava,

[1] Vide nota XLII.

d'entre as campas do almocovar, de meditar no que seria a morte! Fatal coincidencia aquella! A tua presença aviventou de subito a luz da minha alegria; mas o amor, ao entrar me para dentro da alma, ainda lá achou vestigios do luto, com que a meditação da morte a havia entenebrecido!

O judeu cobriu as faces com as mãos, e ficou a soluçar por muito tempo.

— Ó Branca, ó minha Branca — disse por fim — ainda és tu aquella formosa e timida donzella, de cabellos pretos como o ebano e de olhos rutilantes d'aquelle amoroso e sobrenatural fulgor, que tinham os do anjo, que conduziu Tobias ao encontro do remedio da cegueira do pae e á salvação da pura filha de Raguel? Oh! sim; ainda o és de certo. Os anjos não mudam. Eu é que não sou o que fui. Os meus cabellos estão brancos, as minhas faces ru- gadas, e a minha alma acurva-se, ainda mais do que o corpo, ao fim d'estes dezenove annos de mar- tyrio. A alegria de Eleazar morreu, a paz da sua alma transformou-se em medonha tempestade, á fé viva succedeu a duvida, e no logar da intolerancia fervorosa, que arreda christãos e judeus uns dos outros, sinto hoje a impaciencia blasphema que amaldiçoa o impedimento das crenças, ridiculo, se- gundo ella. Branca, eis aqui o que o meu amor fez por ti. Não fará nada o teu pelo homem, que reduziu a tanta miseria, que transformou no que vês?

— Eleazar — balbuciou a emparedada entre solu- ços — o meu faz por ti ainda mais. Ha dezesete annos que lucta com a recordação do nosso crime; e ha dez que n'esta penitencia pede, chorando, a Deus que abra á tua alma o caminho da salvação, e que me restitua o meu esposo.

O judeu bateu com furor o pé no chão.

— Crime! crime! — bradou com desespero — Crime! Foi esse o primeiro nome que déste ao nosso amor; foi esse o epitheto que déste ao nascimento de nossa filha; é essa a palavra com que, ha dezenove annos, repelles a felicidade que te offereço, e que te peço, em nome da ternura do teu coração! E a isso chamas amor, Branca? Crime, e porque? Porque as estupidas leis dos christãos condemnam como crime faccinoroso o amor entre judeu e christã?[1] Crime, porque o medo d'essas leis te acovardam o espirito, e cegam a tua propria affeição? Crime, porque o teu amor é fraco e debil, e não pôde vencer no teu coração os terrores do fanatismo ignorante, assim como os venceu no meu?

O judeu parou de repente, poz as duas mãos no tapamento da cella, como se a pretendesse aluir, e logo exclamou de golpe:

— Branca, amas-me ainda como me amaste, ou tem-se o teu amor derretido ao fogo de tanta loucura, deixando apenas no teu espirito uma fria recordação do pae de tua filha?.

Branca desatou em choro copioso, cujos gemidos e soluços se ouviam distinctamente fóra da cella.

— Responde — bradou o judeu sem mudar de posição e com olhos scintillantes de desespero.

— E és tu quem duvidas do meu amor! — balbuciou ella — tu por quem arrisquei a salvação! tu por quem me perdi!...

O judeu poz-se a medir agitadamente e a passos largos toda a largura do atrio do hospital; por fim parou junto da cella, e disse em voz serena, mas affectuosa:

— Não, eu não duvido de ti, Branca; não, eu não duvido do teu amor! Se duvidasse... matava-me. Que me importa a mim a pena que a lei impõe ao suicida? — irrompeu como que para si, com furor concentrado, e batendo com o pé no chão — que tem o cadaver com a lei? Branca — continuou, lan-

[1] Vide nota XLIII.

çando-se de joelhos junto do tapamento da cella — attende ao que te vou dizer. Eu não posso viver assim. Quero poder abraçar minha filha; quero poder amar-te á luz do sol. Por Alda, pelo nosso amor, e pelo nosso futuro, se é que tu me concedes futuro, Branca, escuta-me, attende ao que te vou dizer. Nas minhas palavras tudo é rasoavel; de desespero não ha senão o tom, que me é inspirado pela tresloucada pertinacia, com que caprichas em conservar-nos sob o peso d'esta agonia, que so existe porque porfias em fazel-a existir. Aqui estou de joelhos diante de ti. Por Alda, por nossa filha, dá-me a felicidade que me roubaste, dá paes áquella pobresinha, e furta-te a esta morte lenta e medonha, a que te condemnaste loucamente. Branca, o mundo é campo vastissimo, onde se encontra mais de um canto, em que possamos viver felizes, e fazer a felicidade da nossa Alda. O céo não se reduz a este retalho de céo que cobre Portugal; ha mais brisas do que as que meneiam aqui as flôres, mais ar do que aquelle que se respira aqui. Fujamos, vamos para onde nos deixem viver unidos, para onde não seja crime o abraçar minha filha. Queres adorar o crucificado como Deus? Que tenho eu com isso? Respeital-o hei ao teu lado; veneral-o-hei como o Deus da mulher que amo. Se quizeres, iremos viver para Jerusalem. Um pouco de oiro compra a benevolencia dos serracenos, e abre as portas do sepulchro do teu Deus. Fujamos, Branca. Vamos para as margens do Cedron. Lá vende-se a liberdade a dinheiro; e eu sou rico. Se o teu espirito adora o Nazareno, lá tens o seu sepulchro, e sobre elle as tuas orações serão mais acceites. Lá poderemos amar-n'os mais livremente, e orar livremente tambem. Para ti lá está o sepulchro dé Jesus; para mim Jerusalem, a sagrada Sião dos prophetas. Oraremos cada um por seu modo; mas nem mesmo orando assim, estaremos separados, porque ambos oraremos pelo mesmo anjo, oraremos pela felicidade de nossa filha, a quem já devemos dezesete annos de caricias... Branca, não te opponhas a esta felicidade. Se me amas, nada ha que contrarie esta resolução. A'manhã, antes do sol nado, estarás tu fóra d'esta medonha sepultura, e no mais veleiro dos meus navios, iremos, com nossa filha nos braços, mar em fóra, em demanda da terra promettida por Deus a meus paes, da terra da promissão para o nosso amor...

— Eleazar! Eleazar!... Deus de misericordia, tende piedade de mim! — bradou a emparedada com um grito de suprema agonia.

O judeu poz-se de um salto em pé.

— Tu não me amas! — replicou em voz cerrada pelo desespero.

— Eleazar, por Deus... pela memoria de tua mãe, não me tentes mais! Tem dó da minha fraqueza... Não queiras a condemnação da minha alma...

— Não, tu não me amas — continuou o judeu, sem a escutar — Tu mentes a ti mesma; não, não me amas...

— Amo... amo.... como no primeiro dia do nosso amor, como quando nasceu nossa filha... Eleazar, concede-me um anno... só um anno mais... Imploro-t'o por Alda... por nossa filha...

Pelos labios do judeu saiu aqui de chofre aquelle grito que é particular do desespero, concitado pela pertinacia da contradicção, que se empenha, como que ás cegas, em protelar a pratica de um acto, da rapidez do qual nos está dependendo a vida.

— Por nossa filha! — bradou Eleazar — Por nossa filha! Mas, desgraçada, é por ella, é em nome d'ella, que te digo que fujamos, que é preciso fugir immediatamente. Branca, tenho-te até hoje occultado tudo, porque tenho querido poupar o teu coração de mãe. Mas agora seria crime o continuar a calar-me. Sabe pois que esse infame senhor da Terra de Santa Maria procura haver nossa filha ás mãos. Já ousaram tentar o honrado Fernão Martins, e, como elle não cedesse, e d'elle se temam e de Paio, foram hontem á judiaria procurar, de mando de Pero Annes, a Abrahão Cofem, para que elle compozesse um philtro, com que segurem os dois, ou matando-os ou adormecendo-os, de fórma que possam emprehender um rapto, sem serem presentidos por elles. Abrahão tudo me contou, e tudo me tem revelado até hoje; pois, como grande amigò do bolseiro do bispo, nada lhe é occulto, e anda fingidamente empenhado em concertar com elles o plano. Por elle sei tudo o que intentam. Teus tios já estão prevenidos. Nada ha, pois, a receiar, entretanto que Rui Pereira fôr em Refojos; mas em voltando... Tu bem sabes quanto elle é violento e ousado...

— Minha filha! minha filha! — bradou aqui a inclusa com suprema agonia, collando-se á estreita fresta aberta no tapamento.

Havia tão profunda afflicção n'este grito, que o arabi recuou aterrado.

— Eleazar — irrompeu de novo a emparedada em voz vibrante e terrivel de desespero — nossa filha... está perdida! Ouvi, ha pouco grande arruido para o lado do Souto... Era uma briga... gritos e brados de homens... Oh! minha filha!... minha filha!...

E a estas palavras ouviu-se troar sobre o pavimento da cella o baque em cheio do corpo da desgraçada.

O judeu soltou um grito. Recuou espantado e com os braços estendidos para a frente, e assim ficou hirto e pasmado, como se o tocára o raio.

VI

A POLICIA DA CIDADE

Eu, senhor, vos digo eu
Que vou sempre por espinhos;
Se o bem tem mil caminhos
Sempre acerto o que não e meu,
E vou cair de focinhos.

GIL VICENTE.

EGUIU-SE por muito tempo silencio profundissimo. Da cella não saia o mais leve rumor, e Eleazar Rodrigues continuava extatico e como totalmente fóra de seu accordo. Por fim estremeceu, passou a mão pela fronte, e aprumou com altivez a magestosa corporatura: mas logo, como que salteado por idéa descoroçoadora, soltou um gemido de fundo desespero, a cabeça pendeu-lhe com desalento, as lagrimas principiaram a correr-lhe pelas faces abaixo, e o peito a arfar-lhe violentamente aos impetos dos repetidos soluços. Momentos depois correu desassisadamente para a cella da emparedada.

— Branca, Branca — bradou com voz terrivel e batendo no tapamento com o punho convulsivamente

cerrado—qual de nós terá de responder a Deus
pela sorte de nossa filha?

Assim dizendo, calou-se de golpe, e ficou com
os olhos scintillantes cravados na cella. De dentro
d'ella não saiu porém rumor algum, que denun-
ciasse que a emparedada tivesse ouvido aquellas
palavras.

Eleazar cobriu então com infinita agonia. o rosto
com as mãos.

— Se morreria ella! — balbuciou por fim — Senhor Deus de Israel, terá por ventura a intolerancia
razão? Será crime o amar a nazarena? Oh! não—
acrescentou depois de curto silencio — A fóra, blasphemia! Deus é um para o judeu e para o christão,
e os anjos amam-se, onde quer que se encontrem.
Pereça eu embora e a minha raça — irrompeu de
repente, batendo impetuosamente com o pé no chão
— pereça eu embora e a minha raça, mas nunca a
deixarei de amar!

Assim dizendo, collou o ouvido ao tapamento da
cella, e escutou:

— Se morreria! Branca! Branca!— continuou em
voz de suprema agonia — Nem o mais leve rumor!
Nem o mais somenos movimento! Oh! minha filha!... minha filha!...

E dizendo, atirou com um capuz para cima do
rosto, e dirigiu-se a passo cheio para a porta.

Quasi ao tocar no limiar, parou. Pela rua abaixo
sentia-se o ruido de gente, caminhando compassadamente. Por este passo e pelo tirlintar das armas,
o arabi reconheceu a ronda. Retrocedeu então, e
foi encostar-se á porta pela parte de dentro. Na
alteração de espirito, que o dominava, não reparou
que metade do corpo lhe ficava a descoberto, e que
a lua batia n'elle de chapa, retratando-lh'o sobre o
pavimento do atrio.

A ronda chegou por fim á porta do hospicio da
senhora da Silva. Na frente vinha Fernão Vicente,
escrivão da alcaidaria, e a par d'elle um dos homens

jurados, que trazia na mão uma lanterna. Seguiam-
n'o mais cinco, todos armados de bacinetes e cambazes, e d'elles uns com espadas e outros com áscumas e alabardas.

Fernão Vicente, ao passar, deu com os olhos no
vulto do judeu.

— Sús, vós outros — disse para os seus homens
— alli está gente que se occulta. Nuno Meiminho,
andae, ieramá, e ide vêr quem é aquelle alma penada que anda a taes deshoras em oração mental
pela portaria dos hospicios.

O homem da lanterna avançou para o judeu com
a áscuma empunhada.

— Corpo de tal! Por S. Beelzebut, quem sois?
— bradou-lhe approximando-se — Juro a Deus —
acrescentou, vendo mover-se o vulto — juro a Deus,
que se vos mexeis, vos atravesso com esta. Ora
sús, tirae o rebuço, ou pezar de mim!...

Aqui um suspiro que saiu de dentro da cella da
emparedada, aprumou de golpe o judeu, immovel
até alli, apezar das ameaças do homem do alcaide.
A um segundo gemido, Eleazar lançou-se de rijo e
a passos largos para fóra da porta.

— Se será alma penada devéras? — rosnou o
esbirro, recuando, e terçando a áscuma ameaçadoramente — Mas vêde vós, alcaide...

Aqui o judeu atirou com o capuz para traz das
costas, e ficou immovel e majestosamente aprumado
em frente do escrivão e dos seus homens.

— O arabi! — balbuciou Fernão Vicente, em tom
de vivamente contrariado — Mas D. Eleazar...corpo
de Deus consagrado!... Como... vós a taes deshoras... fóra da judiaria! Bem sabeis que depois
do sino da oração.... sim, bem sabeis que os degredos de sua senhoria el-rei [1]...

O judeu não respondia palavra. O espirito anda-
va-lhe muito distante d'aquelle logar, até onde o

[1] Vide nota XLIV.

fizera vir, como que machinalmente, o amoroso instincto de poupar ao affecto da amante o assistir ás
consequencias do delicto, em que fôra apanhado
em flagrante. Este delicto, como o leitor já sabe, era
o ser encontrado fóra da judiaria depois da ultima
badalada do sino das Ave-Marias, o que a lei pu-
nia, em judeus e em mouros, com multa gravissima,
paga na cadeia [1].

Das palavras de Fernão Vicente, do tom de voz
e da hesitação, com que as dizia, resaltava evidentemente o quanto lhe custava o apertado lance, em
que se achava Eleazar. Parece que, sendo chefe e
capitão d'aquella quadrilha de esbirros, podia fazer
vista grossa, e mandal o em paz para sua casa: mas
o surdo rumor em tom bem differente do d'elle, que
os seus homens faziam, fallando á puridade uns com
os outros, explicava perfeitamento o motivo, porque
elle não tomava este naturalissimo expediente.

Os homens rumorejavam, como quem não tinham
os mesmos sentimentos do alcaide, e antes folgavam
de ter occasião de descarregar sobre o arabí dos
judeus todo o odio de raça, que n'essa epocha principiava a aferventar-se, ainda que surdamente, na
peninsula iberica. Esses surdos rumores prognosti-
cavam já as incriveis e selvagens atrocidades, que
principiaram a commetter-se alguns annos mais tar,
de, concitadas pelo instincto de escandalosa rapina
disfarçada hypocritamente em zelo religioso, que
inspirava o marido de Izabel, a Catholica, o patife
mais cynico, de que a historia dos reis de Hespanha faz menção.

A'quelle rumor, que tão violentamente destoava
com os seus sentimentos para com o arabí, Fernão
Vicente voltou-se irritado, e bradou:

— Sús, vós outros! Que estaes ahi a ladrar, bi-
lhardões? Pezar de mim, que estou para fazer em
vós tal estrago...

[1] Vide nota XLV.

E, dizendo, levou a mão ao cutello que trazia solto na cinta preta de verdugo de vacca, de que lhe pendia a espada.

Os homens responderam á provocação com uma rosnadella decrescente, mas nada attenciosa. O escrivão da alcaidaria, como homem de idade madura e prudente, fingiu dar-se por satisfeito com aquelle signal um pouco equivoco de consideração pela sua autoridade, e continuou logo, voltando-se para Eleazar:

—E bem, dom arabi, e ora que faremos? Ah! perro de mim! que homem tão letrado e sages, como vós, caisse em tal desmando, cousa é pardiez! de pasmar! E como? Pois não sois vós arabi, e official publico de sua senhoria el-rei, e tão sabedor de suas ordenações que não ha hi mais doutor bolonhez ou bacharel em degredos!... E ora, que mandaes? Dizei, ieramá, dizei...

— Fernão Vicente — replicou serenamente ·Eleazar — que determinaes fazer de mim?

—Mas, voto a Deus! D. Eleazar... vós bem sabeis... — replicou atrapalhado o escrivão da alcaidaria.

—E elle que hade fazer — interrompeu aqui de chofre e em tom desabrido um dos homens jurados da alcaidaria—que hade fazer, senão chantar na cadeia o marrano, o perro judeu excommungado que assim desobedece a el-rei? Ora vêde vós o enxovedo como pergunta!

—Ah! corpo de tal! E tão ousado sois vós, jurami!...—bradou Fernão Vicente.

—Como ousado! — replicou o outro, cada vez em tom mais revolucionado — Cumpri vosso regimento, Fernão Vicente, que al, voto a Deus, não vos consentiremos.

Era para vêr fazer elle a judeu o que não faz a christão. Pois, bofé, meimigo, rolha, aqui torce a porca o rabo. E bem vos entendemos que lá diz o ditado; o lobo e a golpelha todos são de uma conselha e de corsario a corsario não se perdem mais que os barris. Olhae por vós, Fernão Vicente, e vêde que onde vae o pião, vae o ferrão; e que tudo tem seu tempo e os nabos no advento. Ora pois; e basta.

A esta coarctada, que o leitor de certo percebe mal, mas que tudo se cifrava em ameaças e allusões ao sangue judeu de que, segundo a opinião publica, o escrivão da alcaidaria tinha nas veias sufficiente porção, Fernão Vicente ficou com a coragem enleiada de todo, e· com os olhos postos no arabí, como quem não sabia decidir-se.

Então Eleazar Rodrigues, que ouvira com aspecto magestoso e sereno todas estas grosseiras invectivas, metteu a mão no peitilho da garnacha, que trazia por debaixo do çorame, e tirou uma bolsa cheia de dinheiro.

— Attendei, bons homens — disse serenamente —Não ha para que refertar n'este caso. Eu não me furto á pena da ordenação! N'esta bolsa achareis as cinco mil livras [1], em que os degredos de sua senhoria me encoimam. Tomae-a, e deixae-me ir em paz meu caminho.

Assim dizendo, estendeu, com gesto soberano a bolsa aos esbirros. Um d'elles ia a tomal-a, mas aquelle que mais assanhado se mostrára até aqui, susteve-lhe o braço, bradando a Eleazar:

— Cómo! E cuidaes vós que assim fica satisfeita vossa rebeldia? Como rima? Olhae a largueza do judeu! Da cadeia as pagareis, dom perro marrano, então avaliareis a vosso sabor, se os ferros do alcaide são bons de soffrer, e depois direis áquelle aleivoso Abrahão Cofem, vosso parceiro... Ah! homens, sabeis ou não sabeis que meu irmão jaz encarcerado, porque deve...

Esta apaixonada allocução do homem jurado da alcaidaria foi interrompida de golpe por um socco

[1] Vide nota XLVI.

monumental, que de subito lhe marrou em cheio na parte do rosto, que o bacinete deixava a desco-berto, e que o fez voltar de repente de pernas ao ar.

Este socco fôra despedido pelo punho herculeo do echacorvos. Como o leitor sabe, partira elle, correndo, pelo Souto acima, em direcção á judia-ria, em busca de Eleazar, de cuja sciencia tanta ne-cessidade tinham o armeiro e a escrava do bacha-rel. Ia precisamente a chegar ao hospicio da Se-nhora da Silva, quando o enraivado beleguim prin-cipiava a vociferar contra o arabí, sem que o mi-sero Fernão Vicente ousasse ir-lhe á mão. Ao vêr o amigo n'aquelle trance, e ao ouvir aquelles im-properios, Paio Balabarda fez logo o que costumava fazer. Ergueu o braço por instincto, e, n'um relance, o punho cerrado bateu como cabeça de vaivem, de encontro á cara do aggressor. Em seguida lançou-se rijo diante do judeu, e bradou com os olhos scintillantes e a terrivel bisarma empunhada.

—Ah, ladrão! ah, rufianaz! ah! beleguinaço! e assim pagas tu a este bom homem o ter-te guare-cido d'aquellas feridas que te fizeram na cabeça, e o ter-te perdoado aquelle roubo da taça, que então lhe fizeste? E vós, Fernão Vicente, não haveis ver-gonba de vos acompanhardes com tal ladrão como Pero Bugalho, e de a isto dar juramento de bem guardar a cidade!... Corpo de Deus consagrado!...

E aqui, abafado pela colera, o echacorvos arre-messou-se rijo para a frente, com os olhos chispan-do furor e brandindo ameaçadoramente a bisarma.

—Ah! ladrão desorelhado! rufião echacorvos da má hora!—bradaram os homens, fazendo pé de re-sistencia, para arremetterem a Paio Balabarda.

Fernão Vicente arrancou enfurecido a espada, e lançou-se de golpe no meio d'elles.

—Tende-vos, ou, voto a Christo!... —bradou aos seus homens, cravando n'elles um olhar que afuzilava autoridade offendida —E vós, Paio Balabarda, e como tão ousado sois vós de resistir á justiça da cidade, que prende um homem que encontra a hora defeza...

— Por S. Barrabás ! — interrompeu em voz abafada o echacorvos, contendo-se a custo, apezar de Eleazar o ter aferrado por um braço — Escusaes tanta parola, Fernão Vicente. Olhae que não sois vós homens que me atarraqueis. Que hora defeza... mau pezar veja eu de vós !... que hora defeza, se aqui eu era com elle, que o fui chamar...

— Vós com elle ! Olhae o aleivoso ! — bradou Fernão Vicente, enfurecido por vêr que o echacorvos lhe queria roubar a gloria de salvar o arabi, e que immediatamente o fez passar por despeito para o lado contrario — Vós com elle ! Se aqui o achamos só e sem lanterna, como manda a ordenação de sua senhoria el-rei...

— Perro sandeu ! — replicou o echacorvos quasi de todo dementado — se aqui o achastes só, foi porque eu me arredei um pedaço para uma necessidade. E quanto á lanterna... Fernão Vicente, vêdes estes dois olhos ? Ha ahi mais lanterna do que elles ? Ah ! beleguins de má hora ! ladrões excommungados !

E perdendo de todo a cabeça, desaferrou se da presa do arabí, e lançou-se como touro furioso contra os homens da alcaidaria. Estes, recuaram diante d'aquelle temeroso impeto.

— Paio... Paio, que me perdeis ! — balbuciou Eleazar, aferrando-o de novo pelo braço — Fernão Vicente — acrescentou em voz supplicante, dirigindo-se ao escrivão da alcaidaria.

Este conteve de subito os homens, que, cobrando animo, iam a lançar-se furiosos sobre o echacorvos; e o judeu disse então serenamente :

— Não vos mateis por minha causa. Assocegae, Paio Balabarda, e vós, escrivão, attendei-me. Se não quereis receber as cinco mil livras da minha coima, aqui sou prestes, levae-me á cadeia.

— Que cinco mil livras! Cinco mil satanazes!—
bradou o echacorvos em novo impeto temeroso de
colera — Nem um preto, nem um ceitil, nem uma
pogeia [1]. Voto a Christo, que não deixe ladrão d'estes com vida, se em tal aporfiaes, Eleazar. Como
cadeia! Ensandecestes, dom arabí? Se commigo,
jurami, haveis de ir, pezar vosso, pezar d'estes, pezar até d'el-rei, se é preciso; que, entretanto que
estes beleguinaços vaganões andavam farfanteando
por logares escusos e assocegados, andava eu e
meu irmão ás cutiladas com esses ladravazes ru-
fiões de Rui Pereira, que ahi são na estalagem do
Souto, e que saltearam a casa de meu sobrinho bacharel, e quizeram roubar Alda. E Fernão Martins
ahi jaz mal ferido, e a moura morta, e Alda fóra
do seu accordo...

A estas palavras Eleazar ficou como fulminado.
Fitou no echacorvos um olhar desvairado, os braços descairam-lhe ao longo do corpo, e a bolsa, que
tinha no mão, tombou por terra, derramando por
ella o dinheiro que continha, algum do qual rolou
pela rua abaixo, parando aqui e alli nas quebradas
das pedras da calçada. Exceptuando o esbirro que
tinha os queixos n'um bolo pelo murro do echacorvos, e que estava sentado no limiar de uma porta,
aconchegando-os com as mãos, para o que lhe fôra
necessario tirar o bacinete, todos os outros lançaram-se apoz do dinheiro, e pozeram-se a apanhar
n'elle, allumiados pela lanterna de Nuno Meiminho,
que de certo fôra alli trazida com intenção mais
policial.

Ao ouvir as palavras do echacorvos, e vendo o
pasmo com que Eleazar correspondia a ellas, o sisudo Fernão Vicente reconheceu que havia alli um
segredo, a que, em razão da amizade e favores que
devia ao arabi, cumpria sacrificar todas as demais
considerações. Dissimulando portanto os effeitos,

[1] Vide nota XLVII.

que n'elle haviam produzido os desconchavos insultantes, com que o echacorvos, sem que nem para que, o tratára, embainhou a espada, e disse em tom brando, mas de autoridade :

—E vós juraes a Deus, Paio Balabarda, que este homem vinha comvosco, e que vosso irmão jaz assim mal parado...

—Juro a Deus e a satanaz!—interrompeu o echacorvos em tom desabrido—Pezar de mim! que se me atarracaes com mais parola, voto a Christo...

Fernão Vicente meneou com desprezo a cabeça, e atalhou-o, sorrindo ironicamente :

— Andae, pois, ieremá, andae ; e vós com elle, D. Eleazar. Ide vêr se guareceis Fernão Martins de sua dôr. Quanto a vós, echacorvos, olhae que se cuidaes poder ser volteiro a vosso sabor, por já não terdes a orelha esquerda... mentae bem o que vos digo... tendes ainda a orelha direita, que, jurami, vos não será muito tempo na cabeça, se assim connuaes a resistir á justiça da cidade.

Ao ouvir citar por acinte a falta da orelha esquerda, que era o ponto melindroso das suas recordações, o echacorvos, que apenas dissera a ultima jura, aferrára o judeu pelo braço, e se pozera a caminho, levando-o quasi que a rasto, tornou-se fulo de raiva.

— Ah! falso aleivoso!—bradou. sem parar, mas voltando para traz o rosto negro de furor — que tivera eu logar para responder-te, como, juro a Deus, que faria, senão fôra esta pressa! Ladrão beleguim, eu fiador que azo virá, que te faça ter tal memoria da minha orelha esquerda, que as tuas duas excommungadas quererás dar então por não ter posto a ruim lingua no logar onde ella já esteve. Ah! gargantão! rufianaz! beleguim da má hora! Assim tu arrebentes, ladrão excommungado, como fallas ousado por me vêr agora em tal freima. Traidor! falso! mal assombrado bragante!...

E dizendo, ia ameaçando o Vicente com a bisarma

apontada para elle. Ainda ao fundo da rua se lhe ouviam distinctamente as imprecações e os insultos. O escrivão da alcaidaria e os homens da ronda correspondiam-lhe com apupos e vaias, soltados de quando em quando.

D'isto se prova que a policia da cidade era já n'essa epocha mais um elemento de desordem, do que de execução da lei e da segurança dos cidadãos.

VII

UM PAE DESGRAÇADO

Ah! quem sabe sentir, quanto comprehende!
Que o mal, que esta occulto em meu cuidado,
Não se vê, não se mostra, não se entende.

F. R. LOBO.

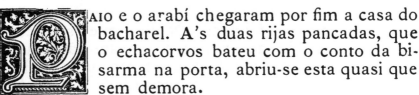AIO e o arabí chegaram por fim a casa do bacharel. A's duas rijas pancadas, que o echacorvos bateu com o conto da bisarma na porta, abriu-se esta quasi que sem demora.

—Ah! esses sois? — bradou Vivaldo Mendes, que fôra quem abrira — *Festina gradum*, Eleazar, *festina gradum*. Subi, andae, por vida vossa, andae prestes, que grão mister vae de vós n'esta casa, homem mui sabedor, e de vossa sciencia de guarecer...

— E Alda? — balbuciou o arabi.

— *Funditus compos sui*, de todo em seu accordo: porém meu senhor tio esvae-se por uma ilharga; e a moura... *oihmé! fuicta est vita... interiit!* morreu, a meu parecer!

E' sem curar de fechar a porta, lançou-se alvoroçado pela escada acima, seguido por Eleazar a passo mais comedido.

— Que nunca fallará este ladrão lingua christengal — balbuciou com raiva o echacorvos, desnorteado pelo latim do bacharel, que lhe não deixára perceber ao certo cousa, que lhe satisfizesse a anciedade, em que vinha. Fechou então de arremesso a porta, e subiu.

— *Ecce homo!* — bradou Vivaldo Mendes, lançando-se de golpe dentro da sala.

No limiar da porta assomou logo o arabí, cuja figura, bem posta e varonil, realçou, ao fulgor das duas grossas velas de cera que ardiam na sala, toda a esbelta graciosidade, que a luz tibia do luar lhe offuscava. Era alto de corpo e nobremente aprumado por natureza. Tinha o rosto comprido, a fronte desembaraçada, e alta, os olhos vivos e penetrantes, o nariz aquilino, a bocca pequena e de beiços delgados. Era o verdadeiro typo da raça de Abrahão, pura e sem mescla, apenas modificado pelo sol de Portugal, que lhe transformára em côr de azeviche a côr ruiva dos cabellos, que era um dos caracteristicos mais salientes da gente israelita, no tempo em que foi nação. N'elles, que usava compridos ao modo da epocha rarejavam não poucas brancas; mas, apezar d'ellas, o rosto ainda rutilava mocidade, e attrahia pela *serenidade melancolica* e pela expressão bondosa e aberta, que a sua alma tão nobre e tão generosa fazia subir até alli. Logo que lançou de si o çorame, em que vinha embrulhado, apresentou-se vestido de uma garnacha de fina grã azul celeste, orlada de ricas bordaduras de torçal amarello, no peito da qual se via o *signal vermelho de seis pernas*, especie de estrella, que as leis d'essa epocha, de harmonia com os estupidos e damnosos preconceitos de então, obrigavam os judeus a trazer para os distinguir dos christãos.

Eleazar Rodrigues, mal assomou no limiar da

porta, abarcou com um relancear de olhos penetrante toda a scena, que se passava dentro d'aquella sala.

Fernão Martins, já desarmado e em pelote, estava sentado n'uma cadeira, pallido mas não succumbido. A par d'elle, Alvaro Gonçalves aconchegava de quando em quando a toalha, que em fórma de compressa lhe tinham atado sobre a ferida; e com olhar, em que mal se disfarçava ancioso cuidado, já relanceava o ferido, já a sua Alda, já a porta, por onde aguardava com impaciencia a entrada do arabi e do echacorvos. Luiz Baldaia, não menos ancioso do que elle, ora o auxiliava no cuidado de amparar o sangue, que corria da ferida do armeiro, ora dizia palavras de conforto e de alento, ora ia á janella espreitar pelas taboinhas da adufa se já se approximava o tão desejado Eleazar. Alda, sentada n'um escabello aos pés do tio, tinha entre as mãos pequeninas a rude mão do operario, a qual banhava com lagrimas, que corriam a pezar seu, apparentando ao mesmo tempo sorrisos para corresponder ás palavras corajosas, que para a confortar, soltava desembaraçadamente Fernão Martins, cujos olhos, rutilantes de puro amor de pae, pareciam revêr-se nas mimosas feições da sua Alda.

— *Ecce homo!*— bradou pois o bacharel, lançando-se impetuosamente dentro da sala — *ecce homo!*

E logo, caindo em si, e reflectindo que aquella exclamação podia ferir como epigramma o judeu, acrescentou gravemente:

— Voto a Deus, D. Eleazar, que não ha ahi apodadura nas minhas palavras. E se Pilatos as disse por joguetar, *iugas odi et effucias*, por minha parte aborreço farfalherias e côres emprestadas. Pão pão, queijo queijo, como portuguez lidimo, e christão de boa lei...

O copista, alado nas azas da importunação, ainda foi mais além com o seu terrivel discurso expiatorio, no qual metteu logo á força elogios á calligra-

phia e á illuminura e pragas á *arte da imprensão* e
a Guttemberg. Nós porém é que o não podemos
aturar mais tempo, porque temos de dar attenção a
Alda, que, passado o primeiro abalo, produzido
pela precipitação da entrada do bacharel, ergueu-se
de golpe, correu ao arabi, e, tomando-lhe anciosamente a mão, bradou, fitando n'elle os olhos com
suprema agonia.

— Valei nos, bom Eleazar, valei-nos.

E não podendo dizer mais, poz-se a beijar-lhe freneticamente a mão, abafada em lagrimas e soluços.

Um fulgor de prazer celestial illuminou de repente
as feições do judeu. Era aquella a filha do seu amor,
a filha que não podia chamar filha, que não via senão de relance e a turto, de quem nunca recebera
uma caricia, um só beijo!... Outro que não fosse
Eleazar Rodrigues perder-se-ia de certo alli. Valeu-
lhe porém a sua grande alma, que o amparou e conteve no momento, em que o fervor d'aquelle affecto lhe ia a abrir insensatamente os braços para
apertar a filha contra o coração. Não o fez pois ;
mas o esforço, que comprimiu aquelle delicioso sentimento, foi grande de mais para de todo ser irresistivel. Ao passo que Eleazar aprumava nobremente
a sua esbelta corporatura, abandonando com appa-
rente indifferença a mão aos beijos afflictos da filha,
duas lagrimas ardentissimas lufaram-lhe, mal seu
grado, pelos olhos fóra, e vieram sumir-se na sua
comprida barba.

— Não temais, menina, não te... mais... — balbuciou ao mesmo tempo.

E não podendo arrancar do peito mais palavra,
avançou para o armeiro, cujas lagrimas, ao vêr a
extremosa afflicção da sobrinha, que adorava, lhe
corriam deliciosamente pelas faces abaixo.

Aquelle abalo do judeu fôra quasi que momenta-
neo. Na anciedade, em que todos estavam, apenas
Luiz Baldaia o apanhou de relance, e não viu n'elle
mais que a impressão produzida pela afflicção de

Alda. Houve porém ahi alguem, que elle feriu profundamenie n'alma. Foi Alvaro Gonçalves. Ao vêr o fulgor sobrenatural do olhar, com que o judeu fitava a sua Alda, o terrivel couraceiro da ponte de S. Domingos carregou o sobr'olho. N'aquelle movimento do israelita, Alvaro pensou vêr a demonstração de um outro affecto para com a mulher que elle amava, e cuja formosura exercia sobre elle tão dominadora influencia.

O arabi approximou·se do armeiro.

— Tende animo, Fernão Martins — disse em voz de verdadeiro amigo — quererá Deus que não seja nada. O Senhor é todo poderoso.

Assim dizendo. ajoelhou diante d'elle, e principiou a desatar a facha, que sujeitava a compressa volante, com que tinham pretendido fazer parar o sangue.

— Paio, tomae aquella vela, e allumiae-me — disse então para o echacorvos.

Mas o rude Paio Balabarda, que era de pederneira para tudo, quando se tratava do irmão e da sobrinha era um verdadeiro banana. Tão fulminado estava pelo estado em que via o irmão, que nem ouviu Eleazar. e continuou de queixo caído e mãos pendentes, sem se mexer de diante do armeiro, em cujo rosto tinha os olhos fitos e como que apatetados.

Alvaro Gonçalves, apezar de ter já desassombrado o semblante, continuava de braços cruzados a fitar no judeu um olhar enviezado. O bacharel não podia vêr sangue, pelo que tinha fugido para a porta da sala, d'onde, com a cabeça perdida, arrevessava mil sandices em latim e portuguez, de mistura com os versiculos do ultimo psalmo de David, que escrevera n'um psalterio gallego, que andava copiando para o seu amigo bacirrabo do bispo.

Foi pois Luiz Baldaia, quem tirou a vela do ferro respectivo, e quem allumiou com ella o judeu.

Eleazar abriu os labios da ferida que o armeiro
tinha na ilharga direita na direcção do figado, ten-
teou-a com uma especie de tenta de prata, que tomou de um estojo, que tirára do peito da garnacha,
e depois de examinar cuidadosamente, poz-se de
pé, e exclamou com verdadeiro jubilo :

— Dae graças ao Deus omnipotente. A vossa ferida, Fernão Martins, não é de cuidado; comtudo
um pouco mais funda, que fosse, ter-vos ia matado.

— *Perii! Dii vostram fidem!* — exclamou lá da
porta o bacharel, em quem estas ultimas palavras
fizeram medonho abalo.

Alda caiu de joelhos junto do armeiro, levantou
com ineffavel gratidão os olhos para o céo, depois
tomou a mão do ferido, e pousou os labios sobre
ella abafada pelas lagrimas e pelos soluços.

No echacorvos a impressão foi toda outra, foi
forte e temerosa como o estalar do trovão.

Ao ouvir as ultimas palavras do arabi, deu dois
passos machinalmente para elle, passou as mãos
pela fronte, como homem acordado de chofre, e
balbuciou :

— Com que... não morrerá ? Jurae-l'o a Deus,
Eleazar ?

— Por minha lei é-me defezo o jurar — disse
sorrindo com bondade o arabi — mas vós bem sabeis, Paio Balabarda, que Eleazar Rodrigues nunca
mentiu.

Ao ouvir estas palavras, o primeiro impeto do
echacorvos foi lançar-se ao judeu aos abraços e aos
beijos. Contêve-se porém n'aquelle burlesco impulso ; e, fitando um momento n'elle os olhos scintillantes de prázer infinito, bradou, assentando-lhe
rija palmada no hombro :

— Voto a Deus ! que quem não disser que onde
vós sois, está todo o bem, mente como um ju...
— ia a dizer judeu, mas emendou — como um aleivoso, como um excommungado, como um :!.. Ah !

pezar de mim! E que ainda não sejaes christão!...

— Que tão honrado homem seja judeu! *Proh! dolor!* — exclamou lá da porta o bacharel.

— E' um anjo! — balbuciou Alda, fitando os olhos humidos de lagrimas de felicidade n'aquelle desgraçado pae.

Ao ouvir estas palavras saidas com celestial harmonia dos labios da sua... *sua?* pobre Eleazar!... da sua Alda, o judeu fitou-a com ineffavel expressão de sentimento suavissimo; pelo corpo correu-lhe um tremulo convulsivo, e o estojo, que ainda tinha nas mãos, caiu-lhe por terra.

O echacorvos, que era o unico que alli sabia o segredo de Eleazar, teve, no fogo da sua gratidão, a boa lembrança de valer áquelle grande soffrimento.

— De pé, Alda, de pé! — bradou pois — vem aqui beijar a mão d'este santo, que me salvou a mim, e que ha de salvar est'outro teu tio, que ambos tanto te amamos.

Alda poz-se machinalmente de pé, e tomou a mão, que o extatico judeu tinha pendida ao longo do corpo.

— Abraça, abraça teu... abraça este nósso grande amigo, que salvou teu tio... — bradou o enthusiasta echacorvos, arremessando Alda para os braços do pae — Que estás ahi a encarrancar-te, Alvaro Gonçalves? Corpo de Deus consagrado! Tão pouco nos quererás tu, que te embirres por agradecermos a Eleazar este leal amor que nos tem?

Ao sentir o contacto do corpo de Alda, a razão do arabi enturvou-se. O pobre pae apertou ao peito com frenesi a filha que tanto adorava, e os labios depozeram-lhe na fronte o primeiro beijo que lhe dava. As ultimas palavras do echacorvos chamaram-n'o porém a si. Soltou Alda dos braços, e, voltando-se para o moço couraceiro, disse-lhe com doçura e tristeza:

— Vós bem sabeis Alvaro Gonçalves, que ninguem mais do que eu deseja a vossa felicidade e a
de Alda. Prouvera ao Senhor Deus que ella estivesse dependente do preço de todo o meu sangue.
Em mim, créde-o, mancebo, não ha... não pôde
haver outro sentimento.

— E se o houvera!... — resmoneou o moço,
aprumando-se insolentemente, e cobrindo o judeu
com um olhar negro e penetrante.

Aqui o echacorvos bateu enfurecido tremenda
patada no soalho.

— Ah! pezar de meu pae! — bradou com exaltação — Este empanturramento ha de dar commigo
na cova. Voto a Satanaz...

E, no ardor do seu enthusiasmo, Paio Balabarda
ia a descoser todo o segredo, mas Eleazar atalhou-o,
fulminando o de chofre com um olhar scintillante e
como que de reprehensão.

Curou-se o armeiro, que estivera até alli como
que embobado n'estas peripecias, que a febre do
seu ferimento, apenas lhe consentia acompanhar
com algumas juras e pragas, em que o sentimento
como que lhe lufava do peito; aconchegaram-n'o
na cama, que mandaram vir da casa d'elle para a
do bacharel; e por fim tratou-se de saber se a escrava era viva se morta.

Eleazar. ao recordarem-lhe a moira, correu para
onde ella estava com todo o fervor dos corações
generosos e compassivos. Se na grande alma d'a-
quelle homem pudesse ter cabida qualquer dos min-
guados sentimentos, que dominam as almas vulgares, o odio mortal, que os judeus votam aos moiros,
teria n'elle cedido diante d'aquella prova demons-
trativa do desprezo, a que aquella pobre mulher
estava sujeita por motivo da religião que seguia, e
da condição de escrava que tinha, e o arabi teria
corrido para ella com toda a sympathia, que liga o
individuo de uma raça perseguida ao de outra, que
egualmente o é.

A moira tinha de novo voltado a si, e conseguira arrastar-se para junto de uma arca, de dentro da qual tirára uns pannos, com os quaes fizera por estancar o sangue, que lhe corria do seio. Eleazar examinou a ferida. A' alegria da boa nova que déra ácerca de Fernão Martins, succedeu em todos a que ora deu ácerca d'ella; porque todos n'aquelle momento recordavam a sublime dedicação d'aquella desgraçada por Alda. A ferida da escrava ainda era de menor importancia que a do armeiro. O golpe de adaga, com que o homem d'armas de Rui Pereira cuidára matal-a, tinha-a apenas colhido de soslaio, de fórma que, apezar de apparentemente assustador pela extensão que abrangia, ficára muito distanciado de todos os orgãos, ainda os de menos importancia para a vida. Todos receberam esta nova com alegria, mas o bacharel sobre todos os demais. Ao ouvil-a, perdeu a gravidade, e poz-se a pular de contente, e a fallar só latim, o que era n'elle signal decisivo de suprema satisfação. Pudera não; se ella lhe tinha custado não sei quantos cruzados...

D'ahi a pouco o echacorvos, com a terrivel bisarma ao hombro, acompanhava Eleazar á judiaria. No excesso da sua alegria, Paio charlava enthusiasmado sobre todos os assumptos, desde o encarecimento dos favores, que devia ao judeu, até ás cutiladas que ficára devendo a Fernão Vicente, em razão do escarneo que lhe fizera da falta da sua orelha esquerda.

Até ao hospicio da Senhora da Silva o arabi apenas lhe replicou em monosyllabos. Chegando alli parou, e disse lhe:

— Paio, ide dizer a vossa sobrinha que Alda e vosso irmão estão salvos.

— Corpo de Deus consagrado! Quem tem bocca, não diz assopra. Ide vós — replicou o generoso echacorvos.

Eleazar dirigiu-se á cella da emparedada.

—Branca —disse a meia voz—tua filha está sal·
va, e teu tio não corre perigo. Que o Senhor Deus
te inspire, Branca.

—Louvado sejaes, Deus de misericordia! —ou·
viu-se dizer de dentro da cella; e logo a voz meiga
e suave da *iiclusa* principiou a entoar um hymno
em acção de graças ao Todo Poderoso.

O judeu e o echacorvos continuaram pela rua
acima. Ao chegar á porta de ferro da judiaria [1], que,
como eu já disse, ficava pouco mais ou menos,
onde hoje é a bocca da rua de S. Bento da Victoria, ahi junto da fonte da Relação, os dois pararam.

—Paio Balabarda—disse gravemente o judeu —
o que acaba de acontecer, aclara o que nos está
apparelhado para o futuro. Rui Pereira chegará
brevemente, e o que hoje se gorou, então acontecerá...

—Voto a Satanaz! E tal cuidaes vós! —atalhou
o echacorvos, com os olhos incendiados e brandindo
ameaçadoramente a bisarma.

—Ó senhor da Terra de Santa Maria—replicou
o arabi no tom grave e sereno, com que se sabia
fazer respeitar de Paio — tem muitos acontiados
seus na cidade; uns, que lhe são devedores pelo
seu commercio; outros que d'elle vivem e que são
homens seus. E' poderoso, ousado e desprezador
da justiça de sua senhoria el-rei, a que, ademais, é
achegado por tão proximo parente que é do bom
condestavel. Fal-o-ha, se não cuidarmos em torvar-
lh'o a todo o nosso poder...

—Torvar-lh'o-hei eu, juro a Deus! — bradou o
echacorvos — Ha muito que estou aguardando azo
de lhe pagar esta divida, que nem no céo nem no
inferno lhe perdoarei. Dae-o por morto, arabí.

E ao dizer estas palavras, o terrivel filho do homem d'armas de Nuno Alvares, que, ao fallar em

---

[1] Vide nota XLVIII.

divida, levára o punho cerrado e convulso ao logar
onde tivera a orelha esquerda, tinha no olhar, na
voz e nos gestos, agora serenos e sem arremesso,
uns toques tão medonhos de ferocidade concentrada que Eleazar fitou n'elle um relancear de olhos
rutilante do pavor, que sentimos ao topar de subito
a morte diante de nós.

— Paio — disse em seguida — não ha agora para
que fallar na vingança de antigos aggravos. Tão
tençoeira e ruim alma tereis por ventura, que o
odio vos cegue de fórma que não conheçaes que
tudo o al que não fôr desviar Rui Pereira do Porto, é perder Alda e nós com elle?

— E bem, arabí — replicou o echacorvos carregando offendido o sobr'olho — não espero eu ha
trinta e sete annos?[1]

O judeu fez com a mão um gesto de quem se
dava por satisfeito com aquella resposta, e continuou em seguida:

— Vós bem sabeis, Paio, que a cidade tem de
privilegio que não possa fidalgo estar n'ella mais
que tres dias seguidos, e ainda, para os estar, cumpre que mande notificar ao senado que precisa d'ahi
vir. Ora os navios que Rui Pereira mandou a França e a Flandres, por mercadorias e armas, para
seu trato, estão ahi a chegar por dias. Quererá elle
ficar mais que os tres na cidade, sob colôr de leal-
dar e fazer desimar as fazendas na alfandega; mas
não lh'o consentirá a camara, que ahi são Vasco
Leite e Fernão d'Alvares Baldaia e os demais juizes e regedores preitejados para isso. Rui Pereira
é soberbo e orgulhoso; aporfiará pois em ficar apezar d'elles. E então que vos parece que o povo fará
em tal caso?

— O' Santa Maria! Que fará? — replicou o echacorvos por entre os dentes cerrados — Voto a S.

1 Vide nota XLIX.

Barrabás! Prouvéra a Deus que tal succedera. Desr
de esta manhã o prégarei por toda a cidade; e sêde
certo, Eleazar, que não haverá ahi petintal na ribeira, nem pateiro, nem alfageme, nem mesteiral
de toda a casta, a quem não prúam as mãos por
se desaggravarem das ladroíces e aggravamentos,
que lhes hão feito estes aleivosos da Terra de
Santa Maria. Ah! S. Thiago, mata-mouros, santo
de prol e de grande valia, eu fiador que vos
peze a candeias de cera, mais avantajadas que as
ardidas nas festas do bispo; se de Deus me al-
cançaes que aquelle ruim aporfie em britar nossos
fóros...

—Ide pois—atalhou gravemente o arabí—e mentae bem o que ncs cumpre.

Assim dizendo, Eleazar dirigiu-se para a porta
da judiaria. Junto d'ella estava já da parte de dentro um homem, que mal elle chegára, se havia er-
guido de um dos recantos, á sombra do qual estivera até então, pacientemente sentado na terra e
com a cabeça reclinada nos joelhos. Este homem,
verdadeiro Hercules em corporatura, trajava uma
aljubeta de meias mangas, e umas bombachas de
bristol, especie de calções, apertados pouco abaixo
dos joelhos por dois atilhos de coiro. Trazia nos
pés uns borzeguins vermelhos, e na cabeça uma
fota moirisca, de debaixo da qual se desprendia em
fartos anneis o cabello escuro como o ébano. Era
um africano, escravo do arabí, que o comprára a
um capitão portuguez, que o trouxera de Ceuta,
onde o havia tomado prisioneiro n'uma das excur-
sões dos arabes contra a praça—caracter ardente e
quasi selvagem, improprio para todo o jugo, a não
ser o de um homem como Eleazar Rodrigues, ao
qual chegára por fim a affeiçoar-se com dedicação
egual á de que o leão tem pelos filhos.

O escravo abriu a porta, e o arabí entrou para
dentro. Então o echacorvos, que o tinha seguido
como que machinalmente até alli, fitou um olhar

significativo no arabe, e balbuciou em voz quasi imperceptivel e com rapidez:

—Abuçaide, hoje ás nove horas no postigo das Hortas: ahi serás tu?

O arabe fez com a cabeça um signal de assentimento, e seguiu apoz o amo.

VIII

O ALCHIMISTA

Faiscando os olhos lumes,
Perdido o siso e o conselho,
Gritas em vivos queixumes. —
«Onde estão, Portugal velho,
Onde estão os teus costumes?»

N. Tolentino.

Abuçaide, meu bom Abuçaide, já estás cançado de aguardar por mim, não é verdade?—disse Eleazar, já a distancia da porta de ferro da judiaria.

— Não, rabbi — respondeu o arabe, com vivos signaes de affectuosa impaciencia — vós bem sabeis que nunca me canço em vosso serviço. Cançado sou já, mas de mui differente canceira, mestre. Já me não soffro com a penna, em que me tendes com a porfia de não consentirdes que vos acompanhe, quando assim vos ides, só e a deshoras, metter no meio d'esses perros infieis, que nos opprimem. Mister é que isto acabe por fim, rabbi; ou, por allah...

— Não jures, Abuçaide — atalhou com doçura Eleazar — não jures que é grave peccado invocar

o nome de Deus para cousas pequenas. Para que
has de tu acompanhar-me? Permitte por ventura
a lei dos nazarenos que saias de noite para fóra
do nosso bairro? Não estão por acaso os moiros
sujeitos ás mesmas leis, que em taes casos encoimam os judeus? Pensa bem n'isto, Abuçaide; aqui
não ha que receiar. Eleazar Rodrigues não corre
perigo nas ruas do Porto. Os nazarenos prezam-
me...

— Como o tigre preza a rez, que se trasmalha
para longe do aduar — balbuciou o arabe em tom
rancoroso e sombrio.

O arabi parou. Estavam a mais de metade da
rua da Esnoga, hoje rua de S. Bento da Victoria,
e junto da porta de uma casa que defrontava com
o magnifico edificio da synagoga *(Esnoga)*, que foi
mais tarde o primeiro mosteiro que os benedicti-
nos tiveram no Porto, por mercê do abominavel
Filippe II. A casa fazia tambem esquina para uma
rua estreita e tortuosa, que era uma das muitas que
n'essa epocha cortavam o bairro israelita. Este
bairro transformou-se completamente, depois que
foi lançado em devasso e entregue a habitadores
christãos, ao tempo da estupida medida, com que
a inepcia ambiciosa d'el-rei D. Manuel salteou, alguns annos mais tarde, os desgraçados judeus e o
futuro d'esta pobre terra de Portugal, condemnada
por Deus a ter sempre governos ineptos.

O arabí parou pois, e poisando com amizade a
mão sobre o hombro do escravo, disse-lhe sorrindo
com doçura:

— O teu muito affecto cega-te, meu bom Abuçaide. Socega, e recolhe á nossa pousada, amigo:
a estrella d'alva já é levantada, e tu necessitas de
repousar. D'aqui a nada a porta do bairro será
aberta. Cumpre-me fallar com Abrahão Cofem, antes que comece a trabalhar em suas mezinhas; e tu
bem sabes que a aurora, ao nascer, já o acha de
pé em seu lavor.

Assim dizendo, o judeu internou-se para dentro da rua, e o escravo entrou na casa, em frente da qual estavam fallando.

A alguns passos andados, Eleazar Rodrigues parou defronte de uma casa baixa e de mesquinha apparencia. Tomou o aldravão, e bateu duas pancadas. Passaram alguns minutos, sem que pessoa alguma acudisse áquelle reclamo. O arabi tornou a bater mais de rijo. Ouviu-se então rumorejar lá ao fundo da casa.

— Quem, e a taes deshoras? — bradaram finalmente em tom aspero e irritado.

Eleazar não respondeu. Tomou de novo o aldravão, e bateu com elle na porta, primeiro dois golpes compassados e logo tres repicados com celeridade. A este signal sentiram-se passos apressados dentro da casa, e, instantes depois, a porta foi aberta por um homem, que appareceu no limiar d'ella com uma lanterna na mão.

— Esse sois, rabbi! — disse em tom de pasmo — A bofé, que, tão antemanhã, nem por penso nem por cuido me pudera passar serdes vós.

Eleazar entrou sem dar palavra, e correspondendo com um leve aceno de cabeça á profunda inclinação, com que o outro o cortejou ao passar. A porta fechou-se logo apoz que elle entrou, e os dois encaminharam-se por um extenso corredor fóra, em direcção a uma sala, que se via ao fundo, alumiada pelo clarão afogueado de uma grande chamma, que parecia arder dentro de uma fornalha. O dono da casa precedia respeitosamento o arabi.

Abrahão Cofem, que esse era, como já o percebeu o leitor, tinha a estatura menos que mediana, e era magro, e já homem passante dos sessenta annos, pelo que representava no aspecto. Tinha o rosto comprido e macilento, a fronte alta e desassombrada, os olhos pequenos mas cheios de luz, o nariz grande e pronunciadamente aquilino, e os labios delgados e tesos, e parecendo tremular a espaços em ligeiro movimento convulsivo. Não era preciso ser grande phisionomista para alli reconhecer de relance a pura raça judaica, e com ella uma intelligencia vasta e emprehendedora, e um caracter altivo, mas ao mesmo tempo capaz de collear-se por todas as transformações, que a sua natural finura lhe inspirasse para aproveitar vantajosamente os ensejos offerecidos pela casualidade aos seus fins.

Abrahão Cofem era neto de D. Juda Cofem, celebre arabi-mór dos judeus de Portugal, no tempo de el-rei D. João I. Herdeiro das grandes riquezas accumuladas, sabe Deus como, por seu avô e seu pae, Abrahão achou-se, á morte d'este, um dos mais opulentos judeus das Hespanhas, e um dos homens mais ricos da sua tribu na Europa. Arrastado por ardentissimo amor pela sciencia e por um genio altamente imaginoso, abandonou logo o trato commercial, que fôra uma das máis fortes razões da opulencia da sua familia, e lançou-se com todo o ardor do seu caracter emprehendedor e insaciavel de mysterios apoz dos sonhos da alchimia, e das tresloucadas visões da astrologia e da magia, quasi que inseparaveis companheiras da *arte sagrada,* da *arte hermetica*, da *sciencia da grande obra*, como a alchimia era chamada pelos seus *adeptos, assopradores, iniciados, filhos da arte, cosmopolitas, philosophos hermeticos* e não sei quantos outros nomes, porque os alchimistas eram conhecidos. Descobrir a *pedra philosophal*, o motor omnipotente com o qual se viria a realiaar a *graide obra*, que transformaria em oiro todos os objectos, e comporia a *panaceia*, que prolongaria indefinidamente a vida, tal era o assumpo dos trabalhos d'aquelles infatigaveis visionarios, que tiveram a idade media em ambiciosa suspensão, que foram os precursores da chimica, e aos quaes, apezar de todos os seus imaginosos desvarios, a medicina e as sciencias naturaes devem importantissimos serviços.

Para apurar-se nos segredos da grande sciencia, Abrahão Cofem emprehendeu e acabou grandes e arriscadas viagens pela Europa, pela Asia e sobretudo pelo Egypto, patria do celebrado Hermes Trismegisto, fabuloso personagem do pantheismo egypcio e tradicional patriarcha da *arte sagrada*. N'estas viagens dispendeu elle uma boa parte dos seus grandes cabedaes, e o resto desbaratou-o nos trabalhos da alchimia, fundiu-o ao fogo das operações, de que esperava vêr sahir a *pedra philosophal*. Áo cabo de quatorze annos as quasi fabulosas riquezas do arabi-mór de Portugal estavam reduzidas a zero, e seu neto ao mais pobre de todos os judeus da peninsula.

A larga alma de Abrahão Cofem não succumbiu n'este doloroso apuro. Ao dar pelo completo esvasiamento da bolsa, o philosopho desceu dos mundos ideaes por onde pairára até então, e poz-se corajosamente de face com a vil prosa do mundo das necessidades materiaes. Não levou muito tempo a pensar a resolução que devia seguir. Abandonou Lisboa, onde a sua pobreza era escarnecida por aquelles que outr'ora lhe tinham invejado as riquezas, e pelos não menos intoleraveis perseguidores, que se pagavam da inferioridade intellectual, em que lhe estavam, com o risinho com que solemnisavam o desazado aborto, em que tinham rebentado os sonhos radiosos do sabio. Depois de errar algum tempo quasi que esfomeado e perseguido por algumas terras do reino, Abrahão estabeleceu-se definitivamente no Porto ao abrigo da bondade e talvez qué da crendice do pae de Eleazar Rodrigues, que, apezar de caracter muito positivo e nada atreito ás imaginações ambiciosas de Cofem, ainda assim não se forrou ao desapontamento de, por mais de uma vez, arriscar e fundir um par de dobras no voracissimo e destruidor cadinho do pertinaz alchimista. Abrahão era porém muito altivo e muito independente para se deixar adormecer nos braços da amizade caridosa do honrado Manassés. Recalcando pois no imo peito as audazes aspirações d'aquelle vicio visionario, que o tinha empobrecido, transformou o laboratorio, d'onde esperava vêr sair a pedra philosophal, em cosinha de mezinhas e perfumarias; e por tal fórma se acreditou n'este ponto, que os productos d'este seu trabalho eram conhecidos em Hespanha e Portugal. De facto o melhor almiscar, o melhor estoraque e o melhor sabão francez que corria a peninsula iberica, era obra de Abrahão Cofem. Além d'esta fonte de receita, creou logo outras, que eram não menos rendosas do que ella. Abriu casa de consulta de astrologo e de magico ou feiticeiro, como lhe chamava a linguagem popular; e como a sua immensa actividade tinha o dom de dar ao tempo admiravel elasterio, occupava-se egualmente em agente de emprestadores e usurarios christãos, que, apezar de mais judeus de que os proprios judeus, queriam, ao abrigo do incognito, poder andar com a cara levantada diante das victimas, e declamar, com plenos pulmões, contra aquelles seus poderosos concorrentes.

Se a experiencia tivesse poder sobre a imaginação de um alchimista, todos estes lucrativos modos de vida teriam restituido Abrahão, não á antiga opulencia, mas ao menos ás commodidades da abundancia. O sabio era porém incorrigivel. Assim, logo que juntasse sufficiente cabedal, fructo das perfumarias, da astrologia e das mandragoras, apagava o fogo da cosinha aromatica, e accendia a fornalha hermetica, onde via de novo desapparecer sem resultado o que lhe garantia pão descançado para a velhice. Apezar pois de tudo, Abrahão continuava agora tão mendigo e tão sem mealha, como quando em Lisboa fez saltar para o cadinho a ultima dobra das que herdára do celebrado arabí-mór dos judeus em 1402. [1]

[1] Vide nota L.

Tal era Abrahão Cofem, o qual, como o leitor já sabe, tinha grande dedicação pelo arabi.

Os dois chegaram por fim á sala, que se via ao fundo do corredor, sobre que abria a porta, por onde Eleazar havia entrado.

Era aquella sala um vasto repartimento, ao meio do qual se via um grande lar e sobre elle uma forja enorme, a modo das que usam os ferreiros. Ao lado da forja via-se levantada uma fornalha, da qual saía a luz côr de sangue, que alumiava o aposento. Algumas cadeiras, tamboretes e escabellos; mezas cobertas de vasos de vidro e de louça; talhas encostadas ao longo da parede; bufetes cobertos de hervas e de essencias aromaticas; alguns instrumentos de metal; retortas e cadinhos de barro e alguns de aço, e muitos outros objectos concernentes aos differentes misteres em que se occupava Cofem, achavam-se collocados a esmo pela sala. Para andar por entre aquelle montão desordenado de utensilios diversos, era, para assim dizer, necessario trazer os olhos nas pontas dos pés, por que só assim é que se poderia discorrer, sem embicar, pelas emmaranhadas sinuosidades, que por entre ellas serviam de caminho.

Abrahão poisou a lanterna sobre uma das mezas, e approximou-se da fornalha, para dentro da qual mergulhou um olhar penetrante. Eleazar sentou-se n'um tamborete, e ficou por um momento calado e com os olhos fitos no pobre sabio, que acabava n'aquelle instante de vêr desapparecer n'um cadinho a ultima mealha de uma boa somma de dinheiro, producto de perfumarias e sabões aromaticos, que tinha remettido para Hespanha.

—E bem, Abrahão—disse por fim Eleazar—que colhestes da vossa nova operação?

O alchimista fitou n'elle os olhos, rutilantes da convicção, que não succumbe diante dos mais dolorosos revezes.

—O mesmo que sempre—replicou serenamente

— Vejo de longe o sublime agente da grande obra, fito-o, contemplo-o. Se fôra licito apanhal o com as meninas dos olhos, a esta hora me encontrarieis senhor da pedra philosophal. Mas quando vou a aferral-o, quando vou a lançar-lhe a mão escorrega-me por entre os dedos, foge, desapparece, some-se, e em logar d'elle, encontro cinzas apenas. O elixir universal, o agente da grande obra é ainda segredo para mim.

Os labios de Eleazar Rodrigues encresparam-se ao de leve com aquelle sorriso insinuante, com que os homens bondosos e delicados desejam temperar ainda os mais leves assomos de ironia, que possam reçumar de qualquer opposição que façam ás convicções dos outros.

— Abrahão — disse pois — desculpae ao profano as palavras que lhe são inspiradas pela amizade que vos tem. A vossa pedra philosopal, mestre, é quanto a mim puro sonho. A não ser assim, impossivel seria que o vosso muito saber já a não tivesse descoberto. E olhae, amigo, que a pertinacia da vossa empreza não vá ser desagradavel ao Todo Poderoso. Vós, alchimistas, aspiraes a muito alto; estendeis demasiado o dedo para o céo. A pedra philosophal é como a Babel dos homens primitivos; e vós bem sabeis, mestre, como o supremo Senhor castigou os filhos dos homens pela louca temeridade de aspirar áquillo que só Deus é capaz de fazer.

Abrahão Cofem ouviu sereno e silencioso o arabí até o fim.

— Grande é a vossa sciencia, rabbi — respondeu então — e no vosso coração habita a palavra e o espirito do Senhor: mas vós nunca vos dedicastes ao estudo da arte sagrada, e a vossa total ignorancia a este respeito é que vos faz duvidar da possibilidade da grande obra. O que são todos esses admiraveis productos, com que a natureza nos assombra — o oiro e a prata, o diamante e o carbunculo, o topazio e o rubi? O que são as nuvens, as montanhas, as arvores?... Eu vol·o direi. Não são mais que o producto resultante dos principios primarios, postos em contacto pela casualidade, e fundidos e combinados pela omnipotencia agencial do grande motor. Que é a vida? Nada mais que o movimento regular da machina humanal, impellida pela acção do principio que combina os seu differentes elementos, e que só deixa de actuar, quando estes, por gastos ou deteriorados, não podem corresponder á perfectibilidade necessaria á delicadissima combinação, de que resulta aquelle assombroso moto. Descobri a força que resume todas as grandes forças elementares, a tintura solar radical, o pó de projecção, a essencia dos cedros do Libano, a alma do oiro, a quinta essencia, a pedra philosophal emfim, e depois, porque não produzireis vós tudo o que a natureza produz com o unico auxilio d'essa mesma omnipotencia? O oiro correr-vos-ha então das mãos em torrentes, e a vida terá termo indefinido, porque a panaceia remoçará de novas forças os orgãos, de cuja perfectibilidade a vida depende.

Abrahão calou-se aqui de golpe, fitando no arabi a vista alheada e distrahida.

— A pedra philosophal existe — continuou por fim — logo a pedra philosophal pôde ser descoberta pela arte. Olhae, rabbi — continuou depois de nova pausa — eu tenho-a visto por mais de uma vez, ahi, no fundo d'essa redoma de vidro, nos residuos do elixir de Aristeu combinado com o balsamo de Mercurio e peso egual do mais puro oiro da vida, tudo calcinado a fogo de areia. Quando porém lhe vou a deitar as mãos, foge, some-se, desapparece! Deus de Jacob, por que trances não tem passado a minha alma, ao vêr assim apagar o sol da philosophia, depois de lhe ter contemplado o fulgor rutilante dos raios! Mas — continuou aprumando-se altivamente — mais uma só operação, e a pedra philosophal será realidade. N'este vaso está já na maior pureza da sua perfeição o divino alembroth, a obra prima da arte, o sal da sabedoria. Isto era o que faltava para a consummação da grande obra. Por elle o oiro philosophico não ha de brilhar sómente, ha de tambem existir [1]...

Estacou aqui de repente, e logo, estendendo os braços para a frente e alongando pelo espaço um olhar desvairado, bradou rijo:

— Um punhado de oiro, só mais um punhado de oiro, e Abrahão Cofem provará ao universo, que a sua sciencia é superior á de Rogerio Bacon e á de Raymundo Lullo [2]. As minhas riquezas excederão milhares de vezes as de Nicolau Flammel [3], e então — acrescentou com indizivel altivez — o que todo o poder de um Cesar não pôde conseguir, em razão de um pouco de ar inflammavel retido durante seculos nos subterraneos do templo de Salomão [4], ha de ser levado a cabo pela omnipotencia da arte sagrada, da divina sciencia da grande obra, pela pedra philosophal emfim Israel tornará a ser nação, e a tyranna e devassa Babylonia dos tempos mòdernos ha de rojar a fronte humilde e submissa, diante da sagrada Sião dos nossos prophetas. O rabbi — continuou elle com sublime exaltação — este tem sido o sonho querido de toda a minha longa existencia; a elle tenho sacrificado riquezas, nome e felicidade. Remir o povo escolhido d'este secular e vilipendioso captiveiro, fazer apparecer de novo Israel no meio das nações, varrer a cinza de sobre a veneranda fronte da Jerusalem de nossos paes... Deus de Abrahão, se me não é dado conseguil-o, se não sou o eleito para realisar esta redempção sublime, permitte ao menos que nunca me desampare a fé, com que ha tantos annos trabalho para ella, que me alenta no meio

[1] Vide nota LI.
[2] Vide nota LII.
[3] Vide nota LIII.
[4] Vide nota LIV.

dos revezes, que me arrebata apoz a esperança de
que um dia ha de raiar a nossa aurora. Oiro, oiro
— bradou com furor concentrado, e batendo com
frenesi o pé no chão — oiro, oiro... dae-lhe oiro,
entornae bem oiro pelas fauces abaixo da calumnia
que nos inculca reprobos, da tyrannia que nos al-
gema e nos persegue, da força bruta que nos im-
pelle por sobre a face do globo, sem que nos deixe
encontrar uma pedra sequer, que nos dê com amizade repouso á cabeça! Dae-lhes oiro, dae-lhes oiro,
e os perseguidores serão vossos escravos, os tyran-
nos beijarão o pó dos vossos sapatos, os torpes
adoradores de Baal levantarão hosannas fervorosos
ao vilipendiado Israel!

Assim dizendo, Abrahão Cofem mergulhou de
novo a vista para dentro da fornalha, e de repente,
tomando as tenazes, arrancou do meio do fogo um
cadinho de aço, no bojo do qual fitou anciosamente
a vista.

Eleazar Rodrigues ouvira-o com a fronte pendida
e triste.

— Abrahão — disse-lhe aqui, levantando a cabeça
e com a fronte severamente enrugada — a vossa
intenção é boa, mas as vossas aspirações provo-
cam a ira do Senhor. Blasphemaes. A redempção
do povo escolhido ha de realisar-se um dia. O
Messias ha de baixar á terra; o seu reinado levan-
tar-se-ha sobre os thronos do mundo, e á voz d'elle
surgirá de novo Israel. Mas o Messias não é a alchimia. Blasphemaes, mestre; e na cegueira da vossa
aspiração levantaes o bezerro de oiro sobre o altar
que pertence á grandeza do Todo Poderoso.

Durante estas palavras o rosto do alchimista
passára por differentes transformações. Á anciedâ-
de, com que observava uns residuos em fusão, que
jaziam no fundo do cadinho, succedeu a expressão
da maior alegria e logo o extasis da suprema felicidade. Mas os residuos começaram a escurecer
pouco e pouco, á medida que ia diminuindo a in-

tensidade do fogo, que os encandecia; e logo o
rosto de Abrahão Cofem principiou egualmente a
entenebrecer e a denegrir-se. Por fim o fogo apagou-se de todo, e os residuos do cadinho perderam totalmente o fulgor, com que sairam da fornalha. Estavam pura cinza. Os olhos do alchimista
chisparam vivas centelhas de raiva medonha. Levantou com furor as tenazes que tinha na mão, bateu com ellas furioso no cadinho, e arremessou-as
de si com todo o frenesí da verdadeira colera. Depois caiu como desanimado sobre um tamborete,
em frente do arabí.

Esteve assim alguns minutos, durante os quaes
Eleazar não tirou d'elle os olhos, rutilantes de curioso assombro. Então o rosto de Abrahão Cofem
principiou de novo a transmudar-se lentamente. Em
breve ficou outro homem. A altivez do sabio de altas aspirações sumiu-se, e appareceu em logar d'ella
a humildade do pobre, que precisa de captar a
benevolencia e a protecção d'aquelles, de quem
está dependente.

Abrahão ergueu-se então, e passou as mãos duas
ou tres vezes por cima dos olhos, como homem
acordado subitamente de somno, a que não tinha
direito, e de que deseja fazer desapparecer prompta-
mente todos os vestigios e todo o embrulhamente
de idéas.

— Rabbi — disse então, como se de nada já se
lembrára do que estivera dizendo e fazendo — eis
alli o philtro que Pero Annes me encommendou.
Gomes Bochardo devia procural-o esta manhã.
Com elle nada mais conseguirão que despertar
melhor appetite.

· Eleazar sorriu-se.

— O philtro ninguem vol-o procurará, Abrahão
— respondeu elle — Pero Annes é morto...

— Deus de Israel! — balbuciou o alchimista,
abrindo grandes olhos de espanto.

— E Alda — continuou o arabí — acaba de escapar, por milagre, de ser raptada pelos vossos amigos.

Ao ouvir estas palavras, Abrahão Cofem ergueu-se machinalmente, boquiaberto e com os olhos espantados no arabí. Este depois de lhe contar o que tinha acontecido, continuou :

— Tenho para mim que tudo, isto são feitos de Gomes Bochardo. Burlaram-se de vós, meu pobre Abrahão; trataram-vos como judeu, como cão, segundo elles usam dizer. Entretanto que pensaram que podieis prestar para alguma cousa, contaram-vos tudo; depois que cuidaram que podiam escusar vosso philtro, foram-se sós ao feito, e de vós não curaram umpelo, nem sequer para vos dizer que de vosso trabalho erguesseis a mão...

— Porém Gomes Bochardo foi preso hontem á tarde...

— E solto, horas depois, pelo corregedor Goçalo Camello, que não quiz affrontar a vingança do senhor do Terra de Santa Maria, retendo na cadeia um seu serviçal. Crêdes vós que gente é esta, a do Porto, para soffrer sem toscanejar estes feros e biocos, com que de continuo a estão a atabafar com Rui Pereira? — acrescentou o arabí com os labios confrangidos ao de leve por um quasi imperceptivel sorriso de ironia.

Os olhos de Abrahão Cofem faiscaram a velhacaria intelligente, que apanha, como que no ar, a allusão que se faz diante d'ella, e lhe tira de relance todas as consequencias.

O arabí havia porém fitado o olhar destrahido no pavimento da sala.

— Que novas me trazeis do hospital dos palmeiros? [1] — continuou, depois de brevissima pausa.

— Hontem era eu lá, ao tempo do arruido...

— E pois, é elle? — atalhou o arabí, fitando Cofem com anciosa impaciencia.

— Elle é, rabbi — volveu Abrahão — Ao cabo de

[1] Vide nota LV.

muitas delongas e enfados, alcancei saber que era,
elle. Está velho, alquebrado, pobre; e tão duro de
condição e melancolisado de aspecto e de animo,
que, a bofé, que mui mal, me podia convencer que
era aquelle moço galhardo, festeiro e de altos espiritos, que conhenci, ha trinta annos, e de que mal
vos podeis vós lembrar, tamanino que ereis...
— E bem?... — interrompeu Eleazar, impaciente
d'aquella digressão do alchimista.
— Fallei-lhe, e não houve mais para que duvidar.,
Era elle, por vida minha, era elle! — acrescentou
Abrahão Cofem, ainda enleado pelo abalo, que lhe
causára a completa transformação que se operára
no individuo, de quem estavam fallando, e que o,
leitor mais tarde conhecerá — Era elle, era elle...
mas quão velho, quão pobre, quão alquebrado e
enfermo! Oh! se o grande Adonai já tivesse permittido a descoberta da divina pedra philosophal,,
a panaceia já fôra inventada, e então...
— E pois, aramá, e pois?... — bradou impaciente
o arabi, ao vêr o alchimista tramalhar-se de novo
pelas visões hermeticas, que tão alborotado lhe traziam o cerebro.
Abrahão estremeceu.
— Segundo vosso mandado — acudiu rijo — fui
hontem ao hospital dos palmeiros, averiguar se de
verdade Fernão Gonçalves era já chegado de Constantinopla. Ninguem m'o sabia dizer; por fim João
Ferraz, abbade da enfermaria dos gafos, contou-me,
que hontem era ahi chegado um homem velho e
de dura condição, que se escusára com grande porfia a dizer quem era; e que esse por ventura seria
elle. Roguei-lhe que me levasse adonde elle era, o,
que elle fez, conduzindo-me até á porta da enfermaria dos peregrinos. Haviam alli cinco n'aquelle
repartimento, os quaes mal me viram, e conheceram pelo signal da aljuba, principiaram a maldizer
e a praguejar o judeu, reprehendendo em altas vozes o abbade por ter consentido que eu entrasse

alli, onde eram romeiros vindos dos santos logares
e de S. Thiago da Galliza. Os perros cuidavam
que eu levava a peste commigo! Mas vós bem sabeis, Eleazar, que não sou eu homem que morra
d'abafas, e por isso fui ávante, olhando para um
e para outro, a fim de vêr se era entre elles quem bus-
cava. Redobraram-se por tal mais feras as pragas
e as blasphemias. N'isto oiço dizer, lá do fundo do
aposento, em tom rijo e tão carregado que ataba-
fou de subito o arruido d'aquelles soberbos mendi-
cantes :

«— Olá, dom judeu, acolhei-vos aqui, e deixae á
má hora esses sandeus gargantões, que tanto se
ensoberbecem de terem tocado com os labios im-
mundos a terra pisada pelo humide filho de Deus.
E por seus feitos, eu fiador que mais judeus serão
elles na alma do que vós em todo o corpo e vestido.
Ora sús, vinde aqui e dizei-me vossa necessidade,
que, apezar de mal parado com febres, por ventura
poderei dar aviamento ao que d'aqui pretendeis saber.

— A's primeiras palavras, que ouvi, olhei, e vi
um velho de fronte enrugada, de cabellos e grandes barbas brancas, macilento e alquebrado, que
estava lançado sobre um catre, com o corpo meio
recostado ao braço direito, em cuja mão tinha reclinada a cabeça. Quando acabou de fallar, disse-
lhe já meio desconfiado de que seria aquelle :

«— Por vossas boas palavras bem se sente que
tendes corrido mundo, e que muito tendes apren-
dido de vossas peregrinações, bom homem.

«— Muito, porque por muitas e longes terras
hei andado, por meu mal — respondeu-me, soltando a custo um suspiro tão cançado, que bem mostrava quanto estava avexado de sua dôr. — Ha vinte
nove annos cumpridos que ando desterrado por
terras estranhas. D'esses passei os seis ao serviço
da Senhoria e dos cavalleiros de Rhodes [1]; e os

---

[1] Vide nota LVI.

vinte tres captivo de turcos, por quem fui aprisio-
nado n'um galeão da ordem dos hospitaleiros.
Assisti á tomada de Constantinopla pelo Sultão
Mahomet, e trabalhei nos apparelhos e machinas
de guerra, que ajudaram a destruir aquella famosa
cidade. Meu amo era capitão da companhia de gasta-
dores e bombardeiros que serviam aquella grande
bombarda [1], que tanto contribuiu para desanimar os
gregos. Depois ahi fiquei vinte e um annos amarrado aos bancos das galés do grão-turco, esquecido
de Deus e dos meus. Bem podeis crêr por quantos
mares voguei com taes amos, e em quantas terras
aportei durante este longo espaço de tempo. Por
fim, quando menos o cuidava, vi-me resgatado, não
sei como nem por quem. Um dia meu amo, man-
dou-me tirar a adoba, e disse-me — «Estás livre;
pódes partir para onde quizeres. A senhoria de Veneza acaba de comprar-me por duas mil piastra os
poucos annos que te restam de vida.» — A senhoria de Veneza! — continuou elle profundamente enleado—mas que tem a senhoria commigo, ou quem
sou eu e os meus para que ella se empenhe por
mim? O meu resgate, dom judeu, foi de certo milagre e grande maravilha. Parti; fui orar sobre o sepulchro de Christo e beber das aguas do Jordão.
Atravessei depois a Allemanha, a Italia, a França,
toda a Hespanha, e por fim eis me aqui, assim como
vêdes. Estou cançado de viver, e agora quererá Deus
que eu morra; e se tal é, contente sou d'isso, porque morro em Portugal, sobretudo se elle me não
matar antes de eu pôr os olhos n'um certo logar e
n'um certo homem que sei, se por ventura esse logar
e esse homem existem ainda.

— Calou-se aqui. Eu já não duvidava que era
elle; porém desejoso de apurar de todó a verdade,
disse-lhe com ares de curioso:

[1] Vide nota LVII.

« — Pelo visto, honrado homem, sois do Porto.

« — E vós que tendes com isso ? — bradou-me asperamente, encarrancando o sohr'olho. ·

— Mas logo, fitando abstracto por um momento a vista carregada no pavimento, ergueu a cabeça e perguntou-me açodadamente:

« — Ora sús, pois que sois velho, por ventura conhecerieis ahi na cidade um armeiro, morador á ponte de S. Domingos, por nome Gonçalo Peres, que foi homem d'armas do condestavel. Por sua grande idade, é quasi certo que será morto. Deus lhe perdoe. Mas morreria tambem um moço que devia chamar-se Alvaro Peres ou Alvaro Gonçalves, neto d'aquelle, e que hoje, se é vivo, conta trinta annos de idade, pois que nasceu a 7 de agosto do anno de 45, um anno ao justo antes do dia em que saí de minha terra?

— Fôra peccado duvidar mais, rabbi; assim exclamei com mal contida alegria:

« — Se os conheço! Como a mim proprio, e visto que tanto vos vae em saber d'elles, folgo das boas novas que tenho para dar-vos. Do velho sei-vos dizer, que ainda é vivo e são, e tão aprumo e rijo como rapaz de vinte annos. Está magro como homem de tanta idade, cada vez de condição mais rija, e tão arremessado e volteiro como no tempo, em que andava com o condestavel ás lançadas aos castelhanos. Se o conhecestes, bom homem, vereis que, apezar dos cento e dez annos que é fama que tem, em nada parece mudado do que foi n'outros tempos. Pelo outro que perguntaes, d'esse é mui differente o contar. Essa creança que tinha um anno quando partistes, é hoje um mocetão de primor, valente como dizem que foi o pae d'elle, e dotado de tão altos espiritos que mais parece nascido para cavalleiro do que para fabricar arnezes e coiraças. E' o melhor armeiro do Porto e um dos valentes homens das Hespanhas. Assim, bom palmeiro, se vos avexava a incerteza do destino dos dois, deveis alegrar-vos, que os vindes achar como melhor não podieis pedir.

—Pelo tempo que eu dizia estas palavras, o romeiro ia passando por crescente transmutação de semblante. Emquanto fallei n'aquelle casmurro Gonçalo Peres, que má hora haja, foi-se levantando pouco a pouco sobre o braço, com o rosto animado e os olhos rutilantes; mas logo que principiei a fallar em Alvaro, e me alarguei pelos merecidos louvores d'aquelle bom moço, ergueu-se subito, e sentou-se na borda do catre, firmado nos dois braços, para se anteparar contra a fraqueza que o achacava; e, mal eu findei, duas grossas lagrimas sairam-lhe pelos olhos fóra, tão d'elle a furto que cuido que as não sentiu de embebido que estava no meu conto.

—Por algum tempo esteve calado e com os olhos fitados em mim; por fim disse-me com pasmosa serenidade :

« — Grandes novas me contaes, honrado judeu; e taes que não sei como pagarvol-as. Ora pois; que Deus vol-o satisfaça, que a tanto não chega minha valia. Assim que, já posso morrer descançado. Dois desejos formei ao partir de Constantinopla. D'esses, um era saber d'esses homens, de quem tanto me contaes; e esse, a Deus graças, já está satisfeito e tão cumpridamente, como não ousava esperal-o. O outro era procurar o bemfeitor que me resgatou, para dizer-lhe quanto o meu animo lhe ficára agradecido, e quanto rogarei a Deus que lhe recompense o ter-me dado a felicidade de vir morrer abraçado com a terra, que me viu nascer. Esse porém é tal, e tão cego me traz apoz de si, que cuido que nunca o cumprirei...

« — E tal ousaes vós cuidar? — exclamei eu — Dizei-me, não vos lembraes de Manássés Rodrigues, que foi algum tempo arabí da communa do Porto?

—A estas palavras o romeiro ergueu-se de subito e bradou rijo, batendo forte palmada na fronte:

« — Manassés? E' verdade; foi Manassés, foi elle!...

— E dizendo, caiu prostrado por sua fraqueza, e tal que cuidei que passava. Acorri-lhe, bradando:

« — Sús, bom homem, vêde que vos não mateis por falsas suspeitas. Manassés é morto ha muito.

— A estas palavras o palmeiro fitou triste e carregadamente os olhos em mim, fez com a mão um gesto de descoroçoado, e replicou:

« — Manassés é morto! Todo o bom se vae d'este mundo. Fiquei eu; para que? E bem, judeu, aqui me lançastes vós de novo nas trevas, e agora mais tristemente que nunca.

« — Não descoroçoeis tão prestes, bom homem; poderá ser que não estejaes tão longe de vosso desejo, como pensaes. Manassés tinha um filho...

« — Eleazar! — exclamou elle — Oh! tamanino o deixei... Foi elle, por vida minha, foi elle! Oh! meu bom Manassés!...

— Assim dizendo, deixou pender a fronte sobre o peito, e desatou a chorar.

« — E vós quem sois? — bradou então de subito e aferrando-me com taes forças, que estive para cair sobre elle.

« — Pôde ser que alguma hora haveria que o meu nome vos não fosse odioso. Sou Abrahão Cofem.

« — Abrahão!...

« — Fernão Gonçalves!

— E os dois caimos a soluçar nos braços um do outro. Por fim elle, disse-me:

« — Afigura-se-me agora, que não quererá Deus que eu morra. E comtudo acho-me tal que para nada menos estou que para isso. Pois, por vida vossa, Abrahão, meu amigo, que n'esta hora grande dôr levo da vida, que os queria vêr a elles, e abençoar o filho de Manassés...

« — Fernão, homem, que fraqueza é essa? — bradei-lhe, algum tanto receioso do que lhe via no

rosto — Como! Não sois vós aquelle que tão galho-
feiro era e folgazão, que não havia ahı mais prazer
nem folia que onde vós ereis? Assim vos quereis
deixar finar de fraqueza, como mulher sandia e sem
valor? Sús. Fernão Gonçalves, animo!

« — E esse já vós sabieis que eu era? — disse-me
elle, pondo-me ùns olhos tão cheios de gratidão,.
que me marteiraram a alma com pena.

« — A bofé que não ao entrar — repliquei —mas
logo por vossas palavras attentei que ereis vós. Já
vos aguardavamos, mais hoje, mais amanhã; porque, desde que saistes de Constantinopla, Eleazar
lançou-vos escutas, de modo que, homem de prol,
bem aviado andaveis com vossa vida, e bem vos
foi com essa dôr, que não vos deixou maganear, ou
aqui o saberiamos para vossa vergonha. De Veneza vinham novas sobre novas a vosso respeito.
Logo de Allemanha, de Italia, de França, e por fim
de Hespanha, até que emfim soubemos que por
Vianna do Minho em Portugal ereis entrado. Eleazar tinha pois motivos para vos aguardar por estes
dias; e eu, vindo procurar-vos por ordem d'elle,
razões de suspeitar que aqui vos encontraria mais
cedo ou mais tarde.

· — Elle aqui brada-me rijo e com os olhos espantados em mim:

« — Abrahão, eu quero viver.

« — E vivereis — repliquei-lhe — que Eleazar é
grande physico, e eu, voto a tal, não lhe vou em
saga. Portanto, homem, animo, coração ao largo
para guarecer mais prestes de vossa dôr; que olhae
que estas febres quartans, que é todo o vosso acha-
que, são tão perras que se colhem homem descoroçoado, aporfiam contra toda a arte e vontade do
physico mais sabedor. Assim, vós ireis para minha
casa ou para casa de Eleazar...

« — Fazei de mim o que quizerdes, mas prestes
— atalhou elle — Quero viver, ouvides, Abrahão?

— Assim, rabbi — concluiu Abrahão Cofem a sua

narração — hoje ás duas horas da tarde irei ao hospicio dos palmeiros buscar Fernão Gonçalves, segundo vosso mandado, e trazel-o-hei para minha
pousada...

— Para a minha — disse imperiosamente o arabí, cravando no alchimista um olhar de quem não
admitte replica.

— Será feita a vossa vontade, rabbi — replicou
Abrahão, fazendo humilde mesura, na qual relam-
pejou um momento o vivo prazer que sentia de se
vêr solto da presença de um hospede, isto é, de
quem o distrahiria dos seus estudos e trabalhos in-
cessantes após a pedra philosophal.

Aqui o arabi começou a descair n'uma vaga abstracção de espirito, que o fez ficar com o olhar
quedo e invariavelmente fitado no lado fronteiro
áquelle, em que estava. A luz do dia, que principiava a arrebolar o nascente, quando elle entrou
em casa do alchimista, rutilava agora esplendorosa
através das largas frestas da velha portada da janella. O arabi ergueu-se, e foi abril-a. Por ella dentro entraram logo esplendidamente e de chapa os
raios brilhantes do sol, que ia subindo ao espaço.
Eleazar caiu de joelhos, ergueu os braços e a fronte
para o céo, e lagrimas de celestial alegria principiaram a correr-lhe pelas faces abaixo, ao mesmo
tempo que os labios se lhe agitavam ao grado, do
cantico sagrado, que no coração entoava em acção
de graças ao Omnipotente. Abrahão, o alchimista,
o quasi atheu, sentiu-se acurvar ao peso da impressão que aquella scena lhe causava. Ajoelhou tambem, e orou.

Minutos depois Eleazar ergueu-se.

— Abrahão, meu bom Abrahão — disse, approximando-se do alchimista, e pondo-lhe affectuosamente
a mão sobre o hombro — o meu coração sente n'esta
hora alegria suprema; e a vós a devo... a vós a
devo, meu bom Abrahão. Accreditareis por ventura
— continuou tristemente — que Alvaro Gonçalves

tem ciumes de mim? De mim...do pae de Alda!
Ó minha filha... minha adorada filha!

— Deus d'Israel! — exclamou o alchimista com
espanto.

— Eu bem o conheci — continuou Eleazar — esta terrivel paixão não se confunde com nenhuma
outra em homem de alma tão nobre como a d'elle.
Era o ciume... o ciume que odeia, que mata, que
despedaça, que uma vez entrado no coração só se
despersuade por um grande e poderoso abalo. Ó minha pobre Alda... Para que, Senhor, a fizeste filha d'este desgraçado?

O arabi cobriu aqui o rosto com as mãos, e poz-
se a soluçar dolorosamente.

— Deus de Moysés, poderoso senhor do trovão
e do raio, acorrei-nos! — tartamudeou o alchimista
de todo aterrado.

— A presença de Fernão Gonçalves — continuou
o arabí com mais serenidade — é o unico remedio
para este grande mal. Vêde pois o que vos devo,
Abrahão, meu Abrahão...

E no fervor do seu reconhecimento o arabí apertava com effusão a mão do velho alchimista, que
parecia transportado de satisfação de vêr remediar
aquella desgraça que por um momento se lhe afigurára insuperavel.

— O Senhor omnipotente — continuou o arabi —
não quer porém que eu tenha gozo perfeito n'este
mundo. Quando vejo remediado um mal, logo se
me antolha outro futuro e ainda mais temeroso. Sabei, Abrahão, que o senhor da Terra de Santa Maria deve chegar dentro em poucos dias ao Porto.
Que de males não surdirão da presença d'aquelle
perseguidor da minha Alda! Que de pezares, que
de desgraças, se lhe não acorremos com algum bom
conselho para lhe torvar o intento de levar a cabo
a sua negra tenção! Mestre — continuou depois de
se concentrar um momento — agora vos peço eu
todo o auxilio do vosso grande saber e experiencia

dos homens. Cumpre arredar Rui Pereira do Porto...

— Arredal-o-emos! — exclamou o alchimista.

— Escutae-me — atalhou o arabí — e attentae bem
no que vos vou dizer. O galeão Cadramoz, e o barinel Fortepino, de que era dono Diogo Lourenço,
aquelle bom homem e honrado mercador da rua
das Eiras, que por vossa via me pediu, para os armar e apparelhar, as quinze mil dobras cruzadas
de ouro [1], que sabeis, foram tomados pelos andaluzes nas costas de França, para onde navegavam.
Diogo Lourenço está perdido, porque n'aquelle trato
metteu desassisadamente todo o seu cabedal e todo o que houve por seu credito. Já hontem requereu
a Fernão d'Alvares Baldaia, juiz da bolsa do commercio, que lhe fizesse pagar por ella sua perda,
segundo manda o regimento. De hoje a quinze dias
nos reuniremos lá para averiguar d'aquelle caso;
porém Diogo Lourenço não póde ser attendido, porque fez partir a nau contra a opinião de todos os
homens bons, arriscando-a por tal a ser infallivelmente tomada. Aquelle homem está de todo arruinado. Gomes Bochardo já hoje o ameaçou de que,
se prestes lhe não paga duas mil corôas de oiro [2]
que lhe deve, lhe fará romper o banco [3] e encarcerar por aleivoso e bulrão. Eu sou porém o maior
crédor de Diogo Lourenço. Posso salval-o, e sal-
val-o-hei. Vós, Abrahão, como escrivão que sois da
bolsa, fazei correr por todos os bolseiros e por todos os mercadores á bocca pequena, que aquelle
dinheiro de Bochardo é de Rui Pereira, como de
feito é. Ha já ahi grande rancor contra elle pelo
muito trato, em que anda mettido, e o grande
damno que faz aos interesses dos mercadores da
cidade, com as muitas fazendas que manda vir de

[1] Vide nota LVIII.
[2] Vide nota LIX.
[3] Vide nota LX.

Inglaterra e de França, e com que lhes affronta o
negocio. Este rancor, irritado pela dureza de Bochardo para com Diogo Lourenço, que é homem
de todos muito estimado, sabeis o que fará? Rui
Pereira não poderá, ainda que queira, ficar mais
do que tres dias no Porto; porque os mercadores
hão de levantar a camara contra elle, e o povo ha
de ajudal-a a lançal-o fóra, segundo o privilegio da
cidade, de grado ou de força, se de seu talante não
quizer sair. Deus de Israel — exclamou aqui dolorosamente o arabi — que haja o desgraçado judeu de
se soccorrer a estas cachas e artificios para se anteparar das affrontas, com que o nazareno o persegue! Que não possa o homem honrado acolher-se
ao amparo da lei, por que a lei escarnece do homem honrado, se por ventura é judeu! Abrahão,
attentae bem n'isto que vos digo. Os mercadores
do Porto odeiam Rui Pereira, porque Rui Pereira
lhes faz sombra com o muito commercio que por
sua conta se faz na cidade e em toda a comarca de
Entre Doiro e Minho. Este odio apurar-se-ha com
o caso de Diogo Lourenço. E' este o unico meio
que temos para arredar Rui Pereira da cidade, e
vós me ajudareis a levar a cabo esta tenção, não é
verdade?

— Mais do que isso farei, rabbi — exclamou o alchimista — vêdes esta ementa? Aqui estão arrolados duzentos nomes de homens de grado e de homens do povo, a quem tenho emprestado dinheiro
de onzena, que pertence a Bochardo e a Rui Pereira. Desde esta manhã todos saberão quem é o
senhor do dinheiro, e tambem que, se m'o não pagarem dentro de oito dias, a todos farei citar e penhorar, constrangido pelas ordens do almoxarife do
senhor da Terra de Santa Maria. Cuidáe vós no que
isto fará! Eu vos fio que Rui Pereira será homem
de milagre, se puder resistir aos rancores que por
esta arte levantarei contra elle.

Eleazar Rodrigues ficou a olhar por um momento

·o alchimista, indeciso e hesitando se sim ou não approvaria aquella traição, que tanto repugnava á sua grande alma. Por fim exclamou arrebatadamente:

· — Fazei. O judeu só com a traição é que póde anteparar-se do nazareno. Já que nos tratam como cães, mostremos-lhes ao menos que temos colmilhos. Fazei; que Deus não nos castigará por assim usarmos, pois que outras armas não temos contra estes aleivosos, que até na funebre solidão do nosso almocovar nos não consentem que descancemos em paz. Sabeis, Abrahão, que nol-o devassaram, a noite antes d'esta, e profanaram a campa do pobre Zabulão Montesinhos, soterrado essa tarde, de cujo cadaver degolaram a cabeça que levaram comsigo?

Abrahão approximou-se da grande mesa de carvalho, que estanceava no meio da casa, e, descobrindo uma enorme bacia de arame, que sobre ella estava, cheia de um liquido aromatico, replicou, apontando para dentro:

— Já o sabia, rabbi. Eis aqui a cabeça de nosso irmão.

— Vós, Abrahão!— exclamou Eleazar, recuando espantado e cheio de terror.

— Antehontem aqui m'a trouxe Pero Annes — continuou serenamente o alchimista — para por ella lhe adivinhar o que succederia, se por ventura elle se atravessasse a Rui Pereira n'estes amores da vossa Alda. Ao conhecer a cabeça de Zabulão, lancei-lhe em rosto a profanação do nosso almocovar, e ameacei-o com a ira do Senhor. Riu-se, e replicou-me — «Tenho ouvido dizer que as melhores adivinhações de feiticeiros são as feitas em cabeça de homem morto[1]. Ora vós sois feiticeiro, e, como judeu, melhor adivinhareis por cabeça de judeu que de christão. Ella ahi está; fazei a vossa obra, e deixemos-nos de doestos».

[1] Vide nota LXI.

—E vós aceitastel-a! — exclamou o arabi.

—E homem sou eu para a não aceitar? —respondeu com medonho sorriso o alchimista — Tão sandeu me crêdes vós que deixasse fugir d'entre as mãos o ensejo de vingar Zabulão diante da sua propria cabeça, profanada por aquelle mescão naza-reno? O perro finou-se, dizeis vós. Bem pois; a cabeça de nosso irmão vae hoje mesmo descançar junto do seu corpo, até que de novo—acrescentou com medonha ironia — apraza a algum outro naza-reno ir desoterral-a outra vez para a enxovalhar com sandices e com profanações.

O arabi fitou Abrahão com olhar penetrante e firme.

—E vós sabeis, não é assim, Abrahão — disse-lhe em voz autorizada — que a lei determina em taes casos abluções e sacrificios expiatorios?

—Será feita a vossa vontade, rabbi — replicou o sabio, curvando-se em respeitosa cortezia.

Eleazar dirigiu-se então machinalmente para a porta. O alchimista seguiu apoz elle, e logo, por sua iniciativa, a conversação versou outra vez ácerca dos meios de arredar Rui Pereira com brevidade para fóra da cidade. Nas palavras do alchimista resoava fortemente a fecunda dedicação, que tinha ao moço Eleazar.

Chegaram por fim á porta da rua. Eleazar ia a decerrar a tranqueta, mas de repente parou, bateu ao de leve com a mão na fronte, e exclamou:

—Ah! E bem; como me ia passando! Sabeis vós, mestre mui sabedor, que desde que ha pouco vi rutilar no vosso cadinho aquellas cinzas de oiro puro, se me afigura que a pedra philosophal é possivel? Ora pois, ide logo a minha pousada, e de lá trareis um punhado de boas dobras 'de banda [1], para tentar por conta d'àmbos a experiencia.

[1] Vide nota LXII.

O alchimista aprumou-se com os olhos rutilantes de enthusiasmo scientifico.

— Grande moço, a bofé, que vós sois, rabbi — exclamou — só vos faltava, para serdes perfeito, empregar vossa grande valia no conseguimento da grande obra. Irei buscar vosso oiro; e crêde que, d'esta feita, a essencia dos cedros do Libano ha de sair das entranhas da mysteriosa natureza. Eu vos fio que vos não arrependereis. Mergulharei por nove dias o mais puro oiro de vida na essencia do divino alembroth; e com este tambem espargirei o elixir de Aristeu e o balsamo de Mercurio. Calcinarei depois tudo ao mais poderoso fogo de areia; e, finda a calcinação, apagarei o fogo, fazendo correr sobre elle uma torrente do sal da sabedoria...

O arabi não esteve para aturar a prelecção até o fim. Abriu a porta e saiu.

— Olhae bem que vos não esqueçaes de Fernão Gonçalves — disse então.

— Perdei o cuidado — replicou velozmente Abrahão; e logo continuou com enthusiasmo — E d'esta calcinação, eu fiador, que ha de sair o sublime motor da grande obra, o agente da panaceia universal, que é o sol da vida, o restaurador da humanal imbecilidade... Salve, redemptor de Israel!...

O alchimista continuou a vociferar, apezar do arabí já ir bastante alongado d'elle. Só quando o viu desapparecer por detraz da esquina da rua da Esnoga, é que se calou, e entrou para casa.

IX

AS CONFIDENCIAS

> Tormento e toda a vida e toda enganos:
> Quando um affecto vence, a novos corre,
> E tarde reconhece os proprios damnos.
>
> PAULINO CABRAL.

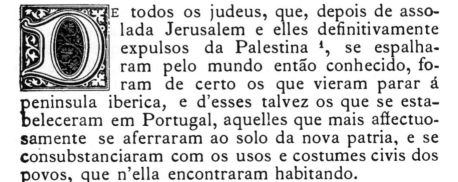

E todos os judeus, que, depois de asso-
lada Jerusalem e elles definitivamente
expulsos da Palestina [1], se espalha-
ram pelo mundo então conhecido, foram de certo os que vieram parar á
peninsula iberica, e d'esses talvez os que se esta-
beleceram em Portugal, aquelles que mais affectuosamente se aferraram ao solo da nova patria, e se
consubstanciaram com os usos e costumes civis dos
povos, que n'ella encontraram habitando.

D'este amor é facil explicar a causa.

Sem curar do tempo dos godos, em que os judeus soffreram verdadeira oppressão, nem do dos
arabes em que a illustração d'esses dominadores

lhes permittiu vida mais folgada e mais livre, basta
lançar um rapido olhar para a historia da legislação
posterior á reconquista christã, para reconhecer
que até ao tempo, em que Fernando V de Hespanha conquistou Granada, e sobre as ruinas d'ella a
sua cynica avareza levantou a primeira inquisição
hespanhola, os judeus estabelecidos para cá dos
Pyrineus gozaram favores e protecção, como em
nenhum outro paiz encontravam.

Em Portugal póde até dizer-se que foram validos
e poderosos até o ultimo rei de raça affonsina; e
depois, até o tempo em que foram expulsos, se
a importancia lhes foi decrescendo rapidamente até
chegar á perseguição, ainda assim acharam nos primeiros reis da raça d'Aviz favor e protecção, e nos
dois expulsadores repugnancia invencivel ás foguei-
ras da inquisição, já então omnipotente em Castella.

E' verdade que, logo desde o principio, as leis os
apontavam, como que a dedo, ás vexacões espolia-
doras dos ricos-homens brutaes e quasi selvagens e
á intolerancia fanatica das multidões supersticiosas
e ignorantes. As distincções e differenças odiosas,
com que ellas destacavam da população christã a
colonia judaica — distincções todas resultantes do
espirito fanatico e intolerante da epocha — foram
indubitavelmente origem de grandes males e incom-
modidades para os judeus, e talvez que fossem a
causa primaria de, já n'aquella epocha, elles se não
fundirem de todo no corpo geral da nação. Mas é
egualmente certo e egualmente verdade que essas
mesmas leis, que tanto contribuiram para odiosa-
mente os pôr em relevo, os cercavam de privilegios
e regalias, que quasi annullavam aquelles effeitos
perniciosos; tanto mais que os nossos reis, achando
n'elles riquezas, illustração e bom conselho que não
achavam nos outros vassallos, lhes confiavam os
cargos mais influentes e mais achegados a si, e por
isso privança e valimento, de que elles talvez mais

de uma vez abusassem para se vingarem dos vexames, a que os expunham a estupida intolerancia da arraia miuda e o fanatismo espoliador dos altos barões.

D'aqui seguia-se que o que nos outros paizes era perseguição do rancor e do odio, entre nós era apenas consequencia ou da prepotencia dos poderosos, ou da inveja mesquinha e do desprezo, em que tinha caido aquella raça aviltada pela sua pertinacia proverbial e pela cega obstinação, com que havia perseguido o divino iniciador da religião da caridade e do perdão das injurias.

Ora isto acontecia precisamente na occasião, em que os judeus eram perseguidos, torturados, roubados, e assassinados em Inglaterra, em França, na Allemanha e em todos os estados do norte da Europa. Que mais é preciso para explicar o aferro da sua affeição ao bello solo portuguez, e a facilidade com que elles perderam entre nós a maxima parte dos seus usos civis e domesticos? Afóra as crenças religiosas e alguns costumes especiaes, a que a lei forçosamente os obrigava, póde bem dizer-se que o judeu portuguez era litteralmente um portuguez como qualquer outro.

Assim as suas habitações e o seu trato intimo nada tinham d'aquelle perfume oriental, que tão pronunciadamente conservaram em outras nações. N'esta ou n'aquella casa de um ou outro mais rico lá se via em verdade, aqui ou alli, um bocado de parede derribada, para commemorar as ruinas do templo. Os tapetes, os finos alambeis ou pannos de armar, as ricas baixellas de prata de bastiões, os moveis de magnificas madeiras ricamente molduradas eram tambem quasi paramentos forçados do interior das casas, onde viviam. Mas isto era antes resultado da sua permanente communicação com a Italia, que era então a reguladora do luxo e da moda, do que de natural tendencia de caracter eivado pelo orientalismo da origem. E tanto isto era assim, que nas

casas de muitos dos nossos fidalgos, e em não poucas de muitos dos cidadãos abastados do Porto se
encontrava o mesmo trato opulento, e em algumas
até com muito maior profusão.

A casa, onde vivia Eleazar Rodrigues, na rua da
Esnoga, em frente do templo dos judeus, era uma
das mais ricamenjente paramentadas de toda a
communa, porque tambem era elle o mais rico de
todos os judeus do Porto. Exteriormente apresentava o esplendido aspecto de todas as habitações
construidas, n'aquella epocha, no seio das cidades
pelos barões opulentos. Era um vasto casarão de
dois andares modernos de altura, em cuja frente
caberiam duas fileiras de dez ou doze janellas cada
uma, se collocadas com a symetrica regularidade
moderna. A casa de Eleazar não era porém dis-
posta como as actuaes. Na frente principal, que
era a do lado da rua da Esnoga, tinha apenas uma
porta e oito janellas, irregularmente collocadas; e
do lado da rua, onde morava Abrahão Cofem, cinco
apenas, e ao cabo do edificio uma alta torre meia
derrocada, em memoria das ruinas do templo de
Salomão. Mas estas janellas e estas portas, pon-
teagudas e de umbreiras profundas, eram cobertas
de lavores de talha graciosos e delicadissimos; e as
quadrellas de polido granito, que formavam as paredes, eram tambem adornadas de differentes lavores de extraordinario relevo, já arabescos, já flôres, já emblemas e letras hebraicas, já, a esmo, cabeças de mouros, primorosamente modeladas. A'
vista d'isto aqui estou eu vendo o leitor a pensar
comsigo que a irregularidade da construcção da
casa de Eleazar Rodrigues era cousa muito mais bella
e elegante do que qualquer dos mais regulares dos
nossos palacetes modernos. E tem razão. Mas para
vergonha da nossa nem sempre bem empregada
mania de edificar, quando o bairro dos judeus foi
parte vendido e parte doado aos christãos, os novos povoadoras destruiram e arrasaram aquellas

formosas construcções, de que havia não poucas na judiaria nova do Olival, e em logar d'ellas levantaram os torpes pardieiros, de que são dignas successoras as casas que hoje se vêem na rua de S. Bento da Victoria e cicumvisinhas. Ficou-lhes o juizo a arder na verdade. Mas os bons homens queriam edificar, e sobretudo não queriam viver debaixo dos tectos, que haviam sido contaminados pelo bafo dos judeus. Fortes governos aquelles que alimentavam nas populações estas scismas! Já elles nos têem custado os trabalhos, por que temos passado desde 1820 até hoje, e sabe Deus os mais que nos custarão ainda. O senhor se amerceie de taés governantes, lá no logar para onde os mandou na outra vida. E digam todos amen, que assim nol-o manda a caridade evangelica.

A riqueza do interior da casa de Eleazar Rodrigues correspondia ao formoso exterior que tinha. Era egualmente rica e elegante. Basta dizer isto para dizer tudo, mesmo porque o dizer mais seria escusadamente cançar o leitor, que a arte manda conveniente, mas não ignorantemente poupar.

Entremos, pois, sem mais ceremonia pela porta principal; subamos esta escadaria de granito, e depois de atravessarmos não sei quantas salas, ricamente alcatifadas e guarnecidas de finos alambeis, e moveis preciosos, enfiemos por este pequeno corredor, e abramos com franqueza de donos da casa esta porta de castanho primorosamente lavrada, que se vê ao fundo d'elle.

Eis-nos por fim no que se chama um esplendido quarto de cama. As duas janellas que abriam para o lado do sul, com graciosissima vista sobre o Candal, estavam veladas por duas magnificas cortinas de seda verde em corrediças, que desciam do alto até o pavimento, modificando deliciosamente a luz esplendorosa dos raios do sol, que pelas janellas penetrava. Estas eram resguardadas por primorosas portadas de cedro, com vidraças caprichosamente

delineadas e guarnecidas por aquelles magnificos
vidros, quasi crystaes, de grande espessura, cobertos
de relevos formosissimos e pintados a vivissimas
côres, que a Inglaterra e a França fabricavam, já
então com rivalidade, e com que a Europa costumava até ahi adornar as janellas das ricas cathedraes, e começava a aformosear n'esse seculo os
palacios dos reis e dos mais opulentos barões. Eleazar Rodrigues não era rei nem barão; mas era
mais rico do que muitos monarchas de então, e
muito mais opulento que qualquer dos soberbos ricos-homens, que se divertiam n'essa epocha a tor-
turar e a roubar o judeu capitalista, que por sua
desgraça lhe atravessava casualmente os dominios.

Os moveis que adornavam o quarto correspondiam em riqueza a este requinte de luxo e de opulencia. A um lado via-se um magnifico leito de
ébano com rica tauxia de marfim e madreperola,
de cuja cabeceira, que se erguia em fórma de docel,
pendia um cortinado de gaza de seda, com corrediças de oiro.

N'este leito que estava coberto por um cobri·
cama, como então se dizia, de precioso damasco
acolchoado, via-se deitado um homem, cujos cabellos e barbas brancas o denunciavam já de avan-
çada idade, e cujo rosto macilento, alquebrado e
melancolico mostrava um grande soflrimento physico, alimentado por não menores padecimentos
moraes. Estava reclinado sobre o braço esquerdo,
com o olhar immovel e fito na alcatifa que cobria
o pavimento, como que mergulhado em profunda
e triste meditação.

Este homem era Fernão Gonçalves, aquelle triste
peregrino, que Abrahão Cofem conseguira descobrir no hospital dos palmeiros, e que o arabi mandára levar para sua casa. Chegára alli no dia anterior ao findar da tarde, e desde então até aquella
hora, dez da manhã, apenas vira o escravo moiro
do arabí, ao qual dissera muito poucas palavras, e

de quem recebera em troca respostas egualmente abreviadas.

Havia muito tempo que Fernão Gonçalves estava mergulhado n'aquella melancolica meditação.

A's grandes magoas, que desde muito lhe feriam na alma, juntava-se agora o doloroso anceio que opprime o homem de caracter susceptivel da maxima gratidão, mas tambem nobremente orgulhoso, quando vê approximar o momento, em que tem de apreciar as qualidades d'aquelle, a quem é devedor de grandes e generosos beneficios.

A porta abriu-se por fim, e o arabi entrou para dentro do quarto. Fernão Gonçalves ergueu de golpe a cabeça, e os olhares dos dois cruzaram-se profundos e prescrutadores. O do arabi dizia toda a nobre solicitude que sentia por aquelle, a quem desinteressada e nobremente beneficiava; o de Fernão Gonçalves reflectia a dolorosa suspensão de quem anciosamente prescrutava, e desejava reconhecer de relance se aquelle era um bemfeitor generoso e nobre ou uma d'essas almas pequenas, que aviltam o beneficiado com a vaidade do beneficio.

No rosto do arabí havia, porém, tanta grandeza d'alma e tão sublime expressão de nobreza de sentimentos; o seu sorriso era tão cheio de bondade e de acanhado receio de ser mal comprehendido, que o rosto severo de Fernão Gonçalves desanuviou-se de todo, deixando expandir plenamente a profunda gratidão que sentia pelo homem generoso, a quem devia tão extraordinarios beneficios. .

— Vós sois o filho de Manassés Rodrigues — disse por fim com intimativa, que bem indicava a profunda impressão, que a nobre figura do arabí lhe fizera na alma.

. — Esse sou — balbuciou Eleazar, approximando-se — Perdoae-me, Fernão Gonçalves, se mais cedo não vim, mas quiz dar-vos tempo para repousar, porque assim melhor poderia ajuizar de vosso mal...

¹ Fernão Gonçalves, que, durante o tempo que o

arabi levára a dizer estas palavras, estivera sem o
ouvir, com os olhos invariavelmente fitos no rosto
d'elle, como que a examinar-lhe uma por uma as
feições, atalhou-o aqui com a isenção philosophica,
que naturalmente ganha o homem, que sentiu ca-
lejar o soffrimento no meio de grandes infortunios,
ao peso do's quaes, depois de ter inutilmente espe-
rado por muito tempo um milagre da providencia,
curva por fim a cabeça com a fria resignação da
indifferença :

— Aos pés de Deus — disse pois, atalhando-o —
porque Deus é todo um para o christão e para o
judeu — aos pés de Deus, onde de direito alcançou
um logar, vosso pae conhece bem n'esta hora o que
por vós estou sentindo, Eleazar. Dae cá a vossa
mão — continuou, tomando-lh'a e levando-a ao coração ;— vós judeus sois mui letrados e sabedores;
vêde pois, se pelo pulsar do coração podeis apreciar ao justo tudo o que em palavras não sei nem
posso dizer-vos.

Aqui parou soffocado, levou aos labios a mão de
Eleazar, e cobriu-a de beijos de gratidão, ao mesmo tempo que sobre ella lhe caia dos olhos uma
lagrima.

A esta demonstração tão sincera e tão viva de
generoso reconhecimento, Eleazar sentiu-se profundamente impressionado. Apertou com força entre
as suas as mãos do velho, e balbuciou, quasi suffocado pelo sentimento que de golpe o assenho-
reára :

— Vós nada me deveis, Fernão Gonçalves, vós
nada me deveis. E pois, tão pouco agradecido cuidaes vós que seja o judeu, que já esquecesse que
fostes vós o salvador de meu pae...

— Sús. mancebo, calae-vos, por Deus — atalhou
Fernão Gonçalves — não menteis mais essa farfa-
lharia, que hei pejo de que me julgueis rebolão e
soberbo de cousas de nada. Eu fiz o meu dever ; e
tudo al é falsear a verdade. Um dia disse-me um

amigo — «Sús, homem lá está o meirinho d'el-rei em seu tribunal, julgando o rico judeu Manassés accusado de ter rompido a egreja [1] de Santo Ildefonso. Ora o estão julgando, e já lhe ajuntam a lenha em frente da porta da egreja para o queimar, porque al não pôde acontecer que ser sentenceado, segundo a ordenação é rija em taes casos.» — Fui-me vêr aquelle julgamento de puro ocioso que estava, e quiz Deus que assim estivesse. Lá era o meirinho por el-rei na comarca d'Entre Douro e Minho, encarrancado, mas com certos signaes de quanto lhe pezava de vêr um homem honrado assim tão enleado e envolto. E alli estava vosso pae, com as lagrimas nos olhos e a mão sobre a Toura [2], jurando por ella e por a vossa sorte, Eleazar que, era falsa e aleivosa a accusação que lhe faziam; e do outro lado, com a mão sobre o Evangelho, um perro bargante, que eu sabia que lhe devia grossa somma de dinheiro, jurando elle e outros seus parceiros, de que estava cercado, que era verdade o ter Manassés Rodrigues rompido a egreja de Santo Ildefonso, com o fim de profanar aquelle logar sagrado. Embora, bradava vosso pae que era falso o que aquelles refeces diziam. Elle era só e judeu a negar, e os outros christãos e muitos a affirmar. Ademais jurava-o até um perro judeu, inimigo de vosso pae! O meirinho estava enleado, o povo rumorejava pezaroso, mas vosso pae seria infallivelmente condemnado. Então elle — parece-me que o estou vendo! — volta-se na força do seu desespero para o povo, e brada em voz angustiada :

«— Homens, não ha ahi um entre vós, que me queira salvar, sendo por mim contra estes aleivosos, que me querem perder ?

— A estas palavras senti aferventar-se-me na alma toda a raiva, que me atabafava contra aquelles falsos traidores. Lancei-me de um salto dentro da teia, e correndo para o livro do evangelho, sobre que elles tinham indignamente as mãos, empuxei-os com furia d'alli, e, poisando n'elle a minha, bradei rijamente:

— Juro por este livro sagrado e pela salvação da minha alma que é falsa a accusação que fazem a este homem honrado, a qual é, jurami, mentira forjada por estes aleivosos, para lhe não pagarem uma grossa somm$_a$ de dinheiro, de que lhe são devedores. Isto que juro pela minha salvação, prompto estou a sustentar por meu corpo, armado ou desarmado, com espada ou com massa, um contra um ou um contra todos estes falsos, se vós, meirinho, me derdes campo e licença para o fazer.

— Grande foi o alboroto que este meu feito levantou n'aquelle povo, que nos ouvia. Logo outros se lançaram de golpe dentro da teia, e fizeram tambem outro egual juramento. Então o meirinho mandou soltar vosso pae, e prender os aleivosos...

— E isso chamaes vós tudo nada, Fernão Gonçalves!— exclamou o arabí— Assim pensaes que salvar desinteressadamente um homem da deshonra e da morte affrontosa da fogueira...

— Calae-vos, que al não fiz mais que o que devia — atalhou o velho, pondo-lhe de novo a mão sobre a bocca — vosso pae era um justo e aquelles tredos uns falsos aleivosos, que preferiam dever á aleivosia o que podiam dever á caridade generosa do judeu Manassés. O que fiz nada foi; fal-o-ia por outro qualquer: mas se havia ahi que agradecer, pensaes por ventura que vosso pae me ficou devedor? Se hoje não tenho as mãos tintas pelo sangue de um crime tremendo, a elle o devo... e a vós a liberdade, a patria, e o poder tornar a vêr meu filho... Avaliaes por ventura, moço, o que é andar vinte e um annos amarrado aos bancos das galés do grão-turco, com a esperança de todo perdida de tornar a pisar a terra da patria, e abraçar

·o filho, o pedaço d'alma, que n'ella vos ficou ; e vós abandonado de todo o mundo, só, desesperado até do auxilio da providencia, sem ao menos a consolação de que, ao soltardes o derradeiro suspiro em terra estranha, o vosso filho saberá lá onde vive, a hora em que expirastes com o nome d'elle no coração e nos labios, para derramar sobre a vossa memoria uma lagrima, para poder dizer — morreu meu pae ?. . . E vós a tudo me restituistes, Eleazar, vós !. . .

E dizendo, lançou-se sobre a mão que o arabi tinha enlaçada nas d'elle, e cobriu a de beijos e de lagrimas.

Eleazar não podia proferir palavra. Minutos depois Fernão Gonçalves levantou o rosto, e disse com melancolica· e severa serenidade.

— Hontem ainda cuidava eu que não devia morrer, e que não morreria. Agora porém que já vos vi, e vos agradeci, bem pensado o caso... que Deus faça o que julgar melhor, e o melhor é de certo matar-me...

— Que dizeis, homem, e vosso filho ?. . .

— Meu filho !— disse o velho, encolhendo os hombros — Quem sabe o que meu filho cuidará de mim ? E ademais, Eleazar, tão mofina é minha ventura, que nem me é dado abraçar meu filho ?. . .

— Desassisaes, Fernão Gonçalves ! Por vida vossa !. . .

— Não ; porque me arreceio que, ao abraçar meu filho, o braço se me alevante machinalmente para matar meu pae.

A estas palavras o arabí ergueu-se de chofre, e recuou com os olhos espantados n'aquelle homem· mysterioso. Elle fitou-o com um olhar melancolico ·e firme, e continuou serenamente :

— Vós não cuidaveis que era possivel haver ahi homem tão desgraçado, não é verdade Eleazar ? ꞏSentae-vos e escutae-me.

ꞏO arabi obedeceu machinalmente, e esperou com·

anciedade que o velho tornasse a descerrar os labios.

— Quando eu era moço — disse elle por fim, depois de pensar melancolicamente um pouco — não
havia ahi na terra outro mais alegre nem mais fo-
lião do que eu era. Para mim não haviam pezares
nem cuidados; tudo eram festas e alegrias, e ao
demo quem me cuidasse adivinhar vida de triste-
zas. Mas lá diz o ditado — que al cuida o baio e al
quem o sella. E é assim. Eu pensava de mim uma
cousa, e Deus, que é grão sabedor, dispunha outra.
Assim foi que por meu mal me affeiçoei a uma
moça honrada d'esta cidade, que tinha tanto de pobre em cabedaes, como de rica em virtudes e em
formosura. Tanto de coração foi aquelle amor, que
por fim, não podendo mais commigo, tudo disse a
meu pae, pedindo-lhe logo licença para me casar
com ella. Conheceis vós Gonçalo Peres, Eleazar?
Todos os homens d'armas que o condestavel, D. Nuno Alvares, trouxe dó Minho eram taes como elle;
valentes como não ha ahi mais que pedir; mas volteiros, voluntarios, e duros de condição. Parecia
que aquelles homens não tinham alma, em tão
pouca conta mentavam a vida dos outros e a sua
propria! Conheceis-l'o?

— Continuae — replicou Eleazar, fazendo com a
cabeça signal affirmativo.

— Bem pois. Meu pae era tal — continuou Fernão Gonçalves — mas, a por cima, aquelle duro caracter estava n'elle apurado, por desventura que tivera em certos amores, nos quaes se lhe atraves-
sára um tal Mem Balabarda, seu parceiro, pae de
um Paio Balabarda, um dos bons homens d'armas
d'esta terra, que por ventura será morto...

— Vive elle e seu irmão Fernão Martins — interrompeu o arabi.

— Graças a Deus — continuou Fernão Gonçalves
— que ainda esses dois do meu tempo e meus grandes amigos são vivos. Sabei, Eleazar, que nós, os

velhos, quando não temos já ninguem que nos saiba
entender, se fallamos da mocidade, afigura-se-nos
que estamos sós e já por demais n'este mundo.
Ora bem; meu pae acolheu-me como vós podeis
crêr do seu genio. Não se alterou, em verdade, nem
mesmo ao de leve, mas disse-me com serenidade
glacial:

«— Mui bem : casa-te muito nas boas horas, mas
olha bem ao ditado que diz, antes que cases cata o
que fazes; e de mim sabe, moço, que pois casamento apartamento, eu tal o creio, e portanto, ao
sair da egreja, o caminho que vae para tua casa,
não é já o que vem para casa de Gonçalo Peres,
armeiro da ponte de S. Domingos. Menta bem isto
que digo; olha que dizem que dos arrenpendidos
está cheio o reino dos sandeus.

— Aquella fria ameaça de meu pae queimou-me
a alma. Nunca talvez eu volvesse a dar maior prova
de ser filho d'elle. A'quella provocação insultuosa
respondi com o meu casamento, que se celebrou
um mez depois que sobre o tal conversamos os dois.
E fiz mais. Como elle me dissera que casamento
apartamento, e que o caminho para minha casa,
não seria o que ia direito á casa d'elle, assim o
cumpri. Da egreja continuei logo para o couto de
Cedofeita, onde havia alugado uma casinha, a par
da velha sé.

— Era porém mister prover á sustentação da familia, de que me rodeára. Talvez que só isso me
lembrasse, no momento em que me findou a ultima
pogeia das dobras cruzadas de ouro, que vosso pae
me emprestou para meus arranjos. Procurei trabalho, e como eu era mui conhecido de todos os ga-
leotes e petintaes da ribeira, e além d'isso era bom
official de obrar ferro e aço, achei lá que fazer, e
onde ganhar minha vida. Senti então que podia ser
mais feliz, ganhando por minhas mãos a minha sustentação, do que esperando que meu pae m'a po-
zesse na meza. Não quiz Deus porém que esta ven-

tura durasse muito. Ao cabo de tres mezes, enfermei, e, mal eu ainda podia commigo, enfermou minha mulher, e de tal arte que nunca mais foi sã. Cuidae bem o que d'aqui me succederia. Cheguei á ultima miseria, cheguei a ter fome, e a vêr a minha pobre doentinha de tudo carecida e morrendo á mingoa de sustento, e de physico que lhe soubesse curar aquella dôr.

— Eu bem sei — continuou Fernão Gonçalves, embargando a palavra ao arabí, que dava signaes de o querer interromper aqui — eu bem sei que se o fizesse saber a Manassés, logo a abundancia me entraria das portas para dentro. Mas que quereis? Eu sou verdadeiro filho d'aquelle duro e cabeçudo Gonçalo Peres; e como se me afigurasse que o fazer saber a vosso pae o estado em que estava, era como que abusar do tudo nada que por elle fizera, nunca pude vencer-me a ir ter com elle, e affinquei-me em antes morrer que fazel-o. Sús, moço não falleis — continuou, tapando a bocca de Eleazar com a mão — bem sei que me ides dizer que eu podia deixar-me estalar de fome a meu talante, mas que não devia consentir que assim acontecesse á minha pobre mulher. Tudo isso assim é, bem o sei, mas que quereis? Se eu sou filho de Gonçalo Peres!...

Aqui o velho interrompeu-se um momento, para limpar o suor, qua a afflicção lhe fazia correr da fronte ás vagadas.

— Emfim, moço — continuou — fui forçado a esmolar... para ella. Ao cabo de oito dias de tal vida, entrou-me pela porta dentro meu pae. Era a primeira vez que nos viamos depois de eu ser casado. Vinha frio e severo como sempre.

«— Tu és o unico filho que tenho — disse-me com a sua imperturbavel dureza de semblante — mal feito foi portanto deixar-te por ahi esmolando, tendo eu que farte para te sustentar e a tua mulher. Assim, se te parecer bem, pódes desde hoje ir viver commigo para a ponte de S. Domingos.

— Disse, voltou as costas, e partiu.

— Eu fiquei sem saber o que devia fazer. Aquella soberba de meu pae antojava-me o antes me deixar perecer de fome, do que aceitar-lhe os beneficios. Mas emfim a minha mulher estava alli... finando-se á mingoa de tudo. No dia seguinte fomos para casa de meu pae. Elle viu-nos entrar, e não nos disse palavra, nem er010 erecta ergueu a mão d'um gibanete, que estava repregando. Esperei com ella alguns minutos. A pobresinha tremia encostada a mim, como se tivera quartans. Era medo d'elle. Então perguntei a meu pae o que determinava de nós.

«— Tu bem sabes onde é o teu aposento — respondeu-me sem mesmo levantar os olhos.

— Levei para lá minha mulher, e lá sabe Deus a vontade que tive de esmechar a cabeça contra a parede; porque bem podeis cuidar, Eleazar, quanto aquellas soberbas me atabafavam, e me affrontavam a alma. Mas ella estavam alli. Nem mesmo dei signal do inferno que me ia cá dentro, com medo de a magoar. Emfim, ficamos, e não mais tivemos fome. Mas bem se diz que negra é a ceia em casa alheia e mais negra para quem a ceia. Ao cabo de dois annos minha mulher morreu. Durante elles, apezar de a vêr enfermar cada vez mais e cada vez mais mortal; apezar de tudo o que ella fazia para lhe aprazer, nunca Gonçalo Peres teve para mim nem para ella um só dito de affeição, um sorriso, um gesto de pae; tudo eram palavras rijas, maus modos e dureza glacial. Ella via o que eu padecia para me conter, e sabia que o padecia por causa d'ella. Morreu de dôr, e morreu martyr. Minha pobre Thereza!

Aqui o velho palmeiro deixou como que sem forças pender a cabeça para o peito, e dos olhos cairam-lhe duas lagrimas de saudade e de magoa. O arabi apertou-lhe a mão com força, mas não pôde dizer palavra, tão impressionado estava da dôr rude mas tão viva d'aquelle desgraçado.

— Quando a vi ir no ataúde para a soterrarem
— continuou elle depois de alguns momentos — pensei morrer de afflicção. Mas estava affeito aos grandes pezares, por isso nem mesmo me levantei d'onde estava. Mas podereis vós avaliar, Eleazar, —
continuou, erguendo a cabeça com os olhos a ruti-
larem raiva satanica — podereis vós ajuizar do que
senti, quando, seguindo com os olhos o ataúde, vi
Gonçalo Peres, ao tempo que lhe atravessavam a
loja com elle, frio, impassivel, com a vista serena e
rude como sempre... sem lançar áquella pobresinha um derradeiro olhar de despedida... sem
cessar de bater com o malho sobre o peitoral de
um arnez, que estava forjando ? Elle... elle... que
a matára com as suas durezas, com os seus maus
modos, com o odio que lhe tinha sem razão!

— Ao dar com os olhos n'aquillo — continuou
Fernão Gonçalves, depois de curto intervallo — cuidei desassisar. Vi tudo côr de sangue e fogo, e fitei com mau pensar uma bisarma, que jazia ao
canto do meu aposento. Esteve por um momento o
eu matar aquelle mau velho, que matára a minha
pobre mulher. Mas Deus teve-me então de sua mão.
Lancei-me como louco pela porta fóra, e fugi d'elle
e de mim. Quando lhe passava pela loja, e ao atravessar por junto d'elle, ergueu-se, e bradou-me como aterrado de me vêr assim :

« — Onde vaes... onde vaes, doido ?

— Parei um momento, e fitei n'elle o olhar que
devia de ser bem medonho, tal era a raiva que me
afogava a alma. Custou-me a descerrar os dentes,
mas por fim disse-lhe :

« — Maldito tu sejas, assassino da minha pobre
mulher. Não me digaes palavra, não vos mexaes
d'onde sois, ou por satanaz !...

— Ao sentir-me de novo a dementar e a esquecer quem elle era, lancei-me fugindo pela porta fóra.
Assim cheguei á judiaria nova do Olival, e assim
entrei aqui, n'esta mesma casa, que n'ella morava

então Manassés Rodrigues. Contei-lhe tudo. Elle ficou espantado de meus feitos, e depois de me achacar o não o ter procurado na minha penuria, continuou:

«— Como homem de pouco siso andastes vós, Fernão Gonçalves; e eis o que fizestes com taes rebolarias. Bem dizem, quando malho dá, cunha soffre. Pobresinha! Emfim, filho sois de Gonçalo Peres, e basta. Ora cumpre remediar o que está feito. Assim, Fernão, de meu conselho não deveis voltar a casa de vosso pae, com essa raiva que lhe tendes, e tambem não deveis ficar mais tempo na cidade, pois que, para que vos passe esse rancor, mister é espairecel-o. Bem pois; ide algum tempo para fóra do reino. Ahi está o meu galeão novo, que parte ámanhã caminho de Rhodes; ide n'elle, e, quando vos sentirdos assocegado, voltae que aqui estou eu para curar de vossas cousas, como amigo que a vida vos deve.

—Eu bem vi que aquelle era bom conselho, mas alli, em casa de Gonçalo Peres, ficára-me um filho, que nascera havia um anno, e eu temia-me por elle, de fórma que se me riscava da ideia o quanto devia receiar do rancor que me queimava as entranhas. Disse-o a vosso pae. Elle então replicou-me:

«— Perdei o cuidado; Gonçalo Peres, vendo-se sem o unico filho que tinha, ha de pensar na razão porque o perdeu; e então quererá pagar ao neto o que fez ao filho e á nóra. Parti pois; que se al acontecer, aqui estou eu para curar d'elle. Vós deveis partir, ou, a bofé, que hei medo de vossa sorte.

—Parti, portanto, com grandes recommendações de vosso pae para uns judeus mercadores, que n'essa hora estavam em Rhodes, onde tinham ido corn dinheiros, que os judeus de Flandres mandavam de emprestimo ao grão-mestre. Emfim cheguei, e alistei-me entre os homens d'armas dos cavalleiros, e como tal os servi durante seis annos. Ao cabo d'elles fui captivado n'um galeão da or-

dem, e d'ahi, depois de varia fortuna, fui parar ás
galés do grão-turco, a quem fui vendido com outros escravos christãos por um capitão de janizaros,
ao poder do qual tinhamos vindo, e com o qual
assisti ao cerco e á tomadá de Constantinopla.

Fernão Gonçalves parou aqui de repente, e depois de um momento de intima concentração acrescentou:

— Que mais vos hei de dizer, Eleazar? Já sabeis
tudo o que vos posso contar, porque dizer-vos o
que soffri durante estes longos vinte e um annos de
captiveiro, sem poder saber da sorte de meu filho,
com a esperança de todo cerrada, e sempre elle
diante dos olhos, para tanto não tenho nem saber
nem valia. Aquillo era para ensandecer! Morreria,.
viveria? Aquelle mau pae seria tambem meu avô?
Poderia Manassés cumprir á risca o que me pro-
mettera? Ou quereria aquelle duro velho acabar de
todo com a lembrança do filho e da nóra, deixando
morrer ao abandono a creancinha, a quem bastavam vinte e quatro horas de desamparo para se finar? Oh! que inferno... E fostes vós, que me tiraste d'elle, Eleazar; fostes vós... fostes vós —
acrescentou, apertando com força a mão do judeu
— fostes vós quem fizestes, que, antes de morrer,
eu tivesse a gloria de saber que meu filho era vivo
e tal homem que um rei se honraria de ser seu
pae.

Assim dizendo, o velho deixou cair a cabeça de
novo para o peito, e fitou o olhar melancolico e sereno no pavimento da casa. Minutos depois disse
serena, mas rudemente:

— Quando eu era captivo, e me lembrava de
Gonçalo Peres e dos males que elle me fizera, afigurava-se-me que o rancor se me tinha apagado de
todo; tal era a indifferença com que d'elle me lembrava. Mas quando ouvi pela primeira vez o seu
nome, depois de ter chegado á patria, senti que era
tudo bem pelo contrario do que eu no captiveiro

cuidava. Aquillo não era senão o desalento, em que eu havia caido; porque eu cheguei a estar quasi morto d'alma, Eleazar, e se não morri de todo, isso o devo a um clerigo portuguez, natural de Vianna, que commigo remava no mesmo banco. Era elle homem mui sabio e letrado, e como tal havia trasladado do latim para portuguez a vida de Nosso Senhor Jesus Christo, que trazia comsigo escripta n'um pequeno livro de letra de sua mão. Ensinou-me a lêr por alli, e quando mais triste e alheio da vida me via, alentava-me lendo por aquelle santo livro, que logo me chamava a mim e a uma certa esperança não d'este mas de outro mundo. Afigurava-se-me que lá ao menos havia de tornar a vêr meu filho ao pé d'aquella desgraçadinha...

Fernão Gonçalves interrompeu-se de novo, e, fitando o judeu, disse-lhe serenamente:

—Vós não acreditaes n'estas cousas, Eleazar. Inda mal. Mas olhae, não escarneçaes d'ellas, porque crêde de mim que a não ser aquella santa leitura da vida de Christo, eu teria ou morrido ou ensandecido de todo.

E depois de pensar um momento continuou:

— Ora se só o ouvir que Gonçalo Peres era vivo, me fez conhecer que o que eu cuidava ser fogo há muito apagado, não era al que fogo abafado pelas cinzas d'aquelle desalento, em que eu andava, quem me diz o que succederá se de novo o tornar a vêr? Eu de nada presto agora a meu filho — continuou como que para si — Elle o faz de si, e bem, que é homem para muito mais. Bom é pois morrer; morramos...

E erguendo então a cabeça, disse ao judeu com extraordinaria melancolia de aspecto e de voz:

—E bem, Eleazar, cuidaes vós que haja hi homem mais mofino de que eu n'este mundo?

O arabi cravou n'elle um olhar fito e como que alheado. Levantou-se, deu alguns passos machinaes pela casa, rumorejou algumas palavras soltas e inin-

:telligiveis, e por fim parou diante d'elle, e disse-lhe
em voz firme:

— Ha.

Os gestos e os modos de Eleazar, e o tom de
voz e solemnidade com que disse esta palavra, sur-
prehenderam profundamente Fernão Gonçalves, que
o fitou com anciosa curiosidade. O judeu disse lhe
então:

— Vós, Fernão Gonçalves, sois pae de um homem que toda a cidade respeita, porque é uma
alma generosa e nobre, porque é um dos mais valentes homens das Hespanhas, e porque todos os
paes o invejam como modelo de respeito filial para
com o seu velho e duro avô. Até este parece amol-
lecer quando a par do neto. A este homem podeis
vós chamar filho diante de todos, com orgulho, á
luz do sol, sem que elle se peje de ser vosso filho...
e nos braços d'elle pagar-vos de todos os soffrimentos, ainda que fossem no tresdobro do que tendes atégora soffrido. Que mais quereis para vos
chamardes feliz? Pois tão ruim d'alma sereis, que
de tanto vos não aproveiteis, só para não esquecer
as injurias, que de Gonçalo Peres recebestes, d'elle
vosso pae, que a vossa lei vos manda amar e respeitar, assim como vos manda perdoar os peccados
alheios, para que os vossos sejam perdoados? E
como? Tanta covardice tereis vós na alma que não
possaes dominar a recordação de antigos aggravos
e sacrifical-a á felicidade dos demais annos, que
vos restam da vida? Perdoar a um pae criminoso,
e gozar toda a vida na presença de um filho desejado! Que mais alta felicidade do que esta? E a
isto chamaes vós mofina, Fernão Gonçalves?

O judeu parou aqui um momento, e logo continuou tristemente:

— Mofina isso se chama, Fernão Gonçalves! Então que dirieis vós, se fosseis judeu, e vos não fosse concedido o dar jámais o doce nome de esposa
á mulher, que estremecesseis com todas as forças

do vosso coração... porque ella é christã? Que
dirieis vós, se a visseis, enterrada viva, ha dez annos, n'um emparedamento, a finar-se de remorsos,
e vós sem lhe poderdes dizer, *vem*, porque não podeis vencer a consciencia e mudar de religião? Que
dirieis vós, se tivesseis uma dôce filha, que amas-
seis como amaes o vosso Alvaro, e a quem não
pudesseis chamar filha, a quem não pudesseis abraçar, a quem não pudesseis dizer que ereis seu pae...
por serdes judeu? Que dirieis vós, se essa filha
amasse extremosamente um homem, e esse homem
depois de a amar, depois de a adorar, fugisse d'ella,
por ter ciumes de vós... de vós, seu pae? Que dirieis emfim, Fernão Gonçalves, se visseis essa desgraçada exposta ás perseguições de um poderoso
devasso, e vós sem lhe poderdes valer, sem a poderdes salvar?... Que dirieis? que dirieis?

A' medida, que o judeu ia fallando, o rosto do
velho ia-se animando com dôr e magoa cada vez
mais sentida. Apertou-lhe então a mão com força,
e disse attentamente:

— Esse judeu sois vós... sois vós, Eleazar. Não
o negueis, que bem vol-o conheço no olhar, na voz,
em tudo emfim...

— Sou eu — replicou Eleazar, deixando pender
a cabeça para o peito.

— E essa filha é christã? — balbuciou Fernão Gonçalves.

O judeu fez com tristeza um signal de assentimento. Então o velho exclamou exaltado:

— E como? Pois ha hi villão tão mofino e desbragado que se não queira casar com essa rapariga
por ser filha de Eleazar Rodrigues, o mais nobre e
generoso dos homens?

Eleazar tocou lhe com os dedos nos labios, e disse-lhe tristemente:

— Calae-vos, não lhe chameis assim; que esse
homem é...

— E' quem? Corpo de Deus consagrado!

— E' vosso filho.

A estas palavras o judeu curvou a cabeça como receioso de presenciar o abalo, que a sua revelação devia fazer no peregrino. Este, mal ouviu aquellas palavras, aprumou-se com a rapidez de um automato movido pela manivella, fitou no judeu um olhar profundo, mas rutilante de suprema alegria, e por fim bradou-lhe, sacundindo-o exaltadamente pelo hombro :

— Graças a Deus. Eleazar, graças a Deus, que posso pagar-vos os beneficios que vos devo. Bem pois, contae-me vossa historia, que me sinto remoçar com este prazer. Andae, por Deus, andae prestes, ou, voto a tal, que vá já á ponte de S. Domingos...

Ao ouvir aquella aquiescencia tão inesperada, e que tanto se lhe afigurára impossivel, Eleazar ergueu a fronte de golpe, fitou um olhar surprehendido em Fernão Gonçalves, e depois tomou a mão que elle lhe estendia, e cobriu-a de beijos e de lagrimas de satisfação.

Em seguida contou-lhe os seus amores com Branca, e tudo o mais que o leitor já sabe ácerca de Alda, de Alvaro Gonçalves, e das perseguições de Rui Pereira. Ao ouvir este nome, os olhos de Fernão Gonçalves chisparam centelhas de furor verdadeiramente diabolico.

— Prestes, curae-me prestes, Eleazar — bradou por entre um gesto tremendo de raiva e estendendo para a frente os punhos convulsivamente cerrados — tão ousado é o aleivoso mescão... Cuido que morro — balbuciou aqui de subito o velho palmeiro, e caiu desfallecido sobre as almofadas, a que estava recostado.

Eleazar tomou-o anciosamente nos braços, palpou-lhe o coração, tenteou-lhe o pulso, e logo reconheceu que aquelle desfallecimento nada mais era que a reacção da fraqueza, em que o tinha a molestia contra a exaltação a que tão vivamente o haviam arrastado os sentimentos fortes e encontrados, que o concitaram durante aquella conversação. O judeu fez-lhe aspirar o cheiro acre e forte de 'um sal, que comsigo trazia n'um frasquinho de oiro, primorosamente cinzelado, e isto foi o sufficiente para realentar, o natural vigôr d'aquelle robusto e potente organismo.

— Ora pois, mister é que vos aquieteis — disse-lhe Eleazar, mal o sentiu em seu acordo — Bem vêdes que, enfermo como sois, nada podereis fazer. Cumpre dar tempo a vossa cura, e então tudo se fará cumpridamente. Entretanto consolae-vos com a certeza de que ha n'este mundo alguem, que é mais desgraçado que vós.

— De certo — replicou em voz fraca o palmeiro, — esse sois vós; mas não por al, Eleazar, que por não terdes em vossos males a consolação, a que sempre me acolhi na maior força dos meus. Nas maiores adversidades, quando mais se me desalentava a esperança e eu mais me sentia esmagado pelo pensamento de que para mim já não havia outro viver senão aquelle, então me recordava do muito que Jesus Christo soffreu pelos homens; e, ao lembrar-me do amor e da paciencia com que deu a vida por elles na cruz, perdoando áquelles que o matavam por elle lhes ensinar a soffrer e a amarem-se, aqui me pareciam somenos todos os meus males, pejava-me da minha covardice, e sentia-me alentado por santa e celestial resignação. Isto é o que vós nunca sentistes, Eleazar, porque o Deus da vossa religião não é assim; por isso é que sois mais infeliz do que eu, que por outra cousa não.

O judeu ouviu-o até o fim com os olhos cravados n'elle e mais que vivamente impressionado pelas palavras, que saiam da bocca d'aquelle homem tão acutilado e tão experimentado por grandes pezares e feras amarguras. Depois de elle ter acabado, ainda esteve por um momento sem o desfitar. Por fim apertou-lhe a mão, e saiu.

Aquelle singelo e sentido parallelo das duas religiões, que resaltava das palavras desenfeitadas do pobre e ignorante palmeiro, abalaram profundamente o infeliz e sabio doutor do genesim da communa dos judeus do Porto.

Deveras, o Deus de Israel, o Deus da severidade e das feras vinganças, o terrivel Jehovah, cujo nome se não póde pronunciar sem provocar o trovão e o raio da sua ira, tudo perde na comparação com o Deus do evangelho, o Deus do amor e da caridade, o Deus que, invocado, protege e não fulmina.

X

MINA E CONTRAMINA

Chegado já te vejo ao mór perigo,
E a pagares os males que fizeste:
Tu mesmo ordenaras o teu castigo,
Porem não inda tal qual mereceste;
E no laço, em que ja tantos tomaste,
Tu mesmo cairas, que mesmo o armaste.

F. d'Andrade. Cerco de Diu vi. 64.

TRES dias depois da conferencia entre o judeu e Fernão Gonçalves, e mais de tres quartos de hora depois que a noite se cerrára de todo, dois homens, um completamente-armado, e o outro vestido com um saio comprido e trazendo por unica arma um cutello mettido solto no cinto de couro branco esfrolado, com que se cingia, subiam pela rua do Souto acima, e dirigiam-se para a de Mend'Affonso, a cuja esquina pararam. Vinham ambos com os rostos occultos; o homem d'armas pela viseira do bacinete que trazia descida, e o paisano por um rebuço que apenas lhe deixava os olhos a descoberto.

Como disse, estes dois homens, mal chegaram á rua de Mend'Affonso, pararam junto da esquina, por traz da qual pareciam desejar occultar-se. Um minuto depois de chegados, o do saio estendeu a cabeça para fóra d'ella, e poz-se a espiar com anciosa curiosidade na direcção da casa do bacharel Vivaldo Mendes, que, bem o sabe já o leitor, morava a pouca distancia d'alli.

— Ora sús, Alvaro Gonçalves — disse por fim em voz abafada o do saio, recolhendo para dentro da esquina, mas collocando-se de fórma que nada lhe escapasse do que se fizesse no largo — agora é ter paciencia e aguardar.

— Aguardarei, Mas, pezar de mim! estaes vós bem certo d'isso que me dizeis, Gomes Bochardo? — replicou o outro, em voz que mal disfarçava violentissima ira e apertando convulsivamente o conto da facha d'armas, que trazia comsigo, e sobre o qual tinha repoisadas as mãos.

— Se o estou! — replicou Bochardo — Pois cuidaes vós, que homem sou eu para me deixar cegar por biocos, e depois affirmal-os como verdade? E mais em cousa de tanta valia, e com homem tal como vós! Abrenuncio, satanaz!

Os dous calaram-se; mas um momento depois o homem d'armas, que era Alvaro Gonçalves, o amante d'Alda, como o leitor bem o vê, disse em voz sumida e como que temendo-se de si proprio:

— Pois olhae, Bochardo; afigura-se-me que ha ahi grande engano em vosso juizo. Isso que dizeis é rebolaria tão aleivosa, que estou em jurar que, ainda que com os proprios olhos o veja, uma e muitas vezes, desconfiarei d'elles, e não o crerei.

— Tal sereis vós, tão peco e hereje! — exclamou Bochardo — Isso é olhado que vos quebrantou, ou amadias com que vos embruxaram; e se assim é, guarde-vos Deus que o mal não vá por diante, que feito é de vós se lhe não acorreis. Pois como! Nem vendo?

— Nem vendo — replicou com firmeza e serenidade o armeiro.

O bolseiro do bispo esteve um momento sem
dizer palavra, com os olhos fitos n'elle.

— Bem está — disse por fim — agora caio no que
se me seguirá d'este caso; e tudo por ser vosso
amigo. Quando soube de tal velhacaria, como a
que vos faziam, cuidei commigo que seria peccado
deixar desautorizar homem tal como vós por um
perro marrano judeu e por dois mal assombrados
mescões, que Deus confunda. Por isso é que tudo
vos disse, e me offereci a pôr minha valia por vós.
Mas ora, cego como estaes por esta mesquinha
affeição, quando ao vivo ferir a verdade, então vos
tornareis a mim com essa raiva e eu pagarei por
todos. E isto me virá por ter cuidado de vossas
cousas! Bem feito é em mim que já sou homem de
annos e experimentado; e, lá dizem, asno dessovado
de longe aventa as pégas, e de mim e de meu
asno haja pensado, que do mal alheio não ha cuidado. Portanto dae-me licença que me quero ir
embora; e vós vinde tambem que aqui sois demais,
pois, como se vê, tudo para vós será fumo e só
causa de queimardes a alma sem para quê. Ora
pois, vinde.

— Não vou — disse o armeiro em tom, que revelava que não toleraria resistencia.

Bochardo não replicou. Cruzou os braços, e encostou-se, como victima resignada, á parede da esquina, d'onde lançava de quando em quando olhares curiosos para a porta do bacharel, na qual Alvaro Gonçalves tinha tambem invariavelmente fitos
os olhos.

Estiveram assim por mais de dez minutos sem
dizerem palavra: por fim Alvaro rompeu o silencio, dizendo n'aquelle tom de mal desfarçada anciedade, que pretende encaminhar alguem para a
conclusão contraria á presumpção do mal, que nos
revelára, e de que nos convencêra:

— Porém, Gomes Bochardo, como suspeitar do judeu, ainda que o vejamos sair d'esta casa a des- horas, se ahi é Fernão Martins ferido e enfermo, e a moura?...

— Boa hora para curar feridas! Bofé, que zom- baes — replicou o bolseiro.— Pois não está ahi todo esse comprido dia de Deus para o fazer? E ade- mais, Alvaro Gonçalves, tão de manifesto já corre este caso, que as visinhas não fallam em al, e até... Mas hei vergonha de vos dizer...

— Fallae, por satanaz!—rouquejou com furor concentrado o armeiro.

— E até já umas lastimam, e outras murmuram de vós; que dizem que em tal consentis pelas ri- quezas d'aquelle marrano.

Aqui o bolseiro parou, como que a vêr o éffeito que estas palavras fariam no moço armeiro; mas elle não fez o mais leve gesto, e ficou immovel e direito como uma estatua.

— Depois, amigo — continuou Bochardo — eu sei que os Balabardas são devedores de muitos dinhei- ros ao judeu. Ora, como este andava doido pela moça, de que vós mesmo me dissestes que ereis suspeitoso por certos motivos, que muito, homem... Emfim isto é publico e notorio na cidade, e o es- candalo é já tal, que ouvi dizer, no paço, que o bispo ia conhecer de todos e cumprir a ordenação, que é dura em taes casos, como sabeis. Que mais querieis vós que eu aguardasse, sendo vosso amigo? Todos o dizem, todos o clamam, todos se doem da vossa cegueira, e bem sabeis que quando se co- meça a rumorejar... Emfim, homem, onde ha fogo logo fumega, e o filho do asno uma hora no dia or- neja. E de mais tudo se póde crêr d'aquelle rebo- lão de Paio, que bem sabeis vós que não teme Deus nem os santos, nem crê na outra vida, perro aleivoso que só quer dinheiro e dinheiro, gargan- tão, falso, emfim, echacorvos...

— E de Alda tambem o podeis vós crêr? — interrompeu o armeiro, em voz que parecia lufada por uma tempestade erguida no coração.

O bolseiro esteve um minuto sem responder e sem desfitar o moço; por fim replicou, abanando pausadamente a cabeça:

— Homem, sabeis vós que mais?... Dir-vol-o-hei. Ella afigurava-se-me rapariga de virtude, muito sages e cabida... Mas emfim, eis aqui em que pararam todos aquelles biocos. Tudo eram carrancas e hypocrisias. Bem dizem, jurado têem as aguas que das pretas não façam alvas. Se ella é filha de tal mãe, e sobrinha d'aquelles perros! Pois que dizeis do copista? Ha ahi mais sandeu parolador do que elle é? Parece parvo escornado por Deus. Tudo d'elle se pôde crêr...

Aqui interrompeu-se, e, pondo de novo os olhos fitos no armeiro, continuou depois de curto intervallo:

— Olhae, Alvaro, afigura-se-me que o melhor conselho é irmos-nos muito nas boas horas sem dar rumor, nem curar mais de tal. Guarecei-vos d'esse amor, lançae pezares para traz das costas, e não espereis que maus feitos vos desenganem, em tempo que já não tenhaes remedio. Bento é o varão que por si se castiga e por outrem não; e assim é. Ora sús. Que tendes vós com que a rapariga seja barregã do judeu, e que os tios a vendessem, como dois falsos mescões e traidores aleivosos?...

— Se assim fôr, matal-os-hei — balbuciou o armeiro em voz surda e por entre os dentes cerrados.

O bolseiro recuou, fingindo-se aterrado.

— Homem — disse por fim — por Deus, ensandecestes! Como matal-os? Nem com toda a fome á arca, nem com toda a sêde ao cantaro. Já nós ahi vamos? Agora vejo como errei em vos dizer o que sabia. Vós estaes fóra de vosso siso natural, Alvaro Gonçalves, e portanto, peço-vos pelas chagas de Christo, que nos vamos d'aqui. Outro dia viremos, e mais assocegados...

— Soltae, por satanaz! — bradou desabridamente

o armeiro, sacudindo-se da mão que Bochardo lhe
poisára no braço, para o aferrar por elle.

— Perdido sou — balbuciou Bochardo, cosendo-se
de novo com a parede, mas agora de fórma que
não pudesse ser visto do largo. O armeiro avançou
dois passos mais para descoberto.

Assim estiveram um quarto de hora, sem darem
palavra um ao outro. Ao fim d'elle, a porta do bacharel abriu-se, e por ella fóra sairam dois homens, um d'elles vestido com uma garnacha e uma
touca foteada na cabeça e o outro um bacinete e
um gibão de aço branco tão primorosamente brunido, que lampejava á luz do luar. Estes dois homens eram Eleazar Rodrigues e o echacorvos. Havia dois dias que o judeu se demorava alli até tão
tarde, porque Fernão Martins, que já ia em bom
andamento de cura, peiorára, e, ao cerrar da noite, apparecia com graves accidentes de febre e de-
lirio de caracter assustador.

Os dois sairam pois para a rua, e o bacharel,
depois de se despedir do judeu com um *vale bone*
vir, ia a fechar a porta, quando sentiram um grito
medonho de raiva, e logo um homem correndo furioso sobre elles.

O armeiro chegou quasi de salto ao judeu. A terrivel facha d'armas, que levava empunhada, fuzilou
como um relampago sobre a cabeça de Eleazar ;
mas, ao cair, encontrou debaixo do golpe o escudo
que o echacorvos trazia embraçado. Com a velocidade propria dos homens de indole volteira e habi-
tuados aos combates de corpo a corpo, o echacorvos mal vira a facha d'armas levantada sobre a cabeça do arabi, empurrou-o com a rapidez do relance, e metteu ao golpe o escudo. Toda a parte
d'este, alcançada pela terrivel facha do armeiro,
veiu a terra em pedaços, e ao mesmo tempo a bisarma, que o echacorvos trazia empunhada, fais-
cou, batendo em cheio sobre o casco de prova, que
Alvaro Gonçalves trazia na cabeça.

— Paio... que é Alvaro Gonçalves!—bradou com terrivel agonia o arabí, que logo suspeitou que era elle.

Ao ouvir estas palavras, o echacorvos arremessou de si a bisarma e o resto do escudo, que ainda tinha embraçado, e de um salto arcou com o terrivel armeiro, cingindo-o nos braços com forças eguaes ás d'elle.

—Alvaro... Alvaro... ensandecestes!—bradou em voz medonha de indizivel angustia.

O armeiro soltou-se-lhe dos braços, sacudindo-se com um impeto terrivel. A raiva e o desespero haviam-lhe centuplicado as forças já de si gigantescas. Deu então um salto para traz, e fitando no echacorvos a vista tão incendiada, que parecia afuzilar atravez dos aros de ferro da viseira, bradou-lhe em voz surda e medonha:

—Perro mescão, falso aleivoso, cuidas tu poderes vender-me a honra tão facilmente como vendeste a este vil marrano a sobrinha?

Durante este curto intervello de tempo a grande alma de Eleazar comprehendeu ao vivo tudo o que aquella situação significava.

O echacorvos estava immovel e como fulminado diante do armeiro, mas os olhos luziam-lhe terrivelmente como dois carvões accesos.

O arabí não deu tempo a estalar aquella pavorosa tempestade. Correu ao moço, aferrou-lhe de repente o braço com a mão, e collando-lhe com a mesma rapidez o rosto á viseira, exclamou em voz sumida, mas solemne de afflicção e de verdade:

—Alvaro, eu sou o pae de Alda.

A estas palavras, o armeiro, que estava curvado em frente do echacorvos, como tigre que prepara o salto, aprumou-se como cadaver galvanisado de subito. Os braços descairam-lhe ao longo do corpo, e a facha d'armas resvalou-lhe das mãos.

—Paio, vinde — disse então o arabí, lançando sobre o moço um olhar de afflicção e de tristeza ineffavel.

O echacorvos encaminhou-se machinalmente apoz elle, e os dois sumiram-se logo na escuridade da estreita rua do Souto, na parte actualmente chamada Ferraria de Cima.

Alvaro Gonçalves viu-os ir sem se mexer, quasi sem ter consciencia do que se estava passando. As palavras do arabí haviam feito n'elle o que o golpe da pesada bisarma do echacorvos não pudéra fazer. Atordoaram-n'o completamente, deixaram-n'o como homem ferido por subito golpe electrico, collado ao solo, hirto e immovel como uma estatua.

Gomes Bochardo, que presenciára toda a scena lá de traz da esquina de Mend'Affonso, com a qual estava cozido, ao vêr o pasmo que as palavras do arabí causaram no armeiro, sentiu arrepiarem-se-lhe de subito os cabellos. De si para si deu logo o caso por feito de feiticeira, pelo menos de enguiço que o judeu lançára ao moço. Segundo, seu medo d'elle, Alvaro estava áquelle hora reduzido a pedra, a cepo, que sei eu? se por ventura todos os diabos o não tivessem arrebatado de dentro da armadura, que podia ser muito bem que fosse unicamente o que se estava vendo de pé, lá no mesmo logar onde o desgraçado moço estivera. A esta desconfiança o bolseiro almoxarife teve antojos de desandar a fugir, sem curar mais do que da salvação da sua pelle, pelo visto, diabolicamente ameaçada. Mas de um lado a curiosidade, e do outro o receio de estar illudido e por isso poder preparar-se alguma maçada de pancadaria em paga d'aquelle covarde abandono, fez-lhe cobrar animo, e com o pouco, que cobrou, foi-se approximando cautellosamente do armeiro. Este estremeceu em abalo convulsivo precisamente na occasião, em que Bochardo se approximava d'elle pela retaguarda. Estava pois desenguiçado, vivo e alli.

Bochardo chegou-se então a elle, tomou-lhe o braço, e balbuciou em tom encioso:

—Alvaro Gonçalves, homem, que foi?-Por Deus!
Eu bem vol-o dizia...

—Arredae-vos de mim, dom parvo aleivoso!
— balbuciou, sacudindo convulsivamente o braço,
que elle lhe aferrára.

Bochardo não esperou segunda ordem. Tomou
logo o caminho da rua do Souto, pelo sitio depois
chamado rua dos Caldeireiros, e mal se sumiu ahi,
e deixou de vêr o armeiro, deitou a correr com todas as forças para o paço do bispo, onde morava,
depois que Gonçalo Camelo o mandára soltar por
deferencia a Rui Pereira.

Alvaro esteve alguns minutos immovel e com os
olhos fitados na casa, onde morava Alda. Depois
tomou com furor a facha d'armas que jazia por
terra lançou para a casa um olhar negro de duvida,
e balbuciou:

—Hoje mesmo preciso saber se isto é verdade.
Deus ou o diabo me acorrerão ou, por satanaz!...

Assim dizendo, encaminhou a passo largo pela
rua do Souto (Ferraria) acima.

Em frente do local, onde hoje desembocca a rua,
que liga a Ferraria de Cima á rua de Traz, existiam
n'essa epocha, as velhas e negras ruinas de uma
casa incendiada havia muito tempo. Essa casa tinha
as trazeiras pegadas com o muro, que circuitava
por esse lado o bairro dos judeus. D'ella corria fama, que o diabo a incendiára por grande crime ahi
commettido; e que, desde essa epocha, a frequen-
tava, e n'elle fazia seus concilios e festas solemnes.
E' natural que os judeus fossem os autores d'aquella
atoarda com o fim de, ao abrigo do medo supers-
ticioso do vulgo, poderem dormir seguros de serem
por aquelle lado assaltados pelos christãos, sempre
propensos a maltratar e a expoliar a colonia israelita. Fosse porém como fosse, o que é certo, é que,
no tempo em que D. João I fez edificar a judiaria
nova do Olival, já ellas alli existiam, e que desde
esse tempo, o abusão principiou a ganhar maior

12

corpo, chegando por fim a dominar totalmente os animos populares.

Ao chegar alli, Alvaro Gonçalves parou, e mergulhou para dentro das ruinas um olhar scintillante. Éra a crença popular a trabalhar-lhe na alma. Mas não durou muito aquella hesitação travada entre a sua coragem de rija tempera, e a superstição, com que fôra embalado. Apoz um minuto em que teve o olhar como que fascinadamente mergulhado dentro do negrume das ruinas, benzeu-se, e saltou denodadamente para dentro d'ellas. Atravessou-as então a passo rapido, saltou o muro da judiaria, e achou-se n'uma escura e tortuosa viela, que corria parallela com elle, por dentro dos casebres dos judeus mais pobres, que eram os que habitavam aquella localidade.

Alvaro conhecia perfeitamente aquelles sitios, por ter alli ido mais de uma vez, nomeado pela camara para capitanear uma ou outra partida de homens jurados, que entravam na judiaria em busca de facinorosos destemidos, que se acoitavam n'aquelle labirintho immundo e quasi sem luz, de força ou de grado dos nobres judeus. Orientou-se pois, e tomando por não sei quantas quelhas e viellas, em tudo semelhantes áquella, saiu por fim a uma rua espaçosa, e ao cabo de muitas voltas, entrou n'aquella em que morava Abrahão Cofem.

Chegado á porta do alchimista parou. Era perto de meia-noute. Alvaro levantou a facha d'armas, e bateu com o conto d'ella taes duas pancadas na porta, que um morto despertaria ao estrompido.

Alguns minutos passados, ouviu-se bradar de dentro a voz de Cofem, um pouco tremula do susto, causado por tão violento reclamo.

— Quem sois, e que pretendeis?

— Abride vossa porta, mestre — respondeu o armeiro — mister hei de fallar comvosco e já.

O armeiro e o alchimista nunca se tinham fallado. Cofem conhecia perfeitamente o amante de

Alda, mas este apenas o tinha visto de relance,
uma ou duas vezes, apontado pela fama de ser o
feiticeiro mais *sages* da judiaria e aquelle que mais
poder tinha sobre os espiritos infernaes. Esta fama
foi o que arrastou o armeiro até á porta do judeu.
Este, não lhe conhecendo a voz, mas ouvindo-se
requerer de abrir a porta e em tom que nada tinha
de brando, assustou-se cada vez mais.

— Abrir minha porta! — replicou pois — Mas
quem sois vós?

— Por satanaz! abride, e sabel-o heis.

— A deshoras não o farei, que fôra de sandeu o
fazel-o sem saber a quem. Ide pois vosso caminho,
irmão, e não aporfieis mais, ou appellidarei a gente
do bairro...

— Por beelzebut, dom bruxo, dom marrano,
abride e prestes, ou juro a Deus, que vol-a lança-
rei dentro de força...

E, dizendo, sacudiu a rija porta de castanho
com forças tão possantes, que a casa pareceu oscillar aquelle impulso gigantesco. Abrahão conheceu que era perigoso o recalcitrar.

— Tende mão, homem, tende mão — bradou
aterrado — Tende mão que já abro. Deus de Abrahão, de Isaac e de Jacob, sêde commigo.

Assim dizendo, abriu a porta.

— Mas quem sois, e que pretendeis? — tartamudeou então em voz entrecortada pelo medo, e met-
tendo á cara de Alvaro a luz da lanterna que trazia na mão.

— Por minha fé, dom Cofem, que sois mais covarde que raposa aleivosa — balbuciou com mau
modo Alvaro Gonçalves, ainda impressionado pela
zanga, que lhe causára a hesitação, com que o alchimista o demorára á porta.

Este arredou-se para o lado, e deixou-o entrar.
Havia reconhecido o amante de Alda; e logo ao
medo supremo, que o apavorára, succedeu a convicção que grande negocio o trazia alli a taes ho-

ras, e que este negocio era mais que provavel que tivesse relação com o arabi e com a filha.

Com esta idéa levou Alvaro para o gabinete, onde trabalhava na descoberta da pedra philosophal, e que estava agora de todo ás escuras, porque o alchimista não tinha n'aquella accasião nem mealha, que lançar dentro do cadinho hermetico.

Poisou então a lanterna sobre a meza, e disse-lhe serenamente.

— Que pretendeis de mim?

— Dizem por hi — respondeu rudemente o moço armeiro — que sois o mais sabido e astuto feiticeiro do Porto. Como tal vos procuro. Escutae-me pois, que é grande...

— Astrologo e magico sim, e não feiticeiro, como dizem por hi esses sandeus da arraya-miuda — replicou com dignidade o alchimista — se pois como tal me pretendeis consultar, não é aqui logar proprio para isso. Aguardae algum tempo, que vou fazer luz na minha officina, e lá me direis vossa demanda.

— Assim dizendo, accendeu uma pequena lampada na lanterna, que deixou sobre a mesa, e retirou-se pela porta, por onde havia entrado.

Alvaro Gonçalves esteve mais de um quarto de hora sem ouvir rumor algum. Começava a impacientar-se. De subito sentiu n'um aposento contiguo, e cuja porta abria para o gabinete, onde elle estava, um ruido de entoação sobrenatural, um como rijo tufão violentamente assoprado. Fitou surprehendido os olhos na porta, e viu então que pelas fisgas d'ella saía uma luz côr de sangue, que parecia oscillar com violencia. Não teve porém tempo para reflectir no que seria. A porta abriu-se de golpe e com ruido, e o armeiro viu patente diante dos olhos o gabiente do astrologo, do terrivel feiticeiro da judiaria nova da porta do Olival.

Alvaro sentiu os cabellos arripiarem-se-lhe na cabeça. Recuou dois passos atraz, e espantou os

olhos, cheios de assombro e quasi de terror, no
que estava presenciando.

Não fôra só o corajoso, mas ignorante armeiro
da ponte de S. Domingos, que achára alli motivos
de espanto e de admiração. O mais douto e es-
perto doutor bolonhez, o mais sabedor e conspicuo
dos physicos doutorados em Paris ou Pavii, qualquer d'elles se pasmaria alli da mesma fórma, e levaria as mãos á cabeça com muito maior medo decerto, do que aquelle de ´que se apossou o valoroso
Alvaro Gonçalves. Nada havia porém alli· de sobrenatural. No caso supposto, o que houvera, fôra,
da parte da maioria dos doutos que aquillo assim
presenciassem, ignorancia· total das leis da chimica,.
da qual, ainda então muito na infancia, o pouco que:
se sabia era monopolio dos alchimistas e dos adeptos da grande obra O que pois Alvaro Gonçalves via diante de si nada mais era que o resultado
de alguns dos mais simples processos chimicos én-
tão conhecidos, dos quaes Abrahão usava geralmente para fascinar a ignorante credulidade popular.

Alvaro Gonçalves, apenas se assenhoreou d'a-
quelle espanto, examinou com mais minuciosidade
o quadro, que se lhe apresentava diante dos olhos.
Em frente da porta e no meio da casa havia uma
mesa triangular, sobre a qual se via um grande
globo de vidro escuro, do alto do qual saia uma
chamma azulada e phosphorescente. A mesa, que
era de castanho, tinha sobre a superficie caracteres
e figuras cabalisticas caprichosamente talhadas. Ao
meio da base d'aquelle triangulo estava Cofem, ligeiramente reclinado sobre os braços e as mãos fir-
madas na mesa. Na direita tinha uma comprida vara
de ebano. O astrologo estava vestido com um largo
vestido talar de veludo negro, coberto de figuras
symbolicas bordadas a prata; e tinha na cabeça
um alto barrete ponteagudo, feito de uma pelle de
marta, negra como o azeviche, na frente do qual

resplandecia um riquissimo sol de puro oiro. Estes paramentos e muitos outros mais tinham sido comprados no tempo da opulencia de Cofem com o dinheiro, que amontoára o arabi D Judas, e d'elles nunca o alchimista se quizera desfazer nem mesmo nas occasiões de mais apuro.

Nas pontas da base d'aquelle triangulo, e ladeando o astrologo, viam-se dois alvos esqueletos, vomitando uma luz azulada por entre os dentes cerrados e pelos buracos, onde tinham estado os olhos e o nariz. Cada um d'elles empunhava um grosso brandão de cera, de cujos pavios saía tambem uma luz azulada.

Ao fundo via-se uma pyra, sobre a qual ardia um fogo de luz côr de sangue, que parecia expellido lá de dentro pelo sopro violento de um tufão. A uma das janellas, que estava aberta de par em par, e por onde a lua entrava a misturar a sua luz pallida e melancolica com a luz funérea e sobrenatural, que allumiava aquella estancia, via-se collocado, sobre duas forquilhas de ferro, e saido um pouco pela janella fóra, um d'aquelles compridos e grandes oculos de observação, de que na idade media se serviam os astrologos para estudar o movimento e as conjuncções dos astros. Caveiras collocadas a granel aqui e alli, dois meios corpos mirrados postos aos dois cantos da sala em pequenas columnas de marmore, e braços de homens e de creanças egualmente preparados e espetados em ferros pela parede, com as mãos abertas ou fechadas, em todas as posições emfim, tal era o resto dos adereços do gabinete de astrologo do celebre Abrahão Cofem.

Havia pois aqui muito de que o armeiro devia forçosamente pasmar-se e até apavorar-se. A sua rude e rija coragem fôra porém pouco e pouco repellindo o terror; e Alvaro principiava a olhar todo aquelle apparato sobrenatural com o olhar provocador, com que o Diomedes de Homero desafiou

a divindade d'entre o seio das trevas, que salvaram
Eneas, quando Abrahão ergueu a voz, e disse em
tom solemne:

— Entrae.

O armeiro lançou-se rija e impavidamente dentro
d'aquelle antro, que se lhe afigurava infernal. O
suor corria-lhe ainda em fio pela fronte, mas a
alma estava-lhe altiva e audaz, prompta para se
affrontar a todo o inferno, se tanto lhe fosse preciso.

— Alvaro Gonçalves, que pretendeis de minha
sciencia? — disse então o astrologo grave e solemnemente.

— Dom bruxo — replicou o armeiro em tom provocador e nada aterrado por se ouvir nomear por
seu nome — bem dizem lá fóra que sois grão feiticeiro e ministro das obras de satanaz. Não cuideis
porém que por isso vos tema. Attentae pois ao
que vos vou perguntar, e respondei em tudo verdade, ou, voto a beelzebut! — que peccado fôra
jurar por Deus n'este inferno, — que com esta facha
d'armas, de que me vêdes armado, vos faça entrar
para sempre no abysmo, a vós e a toda essa legião
de diabos, de que sois tão bem acompanhado.

— Fallae — replicou gravemente o astrologo —
que aqui nada mais ha que sciencia, e os astros
fallam sempre verdade.

O armeiro lançou em redor de si um olhar severo de terrivel provocação.

— Sabei pois — disse por fim — que amei uma
mulher, por quem me cuidava egualmente amado.
Depois tive motivos mais que sobejos... Vi... vi
com estes olhos, que ella me preferia um descrido
e perro judeu, que o inferno confunda... Então
disseram-me que a desleal se vendera como im-
munda barregã ao marrano. Mas por fim, hoje, ha
horas apenas, o homem de quem eu tão mal suspeitava, fez-me uma revelação, que a ser verdade... dom bruxo, a ser verdade, afigura-se-me

que morrerei de pejo diante d'ella, porque... Mas /
antes assim... antes assim... Dom Cofem, dom /
bruxo, dom satanaz, dom diabo, eu vos esconjuro
que me digaes o que n'isto ha de verdade, que me
tireis este inferno que trago na alma, ou m'a afun-
deis de todo n'elle. N'essa escarcella estão dez dobras de oiro validías. Tomae·$_{as}$, e andae prestes —
acrescentcu, atirando para cima da mesa com a
bolsa, que de golpe arrancou da cintura.

O astrologo arredou desdenhosamente a escarcella com a vara que tinha na mão.

— Guardae vosso dinheiro, moço — disse com so-
berana gravidade — as obras superiores não se pagam
a oiro. Aguardae, e sabereis a resposta dos astros.

Assim dizendo, abriu de repellão um volumoso
in-folio de pergaminho, escripto em caracteres he-
braicos, que estava diante d'elle sobre a mesa, chegou a ponta da vara de ebano á luz do globo de
vidro, e, logo que ella tomou fogo egual ao do globo,
começou a psalmear em voz lugubre e monotona
um cantico que lia pelo volume. A ponta da vara
apagou-se por fim. Abrahão callou-se então, e beijou o livro. Ao mesmo tempo os dois esqueletos
ergueram os braços, em cujas mãos sustinham os
brandões, deixando-os logo descair com funebre e
pavoroso fragor.

Se Alvaro Gonçalves visse um fio de arame, que
passava de um para outro esqueleto por junto dos
pés de Abrahão, o qual os fazia mover pelo systema porque nós hoje fazemos dançar os bonifrates,
não se espantaria de certo, como se espantou, áquelle pavoroso e inesperado movimento.

O astrologo dirigiu-se então para junto do oculo,
e poz-se a observar o céo. Esteve assim pouco mais
de cinco minutos, durante os quaes deixou fugir
dos labios expressões inintelligiveis, mas com entoação de profunda alegria, e voltou então para
junto da mesa, trazendo comsigo um dos braços
mirrados, que estavam na parede, e que, ao passar,

arrancou do ferro respectivo com ademanes mysteriosos e graves.

Depois collocou-o com a mão espalmada sobre o livro, que estava ainda aberto. Bateu rija patada no chão, e a ella os dois esqueletos baixaram as tochas, das quaes escorreram alguns pingos de cera sobre a mesa. Abrahão mexeu n'elles com a ponta da vara de ebano, e logo poz-se a seguir pacientemente com ella diversos desenhos de planetas, que estavam pintados na mesa. Em seguida começou a traçar sobre a mão do homem morto desenhos eguaes áquelles, que escrupulosamente estivera seguindo. Soltou então um brado pavoroso, fitou os olhos em Alvaro, e ergueu ao alto a vara de ebano. Os esqueletos ergueram ao mesmo tempo os brandões a toda a altura dos braços, e assim os conservaram durante o espaço, que durou o seguinte episodio da scena, que se estava passando entre o astrologo e o armeiro.

— Em forte signo viestes ao mundo, Alvaro Gonçalves — disse o astrologo; — na conjuncção dos planetas, que presidem á vossa existencia, lê-se a suprema felicidade...

— Que dizeis, mestre? — atalhou o armeiro com indizivel anciedade.

— Só conturbada a tempos pelas sandias visões da vossa louca imaginativa — continuou Cofem, sem fazer caso da interrupção de Alvaro.

— Por vida vossa!...

— A mulher que amaes, adora-vos...

A bemaventurança ineffavel da suprema ventura rutilou angelicamente ro rosto varonil do moço armeiro, que a estas palavras caiu de joelhos, apertando as mãos contra o peito, como se quizesse conter os impetos, com que o coração se lhe afigurava querer saltar para fóra d'elle atravez do proprio ferro da couraça.

— E o homem de quem tendes ciumes — continou o astrologo — é...

— E' quem?...

— É o pae d'ella.

A estas palavras, pelos labios de Alvaro Gonçalves saiu um grito de felicidade suprema, de felicidade que chega a ser agonia, que pôde matar.
Os esqueletos deixaram ao mesmo tempo descançar os brandões.

Alvaro esteve muito tempo com os olhos fitos no
astrologo, de joelhos, como extatico, e sem poder
dar palavra. Por fim ergueu-se como a custo.

— Abençoado, sejaes vós, dom Cofem — disse
então em voz suave e com as lagrimas a correrem-
lhe pelas faces abaixo — abençoada seja a vossa
sciencia, que assim pôde fazer subir do inferno
para o céo um desgraçado. Se alguma hora preci-
sardes de um braço robusto que vos defenda, ou
de um tecto amigo, debaixo do qual possaes repousar com segurança a cabeça, ide á ponte de S. Domingos, e lá me achareis sempre com os braços
abertos para vos receber; que mais quizera eu ter
para vos dar, pois que a vida que vivo, já ha muito
que pertence á minha Alda. Tomae esta escarcella,
honrado homem — continuou, apanhando-a do chão
— e se vossa grande generosidade se não quer aproveitar da pouquidade que ella contém, reparti-a pelos pobres da vossa communa, e dizei ahi a todos
que, por vosso amor, Alvaro Gonçalves é de ora
ávante amigo dedicado e leal de cada um dos judeus da judiaria nova do Porto.

— Basta — disse Cofem, levantando solemnemente a mão — Ide, pois, Alvaro Gonçvlves, e mentae isto que vos digo; regei bem vossa imaginativa,
e sereis sempre o homem mais feliz de entre os
homens. Retirae-vos.

O armeiro obedeceu machinalmente, e as portas
do gabinete do astrologo fecharam-se então ruidosamente sobre elle.

Ao achar-se só no laboratorio do alchimista, Alvaro atordoou, em razão da differença da intensi-

dade da luz, que havia nos dois aposentos. A lanterna, que ardia n'este, era, como um pyrilampo no meio das trevas. Demorou-se algum tempo para recuperar-se, e quando ia a sair, viu apparecer Cofem com a sua velha aljuba de israelita, o qual, tomando humildemente a lanterna, o precedeu até á porta, sem lhe dizer palavra.

Ao sair para a rua, Alvaro tornou de repente a mão do judeu, e levou-a com força ao coração, ficando alguns momentos com os olhos cheios de gratidão fitos n'elle.

—Não olvideis o que eu vos disse — balbuciou por fim.

Abrahão fez-lhe uma mesura profundissima, e fechou a porta. Depois pôz-se a escutar, e logo que o tinido dos sapatos de ferro do armeiro cessou totalmente, soltou estrepitosa gargalhada, e exclamou:

— Ora bom vae o madraço; atarracado para nunca mais suspeitar do rabbi. Eu logo cuidei que elle não vinha aqui com bom fim; mas jámais se me afigurou em dias de vida que houvesse ahi de jogar tal lanço a estas horas da noite. Ora vêde vós em que disparou o grande medo, com que me assombrou ao principio! Mal sabe Eleazar o bravo serviço que lhe tenho estado a fazer. Bem pois; vamos apagar a illuminação, e a repousar, que são horas.

Assim dizendo, foi direito ao gabinete astrologico, arredou o oculo da janella, e apagou todas as luzes. Ao sair, deu com os olhos na escarcella, que Alvaro deixára sobre um tamborete. Tomou-a, e examinou-lhe o conteúdo. Eram de feito dez magnificas dobras de banda. Os olhos do alchimista fulguraram.

D'ahi a pouco a fornalha hermetica ardia em pleno fogo, e as dobras do armeiro fundiam-se no mesmo cadinho, em que dias antes se tinham fundido as do arabi Eleazar, umas e outras inutilmente apezar de todas as esperanças depositadas por Cofem no divino alembroth, a obra prima da arte, o sal da sabedoria...

XI

A BOLSA DO COMMERCIO DO PORTO
NO SECULO XV

Dos que me cercam no turbado aspecto,
Na voz que prende desusado enleio,
No pranto a furto, no fingido riso
Fatal sentença de morrer eu leio.

A. HERCULANO.

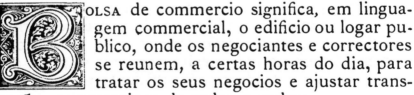OLSA de commercio significa, em linguagem commercial, o edificio ou logar publico, onde os negociantes e correctores se reunem, a certas horas do dia, para tratar os seus negocios e ajustar transacções commerciaes de todas a ordem.

Tal é o significado que modernamente se dá a esta locução; mas para os nossos antepassados da idade media teve ella uma outra de sentido mais lato e mais vasto do que este.

E' muito provavel, póde talvez affirmar-se quasi com certeza, que á Bolsa de commercio do Porto, em razão da localidade onde estava situada, servia já no seculo XV a significação moderna; mas tambem o que é fóra de toda a duvida, o que é axiomaticamente historico, é que ainda então ella tinha um outro fim muito mais generoso e muito mais importante, e que, se por ventura servia de ponto de reunião aos commerciantes, era isso obra das conveniencias do local e de modo algum da intenção dos seus fundadores.

A Bolsa do commercio do Porto era uma verdadeira corporação de negociantes, uma verdadeira associação commercial, que se regia por certas leis ou *regimentos* e era administrada por um certo numero dos seus membros, presididos por um a que chamavam *juiz da Bolsa*. O seu fim principal era a accumulação de um fundo illimitado, para o qual contribuiam todos os negociantes da praça com um certo imposto lançado sobre o commercio de importação e exportação. Este fundo, além de outros fins, servia para pensionar qualquer negociante que caia na miseria, e sobretudo para salvar da ruina aquelles, a quem um desastre imprevisto causasse prejuizos, de que ella podia resultar. Provada a irresponsabilidade do prejudicado, e o puro acaso do acontecimento, que produzia a perda, o negociante recebia da Bolsa commum um subsidio, e rehabilitava-se para continuar as suas especulações. Este beneficio, porém, não lhe era concedido sem o caso ser rigorosamente apreciado pelo juiz e pelo tribunal da Bolsa, ou *direcção* como hoje se diria, a cuja ordem sómente o thesoureiro pagava a somma, que tivesse sido arbitrada como sufficiente para reparar o damno.

O que levo dito, e do muito mais que a este respeito podia dizer, mas que passo por alto por não ser este o logar competente para isso [1], se deduz evidentemente que a Bolsa do commercio do Porto, se por um lado era uma associação commercial que dava ao corpo commerciante a valia e a autoridade

---

[1] Vide nota LXVI.

resultantes da reunião das forças individuaes; por
outro era um verdadeiro seguro de haveres, com
que os negociantes mutuamente se garantiam, pelo
sacrificio das migalhas que lhes sobravam das suas
valiosas especulações, contra a desgraça fortuita, o
desastre casual, que mais de uma vez se tem visto
arruinar n'um relance as casas commerciaes mais
solidas e mais poderosamente estabelecidas. Os
bancos pretenderam depois supprir mais racionalmente aquella instituição primitiva, e para isso sub-
stituiram o credito, pura ficção, á rasgada franqueza
do procedimento d'ella. Conseguiram-n'o talvez e
de um modo por ventura mais em harmonia com
o progressivo desenvolvimento das sciencias econo-
micas; mas é preciso tambem confessar, que á sua
instituição presidiu um pensamento egoista, a que
as antigas Bolsas eram inteiramente alheias, e que
no modo, porque elles beneficiam, ha muito menos
grandeza e generosidade de que deveras havia no
d'ellas.

A nossa Bolsa do commercio, a associação commercial, que na idade media tão nobremente representava e tão generosamente garantia o commercio
do Porto, principiou a funccionar logo nos primeiros
seculos da monarchia portugueza. Já no accordão
de 24 de janeiro de 1402, pelo qual a camara re-
estabeleceu a Bolsa, que, assim como todas as demais coisas boas e uteis, havia caido em abandono
em razão das guerras inglorias e desastrosas, que as
leviandades e imprudencias de Fernando I carrea-
ram a Portugal, já n'essa epocha, isto é, ha mais
de cinco seculos e meio, se recordava com veneração a sua antiga origem, e se apontavam por alto
as valiosas vantagens d'esta instituição secular.
D'isto porém, torno a dizer, fallarei em logar, onde
menos aborreça aos leitores d'esta novella.

Mal cuida, pois, o negociante do Porto, que em
pleno seculo XIX e em assembléa magna da Associação Commercial Portuense, se ufana, com orgu-

lho justificado, de pertencer a uma corporação tão
legitimamente respeitada, e que tão valiosos serviços tem prestado a todos os interesses economicos
do paiz, mal cuida, pois, e mal sabe talvez que
este poderoso estabelecimento reune á nobreza do
seu instituto a fidalguia de tão remota antiguidade
de origem.

A Bolsa do commercio estava estabelecida em
1474 no primeiro andar de uma casa que el-rei D.
João I, a requerimento da cidade mandára reparar
e conceder aos commerciantes do Porto para segundo o que se fazia *em todas as provincias do
mundo, onde havia mercadores, fazerem seus ajuntamentos para fallarem sobre algumas cousas que
pertenciam a serviço de seu senhor e a prol de suas
mercadorias* [1]. Era a praca do commercio ou Bolsa
na accepção moderna. Esta casa que era situada
na rua Formosa, como lhe chamava o mesmo D.
João I, rua Nova como-lhe chamava o povo, e rua
Nova dos Inglezes como actualmente se chama,
estava edificada sobre um arco, que dava passagem
para a casa da moeda, d'onde se conclue que estava precisamente no local, onde hoje existe aquella
que está fundada tambem sobre o arco que é a
porta da alfandega do lado da rua dos Inglezes. A
alfandega já a esse tempo funccionava na casa, onde actualmente existe, e que ainda n'essa epocha
(1474) servia tambem de casa de moeda, e de paço real, quando os reis vinham ao Porto; mesquinho e ridiculo pardieiro, que deveras não merecia
a honra de ter visto nascer dentro de si o grande
infante D. Henrique [2]. Em razão d'estas vizinhanças
é facil de acreditar-se que a rua dos Inglezes já
fosse n'essa epocha ponto de reunião dos negociantes, dos quaes a maior parte preferiria ficar na rua
a conversar a *prol de suas mercadorias*, a subir

[1] Vide nota LXVII.
[2] Vide nota LXVIII.

para o fazer dentro da casa que D. João I lhes dava. D'aqui por conseguinte a explicação do aferrado
e arreigadissimo habito, com que os negociantes
de hoje continuam em fazer d'aquella rua praça do
commercio, tendo a poucos passos de distancia o
magestoso e imponente edificio da verdadeira Bolsa.

N'aquella casa pois de que fallei é que estava o
tribunal da antiga Bolsa commercial do Porto, cujo
thesoureiro d'esse anno o *mercador* Vasco Gil tambem vereador n'essa occasião vivia na casa pegada
a ella.

O apparato e a decencia do tribunal destoava
devéras com a sua importancia. Estava mais em
harmonia com os modestos costumes da maioria
dos negociantes de então, do que com a valia da
corporação que representava.

Era uma grande sala, de paredes inteiramente
nuas, e com enormes e pesados bancos de pau
castanho enfileirados ao longo d'ellas. Ao fundo
estanceava a teia. Via-se no primeiro plano um parapeito de madeira de castanho, da altura de um
homem até ao estomago, e com uma cancella a cada
lado, por onde se entrava para a parte de dentro.
Sobre este parapeito, que era apenas adornado por
uma simples moldura em fórma de caixilho, corria
a todo o comprimento uma larga taboa tambem de
castanho, em fórma de balcão, sobre a qual, da
parte de dentro, escrevia de pé o escrivão da Bolsa,
e da parte de fóra os negociantes que desejavam
tirar apontamentos ou lembranças do que se passava nas reuniões do tribunal.

Para além do parapeito seguia-se um espaço de
oito ou dez palmos de largura, delimitado por quatro escalões de descommunal altura, que cingiam
pelos tres lados um vasto tablado, que se encostava
á parede, e que se levantava do soalho obra de
oito ou nove palmos de alto. Sóbre este tablado
via-se um grande banco tambem de castanho, que
servia para dez pessoas á vontáde, o qual tinha um

13

alto e massiço encosto da mesma madeira, sem
outros ornatos mais que uma moldura igual á que
tinha o parapeito. Nas duas cabeças d'este banco
havia duas balaustradas ou braços de encosto profundamente chanfrados. Por estes chanfros é que
o serviçal da Bolsa — continuo diriamos hoje — fallava aos membros do tribunal, que, durante as sessões, occupavam este banco com o seu juiz ou pre-
sidente no meio. O requerente ficava áquem do
parapeito, que vedava a teia; e d'ahi relatava as
suas perdas, e allegava as suas razões.

Dadas estas explicações indispensaveis, vamos
agora assistir á sessão da Bolsa, em que o honrado
negociante Diogo Lourenço, dono do galeão Cadramoz e do barinel Fortepino, que os corsarios haviam
apresado, como o leitor já sabe pelo ter ouvido ao
arabi, ia dar parte ao tribunal da perda que soffre-
ra, e requerer, ao mesmo tempo, que, segundo o
regimento, lhe fosse reparado o damno pela Bolsa
commum.

A sessão ainda não tinha principiado. Eram sete
horas da manhã de um dia formosissimo dos meados de maio. O sol arremessava jorros de luz esplendida para dentro da grande sala da Bolsa. Bem
trinta ou quarenta homens, vestidos de muitos tra-
jes differentes e de côres variegadas e vivas, estavam alli conversando, uns sentados nos bancos de
junto á parede, outros parados em grupos, e outros
passeando pelo meio da sala. Todos elles, porém,
estavam para cá do parapeito da teia, dentro da
qual só se via a mesquinha e intelligente figura de
Abrahão Cofem, escrivão do estabelecimento, que
estava no seu logar, escrevendo com extraordinaria
velocidade e profunda attenção.

Entre os que passeavam no meio da casa, andava
o arabí, conversando com dois homens, ambos de
idade, um d'elles de aspecto veneravel e bondoso,
e o outro de semblante tão mobil e de gestos tão
arremessados que demonstravam logo á primeira

vista caracter violento e naturalmente irritavel. O primeiro era Fernão d'Alvares Baldaia, juiz da Bolsa e, como o leitor já sabe, intimo amigo de elrei D. Affonso V; e o outro Vasco Gil, vereador e bolseiro, negociante respeitavel por sua honradez e pela sua alma nobremente larga e dotada de generosissimos sentimentos, mas tido por toda a cidade na conta do homem de genio mais assomado e intractavel, que vivia de muros a dentro.

O assumpto, sobre que os tres conversavam, parecia de grande interesse para todos os que alli estavam reunidos; e tanto, que aos brados com que ás vezes Vasco Gil despeitorava, em voz de trovão, a ira, de que se mostrava possuido, correspondiam da parte dos outros vivos e eloquentes signaes de approvação, e não poucas interrupções, que reforçavam o que elle dizia.

— Então, pezar de mouros!—bradou de uma das vezes o irritavel bolseiro—assim cuidaes vós, Fernão d'Alvares, que nos ficaremos como perros villões que se arreceiam do azorrague, sem lhe irmos á mão e torvar-lhe os ensejos de nos fazer maiores prejuizos ainda?

— Não o digo portanto, compadre—replicou serenamente o Baldaia—mas lá dizem que nem com toda a sêde ao cantaro, nem com toda a fome á arca. As cousas querem-se feitas com geito e com siso. Vós ides logo com ambas as mãos á cara. Segundo vosso parecer, iriamos, de um salto, d'aqui á ribeira, e lançariamos fogo aos navios, que lhe acabam de chegar de França e de Flandres. Ora vinde cá, e dizei, que ordenação ou que degredo prohibe a Rui Pereira o mandar vir fazendas, e tratar e mercadejar como vós e como eu...

— Que ordenação!—exclamou com um grito Vasco Gil—que ordenação... que ordenação... por satanaz!... que ordenação... A cidade é nossa e não d'esse aleivoso. Que se vá para a sua Terra de Santa Maria, que não iremos lá misturar-n'os com seu negocio. Mas aqui, não... não pelo inferno!... Que ordenação, dizeis vós, compadre? Esta é a ordenação e não outra, mas tão boa como se fôra ordenada por quem a podia ordenar se quizesse, e não fosse rei só para fidalgos...

— Não blasphemeis d'el-rei, Vasco Gil — atalhou severamente o amigo de Affonso V — que não vol-o merece, nem a vós, nem á cidade...

— Eu não blasphemo — interrompeu de todo dementado o thesoureiro — mas digo e redigo que bom rei temos de feito, mas bom de mais e covarde para com os poderosos; que, a não ser assim, olharia mais por estes casos. Pois a cidade bem lh'o merece, vós bem o sabeis, Fernão d'Alvares, que não ha hi pedido de emprestimo, nem toda a mais despeza, a que lhe tenhamos dito que não. Mas o perro de Rui Pereira tral-o de certo enfeitiçado... e a todos. Parece que fez pacto de bruxo com beelzebut, e que tem novelo, o maldito! Senão vêde; de tantos navios que sairam a quando aos d'elle, olhae quantos ficaram em poder dos andaluzes! Só dos d'aquelle mal assombrado... nem um...

— Forte admiração, compadre! — respondeu sorrindo Fernão d'Alvares — se todos levavam homens d'armas e apparelhos de guerra...

— E pois? — volveu Vasco Gil — Não mandou ahi a cidade uma armada contra os piratas, e não voltou ella, para nosso mal, sem os avistar, e sem poder resgatar nenhuma das presas?... Mas corpo de Deus consagrado! para que é dizer mais? O falso faz tudo o que quer, sem que lhe tenham ido á mão, contra nossos interesses e contra nossos privilegios... tudo. Senão vêde, até requer na alfandega que lhe deem livres de dizimo os quatorze covados de cada bulhão de panno, que nos são concedidos por nosso fôro! Parece-vos isto bem compadre? E vós D. Eleazár, que dizeis?

Fernão d'Alvares sacudiu sorrindo a cabeça; e

o judeu, que escutava calado a polemica, replicou com a gravidade, que tão bem assentava na elegante nobreza do seu aspecto varonil:

— Olhae, Vasco Gil, eu não sou de vosso parecer; antes me vou com o que diz Fernão d'Alvares...

— Como tal, corpo de mim!...

— Ouvide, homem, e não me atalheis antes de tempo. É verdade isso que dizeis. O trato, que Rui Pereira sustenta entre os mercadores da cidade, é devéras de muito damno para elles. Os seus muitos cabedaes, que augmentam cada dia, já pelas muitas quantias que recebe d'el-rei, e renda de muitos casaes, foros e costumagens que lhe pagam em suas terras, já pelas fortes onzenas a que traz grande somma aqui na cidade, são azo de elle fazer mui grandes carregamentos, os quaes arrisca sem perigo, porque traz seus navios sempre bem afortalecidos de homens d'armas, e ha a melhor barato as fazendas que nós. E depois, no alealdar e no dizimar tudo são rosas para elle, porque o temem na alfandega, e os officiaes d'ella não se querem revolver com homem tão poderoso e ademais tão achegado a sua senhoria el-rei.

— E dizei mais que, de tudo o que compra na cidade, não paga sisa — atalhou do lado um dos circumstantes.

— E faz entrar sedas e brocados ás occultas e sem as alealdar; e se lh'o querem tolher... Vêde o que succedeu ao triste de Paio Rodrigues, que por tal foi acutilado por aquelle bilhardão de Pero Annes, que mataram ahi na rua do Souto... — acrescentou outro negociante.

— Ah! perro aleivoso! — bradou Vasco Gil por entre os dentes cerrados e apertando convulsivamente os punhos.

— Tudo isso assim é — continuou o arabí — e assim não ha poder mercadejar a par d'elle...

— E soffrel-o-hemos? — balbuciou de todo dementado o bolseiro.

— Olhae, Vasco Gil — replicou o arabí — se lh'o
soffreis é por que quereis, que meio tendes, e bom,
para lh'o tolherdes, sem o affrontardes contra ordenação e sem fogo nem ferro...

— E como? pezar de meu pae!

— Não o deixeis ahi ficar de remanso na cidade
quantos dias lhe apraz, e lhe cumprem para seu
negocio. Usae de vosso privilegio, que tolhe a fidalgo dormir mais que tres dias dentro do Porto...

— Ora isso é que é fallar de siso — disse, sorrindo com ares de velhaco descoberto o futuro embaixador de Affonso V.

— E bem, se já o mentaveis, porque o não di-
zieis? — bradou irritado Vasco Gil, voltando-se para
o Baldaia.

— Sús, eis ahi Diogo Lourenço — atalhou aqui o
arabí.

A estas palavras, assomava á porta da sala um
homem, que mostrava andar entre os trinta e quarenta annos de idade, vestido com um saio de londres verde, cingido por um cinto de coiro preto,
do qual pendia sobre a barriga uma escarcella de
pelle de veado com fechos de metal branco; as calças eram de ipres rouxo, e os borzeguins, que trazia calçados, eram de cordovão preto, prolongados
por uns enormes bicos que se retorciam para o
peito do pé; o que era a moda favorita d'aquelle
seculo, e de mais alguns outros anteriores áquelle.

A figura d'este homem era varonil e elegantemente porporcionada. Ao assomar na porta da sala, a expressão do semblante e o acanhamento hu-
mildoso dos gestos demonstrava bem ao vivo a anciedade dolorosa, que lhe acachoava no espirito.
Vinha de cabeça descoberta, amarrotando machinalmente com as mãos o seu chapéo de pequenas
abas, todas voltadas e cingidas á copa, excepto na
frente, onde formavam uma especie de bico. Era
este o typo dos chapéos d'aquella epocha. Entrou
logo para dentro da sala a passo lento e descon-

fiado, vagueando, como a medo, com o olhar alterado por duvida angustiosa por cima de toda aquella massa de povo, no meio da qual sabia muito bem, que andavam aquelles de que estava dependente a sua sorte.

Mal elle appareceu, fez-se de subito um silencio sepulchral, que durou apenas um momento, porque era resultado não do insulto, mas do respeito que infunde a desgraça. Diogo Lourenço nem mesmo teve tempo de succumbir ao peso d'elle; porque logo muitos dos negociantes chegaram-se a elle, a apertarem-lhe a mão, e a saudarem-n'o com palavras animadoras; e não poucos a abraçarem-n'o sem dizer palavra, mas manifestando por aquelle silencio mais affecto do que lh'o poderiam demonstrar em palavras. Alguns dos proprios membros do tribunal lhe deram evidentes demonstrações de amizade. Fernão d'Alvares Baldaia abraçou-o rijamente uma e muitas vezes, sem poder dizer palavra; Eleazar, que era o mais lesado com aquella insolvabilidade, apertou lhe a mão affectuosamente, e pôz n'elle os olhos de fórma que bem mostravam o quanto o desejava animar e consolar. Nos de Diogo Lourenço abundavam lagrimas de reconhecimento, que manifestavam o muito que se achava impressionado por aquelles signaes do profundo sentimento, que a todos inspirava.

O tribunal constituiu-se immediatamente. O arabí, que era membro d'elle como representante da communa israelita, tomou logar á direita do juiz da Bolsa, em razão da sua qualidade de official publico de sua senhoria el-rei. Os demais, que eram simples espectadores, sentaram-se pelos bancos, que ahi haviam, e os que não arranjaram logar, ficaram de pé ao fundo da sala.

Diogo Lourenco ficou de pé, em frente do tribunal e a pouca distancia do parapeito da teia. Estava, como embobado, com os olhos fitos no tribunal, tremulo e remexendo machinalmente no chapéo qu: tinha nas mãos. Causava dó a situação d'aquelle pobre homem. Reconhecia-se á primeira vista que ainda nenhum outro alli fôra em mais desgraçadas circumstancias do que elle. Da decisão do tiibunai estava dependente a sua abundancia ou miseria futura, e, o que é mais, a abundancia ou a miseria de uma esposa que, adorava, e de seis filhinhos que estremecia.

Reinava silencio profundissimo. O tribunal e os espectadores estavam vivamente impressionados. Abrahão Cofem, o physico, o astrologo, o alchimista, o philosopho emfim estudava attentamente esta scena, por baixo das suas longas pestanas, e sem levantar nem mover a cabeça.

Fernão d'Alvares Baldaia, como juiz dá Bolsa, rompeu por fim este silencio em voz ligeiramente agitada, e como fazendo violentos esforços por dominar o abalo, que interiormente sentia.

— Diogo Lourenço, amigo, vimos vossa petição... Crêde que nos peza fundamente esta desgraça... Vimos vosso requerimento, mas... mas... E bem, Diogo Lourenço, como assim tão sem siso enviastes vossas naves em azo tal?...

— Senhores — respondeu em voz tremula o pobre negociante — vós bem sabeis que as negociações do nosso trato dependem muitas vezes da occasião, e que cumpre não perder o ensejo, senão perde-se com elle o cabedal.

— Mas vós bem sabeis. Diogo Lourenço — replicou rudemente Vasco Gil — que os andaluzes andavam no mar, e que a nossa armada se estava apparelhando para ir sobre elles.

— Mas eu não podia aguardar mais por ella — volveu cada vez mais agitado o requerente — N'aquella negociação, que era boa de-uma vez, e que, se não fôra minha mofina, daria valioso resultado, empenhára eu toda a minha fazenda e todo o cabedal, que pude haver por meu credito. A armada não acabava de apparelhar-se, os dias iam

correndo, e os pagamentos iam-se approximando..
Bem calculado, todo o tempo necessario para acabar aquella negociação apenas me chegava já para
aquelle que eu podia aguardar por ella. Vós bem
sabeis que me prezei sempre de honrado e de cumprir minha palavra. Assim que fazer? Mandei dar
á vela e com os olhos em Deus...

— Ah! e os andaluzes pagaram-vos vossa ousa-
dia — atalhou Vasco Gil — Vós bem sabeis que
sou vosso amigo, e que se me corta a alma com
vossa desgraça. Mas não sou homem que vá por
desvios e caminhos escusos; vou sempre, dê por
onde der, pelo que é direito. Assim digo vos sem
rebuços que fôra melhor que tivesseis fallado com
vossos credores, e pedido demora para vossos pagamentos...

— Antes morrer — atalhou em tom de desespero o desgraçado — Não sabeis vós, Vasco Gil,
que antes do golpe ninguem cuida no fio da espada? Assim é o meu caso. Hoje todos me dizem
que tal e tal fizesse; mas então, se pedisse demora,
diriam que era bulrão e aleivoso, e que faltava á
minha palavra. Tudo são modos que a sorte exco-
gita para avexar um mesquinho. Ah! Vasco Gil,
o abundoso póde folgadamente ser homem de prol
e honrado; mas se a um lhe embica um dia a ventura, e por mais que o queira, não pôde cumprir
com o que prometteu quando podia prometter, então esse é ladrão, aleivoso, falso... Ora, senhores, bem vêdes minha razão: despachae-me, pois,
segundo nosso regimento, e attendei que Diogo
Lourenço nunca regateou o seu auxilio a ninguem.

Abrahão Cofem tossiu ao ouvir pedir o bom des-
pacho da petição. O tribunal ficou silencioso.

Diogo Lourenço passou então um olhar inquieto
por cada um dos membros d'elle.

— Fallae, por Deus, fallae — exclamou côm a
mais viva expressão de anciedade. — Acaso pensaes

que vos minto?... que não foi verdadeira a minha
perda?...

O tribunal continuou silencioso, mas os membros d'elle puzeram os olhos no juiz, como a es-
tranhar-lhe o não responder.

— Diogo Lourenço... amigo... — tartamudeou
por fim Fernão d'Alvares — é tal o pezar que sinto por vossa desventura, que mal posso fallar.
Mas, homem, não podemos despachar-vos como
requereis. Bem sabeis... que o regimento... é contra vós. Vossa perda não foi casual; resultou de...
vossa temeridade e pouca cautela. Assim não podemos mandar-vos reparar... pela... Bolsa...

A voz do Baldaia ia abaixando gradualmente
á medida que dizia estas palavras. Aqui, porém,
atalhou-o um grito de terrivel angustia e desespero,
que irrompeu para fóra dos labios de Diogo Lourenço.

O desgraçado deu machinalmente um passo para
a frente, estendeu os braços, soltou aquelle grito,
e ficou assim, com os olhos espantados e os labios
semi-abertos, voltado para o tribunal. Este e os espectadores cairam em pavoroso silencio.

— Senhores... senhores, que perdeis um homem
honrado — bradou por fim Diogo Lourenço com terrivel desespero — A minha perda é verdadeira. O
Cadramoz e o Fortepino perderam-se, foram tomados pelos andaluzes. Juro-o a Deus, á minha alma,
á salvação de minha mulher, á boa sorte de meus
filhos...

— Diogo Lourenço, homem, tornae em vós — bradou Vasco Gil em tom rijo, mas, commovido — Vêde que desassisaes. Nós não podemos al fazer. O
regimento é contra vós, e nós não somos senhores
do dinheiro da Bolsa...

— Por Deus... por Nossa Senhora, por vossos
filhos, não me despacheis assim — continuou Diogo
Lourenço inteiramente fóra de si — olhae que tenho
mulher e cinco filhinhos... vêde que ficam sem

pae e morrendo de fome!... Não me deshonreis...
Olhae que cubris com o ferrete de ladrão um homem honrado. Aquelles que me emprestaram seus
dinheiros dirão que o sou. E eu não sou ladrão...
sou desgr^aeado!—exclamou n'um brado terrivel—
E vós ainda me quereis fazer mais... Vós é que
me roubaes, porque me negaes o que me é devido,
porque calcaes aos pés o regimento que manda reparar minha perda... Mentis... mentis como uns
falsos!... O regimento não diz isso. Pois ha de o
regimento dizer que se não acorra a um homem
honrado, que sempre pagou lealmente para a Bolsa
o que lhe tocava pagar de seus carregamentos e
das fazendas que mandava vir de fóra? Mentis...
mentis... mentis...

Ao chegar aqui, parou de repente, soltou um
novo grito, e cobriu o rosto com as mãos. Alguns
minutos depois caiu de joelhos, estendeu os braços
para o tribunal, e disse sentidamente, fitando n'elle
os olhos, d'onde as lagrimas corriam em fio:

—Perdoae-me... perdoae-me, pelas cinco chagas de Nosso Senhor Jesus Christo... perdoae-me
que eu não sei o que digo. Tende compaixão de
minha mulher e dos meus tristes filhinhos!... Tende compaixão de nós! Olhae que fico deshonrado
para sempre. Ainda hontem, á tarde, Gomes Bochardo me disse que se hoje me não despachasseis
minha petição, me faria ámanhã romper o banco e
encarcerar por bul ão e aleivoso... Tende compaixão da minha familia. Eu já não vos peço por
mim, mas ao menos tende piedade d'aquella triste,
que está para sempre ligada á minha sorte e d'aquellas seis creancinhas que tenho...

Aqui interrompeu-se de novo, e ficou silencioso
com os olhos fitos no tribunal. Todos os membros
tinham as cabeças pendidas para o peito, e dos
olhos d'alguns corriam as lagrimas em fio. Então
Diogo Lourenço ergueu-se de golpe, correu ao parapeito, ferrou convulsivamente as mãos n'elle, pas-

sou pelo tribunal um olhar desvairado e luzente, e
por fim exclamou:

— Eleazar... Eleazar, nem vós que sois tão bom
e generoso para todos, nem vós fallaes por mim!
Nem mesmo o perderdes as quinze mil dobras de
oiro que vos devo, vos faz abrir a bocca em meu
favor! Nem vós... nem vós tendes compaixão de
mim!

A estas palavras o arabí ergueu a cabeça, e pôz-
se de pé. Estava pallido como um cadaver.

— Juiz, dae-me licença para dizer duas palavras
a este homem honrado — disse serenamente — Diogo Lourenço — continuou, voltando-se para elle —
o regimento é forçosamente contra vós; e al não
podemos fazer que despachar-vos, como vos des-
pachamos. Mas o senhor dos senhores é grande, e
elle proverá em vosso remedio. A quanto monta a
somma que deveis?

Diogo Lourenço recuou como fascinado pelas palavras e pela serenidade do arabí.

— Quinze mil cruzados de oiro — balbuciou, res-
pondendo-lhe.

Eleazar estremeceu como se momentaneamente
abalado pela enormidade d'aquella somma; mas
logo disse com magestosa serenidade, e sem que o
mais ligeiro toque de soberba lhe assomasse no
rosto nem nos gestos.

— Grande é deveras a somma, em que estaes
empenhado, bom homem: mas eu sou rico, sou
moço, não tenho filhos... e Deus é grande e omnipotente. Perdoados vos ficam desde já as quinze
mil dobras que me deveis; e ámanhã de manhã
ireis a minha casa buscar o demais que vos é necessario para pagar a vossos outros credores. Vós
m'o restituireis, quando puderdes.

A estas palavras todo o tribunal e todo o audi-
torio se poz machinalmente de pé. Cofem voltou-se
de golpe para o arabí, com os olhos luzentos de
orgulho e de satisfação. Diogo Lourenço ficou um

momento a olhal-o como embobado, depois pousou a cabeça sobre o parapeito da teia, e desandou a chorar, abafado em violentos soluços.

Então Fernão d'Alvares Baldaia cingiu de golpe o arabí com os braços, apertando-o uma e muitas vezes freneticamente contra si. As lagrimas corriam quatro a quatro pelas faces do honrado velho, e os labios tremiam-lhe convulsivamente, e a palavra não lhe podia sair da garganta, que o sentimento cerrava com forças invenciveis. Assim esteve alguns momentos, com o arabí cingido nos braços e os olhos fitos no rosto d'elle, tremulo e sacudido pela commoção que o senhoreava.

— Homem generoso... homem mil vezes nobre! — tartamudeou por fim. E logo acrescentou mais senhor de si — Vós não ficareis só em acção tão excellente, Eleazar Rodrigues; não, que vol-o não consinto. Eu tomo á minha parte o pagar metade da divida de Diogo Lourenço.

— E eu... e eu, por satanaz? — bradou aqui em voz de trovão Vasco Gil, que já tinha por mais de uma vez levado os punhos cerrados aos olhos, d'onde as lagrimas saltavam ás lufadas — E eu?... Eu tambem hei de entrar para a companhia, e não me digaes não, que pelo inferno!... Ah! perro de mim! que não sejaes vós christão, Eleazar! Isto é para ensandecer!

E dizendo, levou de novo os punhos cerrados com tal impeto aos olhos, que, a lá chegarem com aquelle poder, pol-os-ia de certo n'um bolo.

Então o tribunal inteiro declarou que exigia participar da gloria da acção generosa do arabí. Mal, atravez dos brados clamorosos, com que a assembléa saudava este, se percebeu esta declaração, os espectadores lançaram-se de golpe de encontro ao parapeito, e, voz em grita, declararam que exigiam tambem contribuir para aquelle honrosissimo feito. E logo, inspirados pelo alto sentimento de caridade e pelo enthusiasmo d'aquella rasgada franqueza e destemida generosidade, que se apossa da gente do Porto nos lances, porque verdadeiramente se deve aferir a altura dos espiritos, começaram a fazer chover para dentro da teia as escarcellas, que traziam pendentes dos cintos, todas mais ou menos recheadas, e algumas mais que sufficiente- mente abarrotadas de oiro.

Abrahão Cofem com o cotovelo poisado na borda do parapeito e as mãos enlaçadas uma na outra, fitava aquelles montes de oiro com um sorrisinho ironico e com um olhar, que parecia mesmo estar a dizer :

— Que bebedos ! Não são capazes de gastar uma pogeia em busca da pedra philosophal, e malbara- tam montes de oiro com este papalvo de Diogo Lourenço, porque se poz a berrar que tinha mulher e seis filhos ! Que bebedos !

A opinião de Abrahão Cofem não era felizmente a opinião da assembléa. O enthusiasmo pelo arabí crescera portanto a tal ponto, que ninguem já se lembrava de Diogo Lourenço, que continuava com a fronte poisada sobre o parapeito da teia, abafado em lagrimas e soluços.

De subito estremeceu, ergueu a cabeça, rompeu então por entre a multidão, abriu uma das cancel- las do parapeito, e lançou-se de um salto aos pés do arabí.

— Deus vos pague, Eleazar — exclamou, tendo-o, a pezar d'elle, abraçado pelos joelhos — Deus vos recompense, senhores. A vossa acção generosa, Eleazar, salvou da miseria uma pobre mulher e seis desgraçadas creancinhas, porque se eu ficasse deshonrado... matava-me.

— E tão perro serieis vós que o fizesseis ! — bra- dou então Vasco Gil, brandindo furioso o ponde- roso punho direito, que o braço esquerdo esse es- tava occupado a abraçar Eleazar Rodrigues, que não se podia desaferrar dos abraços dos collegas — E tão perro serieis vós que o fizesses ! Andae,

muitieramá, depois da asnada em que caistes, ainda
por cima matar-vos! Forte cabeça, jurami, vos
fez Deus, Diogo Lourenço! Que siso, por satanaz!...

As enthusiasticas exclamações, que saudavam o
arabí, è que já se estendiam pela rua fóra, não deixaram ouvir a continuação da terrivel apostrophe
do irritavel bolseiro. Este, ao cabo de alguns minutos, soltou um brado temeroso como que a pedir
attenção, e, conseguindo-a, bradou rijamente :

— E não dissestes vós, Diogo Lourenço, que esse
perro Bochardo vos ameaçára de vos fazer romper
o banco e encarcerar por aleivoso ?

— E se me daes licença, Vasco Gil — disse então
de la o Cofem — affirmarei que esse dinheiro, assim
como outro muito — acrescentou, abanando significativamente a cabeça — que ahi anda á onzena pela
cidade, é do senhor da Terra Santa Maria...

Um brado geral de indignação cobriu a voz do
alchimista. Seguiu-se uma tempestade desfeita de
brados, de pragas e de imprecações. Para a acalmar, Fernão d'Alvares prometteu solemnemente
que Rui Pereira não ficaria além dos tres dias da
lei na cidade.

A turbamulta começou então a sair, acclamando
sempre freneticamente o arabí que vinha caminhando
cercado pelos collegas, precedidos estes por Vasco
Gil, com o olho a reluzir de enthusiasmo por
aquella gloria, e as faces roxas de raiva contra o
senhor da Terra de Santa Maria.

A meio da sala, o thesoureiro da Bolsa parou, e
com elle parou a comitiva. Levou então os dois
punhos cerrados ás faces, entortou-se de raiva, e
bradou com aquella expressão propria do odio concentrado, terrivel na presença do inimigo, mas co-
mico quando trageitea ao vento:

— Má dôr de levadigas me parta; má dôr de
raiva me consuma, má peste me gafe, mau pezar
veja eu de mim e de meus filhos, se... se aquelle

aleivoso ficar na cidade mais que os tres dias do repouso.

A multidão acolheu esta jura com brados freneticos de approvação. Depois, continuou esvasiando a sala, sempre acclamando Eleazar. Este, pretextando negocios a tratar com Vasco Gil, enfiou pela escada, que levava ao andar de cima, furtando-se d'esta fórma á ovação que o enthusiasmo dos collegas lhe ia provocar no meio da rua, e ao mesmo tempo ao ridiculo de que andam sempre acompanhadas estas manifestações em pleno publico, por mais benemeritos que sejam os motivos que as inspiram.

Assim terminou a contento de todos a sessão; em que foi julgado o feito de Diogo Lourenço.

XII

O HOMEM D'ARMAS DE NUN'ALVARES

Estes que tinham menos de soffridos,
Do que de valorosos e esforçados,
Arremettem revoltos e atrevidos
Com elle e com os ministros e creados
E até ao paço aos golpes os trouxeram,
Aonde, fugindo, as casas se acolheram.

F. R. LOBO. *O condestabre. Canto V.*

 casa, em que habitava Alvaro Gonçalves com seu avô Gonçalo Peres, ficava mesmo ao desembocar da ponte de S. Domingos, — especie de passadiço de pedra, que, á laia do que ainda hoje se vê na rua da Ponte Nova, communicava, por sobre o rio da Villa, a rua das Congostas com a rua de S. Crespim.

Gonçalo Peres era um d'aquelles homens, que a providencia parece que se apraz em conservar, para se rir do pasmo que se apodera do presente, quando, em razão da presença d'elles, se vê em contacto com um passado, que deixou após de si recordação grandiosa, da qual a historia já tomou conta para a narrar e analysar, e a imaginação para a enfeitar e engrandecer.

Estes homens e este pasmo não pertencem a este ou áquelle seculo, a esta ou áquella epocha exclusivamente. Pertencem a todos e a todas ; porque a natureza humana foi e ha de ser sempre a mesma, e a infinita variedade de circunstancias, que surgem, de espaço a espaço, do facto da sociebilidade, não exercem sobre ella outra influencia mais do que alterar-lhe os modos, porque exteriormente se manifesta. Esta alteração é o que constitue o caracter especial de cada epocha; porque, a não ser ella, o typo da acção humana seria eternamente uniforme, como o é, nas tendencias e nas paixões, o homem de todos os seculos e de todas as epochas.

Quem ha ahi que se não sinta vivamente impressionado, ao conversar com um velho, que lhe diz que viu e fallou com Napoleão, e lhe pinta, com o calor e com a verdade de testemunha presencial, a batalha de Wagram, a tomada de Smolensk e o incendio de Moskow ?

Quem ha que se não sinta profundamente abalado, quando, entre os veteranos que habitam os nossos velhos castellos e quasi arruinadas praças de guerra, depara com um que lhe falla em Belver e Puig-Cerdá, que lhe relata enthusiasmado as glorias e os revezes do Roussillon, e acaba por lhe mostrar as cicatrizes das feridas, que n'essa campanha recebeu ?

Gonçalo Peres era um d'esses homens, que sobrevivem á geração, a que pertenceram, como marcos milliarios, que os seculos deixam atraz de si um momento, para que a historia possa delimitar com fidelidade as raias entre o typo da acção do passado e o da acção do presente. Foi um d'aquelles volteiros, rixosos e impavidos homens d'armas, que D. Nuno Alvares Pereira levou do Minho a Lisboa, quando, em 1383, foi assistir ao saimento d'el-rei

D. Fernando. Presenciou em Coimbra tòdas as intrigas e todos os esforços, empregados pela parcialidade dos Cunhas para embaraçar que o mestre d'Aviz fosse eleito rei de Portugal. E esteve em Aljubarrota, e nos combates de Valverde e dos Atoleiros, bem como em todos os outros grandes commettimentos do famoso condestavel, antes e depois d'aquelles tres feitos memoraveis.

Apezar de ser o mais moço de todos *os homens de Nun'Alvares* era tido na conta do mais turbulento e mais temerario d'elles todos. Talvez que a estas qualidades, e á não menos importante da igualdade dos annos, é que foi devida a especial affeição que tinha por elle o depois tão famoso condestavel, áquelle tempo moço de idade florescente, e pôde ser que muito menos socegado que este, o mais turbulento dos seus homens. Assim, ao findar da guerra, quando o condestavel dissolveu a sua hoste, repartindo generosamente por ella as immensas riquezas e senhorios que D. João I choveu, para assim dizer, sobre o homem, que foi indubitavelmente, n'essa epocha, a causa primaria da independencia portugueza, Gonçalo Peres foi o unico que se recusou a receber a parte que lhe tocava, declarando que a affeição, que seu senhor lhe dedicára, era sufficiente recompensa dos trabalhos que passára com elle. Depois, quando foi da empreza de Ceuta, foi elle, dos velhos homens do antigo Nun'Alvares, o primeiro que se apresentou para seguir a bandeira gloriosa do illustre condestavel. Mais tarde viu aquelle homem de ferro, aquelle duro e esforçado pelejador, de quem se dizia com razão que era o primeiro homem d'armas das Hespanhas, desviar com a ponta do pé as honras e grandezas, atirar para um canto com a espada de Aljubarrota, despir o arnez de cavalleiro, e envergar a humilde samarra de leigo do convento da ordem do Carmo, que elle proprio fundára em Lisboa.

A este facto, Gonçalo Peres sentiu-se atordoado pela primeira vez na sua vida. Parecia-lhe incrivel que o unico homem diante de quem elle curvava humildemente a cabéça, o heroe da guerra contra Castella, o senhor de tantas honras e de tão ricas possessões, trocasse voluntariamente tudo isso pela necessidade de esmolar pelas portas como beguino ignobil. Mas o facto dera-se, e voluntario devia ser de toda a fórma; porque bem sabia elle que não havia ahi homem no mundo capaz de obrigar Nun'Alvares Pereira a fazer o' que elle não quizesse fazer. Aos primeiros dias andou como que ondeando nos vaivens d'aquelle pasmo; vendo por fim que não podia acabar comsigo o convencer-se, por ouvida, d'aquella espantosa nova, tomou a resolução de partir para Lisboa para a verificar de vista. Foi, e grande foi o seu espanto, quando, requerendo á portaria do convento o irmão Nuno, viu approximar-se, áquelle humilde nome, o condestavel, o conde de Ourem, o rixoso e volteiro rico-homem das bodas de D. Beatriz e do saimento de Fernando I. O pobre leigo recebeu-o com o affecto do esforçado e poderoso caudilho; e n'este ensejo o obrigou a acceitar as grandes dadivas, que lhe havia reservado, desde que elle, ao acabar a guerra, se recusára a aceitar a parte que lhe tocava das recompensas, que pelos outros haviam sido repartidas. Gonçalo Peres voltou para o Porto, desenganado totalmente de que a grande epocha, a que tinha pertencido, havia passado de todo, e que para os annos, que lhe restavam de vida, principiava então a raiar nova aurora, aurora muito differente d'aquella que arrebolára os dias da sua gloriosa vida de batalhador. Houve em seguida um momento, em que o velho homem d'armás de Nun'Alvares acreditou, estremecendo de enthusiasmo, que o sol de Aljubarrota ia retroceder do occaso. Foi quando lhe deram a nova de que el rei de Tunes se preparava para ir sobre Ceuta, e que el-rei e o condestavel juntavam gente, e apparelhavam armada para ir soccorrer a praça. Gonçalo Peres escolheu então a melhor armadura das que tinha na sua loja de armeiro á ponte de S. Domingos, e partiu para Lisboa. O enthusiasmo redobrou-se-lhe, quando nos olhos do velho leigo carmelita, que andava na ribeira, de samarra e bordão, a dar calor ao apparelho da sua nau, leu o ardor bellicoso do heroe de Valverde e dos Atoleiros. Aquillo, porém, durou apenas o espaço do brilhar dos grandes metéoros. A nova da vinda do tunesino dissipou-se em poucos dias, e o condestavel recolheu de novo á pobre cella do seu convento.

Nove annos depois soou por todo o Portugal a noticia da morte de D. Nuno. O velho homem d'armas vestiu-se de vaso e de almafega, e partiu para ir assistir ao trintario cerrado, que por elle se celebrou. Aó cabo d'aquellas solemnidades foi um dia á sepultura do seu grande capitão, ajoelhou junto d'ella, e disse-lhe adeus até á eternidade. Desde então nunca mais tornou a Lisboa; e, ao voltar para o Porto, trazia a convicção de que a lousa da sepultura do grande seculo havia tombado de todo, deixando apenas uma fenda aberta, por onde, no correr de poucos annos, haviam de entrar D. João I, elle e o resto dos grandes soldados da heroica revolução de 1385.

E' facil de suppôr o que todos estes factos produziram no genio rude, destemido e voluntarioso do velho armeiro da ponte de S. Domingos. Acrescente-se a isto o morrer-lhe, quinze dias depois da sua chegada de Lisboa, a mulher com quem estava casado, e que era mãe de Fernão Gonçalves.

Gonçalo Peres não casára por amores, casára por capricho. Vencido, no conseguimento do coração da unica mulher que amára, por Mem Balabarda, seu camarada e seu rival em dureza, em esforço, em pertinacia, e em tudo, Gonçalo Peres procurou outra, e casou-se em revindicta. Este ca-

samento foi mais feliz do que se podia augurar de
homem d'aquelle genio, e das razões que para elle
influenciaram. A mulher de Gonçalo Peres nunca
recebeu do marido um carinho, um sorriso sequer.
Era com ella secco e sombrio como para com toda
a gente. Mas, em compensação, era senhora des-
potica de portas a dentro, era tratada pelo marido
com deferencia, e pelos visinhos com respeito, porque emfim era mulher de Gonçalo Peres. Pelo andar dos tempos o velho armeiro habituou-se a ella
por tal modo, que chegou a ter lhe verdadeira amizade. Póde, portanto, fazer-se ideia do que a morte
d'ella produziria n'aquelle duro caracter, e isto na
mesma occasião, em que elle chegava de vêr enter-
rar o seu antigo caudilho.

Desde aquella hora o caracter de Gonçalo Peres
tornou-se mais rude, mais secco e mais sombrio.
Fôra sempre homem de poucas palavras; mas,
desde aquelle dia, póde dizer-se que se tornou homem de poucos monosyllabos. Alguns annos mais
tarde, aconteceu-lhe com o filho o que já o leitor
sabe. Aquella foi a ultima cavadella na alma do velho armeiro. Ao vêr-se só n'este mundo, rodeou,
talvez que pela primeira vez, os olhos com afflicção
em volta de si. Deparou então com aquella creancinha, que Fernão Gonçalves deixára alli. Sabe
Deus se alguma lagrima furtiva então se lhe desli-
sou, sem elle a sentir, dos olhos, quando, no intimo da sua casa, os tinha horas e horas fitados
n'aquella fragil creatura, que era tudo o que lhe
restava dos seus e de si. Os terrores de Fernão
Gonçalves ácerca do filho eram, portanto, sem
fundamento algum; póde dizer-se que, além da natural seccura e rudeza, Alvaro Gonçalves jámais
conheceu o verdadeiro caracter do avô, que era
para elle muito outro do que era para a outra
gente. O velho armeiro reveu-se sempre no neto
com verdadeira affeição; mas quando ao alvorecer
da mocidade, o viu já digno de reputação igual á

dos mais esforçados heroes de Aljubarrota, ento-
nou-se de vaidade, e cegou-se perdidamente por
elle.

No anno de 1474, Gonçalo Peres contava já
cento e onze annos de idade, e, pela robustez das
fórmas e apurado dos sentidos, parecia disposto a
contar ainda alguns mais em seu favor.

Eram nove horas e meia da manhã do mesmo
dia, em que teve logar a sessão do julgamento da
perda de Diogo Lourenço. A esta hora, o velho
homem d'armas do condestavel achava-se na sua
antiga loja da ponte de S. Domingos, rebatendo o
encaixe de um morrião, que o neto acabára havia
pouco. A figura gigantesca e espadaúda do centenario estava reduzida áquella extrema magreza,
que é essencial resultado da grande velhice; a
pelle tornára-se escabrosa e sulcada de rugas profundas; as sobrancelhas espessas e amontoadas
sobre os olhos; e a grande barba que usava e os
poucos cabellos que tinha, e que trazia cortados
rentes, como verdadeiro *chamorro* que fôra, estavam brancos como a neve. Mas os olhos rutilavam energia d'alma descommunal n'aquella idade,
os gestos e os movimentos eram rapidos e desem-
baraçados, e as pancadas que dava com o martello no morrião, eram rijas e seguras. Aquelle robusto organismo parecia desafiar os séculos. O
tempo admirava-se de que, para gastar aquelle homem de ferro, lhe fossem precisos esforços, que
quasi que excediam a omnipotencia da sua acção.

Do outro lado da sala, defronte do velho e a par
de uma forja, que estava ardendo, via-se Alvaro
Gonçalves, batendo, sobre uma enorme bigorna de
ferro, o peitoral de um arnez, que acabava de tirar
do fogo.

Os dois trabalhavam silenciosos e sem dar, havia
muito, palavra um ao outro. No rosto de ambos
rutilavam cuidados differentes, mas iguaes em to-

lher-lhes a vontade de fallar. O velho, de quando
em quando, erguia a vista, e cravava-a por debaixo
das pestanas no neto, deixando vêr n'ella, a despeito de toda a dura imperturbabilidade que lhe
era habitual, a grande anciedade que n'aquella hora
o dominava. Alvaro batia o peitoral sem erguer os
olhos; mas de quando em quando os labios mo-
viam-se-lhe convulsivamente, como que a corresponder ás idéas que lhe tumultuavam na cabeça.

De repente bateu duas pancadas mais rijas, mais
rapidas e mais convulsas, e duas grandes lagrimas
lufaram-lhe ao mesmo tempo pelos olhos fóra.

A' violencia d'aquelles golpes Gonçalo Peres ergueu o rosto. Vendo aquelles tão claros signaes
do soffrimento que agitava o neto, arredou com
força de si o morrião, atirou com o martello, e
bradou em voz cavada pela idade, mas ainda rija
e sonora:

— Por Satanaz, neto, é mister que acabemos
com isto. Assim não se pôde viver. Eu cuidava
que, á tua sombra, teria por fim descanço nos ultimos dias d'esta vida agitada, que tenho vivido.

— E de que vos queixaes, senhor avô? — replicou serenamente Alvaro Gonçalves — Por ventura
vos dou eu causa de me acoimardes de perturbar
vosso descanço?...

— E pois esses negregados amores...

— Perdoae-me, senhor avô, mas eu não vos tornei a fallar n'isso.

— E que importa que não falles? Pois ha hi fallas mais fortes do que isso que sinto em ti? Tu não dizes palavra sobre tal, não me contradizes a vontade,
não me marteiras com queixumes nem refertas;
mas andas triste e melancolico, não comes nem
dormes... Pezar de mim! E que cousa mais contraria a homem de tua arte do que essas lagrimas,
que ainda agora te estão a correr pela cara abaixo!... Ha ahi mais tormento do que este? E cui-

das tu que eu posso viver descançado, vendo-te assim ?

O centenario interrompeu-se, fitando o neto com os olhos serenamente carregados e rutilantes da agonia terrivel, que lhe agitava a alma tão rude e tão dura. Alvaro não respondeu; voltou sobre a bigorna o peitoral, que estava batendo, e ficou com os olhos fitos n'elle.

— Teu pae, esse, ao menos era mais franco e mais rasgado — continuou rudemente o velho ho-mem d'armas — Quando viu que eu lhe não dava de grado licença para seu casamento, voltou-me as costas, e foi casar-se. E depois, quando lhe mor-reu a mulher, talvez que por minhas rudezas — que por al não, juro-o a Deus — saiu-se por essa porta amaldiçoando-me, e deixou-me para aqui ve-lho, só e desamparado, sem ter quem olhasse por minha velhice. Tu não, tu respeitas-me, obedeces-me, acaricias-me, és para mim um filho... mais do que um filho — acrescentou, cravando n'elle um olhar que dizia toda a grandeza da rude affeição que lhe tinha — mas matas-me assim, queimas me assim a alma... triste, melancolico, chorando... Tu a chorar! Antes tu fosses como teu pae, an-tes... Por satanaz, eu nunca me arreceei de lança nem de acha d'armas por mais rijo e esforçado que fosse o braço que a tivesse empunhada; mas um espinho a picar-me todos os dias, todas as horas, todos os instantes!...

O velho parou aqui de chofre, com um gesto terrivel de suprema afflicção.

— Senhor avô — disse então serenamente Alvaro Gonçalves — ficae certo que o rancor infundado, que tendes a Alda, não é n'esta hora a cousa de minha magoa.

— Não é ? respondeu o centenario, relanceando-o com um olhar penetrante — Bem pois, neto ; mister é agora que saibas que não é sem causa, que con-trarío os teus amores com esse moça.

Alvaro ia a replicar, mas o velho ergueu a mão, impondo-lhe magestosamente silencio:

— Essa moça — disse então Gonçalo Peres — é bisneta de Mem Balabarda, que foi como eu homem d'armas do senhor D. Nuno. Não verdade?

E logo, erguendo de novo a mão, em gesto de quem lhe prohibia o interrompel-o, como Alvaro dera signaes de o querer fazer, continuou rudemente:

— Quando nós fomos com elle do Minho a Lisboa assistir ao saimento do senhor rei D. Fernando, não havia ahi mais irmãos e amigos do que eu e Mem Balabarda. Entre nós não havia segredos, não havia meu nem teu, e haviamos jurado que em toda a parte e em todo o perigo, no céo ou no inferno, seriamos um pelo outro, alma por alma, vida por vida.

— Ao cabo de alguns annos — continuou depois de curta pausa o centenario — estando nós aqui no Porto alguns dias com o senhor D. Nuno, travei-me eu de amores com uma moça da terra, e os dois tratamos que, ao fim da guerra, casariamos, como nossa affeição pedia e nos aconselhava. Mem Balabarda soube logo de principio estes meus feitos, e approvou-os; e, como amigo, foi até d'elles terceiro, todas as vezes que veiu ao Porto buscar o dinheiro, com que a camara soccorria o senhor D. Nuno para poder pagar sua hoste. O demo me embrulhou com a affeição d'aquella moça, de fórma que já se me afigurava que não poderia viver sem ella. E assim era, corpo de Deus consagrado!

— Emfim, ao cabo d'aquella guerra — continuou Gonçalo Peres — o condestavel despediu os seus homens para irem viver com suas familias, e gozarem com ellas das dadivas e grandes recompensas, com que aquelle grande senhor os cobriu. Mem Balabarda partiu logo para o Porto, a tomar conta da loja do Souto, que era de um seu tio, homem já velho, e que, havia muito tempo, estava chamando por elle. Eu ainda fiquei anno e meio com o senhor D. Nuno. Por fim parti tambem para o Porto, para onde me chamava o coração, que exigia, agora mais que nunca, o cumprimento de minha promessa.

O centenario interrompeu-se aqui de repente, como se quizesse reprimir os impetos de furor, que, cada vez a maior, lhe rutilavam nos olhos.

—Cheguei... Por satanaz! —continuou o velho com voz cavada—sabes tu o que eu vim achar aqui? Mem Balabarda, o meu amigo de tantos annos, o homem por quem mais de uma vez me arrisquei nas batalhas, aquelle que eu chamava irmão e amigo, casava d'ahi por oito dias com a aleivosa, que jurára que havia de ser minha mulher, que não casaria com outro senão commigo! Pezar de S. Barrabás! —exclamou aqui o velho, batendo furioso com o pé no chão—não sei como não ensandeci. E ademais não podia vingar-me, porque nós, homens d'armas de Nun'Alvares, não podiamos tentar contra a vida uns dos outros; antes defender-n'os até á morte, que assim o juramos por nossas honras, um dia que, estando em Safra terra de Castella, se armou grande arruido e volta no arraial, apaziguado o qual, o condestavel nos tomou por suas mãos este juramento. A não ser elle, eu teria arrancado a punhaladas a vida áquelle falso traidor. Assim não pude al fazer que odial-o, e jurar a Deus e á minha honra, que nem á hora da morte, no céo ou no inferno, perdoaria de grado ou de força áquelle aleivoso... Crês tu que se possam esquecer estas cousas, neto?

—Mas Alda que tem com isso? —perguntou serenamente Alvaro Gonçalves.

—Que tem? —exclamou o centenario—que tem? Pois não é ella seu sangue... sua bisneta? Pois não sei eu, por experiencia, que o amor pelos descendentes se redobra no homem tanto mais quanto as gerações se vão arredando d'elle? Crê, Alvaro,

e isto me desafoga, crê que a melhor vingança que
eu posso tirar d'aquelle traidor, é não te deixar casar com a neta d'elle, é fazer a infelicidade d'ella,
despedaçar-lh'a, se pudesse. Lá onde jaz, que no
inferno deve jazer por sem duvida, ou, voto a Christo! que não ha então justiça em Deus, Mem Balabarda ha de ter-se mordido de raiva, ao vêr a vingança que assim tomo d'elle em seu sangue. Por
satanaz!... voto a beelzebut! antes Deus me mate
scismatico e sem confissão, do que eu te veja casado com aquella moça; antes a minha alma se
condemne ás profundezas de todòs os infermos, do
que eu veja o meu sangue misturado em boa paz
com o d'aquelle traidor.

Aqui o rancoroso velho, calou-se, fitando no neto
um olhar rutilante de todo o odio de fera, que lhe
acachoava no peito.

Alvaro Gonçalves fitava, como assombrado de
compaixão, aquella sombra de vida, que apenas,
para assim dizer, com as pontas dos dedos de fóra
da cova, ainda assim se agitava tão fèrozmente aos
impulsos da mais terrivel e mais baixa de todas as
paixões, que se encontram no coração humano.

Os dois estiveram alguns minutos sem dizerem
palavra um ao outro. Alvaro ia por fim a romper
o silencio, para apaziguar, do melhor modo que
pudesse, aquelle frenesi, que torturava os derra-
deiros dias do pobre velho, que tão extremosamente o estremecia, quando Eleazar Rodrigues assomou á porta da loja.

Ao vêl-o, o centenario relanceou-o com um olhar
carregado, ergueu-se, e saiu da loja sem dizer palavra. Alvaro não se mexeu d'onde estava, e encarou o judeu com olhar sereno, mas com tão glacial
expressão de semblante, que bem demonstrava
quanto o contacto com aquelle homem lhe era desagradavel.

Eleazar rodeou um olhar triste e magoado por
aquella scena, em que tudo tão ao vivo se lhe

apresentava hostil. Depois fitou-o um momento com afflicção no moço armeiro, e, approximando-se por fim d'elle, disse-lhe em voz melancolica, e em que suavemente se entoava a funda magoa, que lhe estava ralando o coração:

—Alvaro Gonçalves, ainda me tendes odio? Ainda não perdoastes a Alda a triste consolação que ousei aproveitar... a unica que é permittida ao judeu... o vêr minha filha uma vez todos os dias?

Durante um momento o rosto de Alvaro carregou-se sombrio e duro; mas logo desanuviou, e reflectiu de subito aquella serenidade glacial e impassivel, que é em certas occasiões o mais pungente de todos os insultos.

—Eu nunca tive odio senão a quem m'o merecia — replicou em voz, que harmonisava com a expressão do semblante — E pelo demais, Eleazar, sabei que para que eu possa reconhecer a minha Alda, na moça, de quem me fallaes, é mister que de todo se me apague da memoria, que a desgraçada é filha de um judeu.

—Tambem vós, Alvaro, tambem vós cuidaes que o judeu não póde ser homem honrado! — exclamou Eleazar com magoa dolorosa.

— Cuido — replicou o moço, fitando o arabí com nsultante serenidade — cuido que um homem de prol e bom christão não deve deixar a seus filhos a vergonha do sangue das veias lhe cheirar a marrano, a sangue amaldiçoado por Deus e pelos homens.

Eleazar fitou no moço armeiro um olhar cheio de lagrimas e de indizivel melancolia.

—Póde ser que algum dia penseis de outra fórma, Alvaro Gonçalves — replicou por fim tristemente — Por agora cumpre que vos diga a razão, que me trouxe a vossa casa. Sabei que na minha está um velho enfermo, chegado ha dias de Constantinopla. Diz elle que tem a dar-vos novas, que

muito vos relevam, e rogou-me que vos viesse pedir que vos aprouvesse lá chegar a fallar-lhe.

— E quem é esse homem. E' christão? — perguntou com modo rude o armeiro.

— Quem é, elle vol-o dirá. Que é christão sei-o
de certo. D'elle só vos posso dizer que é velho,
emfermo e pobre. E' por isso que se acha na judiaria...

— Mas que me quer?

— Não sei; porém deve ser cousa de grande
valia, tão affincadamente me rogou que vos viesse
chamar. Vinde pois, que se me afigura que n'isso
fazeis grande esmola, que será agradavel ao Senhor.
Vireis?

Alvaro hesitou um instante, e por fim respondeu com mau modo:

— Irei.

— E quando?

— Hoje mesmo, á hora da sesta.

Eleazar abaixou-lhe então a cabeça, e saiu. O
armeiro viu-o partir sem fazer o mais pequeno
gesto de consideração por elle. Minutos depois o
rosto carregou-se-lhe tristemente, e Alvaro caiu
n'aquella abstracção melancolica e pesada, que é
como o reflexo de medonho pesadelo, que interiormente nos opprime.

A sua grande alma reprovava-lhe a má acção,
que acabava de praticar com aquelle nobre judeu.

XIII

O PAE E O FILHO

Vel-o-ha, o objecto de suspiros tantos,
De sauaade tão longa, de romage
Devota...

GARRET. *Camões. Canto IX.*

Era perto de meio dia.

A scena, que o leitor vae lêr, teve logar no quarto, onde vivia Fernão Gonçalves, em casa do arabi Eleazar Rodrigues.

Fernão Gonçalves, ainda enfermo, jazia lançado no leito, levantado a meio corpo, com a cabeça reclinada sobre a mão esquerda, e o olhar severo e caregado, fito no soalho. Aos pés da cama, estava o arabí, sentado n'um escabello, com os olhos baixos e o rosto sereno, mas fundamante assombrado por aquella melancolia triste, que lhe trazia a alma enlutada.

Um magnifico relogio de pesos, que se via no vão de duas janellas sobre um alto pedestal de ma-

gnifica madeira assetinada. e elle todo adornado de
lavores e altos relevos primorosamente cinzelados,
bateu por fim doze horas.

Fernão Gonçalves ergueu então a cabeça, e fitou
o arabí com olhar cada vez mais severo e carregado.

— Virá elle ? — balbuciou com mal disfarçada anciedade.

— Virá — respondeu com firmeza Eleazar — virá,
que assim m'o prometteu, e Alvaro Gonçalves
nunca faltou ás suas promessas.

O velho palmeiro tornou a reclinar a cabeça sobre a mão, e os dois ficaram outra vez silenciosos.

Passado um quarto de hora mais, a porta do
quarto abriu-se, e Abuçaide appareceu com Alvaro
Gonçalves.·

O moço armeiro, ao rodear os olhos em volta de
si, sentiu-se atordoado por aquella opulencia, que
nunca vira nem sonhára; mas, dominando-se logo,
deu dois passos para o arabí, e disse-lhe serenamente :

—Aqui sou, Eleazar; dizei o que pretendeis de
mim.

O arabí ergueu-sé, apontou sem dizer palavra
para Fernão Gonçalves, e retirou-se para junto de
uma das janellas, onde ficou quasi que escondido
pelo comprido e farto cortinado de seda verde, que
empanava o fulgor da luz viva do sol.

— Este é? — balbuciou o enfermo, relanceando
Eleazar.

— Este — respondeu o judeu.

Alvaro, á indicação do arabí, voltou·se para Fernão Gonçalves, e viu diante de si um ancião veneravel, que o fitava com um olhar fixo·e prescruta-
dor, em que mal se podia reprimir a expressão da
suprema felicidade. A fixidade d'este olhar, da
parte de um homem·que nunca vira, e que o recebia sem lhe dar palavra e fitando·o com imperti-
nente pertinacia, abalou desagradavelmente o ar-

meiro. Os olhares d'aquelles dois homens cruzaram-se então por um momento, igualmente penetrantes e firmes. Alvaro Gonçalves sentiu-se como
que dominado por uns assomos inexplicaveis de indizivel fascinação, que lhe acanhava a natural liberdade e desempeno de caracter.

Animou-se, porém, deu dois passos para Fernão
Gonçalves, e disse-lhe:

— Dom palmeiro, este honrado judeu foi me dizer que pretendieis...

— Acercae-vos mais de mim — atalhou o velho
em voz de irrecusavel autoridade — Assim. Agora
sentae-vos ahi — acrescentou no mesmo tom, e indicando com o dedo um tamborete estufado de velludo vermelho, que estava junto da cabeceira do
leito.

O armeiro obedeceu machinalmente. O velho esteve ainda alguns minutos com os olhos postos
n'elle, sem o desfitar e sem lhe dizer palavra. Por
fim rompeu o silencio, e disse-lhe em voz serena e
forte:

— Alvaro Gonçalves? Esse sois?

— Esse. E vós d'onde vindes, quem sois, e que
pretendeis de mim?

O velho sorriu-se com um sorriso, em que se
expandia deliciosamente a ineffavel alegria, de que
tinha a alma inundada.

— Quem sou? Que vos importa a vós saber
quem eu sou? — disse por fim — D'onde venho? Venho de Constantinopla, onde fui por muitos annos
captivo, e d'onde vos trago um recado que lá me
deram para vós.

— Fallae, pois.

O velho não respondeu, e assim continuou por
alguns segundos com os olhos outra vez fitos em
Alvaro, de cujo rosto parecia não poder descra-
val-os, tal era a felicidade que aquella contemplação lhe causava.

— Por minha fé, Alvaro Gonçalves — exclamou

por fim com indizivel expressão de orgulho e de
intima satisfação:—por minha fé! que nunca ao
homem, que me deu o recado que vos trago, passou pela cabeça que tal serieis qual vos encontro.
Nos sonhos mais arrojados, em que vos fantasiava
a figura, via-vos elle formoso e varonil, como a
quem, segundo mostrava, tanto de fundo d'alma
prezava e queria. Mas, voto a Deus! assim tal qual
sois; assim tão digno de occupardes um throno
real...

— Bom palmeiro — atalhou o armeiro com rosto
severo — escusae farfalherias, e vinde, peço-vol-o,
ao ponto. Dizei prestes vosso recado, que ancioso
estou pelo saber.

Fernão Gonçalves carregou severamente o sobr'olho.

— A paciencia é só vicio nos velhos — disse por
fim — mas nos moços é sempre virtude, mancebo.
Ora pois; a mensagem que vos trago, tal é. Attendei.

E depois de curto silencio, continuou:

— Na galé, em que me trazia meu amo, remava
commigo no mesmo banco um captivo portuguez,
homem já de idade, e que, ao que parecia, fôra
sempre cortado por pezares e graves angustias.
Era um homem singular aquelle. Passava dias e
dias sem dizer palavra, melancolico e triste, sem
querer sociar com ninguem, andando ou remando,
como sem sentir o que fazia. Ao cabo d'aquelles
muitos dias de profundo silencio, a tristeza augmen-
tava-se-lhe de fórma, que causava medo o pôr os
olhos n'elle. Caía, por fim, n'um pasmo, de que
nem mesmo alcançavam arrancal-o as pancadas, com
que o mestre da galé o espancava rijamente, para
o fazer fallar e trabalhar. Isto durou assim alguns
annos. Estiveram muitas vezes para o empalar por
teimoso e desobediente. Por fim entenderam que
aquillo era dôr, que o homem tinha, e deixaram-n'o.
Elle, ao cabo de dias, voltava a si, dizia de quando

em quando alguma cousa aos companheiros, depois principiava a descair outra vez no costumado
silencio, até se mergulhar novamente no seu medonho pasmo. Um clerigo portuguez, quetambem ahi
era captivo, alcançou por fim descobrir algum remedio áquelle soffrer. Quando o via assim mortal, ia
sentar-se a par com elle, abria um livro da vida de
Christo, que trazia comsigo; e lia-lhe. O pobre do
homem ouvia-a, derramando então muitas lagrimas, e ficava são, são e bom como até alli nunca
o viam. Conversava então com os companheiros,
mas não fazia outra cousa, senão fallar de Portugal, da cidade do Porto, e d'um moço que n'ella
vivia, e que era a sua principal scisma. Quando
fallava d'elle, tornava-se outro homem, tal era a
felicidade e a alegria suprema, que d'elle se apo-
derava! Parecia que estava então sonhando sonhos felicissimos; e sonhos deviam de ser por sem
duvida, porque sempre fantasiava o tal moço em
fórmas cada vez mais perfeitas, em qualidades cada
vez mais elevadas. Andava n'aquella teima feliz,
dias e dias a fio; ao cabo d'elles começava a en-
tristecer, e a misturar com as suas risonhas pinturas palavras funebres e de muita desconsolação.
«Nunca o verei! nunca o verei!» eram estas as
tristes vozes que revolvia, em seu enlevo, com as
ardentes e felizes descripções, que fazia do tal
moço. E por fim ia pouco a pouco entenebrecendo,
e chegava a não dizer outra cousa senão — «Nunca
o verei! nunca o verei!» e isto em voz tão triste,
que cortava a alma. Assim as ia dizendo, cada vez
mais triste e sombrio, até que se calava de todo,
e recaía no seu pasmo.

— O' Santa Maria! — exclamou com anciedade
o armeiro — e esse homem quem era?

— Eu vol-o direi — continuou com visivel agitação
o palmeiro — Esse homem pouco ou nada dizia de
si proprio. Fallava só do moço, e, se por ventura
o queriam tirar d'aquella teima, e chamal-o a fallar

de si, dizia ácerca d'isso muito poucas palavras, das quaes apenas alcançavamos tirar que passára na mocidade muitos infindos trabalhos, e que fôra sempre mui acutilado por sorte contraria. Sabia-se que tinha sido homem d'armas dos cavalleiros de Rhodes, e que fôra, havia vinte e um annos, captivado a bordo de um navio, que os turcos tomaram á Ordem. Quando por estranha maravilha me vi resgatado, e me apparelhei para voltar, a Portugal, ao despedir-me dos meus companheiros, aquelle desgraçado tirou-me a um lado, e disse-me assim — «Amigo, se algum dia passardes no Porto, rogovos por Deus que me façaes a esmola de lá dar este meu recado. Ide á ponte de S. Domingos, e na loja de um velho armeiro, chamado Gonçalo Peres, que por sua muita idade já é por ventura finado, procurareis um moço que ahi deve vivèr, se fôr vivo, chamado Alvaro Peres ou Alvaro Gonçalves, e dizei-lhe que nas galés do grão-turco anda captivo um homem, que não vive senão para fallar e pensar n'elle; dizei-lhe que esse homem já perdeu de todo a esperança de o tornar a vêr n'este mundo... que lhe manda d'aqui uma saudade... e lhe pede uma lagrima para a sepultura, onde em breve irá aguardar a hora do eterno julgado...

— Deus de misericordia! — atalhou aqui o armeiro pondo-se em pé de um golpe e fitando o palmeiro com os olhos rutilantes de suprema agonia — Esse homem... como havia nome?

— Fernão Gonçalves — balbuciou o velho, cravando n'elle os olhos com angustiosa anciedade.

— Oh! meu pae... é meu pae! — exclamou Alvaro, soltando um grito de profunda agonia e fitando o velho com vista desvairada e quasi louca.

Havia n'este brado tal expressão de angustia e de affecto extremosissimo, que o palmeiro ergueu-se de chofre na cama, com o rosto totalmente rutilante de celestial felicidade, com as mãos cerradas contra o peito como para lhe reprimir os impetos, e assim ficou com os olhos fitos em Alvaro, sem poder proferir palavra.

Passado aquelle primeiro impulso da paixão, Alvaro assenhoreou-se, e disse-me em voz ainda agitada, mas já firmemente entoada:

—Dom palmeiro, dizei-me como deixastes meu pae. Está velho, alquebrado, de todo cortado pelos seus muitos pezares, não é assim? Meu pobre pae! Não morrerás porém d'essa fórma. Eu venderei tudo o que tenho para te ir resgatar, e, se ainda isso não fôr bastante, irei a Constantinopla, e o grão-turco ha de preferir o trabalho do filho moço e robusto ao do pae alquebrado e já velho. Dizei-me, dom palmeiro, como poderei saber...

Fernão Gonçalves não o deixou continuar. Ao ouvir aquellas palavras, as lagrimas lufaram-lhe com violencia pelos olhos fóra. Tomou com força a mão do filho, levou-a ao coração, e disse em voz tremula e quasi balbuciante:

—Pōe aqui a mão sobre o meu coração. Alvaro Gonçalves, não se te afigura que o homem que esteve vinte e um annos captivo, e que no seu longo captiveiro não fallava, nem pensava senão em ti, não se te afigura que esse homem sou eu?

A estas palavras Alvaro ficou como homem assombrado do raio, com os labios entreabertos e os olhos espantados no palmeiro. Depois soltou um grito de suprema felicidade, e lançou-se nos braços do velho, exclamando:

—Meu pae!... meu pae!

E n'aquelle impeto de alegria quasi insana, arrancou a meio corpo da cama aquelle velho enfermo e alquebrado, que o beijava como louco, e apertava com frenesí contra o peito.

Os dois estiveram assim alguns minutos, sem se poderem desaferrar, beijando-se e soltando palavras entrecortadas, que bem exprimiam o tumulto de felicidade, que lhes ia no coração.

—Filho... vêr-te!... vêr-te! — balbuciava Fernão Gonçalves, fitando os olhos cheios de lagrimas no filho, que lhe beijava as mãos com frenesi de extremosissimo amor.

Aqui ouviu-se um suspiro abafado, que soou do logar, onde estava o judeu.

Ao som d'elle, a nobre alma de Fernão Gonçalves retrahiu-se sobre si mesma, comprimindo a desvairada expressão do seu affecto. O velho apontou então para Eleazar, e exclamou em voz forte:

— Alvaro Gonçalves, aquelle homem foi quem te restituiu teu pae, resgatando-o.

O moço armeiro seguiu a indicação do pae, e viu diante de si Eleazar, por cujas faces desciam ainda as lagrimas, que aquella scena lhe havia arrancado.

Correu a elle, tomou-o nos braços, apertou-o muitas vezes contra o peito, fitando-o de espaço a espaço como se então o visse pela primeira vez, e por fim curvou a cabeça sobre o hombro d'elle, e balbuciou:

— Agora mais que nunca peço a Deus que faça o pae da minha Alda christão.

A estas palavras, o judeu sentiu-se arroubar por felicidade celestial. O futuro da sua Alda desdobrou-se-lhe diante dos olhos esplendido de amor e de milhares de venturas. Desde aquelle momento o judeu Eleazar não seria para Alvaro Gonçalves outra cousa mais que o pae de Alda e o libertador do seu proprio pae d'elle.

Fernão Gonçalves não deixou porém durar muito tempo esta scena. Estava avido da presença e das palavras do filho.

— Acerca-te de mim, Alvaro, vem aqui... vem aqui — exclamou com impaciencia frenetica.

E logo o pae e o filho, tómando-se as mãos, principiaram a narrar-se mutuamente tudo o que tinham pensado até alli um do outro. Fernão Gonçalves contou então todos os seus trabalhos e to-

dos os soffrimentos de seu longo captiveiro e lon-
ginquas peregrinações. De subito parou, carregou
melancolicamente o rosto, e exclamou :

— E dizer que não posso gozar minha dita á luz
do sol ! E pensar que não posso apresentar-me
afoutamente na presença de todos como pae de
tal filho !

— E porque, senhor pae ? — disse Alvaro Gonçalves, fitando-o com olhar surprehendido.

— Gonçalo Peres é vivo — respondeu sombria-
mente o velho — e, entretanto que elle fôr vivo, eu
devo ser morto. Alvaro, prohibo-te, com a minha
maldição, que digas, a quem quer que fôr, que teu
pae é chegado.

· Alvaro Gonçalves ajoelhou então junto do leito,
tomou entre as suas a mão do anciáo, e disse-lhe
com brandura mas com firmeza :

— Meu senhor pae, vós não perturbareis esta
nossa grande felicidade, recordando odios já velhos, e que Deus vos manda esquecer. Deslembrae
portanto o triste passado, e acordae-vos só de que
deveis trinta annos de affecto a vosso filho.

— Alvaro... Alvaro... — bradou Fernão Gonçalves — sabes tu bem, o que pretendes de mim ?

— O perdão de vosso pae — respondeu serenamente o mancebo.

— O perdão do assassino de tua mãe —, balbuciou por entre os dentes cerrados o digno filho do
velho homem d'armas de Nun'Alvares.

Alvaro Gonçalves não respondeu logo. Curvou o
rosto sobre as mãos do pae, beijou-lh'as muitas vezes com affecto, e depois disse-lhe serenamente :

— Perdoae, meu senhor pae ; vós estaes em tal
presupposto enganado. Gonçalo Peres não assassi-
nou vossa mulher, e vós nunca percebestes o affecto extremoso, com que elle amava o seu unico filho. O respeito e o amor com que o tenho tratado,
e os excessos apaixonados com que elle me tem
estremecido, azaram-me mais de uma vez occasião

de poder avaliar aquella alma rija e dura, mais dura
e mais rija ainda do que o proprio aço de que elle
fabrica as suas couraças. Se vós presenciasseis a
agonia dilacerante, o medonho desespero que se
apossa d'aquelle velho de aspecto e de modos tão
rispidos; quando pronuncia o vosso nome, quando
se lembra que foi amaldiçoado por vós, e que
vos perdeu, para sempre a seu parecer, por sua
dureza, por não poder ser pae!... Afigura-se-me
ás vezes que aquellas meias palavras que então lhe
saem, como que ás lufadas da bocca; que aquellas pragas, com que se amaldiçoa, quando se lembra de tal, lhe saltam da alma em jorros de sangue. N'estas occasiões a fronte enrugada e severa
cobre-se-lhe do suor da agonia. E então como elle
me diz, ha trinta annos — «Juro a Deus, que não
matei tua mãe; a triste morreu de sua dôr, e se
minhas durezas lhe apressaram a morte... Deus
fez-me assim, quiz que eu fosse praga para todos
que de mim se approximam, raio de maldição para
meu proprio filho!...» O' meu senhor pae, se o
ouvisseis dizer isto! Quão differente então me parece do velho rude e sombrio, que nunca ri, e
nunca olha direito para os outros! E sabei que tem
sido para mim um pae extremoso, uma mãe carinhosa.

— E tanto vos estremece elle! — balbuciou
por entre os dentes cerrados Fernão Gonçalves.

— Tanto; e tanto que ha dez annos, caindo eu,
com uma grande enfermidade, de que me guareci
por milagre, não me abandonou um só instante; e,
apezar da sua grande idade, não houve ahi homem
capaz de obrigal-o a deitar-se na cama, e a deixar de
velar á cabeceira da minha, noite e dia, a toda a
hora...

— Ah! o perro aleivoso — bradou com rancor o
velho palmeiro — ah! o falso traidor, que até o
amor de meu filho me queria roubar!

— Não, por Deus! Senhor pae, não. Enganaesvos — exclamou o moço armeiro. — Não o maldigaes. Vosso pae ama-me, porque eu sou filho do seu filho; estremece-me porque em mim vos quer pagar, e á memoria da minha santa mãe, o muito que suas durezas vos fizeram soffrer. Não o accuseis, que blasphemaes de Deus — accrescentou aqui, pondo-se de pé e erguendo solemnemente o braço para o ceu — É' vosso pae, e Deus fel-o assim. Não; não o maldigaes. A vossa razão é que nunca chegou a penetrar para dentro d'aquella alma, que Deus armou de dureza, que não cede aos impetos mais apaixonados d'ella. Não mil vezes não; não, meu senhor pae. O homem que tão extremosamente me criou, porque sou vosso filho; e que, ha trinta annos, me pergunta todas as noites, quando nos deitamos — «Alvaro, neto, já resaste a Deus pela alma de tua mãe, e para que guarde teu pae e nos traga em breve novas d'elle?» — este homem não odeia seu filho, este homem ama-vos, este homem é digno de que o respeiteis como pae.

Alvaro calou-se. Ao ouvir-lhe as ultimas palavras, os olhos de Fernão Gonçalves humedeceram-se de lagrimas.

O moço armeiro ajoelhou então.

— Assim vós perdoaes-lhe, não é verdade? — disse em voz doce e apertando affectuosamente a mão do velho entre as suas.

Fernão Gonçalves voltou-se para elle vivamente impressionado.

— E cuidas tu, filho — disse em voz commovida — que sou eu homem para odiar aquelle que assim amparou. e creou a criancinha, que tão só e desajudada lhe deixei no poder?

Alvaro cobriu-lhe então a mão de beijos de felicidade e de veneração filial.

— Meu senhor pae — disse por fim, levantando-se — irei buscar meu avô?

— Vae — balbuciou Fernão Gonçalves, acenando com a mão um gesto de assentimento.

Alvaro ia a sair, mas o judeu approximou-se, e conteve-o, dizendo:

— Ouvide, Alvaro Gonçalves; e vós, Fernão, não vêdes quão desassisado feito fazeis em tal consentirdes a vosso filho? Já todos os abalos porque até agora tendes passado, são de mais para tamanha fraqueza como essa em que sóis. Quereis agora acrescentar-lhe o que sentireis, quando virdes vosso pae diante de vós, muito outro d'aquelle que pensaveis que era? E, ademaes, que sentis que succederá ao pobre do velho, quando lhe disserem de subito que é vivo e chegado o filho, por quem soffre ha tantos annos tamanha agonia? De meu parecer, Alvaro Gonçalves, ide vós dispondo o animo d'aquelle bom homem para receber esta grande nova; e depois, quando vosso pae fôr guarecido de todo, elle irá lá, e fingiremos algum bom caso para que o velho não morra alli logo, ao saber de repellão que aquelle é seu filho. Este é meu parecer; se tal fizerdes, eu vos fio que o centenario não resistirá de certo a tamanho abalo.

A estas palavras, Alvaro e o pae fitaram-se indecisos. O conselho, porém, era de sisudo, e por isso foi logo sem mais demora adoptado. Duas horas depois o armeiro despediu-se de Fernão Gonçalves até ao dia seguinte, e partiu levando bem de memoria os conselhos do pae da sua Alda, ácerca do modo de ir preparando Gonçalo Peres para receber aquella grande e inesperada surpreza.

XIV

O SENHOR DA TERRA DE SANTA MARIA

Tremendo aspecto, horrenda magestade,
Que a soberba odiada mais altera,
Faziam na penosa dignidade
De indomita fereza mostra fera.

ROLIM. *Os novissimos. Canto* I.

CHEGARA no dia 26 de maio, sexta feira, dois dias antes de domingo de Pentecoste.

A cidade andava alvoroçada. Homens e mulheres preparavam as galas, e discutiam os manjares dos bodos, com que n'aquelle domingo haviam de ir a Mathosinhos á romaria, que ahi se fazia já n'essa epoca, na então pequena capella e hoje sumptuoso e elegantissimo templo, onde se venera a tosca, mas milagrosa, imagem do Senhor crucificado, obra, segundo a tradição, do bom homem Nicodemus, maravilhosamente arrojada pelo mar áquellas praias.

Eram sete para as oito horas da manhã. Uma

luzida comitiva de escudeiros encavalgados, e de muitos homens de pé, bésteiros e espingardeiros, entrou então na cidade pelo postigo de Santo Eloy, e pela rua de Mend'Affonso encaminhou para a rua do Souto [1].

A' frente d'ella vinha um eavalleiro armado de um arnez de aleonado, com cravação esmaltada de azul e completo de todas as peças. De uma cinta de bezerro de Inglaterra, primorosamente lavrada de prata e abrochada por fivela do mesmo metal, pendia-lhe, da esquerda, a espada d'armas, de dois gumes, larga e muito mais curta do que o montante, espada muito comprida e cuja largura não podia de fórma alguma ser proporcionada com o comprimento. D'esta serviam-se os cavalleiros, quando combatiam a pé, principalmente no meio da turba multa de uma batalha. — Do lado esquerdo trazia a adaga, comprido e largo punhal, que servia não só para matar o inimigo derribado, mas tambem para ferir a punhaladas, quando a espada se partia no combate. As bainhas, tanto a da espada como a do punhal, eram tambem de bezerro de Inglaterra, com ponteiras de aço polidissimo. — Sobre a viseira do elmo, ricamente empaquifado, erguia-se a grande altura um grosso molho de plumas brancas e vermelhas, que iam ondulando ao grado da aragem e do largo e ponderoso passo do alentado cavallo.

Era este amáme e de forte corporatura. Vinha armado com uma coberta, de testeira e colla, feita de rijo couro imprensado, com o peitoral coberto de laminas de aço, repregado a nominas de prata. As fraldas da coberta chegavam quasi a tocar o chão, cortadas ao fundo em tiras caprichosas, que se annellavam ligeiramente nas pontas. A testeira era armada por uma comprida e açacalada ponteira da aço. A sella era feita do mesmo couro, que a

[1] Vide nota LXIX.

coberta, e tinha os dois arções, tão altos e a prumo, que subiam a pouca distancia da cintura do cavalleiro, que vinha bifurcado entre elles, direito e aprumado, como se estivesse a pé. Era esta a maneira de cavalgar da cavallaria de então.

Após d'elle seguiam-se logo dois pagens d'armas, moços de quinze a dezesseis annos, montados em mulas acobertadas, e elles armados de bacinetes e piastrões. Um d'elles trazia na mão a lança, e ao pescoço, mettido n'uma funda de tafetá verde, o escudo do cavalleiro. O outro trazia lançado sobre o arção dianteiro o mantão, em que o amo se costumava embrulhar; ás costas, atravessado do hombro esquerdo para a ilharga direita, o montante; e de redea uma d'aquellas possantes mulas de que os cavalleiros se serviam em jornada, para pouparem os seus cavallos de batalha — uso tão discreto como indispensavel, porque o leitor póde bem acreditar que um homem corpulento, coberto de ferro da cabeça até os pés, não havia de pezar qualquer palha.

Seguiam-se os escudeiros ou homens d'armas encavalgados em magnificas mulas, d'ellas algumas acobertadas, e elles armados de cotas e bráçaes e com espadas e lanças. Um d'elles trazia arvorada uma bandeira quadrada e vermelha, na qual se via bordada a cruz dos Pereiras, de prata, florida e vasia no campo. Em seguida a estes encavalgados, e mesmo alguma cousa misturada com elles, vinha, como eu já disse, a pionagem, bésteiros, espingardeiros e mesmo alguns homens armados de alabardas e chuços. Vestiam cambazes, gibanetes e laudeis, e alguns d'elles saias de malha, e na cabeça capacetes de differentes feitios e fórmas.

Esta turba vinha toda desordenada e em magote, fallando, gesticulando e praguejando, como horda de salteadores, que viesse surprehender a cidade.

O leitor já de certo adivinhou quem era o chefe d'aquella quadrilha.

Aquella cavalleiro era Rui Pereira, senhor da Terra de Santa Maria e um dos mais poderosos ricos-homens de Portugal, ou fidalgos da casa d'el-rei, como então se lhes começava definitivamente a chamar; e aquella multidão eram acontiados e homens seus, com os quaes chegava das suas ter- de Refojos de Riba d'Ave, por onde andára jogan-do as lançadas, em assuadas e banhos, com Martim Ferreira, senhor de Ferreira, volteiro rico-homem, tanto ou pouco menos poderoso do que elle.

Rui Pereira era homem corpulento e espadaúdo, e mostrava ter grandes forças. Como trazia a viseira do elmo levantada, via-se-lhe a melhor parte do rosto, e n'elle se lia o caracter rixoso e audaz e a soberba e insolencia voluntariosa, que eram os vulgares caracteristicos dos poderosos d'aquella epocha — insolencia e soberba a que a natural bondade de Affonso V deu folego larguissimo, mas que o grande D. João II afogou no sangue derramado no cadafalso da praça d'Evora e em outros mais obscuros e menos conhecidos do que elle.

Os gestos e os olhares de Rui Pereira, ao entrar pelo postigo de Santo Eloy, eram soberbos, inso-lentes e tão provocadores, como era provocadora e insolente a algazarra, que os seus homens vinham fazendo.

Atravessou assim a rua de Mend'Affonso e en-trou na do Souto. Ahi parou á porta do armeiro, relanceando ao mesmo tempo com olhar audacioso a casa do bacharel Vivaldo. A porta dos Balabar-das estava fechada, desde que Fernão Martins se recolhera ferido a casa do sobrinho. Ao vêl-a assim, o soberbo rico-homem rodeou um olhar soberbis-simo pela multidão do povo, que o seu estropido chamára ás janellas e ás portas; conhecendo po-rém que ninguem estava disposto a ter a attenção de dizer-lhe a razão d'aquelle encerramento, sem elle ter a cortezia de a perguntar, voltou-se para um dos pagens, e bradou-lhe, em voz imperiosa e dura :

—Batei ahi com o conto da lança, e chamae Fernão Martins.

O pagem obedeceu, batendo duas rijas contoadas na porta. Ninguem respondeu de dentro.

—Batei mais de rijo—bradou então em voz de trovão o cavalleiro, cada vez mais irritado pela insolencia do silencio, com que os burguezes o estavam vendo demorado diante d'aquella porta.

O pagem cumpriu logo as ordens do amo.

Então um taverneiro, que ahi morava pegado, moço ainda, espadaúdo e de cara nada pacifica, o qual era nem mais nem menos que o mesmo, a quem o finado Pero Annes depenára uns tantos cruzados e coroas na sua tavolagem da rua do Souto, disse de lá encarrancado, em voz dura e com as mãos mettidas na petrina, com que cingia o pelote:

—Escusaes tanto arruido. Fernão Martins jaz fóra, desde que foi ferido.

E dizendo, voltou a cara para o lado, como quem fazia pouço caso do fidalgo. Doía-se ainda do seu querido dinheiro, de que a subita morte do tavolageiro, que era homem d'aquelle nobre, o fizera desesperar totalmente

Ao ouvir aquellas palavras, os olhos de Rui Pereira chisparam vivas centelhas de ira terrivel. Era a colera do homem habituado a ser obedecido cegamente, e a quem esta cega obediencia chegára a convencer de que tinha direito a ser humildemente acatado. Com este olhar relanceou pois o taverneiro; mas não fez mais que relanceal-o. Rui Pereira sabia muito bem, sabia-o até por experiencia de familia [1], que os burguezes do Porto não eram para graças, e que não tinham medo nem respeito a fidalgos, como quem d'elles levára sempre a melhoria, quer em brigas quer em demandas na côrte de el-rei. A prudencia, fructo dos annos que já ti-

[1] Vide nota LXX.

nha, conteve-lhe pois o genio naturalmente impe-
tuoso e volteiro; e a soberba deu-se por satisfeita
com provocar taes homens, entrando d'aquella fórma na cidade, para dentro dos muros da qual os
demais fidalgos, até os proprios reis, não entravam
sem muita cortezia e sem muito acatamento pelo
caracter e pelos privilegios dos orgulhosos e liberrimos burguezes.

A soberba colera de Rui Pereira não passou,
portanto, d'aquelle relancear de olhos furiosos, com
que fitou por um momento o taverneiro.

— Mal assombrado bragante! — rosnou então;
e, soltando a redea ao seu possante cavallo, continuou para a frente soberbamente e no passo pau-
sado e provocador, em que viera até alli.

E assim foi até ao principio da rua Nova, actualmente rua dos Inglezes. O povo, que se apinhára
pelas janellas e pelas portas, alvoroçado pelo arruido que os seus acontiados vinham fazendo, correspondeu áquelle porte soberbo e altivo assom-
breamento de semblante com olhares e gestos des-
denhosos, que bem manifestavam o desprezo, em
que era tida por elles a insolente sobranceria d'a-
quelle audacioso roncador.

Ao entrar na rua Nova, e a poucos passos da
bocca da rua das Congostas, a cavalgada parou.
Rui Pereira descavalgou então, e, lançando as re-
deas para o braço de um dos pagens, que acudira
a ter-lhe o estribo, entrou para dentro da casa, de
que era então proprietaria Leonor Vaz, dona viuva[1], sua collaça e mulher que fôra do almoxarife
da casa da Feira, antecessor de Gomes Bochardo.

Ao chegar ao patamar da escada, o senhor da
Terra de Santa Maria encontrou a dona da casa,
que saía apressadamente a recebel-o. Era mulher
idosa e de aspecto autorizado por suas cans e pelo
véo de viuva, em que trazia envolvidos os cabellos.

[1] Vide nota LXXI.

— Ora bem vindo sejaes, senhor — disse ella, fazendo-lhe grande mesura — bem vindo sejaes, que, a boa fé, já muito de pezar me tendes causado, com medo que hei tido por vós d'essas voltas, em que andaveis mettido. E bem, como passa elle?

— Rijo e de saude bem escorreita, mercê de Deus, collaça — replicou o rue fidalgo, abemolando a voz até á ultima doçura, a que a podia levar — Em muita mercê vos tenho vosso cuidado, mas, pezar de mouros! Leonor Vaz, que não sou eu homem, por quem se arreceie com tanto desassocego. Ora andae, e mandae-me apparelhar de comer, que, por minha fé, forte appetite trago para elle; e vós comereis hoje commigo, que n'isso levarei eu grande prazer.

— Isso não, collaço. Aqui vim só para acabar o corregimento da pousada, para quando chegasseis; e ora que ahi sois, e tudo bem apparelhado, dou-vos a Deus, e irei embora, que hei feito de comer em minha casa...

— Todavia comereis commigo.

— Não comerei, e perdoae-me. Vós bem sabeis que á mulher viuva e de prol não cumpre a companhia, que comvosco trazeis, collaço. Assim beijo-vos as mãos por tamanha honra que me fazeis, mas ir-me-hei já.

— Ora andae, muito nas boas horas, e fazei vossa vontade, que em tudo me fazeis muita mercê. Mas olhae, que já me ia esquecendo; ámanhã ou depois, vinde buscar um pouco de meynim que adrede mandei vir de França para vós fazerdes um habito [1], e que ahi deve ser em meus navios. Que vos não esqueça.

— Beijo-vol-as, senhor, mil vezes, e não me esquecerei. E agora dou-vos a Deus, e vou-me, que são horas.

— Adeus, collaça.

[1] Vestido.

A dona tapou-se a meio rosto com a sua mantilha de panno de antona, e saiu, atravessando por
entre a pionagem, que estava á porta, fazendo
grande algazarra com o desapparelhar e arrecadar
das cavalgaduras, e que, mal a viu, arredou-se respeitosamente aos lados, como quem sabia a muita
amizade, que o seu senhor d'elles tinha áquella
mulher.

Este, mal Leonor Vaz saiu, recolheu-se ao seu
aposento, onde os pagens acudiram a desarmal-o.
Despidas as armas, Rui Pereira appareceu vestido
de um gibão de setim preto e de umas calças de
londres esverdeadas. Calçou então uns sapatos de
fino cordovão vermelho apespontados de torçal
preto, com orelhas do lado do tacão e do peito do
pé, e com uns bicos compridissimos, que termina-
vam quasi em ponta aguda e se reviravam para o
alto. Por cima do gibão, vestiu um roupão de tafetá escarlate, com golpes pelas mangas e outros
logares, e os golpes tomados, e presos a meio por
alamares de seda preta; côr de que eram tambem
os ricos bordados de ramagens de torçal, que guar-
neciam a roda e a dianteira do roupão, bem como
o collar e os boccaes das mangas. Cobriu a cabeça
com um barrete de velludo preto, e sentou-se soberbamente n'uma magnifica cadeira forrada de
velludo e com docel primorosamente lavrado.

A figura de Rui Pereira apparecia agora a toda
a luz. Era homem já de idade, como se via das
brancas que lhe tingiam fortemente os compridos cabellos pretos; e da aspereza da pelle, enrugada mais pela soberba, que lhe carregava o parecer, do que pelos proprios annos. De resto, desarmado, Rui Pereira não perdia nada da apparencia
das grandes forças, que demonstrava dentro de seu
arnez de ferro batido, bem como nada perdia tambem da expressão altaneira e insolente, com que o
vimos entrando na cidade.

Apenas vestido, Rui Pereira arremessou-se para

a cadeira de espaldar, e recostou-se ao braço d'ella, como que a impar de soberba, e com o rosto severamente carregado. Os dois pagens, conservaram-se de pé a distancia d'elle.

—.Chamae, Bochardo; e vós outros retirae-vos — disse então o duro cavalleiro, sem se dignar de pôr os olhos nos dois moços.

Estes sairam, e minutos depois o almoxarife do senhor da Terra de Santa Maria assomou ao lumiar da porta, fazendo profundissimas mesuras.

Rui Pereira fitou n'elle um relancear de vista negra e soberbissima.

— Acercae-vos, bom homem — disse por fim em tom, meio ironia meio colera mal represa — E como, tão ousado sois vós que venhaes ante mim, depois do qué ahi aconteceu? Ora pois, honrado varão, dizei, como é que jaz morto Pero Annes, e ainda não venho achar a arder esta toca de villões, que o inferno confunda, e a vós com elles?

Gomes Bochardo, que se havia aprumado, e que o escutava, rodeando distrahidamente pelos dedos o seu barrete de londres preto, relanceou-o com o olhar dissimulado e seguro de mordomo velhaco, que priva com o amo, sobre quem sabe que tem decidida influencia, por lhe ter conseguido enlear em tal rede os interesses, que o·outro já sem elle nada pôde fazer.

Quando Rui Pereira acabou de fallar, Gomes Bochardo replicou serenamente, e sem o mais ligeiro signal de medo.

— Rui Pereira, senhor, vós bem sabeis que para tanto não havemos poder...

O senhor da Terra de Santa Maria bateu aqui no soalho tão bestial patada, que o almoxarife calou-se de chofre.

— Como tal, voto a satanaz! — bradou rijamente o feroz cavalleiro, com os olhos chispando ira terrivel — E isso me dizeis vós em minhas barbas, dom villão desbragado? Mentis pela gorja, perro

aleivoso que sois; mentis, que vós bem sabeis que
os senhores da Terra de Santa Maria são poderosos assás para afundar até o mais fundo do inferno
estes perros villões de behetría, que o inferno confunda!... Pezar de mim! E isso me haveis vós de
dizer com Pero Annes morto e eu deshonrado com
sua morte...

O almoxarife continuava a rodear imperturbavelmente o barrete nos dedos. Aqui ergueu os olhos,
e atalhou Rui Pereira sem ceremonia, e dizendo
em tom sentencioso:

—Senhor Rui Pereira, lá diz o ditado, nem com
toda a fóme á arca, nem com toda a sêde ao cantaro. Vós bem sabeis que esta não é terra com que
se jogueteie sem troco; que é grande povoado,
grosso em riquezas, e forte em homens orgulhosos
de seus privilegios, e ademais volteiros e esforçados.
Ora que haveis vós de fazer com quatro homens
d'armas mingoados e meia duzia de bésteiros e espingardeiros, nascidos e criados na Terra de Santa
Maria? Pero Annes é morto? Que Deus o tenha á
sua vista e a nós por muitos annos longe da d'elle,
que por elle nem pelos olhos de uma moça ranho-
sa, que para nada presta, se ha de perder tanta
fazenda e tanto cabedal, como vós ahi tendes chegado estes dias de França em vossos navios. E pois,
senhor, avisae-vos e tomae meu conselho, que,
como dizem, sei por Andrez e por outros trez, e
quando o demo nasceu já eu engatinhava. Aqui
não cumpre haver feros nem carrancas. Dae ao demo Pero Annes e toda a sua valia, que era aquelle
um sandeu roncador, em quem foi bem empregada
a morte que teve. A não ser elle, sêde certo que
Alda fôra agora em nosso poder. Tudo damnou
aquelle bilhardão com seus feros e faltas de siso. E
por elle vos haveis de perder? E por elle haveis de
esperdiçar tantos mil cruzados de pannos, de sedas, de brocados e de armas, que ahi tendes? Ora
sêde certo que aquelle mescão não vol-o merecia.

Assim, senhor, rogo-vos que attenteis a vossa fazenda; amansae de vossa ira, que quem os ha de rogar, não os ha de assanhar, e olhae que rei sem conselho perde o seu e mais o alheio, e velha experimentada, regaçada vae pela agua. E esta não é gente, que a brados e roncos metta a cabeça entre os hombros. Vêde pois o que fazeis, senão, por minha fé, que vos arrependereis, e então não será tempo...

Rui Pereira ouviu até aqui este longo arrazoado com um sorriso de soberba ironia nos labios, os olhos scintillantes e dando visiveis signaes dos esforços, que fazia para conter-se. N'este ponto soltou um grito de raiva feroz, ergueu-se de pé, e atalhou o almoxarife, que, apezar de tudo, parecia querer continuar o sermão, sempre imperturbavel e com todo o sangue frio.

—Ah! dom falso, dom perro, dom traidor—bradou pois, pondo-se de um salto a pé — e pensaes vós amedrontar-me com esses biôcos? Voto a Deus, que estou para fazer em vós tal exemplo... A quanto vos pagaram os villões o recado, dom falso aleivoso, a quanto?...

Bochardo encolheu os hombros, e relanceou o fidalgo com insolente compaixão.

—Vós, senhor — disse então sem se alterar — pareceis-me fóra do vosso siso natural, e perdoae-me; que a não ser assim, tal não dissera o meu nobre senhor Rui Pereira, cavalleiro de tanta prudencia e pensar. E como? Crêdes vós que sois homem que possaes com o mundo ás costas? Pois vêde que o mesmo será se quizerdes puxar aqui na terra pelos feros e sobrancerias de senhor da Terra de Santa Maria. Ora sabei, que os mercadores têem a cidade toda alterada contra vós, porque não vos podem soffrer a sombra, que lhes fazeis com o trato das mercadorias, que em vossos navios mandaes vir de França. A gente está toda alvoroçada, diz e jura á bocca aberta que vos não ha de soffrer na cidade, que é d'elles...

—E como tão ousados serão?...

—E fal-o·hão, que não é gente para menos. E depois, Maria bailou, tome o que ganhou: lá estão as fazendas na alfandega e os navios apegados á ribeira, para pagarem por qualquer falta de siso que houver n'este feito. Aqui ha-se mister muita prudencia e mansidão, e de astucia mais que tudo al, que lá diz o ditado a pão duro, dente agudo. E não vos fieis nos que ahi são por vós na cidade. D'esses se diz, palavras sem obra cithara sem cordas. No ensejo, vereis, sumir-se-hão como fumo, e deixar-vos-hão só a remoer o perigo, em que vos metterdes. Arrenego da tigelinha d'oiro onde hei de cuspir o sangue; dae ao demo essas lisongerias com que vos atarracam, que são feros de roncadores vãos, que tudo é na paz fallar na espada, e na briga mostrar a côr dos calcanhares. Assim, senhor, aqui deveis mentar que sois mercador [1] e não cavalleiro. Doeis-vos? Pois olhae que honra e proveito não cabem n'um sacco, e quem não quer ser lobo não lhe veste a pelle. Ora pois, de meu conselho, despedi para vossas terras a maior parte de vossos homens, para que não sejam azo de algum arruido, que tudo damne. Olhae que pouco fel faz azedo muito mel e por um cabellinho se apega fogo ao moinho, e isto não é Martim Ferreira, nem os bandos de Riba d'Ave...

—E das fazendas já foram algumas dizimadas na alfandega?—atalhou disfarçadamente Rui Pereira, em quem a sensatez das reflexões do seu almoxarife começava a fazer profunda impressão.

—E perdoae-me—continuou imperturbavelmente o almoxarife—mas não andastes assisado, em entrar na cidade, sem participar ao senado vossa vinda. Vós bem sabeis que a cidade tem de privilegio, que não possa poderoso algum estar n'ella mais que tres dias, e que, para os estar, é mister

[1] Vide nota LXXII.

pedir licença á camara e dar-lhe parte do dia em que ahi chega, para se lhe contar o tempo. Ora quereis vós que Leonor Vaz, por vossa birra, seja constrangida a pagar os dez marcos de prata da coima de quem agasalha poderoso, sem antes ir pedir á camara licença para tal? Ora andae, que vos custava o mandar adiante ou Rui ou o Gallego a dizer-m'o para eu fazer o que cumpria, e assim escusar azo a arruidos e voltas, que todas serão em vosso damno e desprazer? Olhae que quem se guardou não errou, e diz o ditado que o cordeirinho manso mama a sua teta e a alheia...

— Voto a tal, dom parolador de barrabás!... E as fazendas já as dizimastes? Uma hora não findareis vossa pregação? Dou-vos ao demo...

— Quanto a isso nada é feito por agora. Vós bem sabeis que em vossa presença os officiaes de sua senhoria el-rei são mais humanos. Nas vossas costas o escrivão do armazem é mais fero que leão, e o almoxarife não ha ahi mais diabo do que elle. Assim espacei para vossa chegada...

— E bem fizestes e como homem de muito siso andastes, Bochardo — atalhou Rui Pereira, lisongeado d'aquella confissão da sua importancia, tanto mais que até alli se vira reduzido quasi que a zero diante das amargas verdades recordadas pelo seu almoxarife — Ora pois, dae ordem a que ámanhã se principiem a dizimar e a alealdar as fazendas, que lá serei comvosco na alfandega. E agora ide dizer a João Alvares, meu aio, que mande cavalgar os escudeiros, e os faça partir, elles e mais quarenta dos homens de pé para as minhas terras de além Doiro, que não cumpre a minha fazenda tamanhos gastos com gente aqui escusada. Que fique elle, e mais Rui, e Antão Homem, e o Fragoso e o Gallego e os dois moiros escravos, e mais dez ou doze. Os outros que vão todos. Ouvides? [1]

---

[1] Vide nota LXXIII.

— Senhor, sim; ir-me-hei já cumprir vosso mandado — replicou Gomes Bochardo com cara de hypocrita — E ao senado... irei? — acrescentou com, malicia ainda mais refinada.

— Voto a barrabás! — respondeu em voz de trovão o rico-homem — Andae, muitieramá; fazei o que quizerdes; mas vêde que me não desautorizeis, que se al fizerdes... Corpo de Deus consagrado! juro a Deus, que vos esfolle, e que deite fogo á cidade, que a faça arder pelos quatro cantos...

— Perdei o cuidado. Deus tudo fará de sua mão — atalhou Gomes Bochardo, socegadamente:

E saiu, fazendo profundissima mesura.

D'ahi a meia hora, a grande maioria de homens d'armas de Rui Pereira atravessava em barcos o caminho da Terra de Santa Maria, maldizendo e praguejando dos villões roncadores da cidade do Porto.

Gomes Bochardo, mal se assegurou de que elles tinham effectivamente partido, tomou o caminho do convento de S. Domingos, onde na sacristia ou no refeitorio se costumava então reunir o senado. A sessão já se tinha porém levantado. Bochardo dirigiu-se então de carreira para a rua dos Mercadores, onde morava Vasco Leite, juiz da vereação, e irmão de Alvaro Leite, vereador e bolseiro da Bolsa do commercio.

O almoxarife senhor da Terra de Santa Maria encontrou o juiz á porta de sua casa, conversando com um mercador seu visinho. Este, mal Bochardo se approximou de Vasco Leite, retirou-se. Os dois cumprimentaram-se então cordealmente e com toda a cortezia, e Bochardo disparou logo á queima-roupa a intimação da chegada de Rui Pereira, desculpando-o de a não ter feito antes de entrar na cidade, em razão de grande impossibilidade, que inventou alli do pé para a mão.

Vasco Leite era dos mais sonsos e matreiros habitantes do Porto. Ouviu pois pacientemente o almoxarife de Rui Pereira, e por fim disse-lhe, com a maior bonhomia possivel, que lhe não podia tomar sua intimação, porque elle não era a camara, nem aquelle logar proprio para a receber. Bochardo fez um longo discurso para o convencer do contrario; Vasco Leite porém nem á mão de Deus Padre desaferrou os pés da parede, para desdizer o que da primeira vez dissera.

Bochardo instou e reinstou; mas Vasco Leite fazia muitas branduras e cumprimentos sem comtudo desandar um apice do primeiro presupposto. Então o almoxarife tomou de novo a palavra, e, em tom autorizado e solemne, recapitulou largamente todos os seus argumentos passados, alludiu á malquerença, com que os mercadores traziam a cidade alvoroçada contra Rui Pereira, e terminou dizendo:

— Portanto, juiz, eu vos requeiro de par d'el-rei e da cidade, que recebaes como é de direito a minha intimação, e, se a não receberdes, d'aqui para todo o sempre e para todos os effeitos, vos encarrego de todos os damnos e prejuizos, que de tal se seguirem, pelos quaes respondereis perante o conselho e perante as justiças de sua senhoria el-rei.

Vasco Leite ouviu pacientemente o discurso até o fim. Aqui levantou a cabeça, e disse em voz socegada e fitando Bochardo com a mais refinada bonhomia hypocrita:

— Gomes Bochardo, vós cantaes de todo o ponto fóra da rima. E como? Que homem sou eu para tanto, pois nada menos quereis de mim que fazerdes-me representar aqui toda a cidade! Emquanto a vosso senhor, olhae que estaes de todo enganado. Ahi não ha raiva nem odio a Rui Pereira. Assim, elle que faça seu dever, que nós faremos o nosso.

A estas palavras, os dois fizeram profunda

mesura um ao outro, tocaram as mãos, e separaram-se.

—Mal assombrado velhaco, não me apanharás na rede —rosnava Gomes Bochardo.

' —D'esta feita vos ensinaremos, aleivosos —resmungava Vasco Leite, subindo pausadamente a ingreme escada da casa, onde habitava.

XV

PERDÃO POR PERDÃO

O' virtude adoravel !
O' tu das grandes almas nobre encanto,
Do homem nas entranhas
Teu nome está impresso embora o viclo
O coração lhe embote :
Se vê luzir na terra a tua imagem
Enternecido pára, e te contempla !

Souza Caldas. *Poesias Sacras. Ode II*

RA o dia 30 de maio, terça feira, segunda oitava do domingo de pentecoste. A contar com o dia 26, em que Rui Pereira chegára de manhã ao Porto, haviam já quatro dias em que dormia dentro dos muros da cidade privilegiada.

Não seja porém isto de espanto para aquelles que tenham reparado no estado de irritabilidade, em que ahi estavam os espiritos contra elle ; e sobretudo na conjuração do senado e do commercio para lhe não tolerarem mais estada do que a permittida pelo antigo costume. A festa do Espirito Santo e a romaria de Mathosinhos, alvoroçando a cidade, ainda então muito circumscripta em área e

populacão, fizera esquecer Rui Pereira, e aconse-
lhára os tençoeiros vereadores a darem espaço, a
que se dessipasse o alvoroço, para depois terem á
sua disposição todo o fervor dos animos populares.

Na terça feira, 3o, Rui Pereira principiou de
novo a ser lembrado. Alguns dos seus homens andavam pela cidade dando copia insolente de suas
pessoas ; e outros tinham até chegado ao atrevi-
mento de, em Mathosinhos, dar logar a que se
acolhesse a seguro um malfeitor homisiado, que a
justiça trazia de olho, e que ahi ousára apparecer
provocadoramente.

O alcaide pequeno teve logo ordem de sair com
os seus homens no alcance do criminoso ; e Alvaro Gonçalves foi convidado pelo senado a tomar interinamente o commando de uma partida de
homens armados, que se poz logo em pé de guerra
para guardar a cidade, durante a ausencia do alcaide, e do corpo de bêsteiros do conto, que a camara mandára egualmente com elle.

Eram perto das onze horas da manhã, quasi horas de jantar n'aquelles bemditos tempos. Alvaro
acabava de entrar na sua officina, vindo de distribuir
os differentes postos de roldas, que cumpriam ao
serviço da cidade. Estava armado de uma couraça
de ferro, fabricada na sua loja, e na cabeça tinha
um bacinete, a que o velho centenario tinha dado
a ultima demão, havia ainda pouco tempo.

Alvaro, entrando na loja, lançou para um canto
o montante, que trazia comsigo ao hombro, e approximou-se do velho, que estava entretido a ajus-
tar o babote de um elmo, que lhe tinham mandado
para compôr.

— Então, senhor avô — disse-lhe, sorrindo, o
moço armeiro — ainda não sentis vontade de comer ? Pois olhae, que são horas.

O centenario ergueu os olhos, como se o não
tivesse sentido entrar na loja.

— Al! esse és, neto! — disse então sem desfran-
gir a serenidade, que naturalmente lhe encarran-
cava ·o semblante. — Pezar de mim! Sabes tu, ra·
paz, que com teus perros sonhos me tens posto a
cabeça em agua, de fórma que estou para ensandecer.´..

— E bem, que ha? — atalhou Alvaro, sorrindo.

— Que ha? E' que não se me esvae aqui de
diante dos olhos um sonho que sonhei, depois que
tu andas mexendo n'estas negras memorias. Afigura-se-me sempre que vejo teu pae entrando por
essa porta dentro... corpo de Deus consagrado!...
velho, estropiado!... Ah! perro de mim! com taes
sonhos...

Alvaro interrompeu-o, soltando jovialissima gargalhada.

— Olhae como rima! — exclamou — Ora vêde
que forte razão para ensandecer! Prouvera a Deus
que assim fôra isso, que vós haverieis grande prazer e mais eu. Ora andae d'ahi que são horas.

A estas palavras o velho levantou os olhos de
cima do elmo que tinha diante de si, e fitou-os com
desconfiança no neto.

— Olha, rapaz — disse por fim — a mim quer-me
parecer que tu alguma cousa trazes sentida, pelo
que me pões em tamanho cuidado...

— E se fosse? — interrompeu Alvaro, jovialmente
— Ora dou-vos a Deus com vossas imaginações, e
d'elle fio, que mais dia menos dia, sairão realida-
des; porque meu senhor pae é vivo, isso digo-vol-o
eu, e de verdade...

— E' vivo! E como sabes tu? — interrompeu com
força o velho, fitando o neto com mais fervor.

— Diz-m'o o coração. Mas escusamos mais pra-
ticas sobre isto, que lá virá hora... e basta, que
diz o ditado que o que se não faz na Santa Luzia
far-se-ha n'outro dia...

Aqui o armeiro foi interrompido pela subita e
estrepitosa algazarra de uns poucos de homens,

que lhe vieram de roldão e como que impellidos
esbarrar contra a porta. Dois entraram logo para
dentro, empurrados pelos demais, que ficaram da
parte de fóra.

— Ora vêde se o armeiro vol-a corregerá, — dizia voz em grita um dos homens — que, se é tal
official como dizem, o fará por sem duvida...

Alvaro voltára-se logo ao arruido. Eram nove ou
dez homens d'armas de Rui Pereira, insolentes e
atrevidos como de costume, mas agora como que
acintemente provocadores.

— Que quereis, e como tão ousados que façaes
tal assuada á minha porta?...—bradou severamente
o armeiro, approximando-se d'elles.

O centenario poz-se logo de pé, com os olhos a
scintillarem toda a feroz alma do antigo homem
d'armas de Nun'Alvares...

— Uhi! dom armeiro—replicou em tom e gestos de zombaria o mais dianteiro dos amotinado-
res, homem de feia catadura, e gigantesco e reforçado de corpo — perdoae, que nós não cuidavamos
que tão melindroso era de ouvidos, quem dia e
noite os ensurdece aos visinhos a golpes continuos
de malho...

O homem não pôde continuar. A provocação era
evidente. Alvaro ergueu o punho herculeo, ainda
armado do guante de ferro, e tal punhada assentou
no peitoral da couraça do provocador, que o fez ir,
como que impellido por uma bombarda, bater de
encontro aos companheiros, que o ampararam nos
braços, soltando ao mesmo tempo um grito tremendo de raiva e desembainhando as espadas e
brandindo as lanças com que estavam armados.

E logo arremetteram furiosos para dentro da loja.

Alvaro apanhou n'um relance um grosso varão
de ferro, que por acaso ahi lhe estava no chão,
junto dos pés; e com elle recebeu os aggressores
por tal fórma, que recuaram logo para fóra da loja.
O centenario tomou uma lança d'armas, que esta-

va a um canto, correu para junto do neto, e poz-se
a alancear os homens d'armas de Rui Pereira com
os restos das forças, com que alanceára os castelhanos em Valverde e em Aljubarrota.

Durante dois minutos Alvaro não conseguiu romper para fóra da sua porta. Os homens do senhor
da Terra de Santa Maria, defendiam valentemente
o passo ás forças gigantescas do moço armeiro.
Gonçalo Peres alanceava-os com todo o desemba-
raço, mas com pouco ou nenhum resultado, porque
a validez muscular já não lhe correspondia á coragem.

Alvaro levou por fim os aggressores de repellão
diante de si, e poz-se a varejar n'elles á vontade,
o que dentro da loja não podia fazer. Os homens
d'armas principiaram a recuar diante do gigante.
Gonçalo Peres, do lumiar da sua porta, continuava
a alanceal-os com todo o ardor. Alvaro fez mais
um impeto, e o inimigo recuou de todo para distante da porta. Apezar do numero, a vantagem estava toda do lado do armeiro. Os homens d'armas
de Rui Pereira principiaram então a recuar sempre. N'isto uma pedra perdida bateu na cabeça de
Gonçalo Peres, e o pobre centenario baqueou. Alvaro, todo arrebatado pelo ardor e pela raiva do
combate, continuou porém para a frente, sem dar
pelo derribamento do avó, que ficou estendido para
dentro da loja, sem sentidos e todo escorrendo
sangue.

Os homens de Rui Pereira recuaram sempre
pelo largo de S. Domingos acima, mas fazendo pertinazmente esforços sobre esforços para ao ménos
conter o irresistivel Alvaro Gonçalves. O terrivel
varão de ferro rodeava porém sem cessar, e de cada
golpe, que empregava, lançava por terra feito em
pedaços tudo o que apanhava do individuo e da armadura que trazia vestida. Os homens d'armas já
tratavam mais de amparar-se da formidavel marreta
do armeiro, do que de atacal-o e offendel-o. Assim

mesmo, de quando em quando, os golpes de lança
e de espada amiudavam sobre elle com as forças e
a celeridade, que a desesperação e a raiva costu-
mam produzir. A couraça apezar de bem provada,
já andava abolada em muitos logares ; mas o teme·
roso Alvaro Gonçalves não deixava por isso de continuar sempre para a frente, ameaçando, com a
ultima destruição, a quem, por menos leve de pé,
pudesse apanhar em cheio.

A desordem, porém, até quasi a par da portaria
do antigo convento dos dominicanos, não passára
de briga de um contra uns poucos. Ahi tomou porém maiores proporções. Do lado da Ferraria appareceram correndo mais oito homens d'armas em
soccorro dos companheiros, e com elles vinte ou
trinta mesteiraes da casa da moeda, que não podiam vêr Alvaro Gonçalves, desde que elle por ordem, da camara os obrigou á força a sujeitarem-se
a uma adua para o—muro, ao pagamento da qual
resistiam, contra as ordens expressas d'el-rei, allegando que eram isentos, por privilegio, de pagarem
aquelle imposto do concelho.

Este poderosissimo soccorro deu alento aos des-
coroçoados provocadores, que já iam quasi de ven-
cida total. Os mesteiraes da moeda eram todos
corpulentos, presumpçosos de valentes, volteiros e
homens de más entranhas. Alvaro viu·se portanto
obrigado a estacar no proseguimento da sua victoria, e a reduzir-se á defensiva. Alli, porém, é que
era para vêr o quanto aquelle homem esforçado
podia. Com a terrivel barra de ferro jogada ás
mãos ambas, o armeiro fazia em volta de si longa
praça, revolvendo·se no meio d'aquella multidão
como leão furioso no meio de formidaveis mastins.
Os golpes de espada, de bisarma, de lança e de
pedras choviam sobre elle, como pedrisco impellido
por tufão tempestuoso. O armeiro não oscillava
sequer. Parecia estatua de bronze a redemoinhar
horrivelmente no seio de uma tempestade. Em volta

d'elle viam-se homens derrubados, uns despedaça-
e mortos, outros medonhamente feridos; viam-se
astilhas de lanças, pedaços de espada, e peças de
armaduras, partidas e esmigalhadas. E no meio de
tudo isto, elle, de pé e horrivelmente plantado, sem
avançar nem recuar um só passo, mas jogando in-
cessantemente ás mãos ambas a sua terrivel barra
de ferro.

Este combate de um contra tantos durou porém
cinco minutos se tanto; o tempo emfim necessario
para que sete ou oito visinhos se armassem, e
voassem em soccorro do armeiro. A lucta tomou
então maiores proporções, e o sangue começou a
correr a jorros. Apezar d'este reforço, os homens
d'armas e os moedeiros não cediam um só passo·
Aquillo tornou-se por fim uma verdadeira batalha,
um conflicto pertinaz, em que a raiva e o desespero
praticavam feitos maravilhosos, sem se poder saber para que banda penderia por fim a victoria.

Por mais de oito ou dez minutos a briga correu
d'esta sorte indecisa. Então pela porta da judiaria,
que cerrava a entrada da ainda hoje chamada Escada da Esnoga, sairam correndo dois homens armados, que se lançaram como dois tigres sobre a
retaguarda dos inimigos do armeiro.

D'estes dois homens um era Fernão Gonçalves,
armado de uma ponderosa bisarma; e o outro o
corpulento e feroz Abuçaide, que jogava com as
duas mãos. uma pesada maça de chumbo. Os dois
lançaram-se rijos e de golpe sobre a reçaga dos
homens d'armas. Os primeiros golpes foram como
é de crêr empregados em cheio. A este acommet-
timento inesperado, os inimigos d'Alvaro soltaram
um grito de raiva e de desesperação, ao qual correspondeu da parte dos contrarios o brado da vingança feroz dos vencedores de conflictos odientos.
A turba aggressora como que oscillou um momento. Alvaro fez então um impeto terrivel. O inimigo principiou a retirar pela Ferraria abaixo, d'el-

le uns resistindo com rancor, outros defendendo-se
apenas, e alguns procurando já a salvação na fu-
gida.

E assim se entranharam pela rua da Ferraria
abaixo, acompanhados por tumultuosa comitiva de
mulheres, de creanças e de homens até, chorando,
gritando, e esbravejando como é de uso acontecer
em taes casos.

Dois ou tres minutos depois de a desordem se
haver sumido na estreita e ingreme rua da Ferraria, Alda, acompanhada pelo echacorvos, assomou
á bocca da rua de S. Crespim. Vinha assistir aos
festejos, com que os franciscanos costumavam então celebrar no seu convento a segunda oitava de
pentecoste.

Alda trajava com toda a elegancia e riqueza que
era propria das mulheres d'aquella epocha, elegancia e luxo de que já a vimos adornada no capitulo, em que a apresentamos pela primeira vez
aos leitores. Agora envolvia-se n'uma bem talhada
mantilha de magnifica escarlata — especie de capa
curta de que as mulheres usavam n'aquelle tempo,
e que lhes cobria em parte a cabeça. O echacorvos esse vinha com a sua garnacha do officio, mas
como agora a trazia aberta, decerto por descuido,
via-se por baixo d'ella um gibanete de ferro, e um
cutello mettido solto na cinta.

Os brados e o estrepito do arruido ouviam-se
distinctamente. A rua e o largo estavam inteiramente desertos. Apenas se via sentada na ombreira de uma porta uma mulher já de idade, chorando e espalhafatando em altos brados de afflicção.

Alda empallideceu, e coseu-se tremendo com o
tio. O echacorvos ergueu a cabeça; apressou o
passo, e o olhar scintillou-lhe como a fogoso cavallo de regimento quando ouve a distancia os sons
conhecidos do clarim.

Assim atravessaram a ponte de S. Domingos

Ao chegar defronte da officina de Alvaro parou de subito, espantou os olhos, e bradou em voz temerosa :

— Sangue de Christo ! Mataram o velho !...

E dizendo, entrou de um salto para dentro da loja. Alda entrou immediatamente após elle.

Paio Balabarda tomou em cheio o velho nos braços. O sangue, que a este correra da ferida, que a pedrada lhe fizera na cabeça, havia por fim empastado, e já não corria; mas o centenario estava todo ensanguentado, e o echacorvos, de o pôr de encosto a um banco que havia na loja, ficou litteralmente enlambuzado por elle.

— Vive ainda — disse Paio para Alda, como para socegal-a.

Depois correu á porta e bradou rijo para a mulher, que estava a berrar, sentada na soleira da casa fronteira.

— Oulá, Beatriz Diz, carpideira de satanaz, vinde aqui de um salto, ou vou lá que vos atabafo a punhadas, bilhardona !

A esta arremettida tão sem ceremonia, a mulher, no estado do terror em que estava, e a solidão em que se achava a rua, não teve outra resposta senão obedecer.

Mal entrou na loja, apertou as mãos na cabeça, e exclamou em altos gritos :

— Ai, Paio Balabarda, que o mataram !

— Ai, hervoeira de má hora, que te tiro a coices a alma se dás mais mais um berro ! — bradou com terrivel irritação o echacorvos, por entre os dentes cerrados de raiva, e levando os punhos fechados á cara da pobre mulher.

Esta não deu mais pio.

— Ora sús, vamos a elle — disse então o echacorvos tomando o corpo desanimado do centenario — Mas... voto a S. Barrabás !... Aguardae vós um pouco que volto.

E com isto, despiu n'um relance a garnacha,

lançou mão do montante que Alvaro tinha pon-
sado havia pouco, lançou-se de um salto na rua, e
partiu, como cavallo a toda a brida, em direcção
dos provocadores sons do arruido.

Alda tremia como varas verdes. Ao achar-se só
com aquella mulher que não conhecia, fitou-a com
olhar quasi que aterrado. A mulher, ao vêr o echacorvos pelas costas, tornou a pôr-se a berrar como
damnada.

Nas veias de Alda havia ainda, por felicidade,
algumas gotas do sangue do fero Mem Balabarda,
do antigo homem d'armas de Nun'Alvares. Ao
vêr-se entregue toda a si, defronte d'aquella mulher inteiramente dementada, e junto d'aquelle pobre velho, que assemelhava um cadaver, a timida
donzella tomou animo, e recuperou-se.

— Ora, senhora — disse serenamente — voltae
a vós, e, pelo amor de Deus, ajudae-me a soccorrer este pobre homem, que ahi jaz tão desamparado...

— Ai, moça, não vêdes? mataram-n'o!...

Alda, não respondeu. Sentou-se junto do velho,
tomou-lhe a cabeça, recostou-a carinhosamente ao
seio, e depois disse para a mulher :

— Ora, por Deus, ide ahi dentro, e procurae
agua. Mas olhae, desatae-me primeiro este cingi-
doiro.

A mulher soltou a cinta de seda verdegai, com
que Alda trazia cingido o sainho, entregou-lh'a, e
entrou para o interior da casa sempre em altos e
piedosos lamentos.

Alda rasgou então com os dentes a manga da
camisa de fina hollanda, que trazia vestida. Quando
a mulher chegou com a agua, cingiu, ajudada por
ella a cabeça do velho, d'onde com estas voltas, o
sangue principiava a gotejar de novo; e depois,
molhando a manga, que rasgára, na agua, começou
a desenlambuzar-lhe o rosto d'aquelle, que n'elle
tinha empastado.

A' acção continua da agua fria o velho estreme-ceu por fim, e abriu os olhos. Ao dar com elles no rosto angelico d'aquella mimosa creatura, que tão carinhosamente o tinha recostado ao seio, as fei-ções rudes do centenario exprimiram primeiro o pasmo de quem se suppunha acordado entre os anjos ; e logo a funda gratidão com que lhe ar-roubava a alma a solicitude carinhosa d'aquella mimosissima menina, que elle nunca vira nem co-nhecera, que nunca o vira nem conhecera a elle, mas a quem a caridade, só a caridade como elle suppunha, inspirava aquelles cuidados tão meigos.

Mas logo o genio rude e altivo do velho soldado de Aljubarrota chamou-o á consciencia da imbeci-lidade, em que o prostára o sangue, que tinha per-dido. Gonçalo Peres envergonhou-se d'aquella sua primeira fraqueza, e animado pela coragem so-brenatural, com que a natureza lhe dotára o es-pirito, fez um esforço sobre si mesmo, e sen-tou-se.

— Mas vós quem sois, moça ? — disse então, fi-tando os olhos em Alda, e dizendo com elles e com a entoação da voz o que em palavras não soubera dizer ácerca do sentimento de gratidão ineffavel, que lhe abafava o coração.

Alda, a estas palavras, recordou-se que aquelle era Gonçalo Peres o inimigo da sua familia, a causa d'ella ainda não ser esposa de Alvaro. A timida menina fitou-o pois cheia de medo e sem poder soltar palavra.

— Ai, Gonçalo Peres — acudiu então a prantea-dora visinha — ai, Gonçalo Peres, vivo sois, vivo sois ? Inda bem. Ai, Santa Maria, que medo ! E o meu homem !... e o vosso Alvaro ! Ai, S. Cres-pim, santo bemdito !...

— Mas vós quem sois, moça? — volveu o cente-nario, sem fazer caso dos lamentos d'aquella teme-rosa mulher, e sem desfitar os olhos do rosto an-gelico da donzella.

— Olhae... é a sobrinha dos Balabardas e do copista da rua do Souto. Ai, Gonçalo Peres... ó Santa Maria, vale! O meu homem... o meu homem!...

A estas palavras o rosto do centenario assombreou-se severamente.

— Essa sois? — disse sem desfitar Alda — essa sois?

Depois tentou pôr-se de pé, mas não pôde.

— Acorrei aqui, Beatriz Diz — disse rudemente — Por barrabás! dae ao demo tanto carpir. Ora dae-me a mão, e ajudae-me, que este perro sangue que derramei, enfraqueceu-me. Essa sois? Essa sois? — continuou, dirigindo-se a um tamborete, encostado á velha visinha.

— Essa sois? — repetiu depois de sentado, e fitando Alda fixamente, com vista baixa, e apoiando-se com as mãos nos joelhos. — A bisneta de Mem Balabarda! — rumorejou.

Depois um clarão de rancor diabolico scintillou-lhe um momento nos olhos.

— Ora andae — disse então — Alvaro Gonçalves é morto.

Esta vingança rancorosa saiu-lhe porém pela bocca em voz, que desdizia da sua villã intenção. O coração, que lhe impava de affectuoso agradecimento por aquelle anjo tão meigo, contrariava victorisamente n'elle a tenção avillanada, que o rancor lhe acachoava dentro do cerebro.

Ao ouvir as ultimas palavras do velho, Alda empallideceu como um cadaver. Os olhos do centenario principiaram então a toscanejar novamente, apezar dos energicos esforços que elle fazia para esforçar-se; a pallidez das faces tornou-se cadaverica, e o corpo principiou a oscillar como que para de novo cair em deliquio.

Alda, que estava junto d'elle, amparou-o outra vez com os braços, já quasi desanimado. A velha carpideira poz-se a berrar em altos gritos.

—Agua... dae-me agua—balbuciou Alda por entre as lagrimas, que as rudes palavras do velho lhe fizeram correr em fio pelas faces abaixo.

A visinha, recordando-se do bem que a agua fizera da primeira vez, tomou a manga da camisa de Alda que ficára dentro da escudella, e poz-se a chapinar com ella a fronte do velho.

Gonçalo Peres deu um estremeção violento, e voltou a si.

Estava outra vez com a cabeça reclinada no seio d'aquelle formosissimo anjo, e eram os braços d'ella que o amparavam, e não deixavam baquear. Ao abrir os olhos, deu com elles n'aquelle rosto angelico, a que as lagrimas, que lhe corriam mansamente pelas faces abaixo, davam celestial expressão de doçura.

Gonçalo Peres contemplou-o sem se mexer alguns minutos. De subito o rosto desencarrancou-se-lhe completamente. Tomou então com a mão callosa e tremula a pequenina e delicada mão de Alda, levou-a aos labios, beijou-a, e, em seguida, pôl-a sobre o coração, fitando a timida e angelica menina com um olhar ineffavel de sentidissima gratidão.

—Mem Balabarda, estás perdoado—balbuciou por fim em voz sumida—Pois bem pensei que nem no inferno saldariamos contas.

Alda tremia convulsivamente com o velho amparado nos braços. Este deixára pender a fronte para o peito, e rosnava palavras inintelligiveis.

N'isto sentiu-se grande alarido de vozes e passos de gente a correr. Alda pôz-se a tremer cada vez mais. O estropido crescia progressivamente. Por fim Alvaro, Fernão Gonçalves e o echacorvos lançaram-se de golpe dentro da loja, acompanhados de innumero gentio, que os seguia, uns por curiosidade e outros por affecto verdadeiro.

O final da briga fôra o que o leitor pôde logo agourar, ao vêr os homens de Rui Pereira e os moedeiros a retirar desordenados pela Ferraria abaixo.

Depois de alguma resistencia mais, debandaram, e
fugiram.

— Meu senhor avô!... meu senhor avó! — bradou Alvaro em voz afflicta, lançando-se todo ensanguentado dentro da loja.

A' voz do neto, Gonçalo Peres ergueu os olhos.
Mas a primeira pessoa que encontrou diante d'elles
foi um velho, alto, magro, e que o encarava com
um olhar duro, mas ao mesmo tempo cheio de anciedade e de dôr.

O centenario fitou-o fixamente durante um momento, mediu-o depois d'alto a baixo; logo aprumou de golpe a cabeça, espantou momentaneamente
os olhos, e em seguida estendeu os braços hirtos
para a frente, e disse em voz fraca, mas firme e de
tom de severa e dura autoridade:

— Fernão Gonçalves... meu filho, perdoa-me,
que eu tambem perdoei.

Na expressão do rosto do centenario, na severidade do tom d'aquellas palavras e nos gestos
sacudidos e quasi que machinaes estavam tão perfeitamente compendiados todos os medonhos soffrimentos, por que tinha até então passado a alma
d'aquelle homem de ferro, que Fernão Gonçalves sentiu-se profundamente abalado, e não viu
n'elle senão um pae arrependido, que já de dentro
da campa estendia os braços ao filho, imploran-
do-lhe perdão dos males que, mau grado o coração, lhe havia causado com a natural dureza do
caracter.

Fernão Gonçalves caiu pois aos pés do velho.

— Meu senhor pae, abençoae-me — disse-lhe serenamente e cobrindo-lhe de beijos as mãos.

O centenario ergueu-as a tremer com a intima
commoção que o abalava, e poisou-as por um momento sobre os cabellos já brancos do filho. Mas a
fraqueza, auxiliada pela muita idade, fel-as logo res-
valar a um novo impeto, com que a morte arremetteu com aquella rija corporatura, que quasi se sus-

tinha de pé, alentada pela sobrenatural altivez e rudeza do genio.

Fernão Gonçalves ergueu-se de um pulo, e tomou.
o pae entre os braços.

— Paio... Abuçaide... prestes, andae prestes...
Eleazar... trazei Eleazar... — balbuciou então,
quasi que de todo dementado.

A estas vozes o altivo homem d'armas de Nun'Alvares fez um supremo esforço sobre a fraqueza, que
aos poucos o ia vencendo, e ergueu novamente a
cabeça.

— Alvaro, neto, acerca-te—disse então—Toma-a
— acrescentou entregando-lhe a mão de Alda, que
estava junto d'elle, e que elle aferrára de subito —
toma-a, e Deus vos abençoe.

Depois fitou o filho, e disse com tom de autoridade absoluta:

— Fernão Gonçalves, esta é a mulher de teu filho.

E logo, como que accommettido de subito pela
idéa de que por ventura Fernão Gonçalves se quereria oppôr á realisação d'aquelle seu desejo, ergueu
a cabeça para elle, e bradou em voz fraca, mas dura
e severa:

— Ousarás tu desobedecer-me na minha ultima
hora, Fernão Gonçalves?

— Meu senhor pae, eu os abençoo comvosco —
replicou Fernão, estendendo a mão direita sobre a
cabeça dos dois amantes, que tinham ajoelhado aos
pés do centenario — E vós não morrereis — acrescentou — não; não morrereis, que Deus seria injusto
se vos matasse no momento, em que por fim encontro meu pae.

A estas palavras Gonçalo Peres levantou o rosto
para o filho, e fitou-o com indizivel expressão de
affecto extremosissimo. De repente ergueu-se, como
que trepando, pelo corpo d'elle ácima, lançou-lhe
os braços ao pescoço, e collou-lhe os labios ás faces.
Quasi que já não podia mexer-se, mas aquella alma

era tão forte e tão robusta que ainda obrigou de
novo o corpo a 'erguer a cabeça para fitar o filho
com uma lagrima a oscillar-lhe nas palpebras.

O echacorvos estava todo olhos sôbre aquelle
duro e grandioso velho, cuja coragem sobrenatural
o tinha completamente fascinado.

N'isto Eleazar entrou na loja. Correu ao centenario, palpou-lhe o pulso, relanceou-lhe a ferida da
cabeça, e depois exclamou com anciedade:

— E vós não vêdes que o mataes? Trazei-o a seu
leito... prestes, trazei-o... mas com cuidado.

— Sús, dom judeu, dom physico de barrabás —
disse em voz sumida o ferocissimo velho — E bem;
pensaes vós, que Gonçalo Peres é homem que se
deixe atarracar por vossas rebolarias? Ora sús, não
irei... não, que não quero que Deus se haja de ga-
bar de me ter matado na cama.

O corpo porém já não correspondia de fórma alguma á coragem da alma. Assim, apezar d'aquelles
feros, o velho não fez resistencia alguma, quando o
filho com brandas palavras lhe rogou que se deixasse conduzir a seu leito, para n'elle se lhe pres-
tarem os soccorros necessarios.

O echacorvos viu-o ir nos braços de Fernão Gonçalves, ainda fazendo esforços para ir por seu pé.
Seguiram todos após elle. Paio ficou só na loja. Durante um momento esteve immovel, com o olhar
distrahido e como que inteiramente enlevado no que
se lhe estava a revolver na cabeça. De subito ergueu de gôlpe os braços para o alto.

— Ah! pezar de mouros! — bradou com enthusiasmo — aquelle é um homem. Perro de mim!
Paio... diabo, vae-te arrincoar por sandeu e covarde. Ah! homens... homens de outros tempos!...

E dizendo, enfiou de cabeça baixa e como toiro
pela porta, que levava para o interior da casa.

Meia hora depois Eleazar saiu de lá acompanhado
por Alvaro e pelo echacorvos, e, em presença dos

visinhos, que, em grande numero, aguardavam anciosamente por elle na loja, declarou que a ferida
do centenario não era de cuidado, mas que, em razão da sua grande idade e do sangue que perdera,
havia muito a recear-lhe pela vida.

Paio Balabarda, que abafava de enthusiasmo pelo
denodado velho, achou pela primeira vez na sua vida
que o arabí Eleazar Rodrigues fallava como um sandeu.

XVI[1]

O FIDALGO E OS BURGUEZES

Julga por fellclsslma uma guerra,
Que o maior bem lhe trouxe, que ha na terra.

QUEVEDO. *Aff. Affricano. Canto III.*

 irritação, que, nos animos já predispos-
tos dos habitantes do Porto, devia ne-
cessariamente de ser accendida pela
desordem travada entre o bemquisto armeiro da ponte de S. Domingos e os
provocadores homens d'armas do odiado senhor da
Terra de Santa Maria, manifestou-se com a maior
clareza possivel logo no mesmo dia do arruido.

Ao cair da tarde, todo o Porto parecia como que
agitado por uma grande febre, que o não deixava
repousar. Em toda a parte se contava e commen-
tava o acontecimento; e a indignação subia visivelmente de ponto, á medida que o conhecimento do

---

[1] Vide nota LXXIV.

facto e das suas variadas peripecias se ia generali-
sando e avolumando. A ira e o rancor cresciam geralmente nos animos populares. Já se não ralhava
nem bradava sómente; já se fallava com exaltado-
furor em vingar a injuria feita á cidade na pessoa
de um dos seus mais estimados habitantes. A não
ser a chegada da noite, aquelle progressivo acachoar
dos espiritos não tardaria em arrebentar em medonha e pavorosa explosão.

A noite, chegando, adormeceu, e espaçou portanto a tormenta. Durante ella conhecia-se, porém,
que a febre não havia cedido de todo, mas apenas
temporariamente remettido. Nas ruas do Porto,
áquellas horas sempre desertas e silenciosas, sentia-se agora insolito e agitado borborinho. Aqui ouviam-se os passos apressados e o tinir das armaduras de homens armados, que se cruzavam em
differentes direcções; abria-se alli uma porta; acolá
fallava-se em voz sumida de uma casa para outra;
e além ouvia-se uma praga ou uma jura energica,
como de quem respondia insoffridamente a uma
duvida ou a uma observação covarde.

O sol, ao despontar no horisonte já achou todo
o Porto de pé. Ao de cima da cidade principiou
desde logo a subir o surdo e susurrante zunido, que
se exhala das grandes povoações agitadas — especie de rugido apavorador que annuncia, de longe,
a approximação das tormentas populares· A natureza só tem para igualar com elle os tombantes
susurros subterraneos, que precedem os cataclys-
mos, em que a mão omnipotente de Deus faz tremer em convulsões as entranhas da terra.

A população appareceu toda armada; e esta cir-
cumstancia era tão geral que se tornou notavel,
apezar do uso das armas ser então tão abusivo no
Porto, que a camara já tinha requerido, annos antes, a el-rei contra elle, em razão das rixas e des-
ordens, a que dava logar. E logo os homens principiaram a sair d'esta fórma das casas, e a ajuntar-

se aqui e alli em magotes, fallando e conversando
agitadamente e em voz baixa, mas sem fazerem
outro desmando, como quem esperava signal con-
vencionado para arrebentar a revolução.

A's sete horas os juizes, os vereadores, os homens bons e todos os outros regedores e governadores da cidade, bem como todos os seus demais
officiaes, principiaram a dirigir-se socegadamente
para o mosteiro de S. Domingos, onde, comó eu já
disse, a vereação se costumava reunir n'essa epocha.

A's sete e meia a camara estava definitivamente
constituida derredor da grande mesa de carvalho
do refeitorio dos dominicanos. Na cabeceira d'ella
viam-se os dois juizes Vasco Leite e Alvaro Leite,
irmãos. Seguiam-se, aos dois lados, os vereadores
Fernão d'Alvares Baldaia, Vasco Gil, Luiz Alvares
de Madureira e Diogo Martins. Apoz estes estavam
sentados, de um lado o procurador da cidade Gomes Fernandes, e do outro o thesoureiro Fernão
d'Alvares da Maia. Seguiam-se Fernão Navaes,
Luiz Alvares da Maia, Diogo de Magalhães, Rui de
Magalhães, Fernão Annes das Povoas, Lopo Vieira,
Vasco Fernandes, Pero Vaz Moutinho, Alvaro Rodrigues de Azeredo e outros homens bons; após os
quaes estavam sentados os procuradores privativos
dos mesteres [1] — *todos juizes, officiaes, regedores e
governadores da dita cidade*, como lhes chamou
Rui Pereira na querella que d'elles deu em razão
do facto, que vamos narrando.

Accommodados todos nos seus respectivos logares, seguiu-se por alguns minutos silencio profundissimo, durante o qual os olhos de todos os membros se conservavam fitos no juiz Vasco Leite,
com olhares expressivos de que se ia tratar de negocio já de antemão combinado, e para a execução
do qual faltavam apenas as formulas legaes, que

[1] Vide nota LXXV.

era o que elles lhe vinham alli dar. A estes olhares correspondia da parte de Vasco Leite a mais
;perfeita cara de beato dissimulado, que o leitor
pôde imaginar ; e da parte de Fernão d'Alvares
Baldaia, o futuro enviado de Affonso V a Luiz XI,
toda a autorizada gravidade do diplomata, que
aguarda serenamente o momento em que tem de
saber o assumpto, para cuja discussão foi convocado. Com tudo isto contrastava comicamente o
olhar colerico e scintillante, o rosto afogueado e
contrahido e a agitação nervosa, em que estava
Vasco Gil, o irritavel thesoureiro da Bolsa, em razão dos esforços prodigiosos que, para conter-se,
estava fazendo. A seguir-se o parecer d'elle, em
logar d'aquella verdadeira comedia, aconselhada
pelo astuto Baldaia para dar aos factos que iam
praticar o caracter da maior legalidade que fosse
possivel, ter-se-ia ido direito ao ponto, sem refo-
lhos nem tenções 'por mera decisão voluntariosa e
sem ter em conta alguma o futuro. Os outros vereadores acreditaram porém que a sociedade come-
cava a reger-se por certas formulas e convenções
que era necessario respeitar. A comedia fôra portanto decidida, e o desgraçado Vasco Gil vira-se
obrigado a agrilhoar o seu caracter, tão fogoso e
exaltado como leal e rasgadamente franco, ao grado
das peripecias que a astucia e a velhacaria dos
collegas entenderam que deviam dar áquella, segundo elle, escusadissima farçada.

Então Vasco Leite rodeou pelos circumstantes
um profundo olhar de intelligencia, e disse com a
mais perfeita cara de Pilatos no credo:

— Amigos e parceiros, a requerimento de Gomes Fernandes, procurador da cidade, que presente está, mandei lançar o pregão a chamar-vos,
para que viesseis aqui todos, a fim de accordares
certas cousas, que elle diz serem de honra e prol
da communidade. Elle pois que diga o que vos
tem a requerer.

A estas palavras, toda a camara voltou os olhos
para o individuo alludido, com a mesma expressão
com que ha pouco os tinha fitados no juiz. O olhar
colerico e scintillante de Vasco Gil seguiu tambem
aquella direcção; mas cada vez mais reluzente e
cada vez elle com gestos mais indicativos do muito
que lhe custava a sofrear-se, para não romper por
aquella comedia com a sua natural rudeza e rasgada lealdade.

Gomes Fernandes, homem de meia idade, alto e
magro, e de physionomia dotada da gravidade epi-
grammatica do palhaço que representa de desembargador, ergueu-se então, e, aconchegando com
ademanes demosthenicos, a farta e comprida capa
que trazia por cima do pelote, levou a mão á gorra
que tinha na cabeça, e, assim com ares de continen-
cia de soldado moderno, cumprimentou, para um e
outro lado, os membros da camara. Depois disse
em voz cheia e gravemente entoada.

—Vasco Leite, juiz, vós bem sabeis que a cidade
tem certos privilegios, pelos quaes não é permittido
a fidalgo, nem poderoso, nem abbade bento o poi-
sar n'ella mais que tres dias. Ora Rui Pereira, senhor da Terra da Santa Maria, ahi jaz, vae em seis,
com manifesto britamento e deshonra dos mesmos
privilegios, pelo que vos peço e requeiro a vós e a
todos os regedores, governadores e mais officiaes
que sois presentes, que os vejaes e leaes, para, segundo elles, fazerdes o que accordardes por conveniente á honra, isenções e liberdades da cidade.

Assim dizendo arrematou o discurso com uma
mesura ceremoniosa, á qual correspondeu igual cumprimento da parte de todos os que estavam presentes. Era visivelmente uma comedia combinada e es-
tudada com todas as suas entradas e saidas respectivas.

Vasco Leite tirou então do cinto um grosso molho de chaves, que n'elle trazia pendurado a par da
escarcella, voltou-se para o serviçal ou continuo,

que estava de pé por detraz da cadeira, onde elle
estava sentado, e disse gravemente:

— Tomae estas chaves, ⁶ide á arca e trazei os pergaminhos.

— Má peste venha por-ti, embrulhador! — balbuciou em voz mais que convenientemente audivel
Vasco Gil, já quasi apopletico e em pontos de arrebentar — Que pergaminhos, nem que diabo! Se
aqui não havemos mister senão ir direitos á rua
Nova...

Um tremendo beliscão, que lhe arrumou, pela calada, o diplomatico e imperturbavel Baldaia, que
tinha a mão direita poisada por cautela no braço
do collega, fel-o interromper se de chofre. A observação de Vasco Gil não passou porém desapercebida de todos; e o subito susurro indignado, que se
levantou d'entre o povo, que assistia á sessão, deu
bem a conhecer que a opinião d'elle era mais popular, do que as astuciosas delongas dos outros
membros da camara. A chegada do serviçal com os
pergaminhos, e a grave e inabalavel serenidade, com
que todos os vereadores e homens bons fizeram ouvidos mercadores ás palavras de Vasco Gil e á ma-
nifestação da impaciencia popular, conteve esta, que
de novo se transfundiu na curiosidade inspirada pelo
acto, que se ia pausadamente desenrolando.

— Vêdes aqui os privilegios — disse Vasco Leite,
poisando a mão sobre o volumoso maço de pergaminhos, grandes e pequenos, que o serviçal collo-
cára diante d'elle — Lopo de Rezende, a vós toca
lêl-os, como escrivão. Tomae-os.

O escrivão da camara alargou a mão para os puxar para si; mas então Fernão d'Alvares Baldaia,
fazendo uma mesura, disse do-seu logar com grande
gravidade:

— Concedei-me licença, juiz; mas a mim me parece, que os privilegios são assás conhecidos de todos, pelo que escusamos leitura...

— Que, pezar de mouros! que leitura, nem que

diabo! — rebentou de lá Vasco Gil, que já litteralmente não via boia.

— Escusamos leitura d'elles — continuou serenamente o Baldaia, relanceando um olhar significativo ao collega — Portanto, Gomes Fernandes, como procurador da cidade, que requeira, segundo elles, o que pretende que se faça em prol e honra da communidade.

Vasco Gil torceu-se desesperado, como se o tamborete em que estava sentado, fôra um cavalete; e Gomes Fernandes, erguendo-se, fez nova mesura, e disse:

— Juiz, requeiro-vos que vades aonde Rui Pereira, que n'esta hora é na alfandega, e que lhe notifiqueis esses nossos privilegios, usos e costumes, e lhe requeiraes, da parte d'el-rei e da cidade, que se saia fóra d'ella, pois os ditos tres dias já são passados e muitos mais. .

Vasco Leite correu os olhos por todos os circumstantes, como para vêr os humores, em que estavam áquelle respeito.

— Ouvistes o requerimento do procurador — disse por fim — Ora se o achaes bom e n'elle accordaes, dizei-o; senão, se ha hi alguem que tenha que propôr algumas duvidas ácerca d'elle, que falle.

Um brado estrepitoso, soltado pela multidão de povo, que enchia o refeitorio, e algumas observações dos vereadores e homens bons, umas a elogiar o alvitre, e outras a recommendar cautela ao juiz, manifestaram plenamente que o requerimento de Gomes Fernandes era approvado sem discrepancia de um voto.

Então o escrivão Lopo de Rezende notou logo na ementa para a acta da sessão — *e acordarom todos a hũa vox q̃ assy se ffizesse;* e ao mesmo tempo Vasco Leite ergueu-se, dizendo serenamente:

— Ora vamos lá, Gomes Fernandes, vamos lá com Deus. Braz Martins, e vós, Tristão Rodrigues — continuou, voltando-se para dois homens corpulentos, vestidos com todo o rigor da ultima mòda, que estavam sentados entre os homens bons — requeiro-vos que me acompanheis, para; como tabelliães de sua mercê el-rei n'esta cidade, me dardes, do que eu passar com Rui Pereira, todos os instrumentos e certidões, que cumprir.

Os dois tabelliães ergueram-se com a presteza de quem já esperava por aquillo, e Vasco Leite e Gomes Fernandes sairam acompanhados por elles e por muito povo, dizendo ao sair aos collegas:

— Ora vós aguardae aqui por nós, que já voltamos.

Vasco Leite seguiu direito ás Congostas e d'alli á alfandega, onde sabia que estava Rui Pereira. Ao chegar á porta do edificio, pediu ao povo que não passasse d'alli; e elle e o procurador e tabelliães entraram para dentro d'esse tosco arco ponteagudo que ainda hoje é a porta principal da casa fiscal do Porto, e que, durante a súa longa vida secular, tem visto atravessar por debaixo de si myriadas de homens, de que hoje nem já o pó existe sequer.

Que de pensamentos e de recordações não inspira ao philosopho e ao archeologo esse grosseiro portal da idade media, esse veneravel ancião, que vive sem receio dos seculos, ao passo que os homens nem das horas se podem fiar!

E comtudo que multidão de pessoas não passam por diante d'elle, sem ao menos darem fé de que estão diante de uma testemunha presencial de um immenso passado, de uma testemunha de vista de muitos acontecimentos da infancia da nossa sociedade!

Quem ha ahi que, ao encostar-se ás ombreiras redondas d'aquella velha porta, se recorde de que ellas foram provavelmente tocadas, alguma hora, pelas mãos de muitos dos homens mais celebres e mais famosos da nossa velha historia, cujos vestidos e cujas armaduras de certo se roçaram por ellas mais de uma vez?

E dos modernos empregados da alfandega, que veem para a soleira d'ella fumar o cigarro bregeiro ou o malvado charuto do contracto, que, mercê de Deus, está para morrer, _{qual} é o que se lembra que aquelle mesmo logar. em que apoia agora os pés, foi pisado, antes d'elle, pelos reis da raça affonsina, Diniz, Affonso IV e Fernando I; pelos dois heroes de Aljúbarrota, João I e Nuno Alvares Pereira pelo famoso e astuto chanceller João das Regras; pelo denodado Sá das Galés; pelo inglez João de Gand. pela rainha D. Filippa, sua filha; e que emfim por cima d'elle, saiu por aquelle portal fóra. para ser levado á pia baptismal, o grande infante D. Henrique, o illustre motor das nossas prodigiosas descobertas e conquistas, o immortal iniciador de uma das mais admiraveis revoluções, que, no seculo xv, arremessaram na direcção d'isso que hoje chamamos civilisação?

Ah! se aquellas pedras, e outras tão velhas como ellas, fallassem, que de extraordinarios segredos não revelariam, que de importantes rectificações não fariam nos livros de historia, escriptos pelos homens!

Mas a pedra, a testemunha presencial, é muda, e o historiador só tem os factos — as apparencias — para colher as informações do passado. Como aquellas pedras se hão de muitas vezes rir d'elle! e de nós sobretudo, de nós tão pequenos e acanhados e que tão pouco caso fazemos d'ellas — d'ellas que viram, que conheceram, que palparam os grandes homens do passado; que conviveram para assim dizer com aquelles, á memoria de cujos feitos é que Portugal devé o honroso logar, que occupa na historia da civilisação do mundo!

Mas o leitor, que pouco lhe importa com os philosophos, com a archeologia e sobretudo com o portal gothico da casa da alfandega do Porto, já está, e com razão, impaciente por saber o que fez Vasco Leite e os companheiros, depois que entraram para dentro d'ella.

Vasco Leite e os outros não tiveram muitos passos a andar para dar com quem procuravam. Atravessaram o pateo, subiram á actual sala da abertura, onde já então se dizimavam as fazendas, e encontraram Rui Pereira.

O senhor da Terra de Santa Maria estava sentado n'uma cadeira de braços, diante de muitos fardos de pannos, sedas e brocados, e de não poucos caixões de armas que os officiaes da alfandega estavam a examinar, tomando nota das quantidades e qualidades, e ao mesmo tempo dos valores, os quaes eram apontados por Gomes Bochardo, que, de pé junto da cadeira do amo, lh'os ia lendo por um papel que tinha na mão. Rui Pereira, com olhar soberbo e carregado e gestos rudes e mal assombrados, fazia de quando em quando observações, no meio das quaes os officiaes, que sempre lhe fallavam de barrete na mão, afrouxavam o zelo, com que iam fazendo o exame. Bochardo, olhando-os de nesga e com olho de escarneo, sorria ás grosseiras invectivas do fidalgo, e ia ao mesmo tempo mentando no papel tudo o que os officiaes d'el-rei apontavam. Em redor das fazendas estavam alguns homens de Rui Pereira, uns desenfardelando fardos e outros apertando os já apurados.

Vasco Leite e os companheiros chegaram até poucos passos de Rui Pereira, sem que fossem presentidos. Bochardo foi quem primeiro deu por elles. Ao vêl-os, o olhar do almoxarife revelou momentaneamente o abalo pouco agradavel, que aquella apparição lhe fazia; empallideceu um pouco, e tocou rijo no hombro do fidalgo. Este, ao erguer de golpe a cabeça para vêr o que significava aquelle insolente reclamo, deu com o rosto no juiz e nos outros officiaes da cidade, que perfeitamente conhecia.

O olhar soberbo do senhor da Terra de Santa Maria scintillou de colera, porque reconheceu desde logo, na vinda d'aquelles homens, que se ia ve-rificar o que, por mais de uma vez, lhe tinha sido annunciado por Gomes Bochardo. Tomou então na cadeira posição ainda mais arrogante; aconchegou para a perna a espada, que trazia pendente do cinto de lavores e fechos de prata, com que cingia o pelote de rica escarlata de londres, acairelado de retroz carmesim, que trazia vestido; accommodou melhor o punhal; encostou a face á mão, e fitou o juiz e companheiros com um olhar scintillante, e sem corresponder á grande barretada, que elles lhe fizeram, com nem ao menos levar a mão ao barrete de velludo preto, ornado de uma pequena pluma branca, com o qual cobria a cabeça.

— Senhor, prudencia! — ciciou-lhe ao ouvido Go-mes Bochardo, curvando-se rapidamente para elle.

— Que pretendeis de mim? — disse arrogante-mente Rui Pereira aos officiaes da cidade, sem es-perar que estes lhe dissessem, que se dirigiam a elle.

Ao vêr a descortezia de Rui Pereira, o juiz e o procurador tinham de novo coberto as cabeças. Então Vasco Leite, que, por traz de toda aquella sua serenidade hypocrita, tinha sempre em reserva natural uma porção de coragem e de dignidade ca-paz de affrontar a brutalidade e a arrogancia do senhor da Terra de Santa Maria, adiantou-se dois passos mais para elle, e disse-lhe com serena gra-vidade e fitando-o bem em cheio no rosto:

— Senhor, vimos ante vós, para vos fazer certos requerimentos, que tocam ao bem e á honra da cidade...

— Fallae, por satanaz!... — interompeu com voz rija Rui Pereira.

— Senhor, prudencia, ou perder-nos-hemos — tor-nou-lhe a ciciar Bochardo ao ouvido, mas acompa-nhando agora o cicio com um violento apertão de medo no hombro.

As palavras e o apertão do almoxarife chamaram

Rui Pereira á consciencia de que n'aquella occasião lhe não convinha travar-se de razões com os offi-ciaes da camara. Fez um esforço violento sobre a natural arrogancia do genio, ergueu-se rudemente, levou a mão ao barrete, e, desbarretando-se sem olhar para elles, fez-lhes uma grande mesura, sacudida pelos esforços com que elle proprio se algemava, e disse, tornando a sentar-se:

— Ora fallae, que vos estou ouvindo.

Vasco Leite, em cujos labios pairava um sorriso de ironia provocadora, ao mesmo tempo que nos olhos e em toda a cara reluzia a mais perfeita gravidade e serenidade de beato, fez-lhe então nova e profunda barretada, e disse:

— Rui Pereira, senhor, vós bem sabeis que os antigos fundaram sua povoação, aqui n'esta cidade, sómente por viverem pelo trafego das mercadorias e as ajuntarem n'ella; porquanto desde Lisboa até Galliza não acharam outro porto de mar mais seguro do que este; e não o fizeram por lavrar, nem criar, porquanto a terra o não leva de si, nem é de tal genero. Pelo que, senhor, para a terra se melhor povoar, e fazer mais nobrecida, trabalharam de lhe achegar aquellas cousas, que melhor fizessem a vir ahi morar grande numero de gente; e tanto n'isso se trabalharam e tão boas cousas lhe achegaram, que vós bem sabeis quantos homens, em razão d'ellas correm para aqui, onde trasfegam com suas mercadorias a muitas partes do mundo, durando [1], como duram, allá muitos tempos, trasfegando por terra e por mar, sem fazerem grande estimação de virem tão cedo a suas casas, porque sabem que suas mulheres e seus haveres estão em logar isento e seguro. [2]

— Mas, ieramá... Ora abreviae, Vasco Leite, que hei mister de muito tempo, para findar com o

[1] Demorando-se
[2] Vide nota LXXVI.

alealdamento e dizimação d'estas mercadorias que
vêdes — interrompeu Rui Pereira, contendo-se ao
novo apertão que Bochardo lhe deu á sorrelfa no
hombro.

O juiz, aproveitando a interrupção para tomar
folego, sorriu-se com a mesma ironia de ha pouco,
e continuou:

— Ora, senhor, por estas e outras cousas legitimas, que escusarei referir, pois que tão de afogadilho, má hora! vos vimos achar, poderá haver
cento e cincoenta ou duzentos annos, sendo esta
cidade mal habitada com os poderosos e fidalgos,
que a ella vinham morar e pousar, os regedores,
officiaes e povo, que então eram, ordenaram e fizeram suas posturas e vereações, que nenhum fidalgo nem pessoa poderosa não fossem recebidos
por visinhos, nem morassem na dita cidade, nem
fizessem ahi vivenda nem estada prolongada.

Rui Pereira deu aqui um salto na cadeira e fitou o juiz com olhares scintillantes de colera. Gomes Bochardo baixou-se-lhe de novo sobre o ouvido,
recommendando prudencia. Vasco Leite continuou
serenamente, e sorrindo:

— Desde esse tempo foram os moradores do
Porto de posse das ditas posturas, e as usaram e
costumaram, confirmadas pelas cartas d'el-rei D.
Diniz e d'el-rei D. Affonso, seu filho e nosso grande
amigo, e d'el-rei D. Pedro, que achando-as boas,
as houveram por bem e d'ellas nos deram suas
cartas patentes. Assim as usaram e costumaram, e
d'ellas estiveram de posse por dez, vinte, trinta,
quarenta e cincoenta annos e mais, até o tempo
d'el-rei D. Fernando, em que, sendo meirinho-mór
um João Fernandes Buval, justiça maior na comarca de Entre Doiro e Minho, havida sobre isso
inquirição, depois de certo e informado que tal era
o costume na dita cidade, a confirmou por sua
carta patente, acrescentando sobre as dos reis passados, e na sua declarando, e mandando mais que

os ditos fidalgos e poderosos não pousassem nem estivessem na cidade mais que tres dias, posto que fosse na casa de algum seu amigo. E, para que os ditos privilegios e costumes fossem bem guardados, deu logo poder e autóridade aos juizes da cidade, para que tanto que os ditos fidalgos e pesssoas poderosas fossem requeridas que se saissem, não se querendo sair logo, todos ou cada um dos ditos juizes com os moradores os tirassem e pozessem fóra da cidade.

— Por Satanaz, dom villão! — balbuciou Rui Pereira, erguendo-se a meio corpo e pondo nos offi-ciaes da cidade os olhos chispando colera satanica.

—Senhor, que nos perdemos — balbuciou, mas então mais desatinadamente, Bochardo, fitando ao mesmo tempo Vasco Leite com olhar supplicante.

— Andae, ieramá, andae, que já estou enojado com tanta parola. Findae prestes, pelo inferno! acabae — disse aqui o senhor da Terra de Santa Maria, tremendo de raiva, mas trabalhando quanto podia para conter-se.

Ao verem o movimento do senhor da Terra de Santa Maria, Gomes Fernandes e os dois tabelliães levaram as mãos aos cutellos, que tinham nos cintos, e fitaram-n'o com olhares ameaçadores. Vasco Leite não fez menção do mais pequeno abalo ; e logo que elle serenou, continuou com a mesma gravidade hypocrita e com o mesmo meio sorriso de ironia :

—Estes privilegios, senhor, foram depois confirmados e outorgados por el-rei D. João, cuja alma Deus haja, por sua confirmação especial, e depois por outra geral, em que declarou e acrescentou mais que sendo os juizes da cidade negligentes, não podendo ou não querendo cumprir e guardar os ditos usos e costumes, privilegios e liberdades, elle mandava aos moradores d'ella e os seus arrabaldes que não consentissem a

nenhuma pessoa das sobreditas, que lhes fossem
contra elles em nenhuma guisa; e o mesmo mandou el-rei D. Duarte, cuja alma Deus haja, e el-rei
D. Affonso, que ao presente nos governa.

Vasco Leite fez aqui nova pausa.

— E d'ahi? — disse então Rui Pereira com escarneo ferocissimo.

— E d'ahi — continuou o juiz, pegando da palavra e cavando mais o sorriso ironico — e d'ahi, senhor, d'ahi vem que nós, para o bem d'esses privilegios, estamos de posse pacifica, por tanto tempo
que a memoria dos homens não é em contrario,
que tanto que algum fidalgo ou pessoa poderosa
quer ahi vir pousar a casa de algum seu amigo, na
cidade ou nos arrabaldes, o hospede, antes de o
agasalhar, vae pedir licença aos regedores, dizendo-lhe o dia em que ha de entrar, para se saber
se está ahi mais dos tres dias; e, se a não pede,
mandamol-a penhorar por dez marcos de prata
para a cidade, e se não quer ser penhorado, dá pe-
nhor a refazer, e vae á camara allegar a razão que
teve para não ir pedir a dita licença; e se a razão
tal é, lhe conhecemos d'ella, senão constrangemol-o
a que pague a dita pena...

— Gomes Bochardo! — bradou Rui Pereira, voltando-se para o almoxarife e fitando-o com olhar
carregado.

— Vós bem sabeis, Vasco Leite, — disse então
Bochardo — que eu vos fui avisar da chegada do
sr. Rui Pereira.

Vasco Leite fez profunda barretada, e continuou,
como se o não tivessem interrompido:

— E com a dita licença, quando algum fidalgo
ou poderoso vem pousar ás estalagens, podem estar tres dias na cidade; os quaes acabados, os re-
queremos com um tabellião que se vão fóra, e se
logo o não querem fazer, nós os juizes com os moradores os botamos e lançamos logo fóra, como aconteceu ao conde D. Gonçalo, ao conde D. Pedro,

ao arcebispo D. Lourenço, e mais era fronteiro, e
a João Alvares Pereira, vosso senhor avô (aqui
Vasco Leite fez grande barretada) a Gomes Ferreira, o velho, e a outros, os quaes os nossos antecessores por força de armas e de fogo, como
melhor puderam, lançaram fóra da cidade, depois
de serem requeridos, e se não quererem logo sair.
Por esta maneira — perorou Vasco Leite, fitando
significativamente os olhos no senhor da Terra de
Santa Maria — por esta maneira foram sempre os
nossos privilegios costumados, praticados, guardados e interpretados desde grande tempo para cá
sem contradicção de pessoa alguma.

Vasco Leito calou-se. Rui Pereira tremia como
azougado, com os olhos ferozmente illuminados
postos no juiz. Este fitava-o com olhar firme e socegado, mas ao mesmo tempo com os labios en-
crespados por sorriso cada vez mais ironico.

— Senhor, que nos perdemos... que nos perdemos! — balbuciou Gomes Bochardo, curvando-se,
de todo dementado, sobre o ouvido de Rui Pereira.

Este não dava palavra.

Durante dois ou tres minutos, o juiz e o senhor
da Terra de Santa Maria estiveram assim diante
um do outro, fitando-se em profundo silencio.

— Acabastes, corpo de Deus consagrado? — balbuciou por fim Rui Pereira, em voz abafada — Dizei ora o que de mim pretendeis.

O sorriso ironico do juiz avivou-se até á provocação. Tirou então o barrete, fez profunda cortezia,
e disse serenamente:

— Senhor, vós chegastes sexta-feira, que foi, á
cidade; assim a vossa estada n'ella já é britamento
e deshonra dos privilegios que vos notifiquei. Pelo
que, requeiro-vos, da parte d'el-rei, que vos, saiaes logo
d'ella, pois que os tres dias já são passados, e mais.

A estas palavras, Rui Pereira ergueu-se de golpe, com os olhos ferozmente scintillantes, os labios
pallidos e tremulos e a mão no punho da adaga.

—E a mim me dizeis vós isso, a mim, villões desbragados! — balbuciou por entre um grito tremendo, que lhe saiu pelos labios fóra, assobiando colera satanica — A mim! E táo ousado sois vós que me façaes tal requerimento, e que penseis empachar-me com feros e com ameaças?

Os homens do senhor da Terra de Santa Maria reuniram-se em torno da cadeira do amo, alguns d'elles já com os cutellos fóra do cinto. Os quatro officiaes da cidade fizeram corpo em volta do juiz, e com as mãos nos cabos dos punhaes fitaram ameaçadoramente o fidalgo e os seus homens d'armas.

Gomes Bochardo lançou-se então de golpe entre os dois partidos.

—Rui Pereira, senhor...—exclamou em voz cheia de afflicção e fitando n'elle o olhar quasi dementado — Senhor, attentae... bem vêdes que estes honrados homens não o fazem para vos affrontar mas para bem de suas liberdades... Rui Pereira, senhor... não os injurieis que elles não quererão vosso damno, e como homens de boa razáo se haverão de certo comvosco. Prudencia, ou estamos perdidos — acrescentou n'um cicio, passando com a rapidez do relampago para o lado d'elle.

No impeto d'aquella colera arrogante e ferocissima, Rui Pereira havia dado um passo para a frente com o punhal meio fóra da bainha. Vasco Leite e os companheiros não se desviaram porém uma linha.

—Senhor Rui Pereira — disse então o juiz em voz grave e carregando um pouco as sobrancelhas — este requerimento não vol-o fazemos para vos injuriar, mas sim para guarda e prol de nossos privilegios e isenções. A el-rei, que fôra, da mesma maneira o fariamos. Assim attentae bem por vós e pelos vossos, que não somos homens que nos deixemos affrontar.

Aqui ouviu-se um grito temeroso, soltado pelo

povo, que ficára á porta da alfandega, e que, avisado do que se passava por alguns que tinham eñ-
trado até á porta da sala, onde estava Rui Pereira,
lançou-se de golpe no pateo, correndo em auxilio
do seu juiz e dos outros officiaes da cidade.

Ao ouvir aquelle brado, Rui Pereira ergueu com
arrogante impavidez a cabeça, e rodeou os olhos
pelos seus homens d'armas. Estes estavam todos
em redor d'elle. Ao mesmo tempo, Vasco Leite
cravou um olhar significativo no procurador da cidade, e disse com voz imperiosa:

— Gomes Fernandes, ide vós.

Gomes Fernandes correu ao encontro da multidão, e conteve-a. Entretanto Rui Pereira sentou-se,
e, depois de estar alguns minutos calado, para dar
tempo a que a vontade lhe sofreasse a colera e a
soberba, disse em voz serena e sem levantar os
os olhos carregados para o juiz:

— Vasco Leite, vós fazeis mal em me requerer
essas cousas, porque bem sabeis que, se estou ainda na cidade, é porque a festa do pentecoste, e
suas oitavas, me não deu logar a despachar minhas
mercadorias...

— Senhor, peza-me; mas al não pôde ser.

— Ora pois, ide-vos em paz e muito nas boas
horas, que eu sairei logo que acabe de dizimar
minha fazenda.

— Senhor, perdoae-me, mas isso não póde ser.
Cumpre á honra da cidade e ao prol dos nossos costumes e privilegios que saiaes já.

— Sair já! — disse Rui Pereira, fitando-o com
vista baixa e carregada.

— Saireis já, que assim havemos mister, e assim
vol-o requeiro da parte d'el-rei, e dos fóros e privilegios da cidade.

O senhor da Terra de Santa Mariá ergueu de
todo a cabeça, e fitou por um momento o juiz com
olhar luzente como o de um tigre. Por fim disse
em voz tremula, mas serena:

— Vós fazeis isso por odio e má vontade que me tendes, porque eu tenho ahi estado outras vezes na cidade mais que os tres dias, e não só eu mas outros fiddalgos, e nunca tal requerimento nos fizestes. Ora eu sei muito bem vossos privilegios. Portanto não sairei.

— Senhor, attentae bem no que fazeis — replicou gravemente o juiz.

—Andae, ieramá, andae—balbuciou em voz cada vez mais sacudída o senhor da Terrá de Santa Maria — E não me atabafeis mais, que já me não soffro...

— Braz Martins, e vós, Tristão Rodrigues — disse então o juiz, voltando-se para elles — requeiro-vos, como a tabelliães de sua mercê el-rei, para que, do que se passou, me deis a todo o tempo as certidões que cumprir.

Assim dizendo cortejou Rui Pereira com a cabeça, mas sem lhe tirar o barrete, e partiu acompanhado pelos dois tabelliães.

D'ahi a pouco um grito temeroso soltado pelo povo, que Gomes Fernandes fizera recuar para fóra da alfandega, e algumas pedras arremessadas com força pelo pateo dentro, intimaram ao senhor da Terra de Santa Maria que estava a guerra abertamente declarada.

XVII

PELOS PRIVILEGIOS

Levantam n'isto... o alarldo
Dos grltos, tocam a arma, ferve a gente;
As lanças e arcos tomam, tubas soam,
Instrumentos de guerra tudo atroam.

Camões. *Os Luziadas. Canto III. Est. 48.*

asco Leite e os companheiros voltaram ao refeitorio do mosteiro de S. Domingos, e ahi deram parte, á camara e ao povo, do que lhes succedera com Rui Pereira.

Vasco Gil irrompeu logo em ameaças e brados concitadores, o povo secundou-o com infernal e pavoroso alarido, e da parte de alguns dos proprios vereadores e dos mais sisudos homens bons appareceram symptomas de estarem decididos a opinar que se appellasse immediatamente para a ultima razão dos povos.

A revolta estava pois a rebentar por momentos. Alguns minutos mais, e o medonho cachão em que estuava, trasbordaria pavorosamente para fóra da prudencia, que continha a tolerancia popular.

O astuto Baldaia e o não menos velhaco Vasco Leite relancearam-se então com indizivel anciedade. A armadilha, habilmente combinada, em que pretendiam enredar Rui Pereira, para que a razão e a lei ficassem todas da parte do povo, estava em pontos de se voltar contra elles. O povo ia ser o provocador da desordem, sem ter feito da sua parte tudo o que devia fazer, para que ella não tivesse logar. Ora Fernão d'Alvares Baldaia conhecia a fundo o caracter bondoso e um pouco leviano do filho de D. Duarte; conhecia a influencia que sobre elle exerciam os nobres que de perto o tratavam, e de que elle, em razão do muito que os engrandecera, estava agora mais que nunca dependente por causa da proxima guerra com Castella, a que já não podia fugir, e para a qual se deixára arrastar mais, por leviandade cavalheiresca do que por ambição de engrandecimento territorial. Assim, para prevenir um futuro desaire á cidade e ao seu amigo Affonso V o perder o poderoso auxilio da bolsa portuense, o astuto Baldaia empenhava-se, quanto era possivel, em que Rui Pereira fosse o unico culpado de qualquer acontecimento illegal, que necessariamente se devia seguir d'aquelle capricho. Para isso era preciso que o povo esgotasse até ás ultimas fezes o calix da tolerancia e qa paciencia; — difficillimo empenho, para conseguir o qual planeára arteiramente o caminho que o negocio devia seguir; e d'elle a ira, facilmente incendiavel do monstro popular, estava agora a fazel-o desviar por momentos.

O Baldaia e Vasco Leite, que o auxiliava, relancearam-se pois um momento, e, d'aquelle só relance, comprehenderam-se de todo.

Fernão d'Alvares ergueu-se então sisuda e gravemente.

— Juiz, dae-me licença, e vós outros ouvide — disse então, levantando a voz.

— Ouvide, ouvide! — bradou o juiz rijamente.

— Ouvide, ouvide! — repetiram alguns vereadores e homens bons em voz de trovão e saltando para cima dos tamboretes e bancos, em que estavam sentados, para serem melhor attendidos pela multidão.

A estes brados a turbamulta fez subitamente silencio — mas o silencio do mar em tempestade, quando á setima onda se recolhe borborejando, para rebentar após ella em mais espantoso bramido.

Então Fernão d'Alvares Baldaia pôz-se de pé em cima do tamborete, em que estava sentado, e disse em voz que se sobrelevava por cima do borborinho tempestuoso da multidão:

— Amigos, Rui Pereira está fóra do seu siso natural; que, a não ser assim, nunca ousaria fazer o que fez. Portanto, a meu parecer, pois que já é tarde, recolha-se cada um a sua casa, e, depois de comer, tornemos nos aqui a ajuntar, a fim de accordar no que devemos fazer, se elle seguir com sua teima.

Fernão d'Alvares era geralmente respeitado como homem sisudo e de bom conselho, e demais estimado por toda a cidade, que tinha n'elle poderoso valedor em todas as suas pretensões com Affonso V. Assim mal acabou de fallar, o borborinho acalmou cada vez mais, e tudo ficou calado, sem haver quem o contradissesse.

Por fim Vasco Gil rompeu o silencio. Segundo a opinião do terrivel thesoureiro da Bolsa, o povo iria logo em busca do senhor da Terra de Santa Maria, e, o menos que lhe faria, seria despedaçal·o. Mas o Baldaia exercia sobre Vasco Gil decidida influencia; assim o thesoureiro sentou-se como o tigre se senta dentro da jaula, e bradou furioso como elle e em voz de trovão:

— Seja, por satanaz! seja. Mas olhae, compadre, que aqui não ha que fazer com aquelle perro. Emfim vamos, pois que assim o haveis por melhor; mas, depois de comer voltaremos, e pelo inferno! ou de grado ou de força aquelle aleivoso dormirá hoje fóra da cidade.

Estas palavras foram acolhidas por um brado medonhamente estrepitoso; após o qual a multidão dispersou em differentes direcções.

Duas horas depois, quando o relogio da Sé acabava de dar meio dia [1]. a camara, que, por conselho do Baldaia, se havia antecipado bem tres quartos de hora á chegada do povo, e que durante esse espaço de tempo havia mandado quatro officiaes seus a requerer a Rui Pereira que fosse vêr os privilegios. com que lhe allegava o seu direito, recebia da bocca d'elle resposta identica á que já dera a Vasco Leite, quando lhe foi fazer a primeira intimação.

— Eu sei bem vossos privilegios — respondera o senhor da Terra de Santa Maria — Não hei mister ir vêl-os. Não sairei da cidade; e vós não ouseis voltar cá outra vez.

Entretanto que o povo, seguindo o astuto conselho do Baldaia, dispersára para ir jantar, Rui Pereira recolhera com os seus homens d'armas á casa de Leonor Vaz, onde estava aposentado. Gomes Bochardo não se fartava de lhe recommendar prudencia, e, agora, que fizesse da necessidade virtude, e cedesse, para ao menos não soffrer damno em sua pessoa e fazenda. Rui Pereira, apezar de toda a sua arrogante soberba, chegára á pousada um pouco abalado pelos conselhos do seu almoxarife. Mas as duas horas, que mediaram sem novidade, alentaram-lhe novamente a arrogancia, e, quando os quatro officiaes da camara chegaram, recebeu-os ferozmente, parte por genio, e parte premeditadamente, porque lhe parecia que aquelle espaço de repouso era symptoma do medo, que a cidade lhe tinha.

Os officiaes, chegando á camara, pouco povo

[1] Vide nota LXXVII.

ainda encontraram ahi. Mas esse, que estava, principiou logo a agitar-se, e alguns homens sairam a concitar a populaça.

N'este entretanto a camara accordou que dois vereadores, acompanhados por quatro tabelliães, fossem de novo a Rui Pereira a requerer-lhe que viesse ou mandasse vêr os privilegios, e a protestar pela responsabilidade do que da sua recusa succedesse.

Fernão d'Alvares Baldaia offereceu-se para aquella commissão, e, sendo aceite, partiu acompanhado pelo outro vereador Diogo Martins e pelos dois tabelliães que tinham acompanhado da primeira vez Vasco Leite, e mais os outros dois que haviam na cidade, dos quaes um se chamava João do Porto e o outro era o já nosso conhecido Lourenço Annes, alcaide pequeno, por capricho da cidade e contra vontade do alcaide-mór João Rodrigues de Sá.

Rui Pereira estava jantando, quando os delegados da camara chamaram á sua porta. O seu primeiro impulso foi dar ordem de os não deixar entrar; mas sabendo que vinha alli o Baldaia, o amigo intimo de sua senhoria el-rei, mandou-os subir, e recebeu-os carregadamente mas com toda a cortezia.

Fernão d'Alvares expoz-lhe, com todo o primor de homem avezado ao trato da côrte, o objecto da sua commissão, misturando na exposição palavras de bom conselho, e outras que lisongeavam a vaidade do senhor da Terra de Santa Maria, appellando directamente para a grandeza e generosidade da sua alma.

Rui Pereira ouviu-o sem o interromper até o fim, apenas dando de quando em quando inequivocos signaes da impaciencia, com que lutava. Quando o Baldaia acabou de fallar, respondeu serenamente:

— Fernão d'Alvares, muito me espanto que sendo vosso filho cavalleiro e vós tanto da amizade d'el-rei, vinhaes com requerimentos de villões a mim que sou fidalgo da sua casa.

— Senhor, perdoae-me — replicou cortezmente o Baldaia — mas por isso mesmo é que venho, por saber que sua senhoria se não haverá por bem servido de vós quererdes britar os fóros e os privilegios d'ésta sua leal cidade do Porto.

— E isso me dizeis vós a mim! — bradou o senhor da Terra de Santa Maria, batendo furioso com o pé no soalho — Isso me dizeis vós nas barbas, sem respeito ao dívido que tenho com sua mercê el-rei, e a que sou fidalgo da sua casa?

Fernão d'Alvares mediu-o com um olhar serénamente imperioso e arrogante.

— Vós me dareis certidões de tudo o que se passou aqui — disse gravemente para os tabelliães. Depois continuou serenamente, voltando-se para o senhor da Terra de Santa Maria — El-rei de tudo será sabedor. Que todo o mal que d'aqui se seguir caia sobre vós, homem desassisado.

Assim dizendo, voltou as costas, e saiu acompanhado pelos tabelliães.

Ao ouvir estas palavras, Rui Pereira seguiu após elle dois ou tres passos, de todo dementado pela raiva; mas a cegueira d'ella não conseguiu apossarse da experiencia dos seus sessenta annos de idade, por fórma que de todo lhe fizesse olvidar que aquelle era Fernão d'Alvares Baldaia, valído e amigo intimo d'el-rei D. Affonso V. Ao vêl-o desapparecer pela porta fóra, parou, e ficou por alguns minutos sem se mexer e tremendo convulsivamente de raiva. Por fim voltou se para os seus homens, e bradou-lhes por entre os dentes cerrados:

— As minhas armas; e vós outros ide-vos armar, e recolhei para dentro da casa toda a pedra que puderdes. Eu farei desdizer estes refeces das affrontas, que ousam fazer a um homem tal como eu.

D'ahi a minutos a casa, em que vivia Rui Pereira, estava toda agitada por bellicoso arruido.

Abriam-se setteiras e buracos nas paredes e portas; e os homens d'armas, completamente armados, uns approximavam das janellas toda a qualidade de armas de arremesso e de tiro que haviam na casa, outros recolhiam para dentro d'ella todas as pedras, que estavam espalhadas pela rua. A imperfeição, que as espingardas tinham n'essa epoca, em que ainda era empregado o murrão para lhes dar fogo, fazia com que a pedra fosse contada entre as mais terriveis armas de arremesso, de que n'esse tempo se fazia uso.

Quando Fernão d'Alvares Baldaia saiu das Congostas para o largo de S. Domingos, este já estava litteralmente atulhado de povo, armado de toda a qualidade de armas. A vozeria era espantosa e aterradora: o apertão grande e de gente de todo o ponto irritada. Foi necessario toda a autoridade e respeito, de que gozava o Baldaia, para poder atravessar até á portaria do convento. Quanto ahi chegou, o tumulto havia crescido medonhamente, e os sinos da sé principiavam a tocar a rebate.

Fernão d'Alvares apressou o passo, e chegou por fim ao refeitorio. A desordem e a irritação dos animos tumultuavam ahi entre a multidão do povo, que rodeava a mesa da vereação, tão ferozmente como tumultuava cá fóra. A camara já estava amedrontada pelo medonho acachoar d'aquelle pavoroso vulcão. O proprio Vasco Leite, apezar de toda a sua inalteravel serenidade de espirito, já estendia de quando em quando a cabeça, lançando por cima da multidão olhares anciosos a vêr se apparecia o Baldaia.

Este assomou por fim á porta do refeitorio. A multidão soltou um brado temeroso, e depois calou-se, como que esperando que elle fallasse. Fernão d'Alvares atravessou por entre o povo, que abriu respeitosamente caminho para elle chegar á meza da vereação. Após elle seguiam os quatro tabelliães, e Alvaro Gonçalves, completamente armado e com um esado montante ao hombro.

A vinda do amante de Alda não era casual. Ao
atravessar por diante da porta d'elle, Fernão d'Alvares encontrou-o a sair para a rua. Gançalo Peres
ia cada vez a melhor, e o filho ficava junto d'elle,
emquanto que Alvaro ia cumprir o seu dever, reu-
nindo-se aos seus concidadãos. Fernão d'Alvares,
mal o avistou, chamou-o para junto de si. Bem sabia elle quanto o moço era estimado pelo povo; e
por isso e pelo grande esforço de que Deus o dotára, o astuto amigo d'el-rei entendeu não dever
prescindir d'elle para os milhares de eventualidades,
que bem previa se seguiriam d'aquella teima do
senhor da Terra de Santa Maria, e do nobre capricho que inspirava á camara e ao povo a guardar
illesos os seus fóros e privilegios.

Quando o Baldaia se approximou da mesa, Vasco
Leite fitou n'elle um olhar anciosamente prescru-
tador, e balbuciou:

— E então, Fernão d'Alvares?

Fernão d'Alvares subiu acima de um tamborete,
e respondeu em voz alta e voltado para o povo:

— Rui Pereira teima em desobedecer ás citações
que lhe havemos feito, e diz que não quer saber
de nossos privilegios nem das justiças de sua mercê el-rei...

— Morra! — troou a multidão n'um brado tremendo.

— Ouvide! — bradou o Baldaia, esforçando a
voz quanto podia, logo que a entoação d'aquelle
brado pavoroso principiou a descer.

— Morra! — repetiu o povo, agitando-se tumultuosamente.

— Morra o falso!

— Morra o aleivoso!

— Fóra o tredo mescão!

— Homens, ouvide. Deixae fallar Fernão d'Alvares, que tem cousas de grande valia para vos dizer
— bradou aqui em voz de trovão o armeiro, saltando para cima da meza da vereação.

— Morra! Morra o mescáo! — repetiu medonhamente a turbamulta — A elle! A elle!

— Ouvide, ouvide! — bradava Fernão d'Alvares,
esganiçando a voz a todo o seu poder e estendendo
enfurecido os braços para a populaça.

— Ouvide! Ouvide! — gritavam Vasco Leite e
alguns homens bons, que haviam saltado para cima
da mesa, e faziam côro com Fernão d'Alvares Baldaia.

A vozeria e a confusão continuava porém temerosa. Então a esguia e extravagante figura do echacorvos emergiu ao de cima da multidão, encaval-
gada nos largos hombros do corpulento Abuçaide,
que andára até alli cosido com elle, armado de uma
couraça e de uma espada de ambas as máos. Paio
Balabarda estava completamente armado, e tinha
na mão uma facha d'armas.

— Sús, excommungados, calae-vos! — bradou em
voz rija como o troar de uma bombarda, mal saiu
ao de cima da turbamulta.

Esta calou-se de subito, e ao espantoso tumulto
succedeu o ruidoso borborinho, que sae do meio
das reuniões de muita gente violentamente concitada.

— Fernão d'Alvares — disse então o echacorvos
— fallae, dizei-nos o que tendes para dizer; mas
vêde que não falleis em soffrermos mais aquelle
aleivoso, que isso não o faremos ..

— Bem fallado, echacorvos. Falle Fernão d'Alvares. Morra o aleivoso! A elle! A elle! — gritou
com espantoso vozeirão e brandindo uma chuça
que trazia empunhada, a temerosa Mari'Affonso,
enxerqueira das Aldas, que pela primeira vez na
sua vida fazia côro com Paio Balabarda, de quem
era capital inimiga.

— Falle o Baldaia! Falle! Falle!

— Morra Rui Pereira!

— Fóra o mescão! Fóra o aleivoso.

— Sús, excommungados, deixae fallar — trovejou

de novo o echacorvos, lá de cima do seu alteroso
poleiro.

A multidão callou se, e ficou em completo silencio. A curiosidade de ouvir Fernão d'Alvares,
abafava todo o ruido.

Então elle limpou com a manga 'da camisa o
suor que lhe escorria da fronte, e depois de des-
empenar a garganta, que lhe emperrava do muito
que havia gritado, disse em voz sufficientemente
audivel :

— Ouvide, homens, ouvide-me até o fim, e não
me vades á mão; que, se o fizerdes, voto a Deus!
que largarei de cuidado este negocio, e lá vos
avinde como vos aprouver.

— Fallae, fallae, Fernão d'Alvares!

— Morra o aleivoso! Morra o falso!

— Psiu! Buz! Chiton!

A populaça tornou a fazer silencio, e o Baldaia
continuou:

— Amigos, vós bem sabeis que nós havemos de
dar a sua senhoria el-rei toda a razão do feito que
fizermos; por isso havemos mister de fazer tudo
que honestamente se possa, para escusar caso de
maior.

Um surdo borborinho, que a estas palavras se
levantou do meio da multidão, advertiu Fernão
d'Alvares de que ia seguindo por caminho pouco
popular.

— Assim — continuou elle — como Rui Pereira
não quer obedecer a nossas citações, e se arma e
se apparelha para resistir, vamos nós armar-nos
tambem...

A turba multa soltou um brado de plena approvação.

— E depois para mór abondança e para evitar
algum mal que de al fazermos possa recrescer, vamos outra vez aonde o senhor da Terra de Santa
Maria, a mostrar-lhe nossos privilegios...

Um brado temeroso de desapprovação abafou
aqui a voz do orador.

— Ouvide, pelo inferno! ouvide até o fim — trovejou então cheio de colera Alvaro Gonçalves, estendendo para o povo o montante convulsivamente
empunhado, e cobrindo-o com um olhar que chispava vivas centelhas de indignação.

— Sús, excommungados, deixae acabar — bradou
voz em grita o echacorvos.

— Ouvide! Ouvide! Deixae fallar Fernão d'Alvares, aleivosos! Morra Rui Pereira! A elle! a
elle! — esganiçou de lá a enxerqueira, brandindo
a chuça, e contradizendo-se assim tão abertamente
em razão dos dois sentimentos oppostos, que n'ella
combatiam n'aquelle momento — o odio profundo
que votava a Rui Pereira e o grande respeito que
tinha ao Baldaia.

Este tornou a alimpar o suor, que lhe corria da
fronte, e continnou em seguida:

— Nós não somos teúdos a o fazer; mas tudo
se deve ao respeito, com que cumpre acatar as
justiças de sua senhoria el-rei. Iremos armados,
para que Rui Pereira nos não tome os pergaminhos,
nem nos faça alguma outra injuria. E se, depois
de os vêr, ainda os não quizer obedecer, então,
Deus diante, faremos por o lançar fóra a ferro e
fogo, como melhor pudermos, a fim de defender-
mos e guardarmos nossos costumes e isenções, fóros e privilegios, como nol-o manda sua senhoria
el-rei em suas cartas patentes.

— Bravo! Isso é que é fallar! — bradou em voz
de trovão o echacorvos, brandindo a facha, e saltando abaixo do costado do Atlas africano, que,
apezar das suas grandes forças, já se ia sentindo
acurvar á continuação d'aquelle peso.

— Bem fallado, Fernão d'Alvares, bem fallado!
Assim seja, assim seja! — bradaram os vereadores
e homens bons, batendo as palmas.

— Bem fallado! Assim seja! assim seja! — repetiu o povo com um urro estrepitoso.

E acordarom todos a hũa vós q̃ assy ffosse — tor-

nou Lopo de Rezende a escrever na ementa da
acta d'aquella tumultuosa vereação.

Tomado este accordo os membros da camara
sentaram-se, á espera dos homens por quem haviam mandado buscar armas ás suas respectivas
casas. Meia hora depois estava tudo armado. Alvaro, o outro juiz, irmão do astuto Vasco Leite, saiu
então com a bandeira da cidade, acompanhado pelo
procurador e pelo armeiro e alguns homens com
trombetas, a chamar o povo á revolta. O echacorvos e outros correram em differentes direcções a
fazer repicar a rebate todos os sinos do Porto.

A's tres horas da tarde a cidade estava em plena
revolução. Em todas as ruas estuava a tormenta.
Homens, mulheres e creanças, tudo fallava, tudo
berrava, tudo esbravejava. Os mais atrevidos e
audazes corriam para S. Domingos, fazendo temeroso alarido. Aquillo assemelhava a approximação
de pavoroso cataclysmo. Rui Pereira já nem mesmo podia ceder sem perigo.

A's tres horas e meia o juiz Vasco Leite, os quatro vereadores e o procurador da cidade, completamente armados, sairam de S. Domingos em direcção á rua Nova, levando os pergaminhos mais
importantes, e acompanhados de Alvaro Gonçalves
e de uma multidão immensa de povo armada de
mil maneiras, no meio da qual o echacorvos ia
trovejando pragas e ameaças contra o senhor da
Terra de Santa Maria.

Ao chegar ao chafariz, que havia n'esse tempo
no cotovello que faz a rua das Congostas ao voltar
para a rua Nova dos Inglezes, a camara estacou,
e com ella estacou toda a turba que a seguia. Ao
chegarem alli, entrava na rua, vindo da rua Nova,
o bispo D. João de Azevedo, acompanhado por
dois clerigos seus capellães, todos tres encavalgados em mulas.

Aquella apparição não era pura casualidade. D.
João, mal soubera do furor, a que a teima de Rui

Pereira, de quem era amigo, fizera chegar os animos populares, saiu apressado do paço, e foi ter
com elle, para vêr se o decedia a ceder. O
que elle fez com o senhor da Terra de Santa
Maria, e com o povo vae o leitor saber immediatamente.

D. João de Azevedo era n'esse tempo popular,
quanto ainda n'essa epocha o podiam ser os bispos do Porto, que, uns por systema outros por
verdadeira dedicação, continuavam a protestar por
todas as fórmas contra o accordo que o bispo D.
Vasco fizera com D. João I—accordo pelo qual os
bispos largaram a el rei e á cidade a jurisdicção
que n'ella tinham

Ao topar com o bispo, a multidão estacou portanto, e d'ella uns ajoelharam, outros inclinaram-se,
segundo a veneração em que tinham as bençãos
bispaes, que elle disparava generosamente para todos os lados. A camara rodeou-o, e os vereadores
tomaram-lhe a mão, beijaram-n'a, e curvaram devo-
tamente as cabeças ao competente abençoamento.

— Amigos — disse então D. João de Azevedo —
isto que é? A que vindes assim em arruido?

— Senhor — replicou Vasco Leite — Rui Pereira,
senhor da Terra de Santa Maria, não quer obedecer a nossas citações de se sair fóra da cidade, porque diz que não temos taes privilegios, que isto lhe
possamos mandar. Assim, senhor, vamos onde elle,
a mostrar-lh'os para que não possa duvidar mais.

— Ora se assim é replicou o bispo — não ha para
que passar mais ávante. Dae-m'os que eu os verei,
que aqui sou vindo a pedido d'elle, para, segundo
vosso requerimento, averiguar se taes são.

Vasco Leite tomou então cinco ou seis pedaços
de pergaminho que Gomes Fernandes trazia na mão,
e entregou-os ao bispo. Este desenrolou-os, e esteve bem oito ou dez minutos a repassar pelos olhos
as garatujas n'elles enrabiscadas. O povo guardava
profundissimo silencio, todo pendurado da anciosa

curiosidade de ouvir o que o bispo diria ácerca das cartas dos seus fóros.

D. João sorriu-se ao ultimo que leu, e abanou pausadamente a cabeça.

— Bem está Rui Pereira com sua teima! — disse por fim — Ora tomae vossos privilegios, que elles são taes que elle não póde ahi estar mais que os tres dias. Bom é que saia: Vós outros aguardae-me aqui, que eu lh'o vou dizer, e não resistirá mais.

Assim dizendo, abençoou para a direita e para a esquerda, mas agora menos prodigamente, voltou a mula, e tomou para a rua Nova, acompanhado pelos seus dois clerigos.

Passou um quarto de hora. Nem D. João apparecia, nem mandava recado, nem do lado da rua Nova soava cousa, que entretivesse a impaciencia popular. Esta principiou então a agitar-se tumultuosamente.

N'isto chegou a pé um dos capellães do bispo, e, approximando-se de Vasco Leite, disse-lhe a meia voz:

— Rui Pereira não quer crêr o bispo. Diz que vossos privilegios não são taes, e que não sairá. Estão refertando os dois. O bispo manda pedir-vos que aguardeis mais um pouco.

— Assás de aguardar — replicou seccamente o Baldaia — Se Rui Pereira não crê ao bispo que taes sejam os nossos privilegios, então vamos nós lá a mostrar-lh'os, para que elle se convença.

Assim dizendo, a camara poz-se em movimento em direcção da rua Nova, acompanhada pela multidão impacientada e demovida agora por ameaçadora indignação.

Batiam quatro horas da tarde no relogio da sé, quando chegaram á porta de Rui Pereira. Era esta um grande arco, tosco e ponteagudo como o que ainda serve actualmente de porta de alfandega, resguardado por uma grade de grossos varões de ferro, por detraz da qual havia uma portada de rijo carvalho chapeada de laminas tambem de ferro. Estas duas portas estavam fechadas; as janellas abertas, mas ninguem a ellas; e de dentro da casa soava a vozeria de gente, que discute acaloradamente uma com a outra.

Alvaro Gonçalves metteu o braço atravez da grade de ferro, e por ordem do Baldaia bateu com o punho do montante duas rijas pancadas na porta de carvalho.

Rui Pereira appareceu immediatamente á janella, armado de todas as peças, mas com a viseira do elmo levantada.

— Que me quereis? — bradou em voz terrivel, curvando-se sobre o peitoral da janella e cravando na multidão o olhar satanicamente incendiado.

— Senhor — replicou com firmeza Vasco Leite — vimos mostrar-vos nossos privilegios. Da parte d'elrei vos requeiro outra vez que saiaes logo da cidade, ou que desçaes a vêl-os.

— Ah! falsos traidores! — exclamou Rui Pereira por entre os. dentes cerrados, soltando ao mesmo tempo um grito pavoroso.

E voltando-se de subito para dentro, tomou n'um relance a espingarda de um espingardeiro, que estava de pé detraz d'elle, apontou, chegou-lhe o murrão, e disparou sobre o povo.

— Que vos perdeis!... Que vos perdeis! — exclamou o bispo, lançando-se cheio de terror sobre Rui Pereira, para lhe estorvar aquella loucura.

O tiro porém já ia saindo pela espingarda fóra. Mas graças ao movimento que a acção de D. João de Azevedo imprimiu ao braço do senhor da Terra de Santa Maria, a bala passou muito acima das cabeças da populaça amotinada.

Á esta provocação a turba furiosa soltou um grito medonho, e aquella temerosa mole rolou-se, como vagalhão alteroso, de encontro á porta de Rui Pereira, arremessando ao mesmo tempo contra as janellas uma nuvem de pedras, de settas, de dardos.

e de balas de não poucas béstas e espingardas que andavam alli.

— Morra o traidor! — bradou em voz de trovão o echacorvos, assignalando fundamente as laminas, que cobriam a porta de carvalho, com um terrivel golpe de facha, jogada ás mãos ambas por entre as grades da porta de ferro, que exteriormente defendia aquella.

— Morra! — repetiu a multidão, de todo enfurecida.

As janellas da casa estavam outra vez inteiramente desertas. Rui Pereira, mal disparou a espingarda, fôra arrastado mal seu grado para dentro pelo bispo, por Bochardo e pelos dois capelláes.

— Morra o falso! Morra o aleivoso! Fogo ao rufião! — bramava a turba enfurecida, rodeando, apezar dos vereadores, a casa de Rui Pereira, para lhe assaltar as janellas.

— Tende-vos, homens, tende-vos! Ouvide-nos! — gritavam o juiz, o Baldaia e os demais vereadores e homens bons, fazendo todos os esforços possiveis para conter o povo.

Era porém difficil o empenho, e seria de todo impossivel, se Alvaro Gonçalves não conseguisse aquietar Paio Balabarda, que, ladeado por Abuçaide, continuava a trovejar com a facha d'armas sobre as laminas de ferro do rijo portal de carvalho. O echacorvos reluctou ao principio; mas, persuadido pelo armeiro de que o feito se espaçava apenas o tempo preciso, para ouvir da bocca de Rui Pereira a ultima resposta, que Paio bem previa qual havia de ser, aquietou-se por fim, e auxiliou Alvaro e a camara a conter a populaça, e a arredal-a para o outro lado da rua, em frente da casa do senhor da Terra de Santa Maria. Durante este trabalho, Paio Balabarda levou umas poucas de vezes a mão ao logar, onde estivera a sua orelha esquerda, relanceando ao mesmo tempo com olhar terrivel a casa do seu antigo inimigo. Apaziguado por fim o povo,

-o echacorvos coseu-se com o corpulento escravo do arabi, e disse-lhe á puridade e de fórma que ninguem percebesse:

—A mim me parece que estes querem salvar -o aleivoso; mas, a poder que eu possa, morrerá hoje, que bem sabes tu quanto n'isso vae a Eleazar. Serás tu por mim, Abuçaide?

O arabe acenou com a cabeça em signal de assentimento, cobrindo ao mesmo tempo a casa, onde -estava Rui Pereira, com um olhar luzente e feroz.

Então Vasco Leite saiu acompanhado pelos vereadores e pelo procurador da cidade para o meio -do largo, que a populaça tinha deixado diante da casa.

—Senhor Rui Pereira —bradou o juiz em voz -esforçada — aqui somos com os privilegios, de que não vos crêdes capacitar. Da parte d'el-rei vos requeiro que os venhaes vêr, para, segundo elles mandam, sairdes já para fóra da cidade.

Durante um ou dois minutos ninguem appareceu a responder á janella. O povo soltou um novo uivo de medonha indignação. Ao troar d'elle assomou logo a figura veneravel do bispo, o qual ergueu a mão, em signal de que pretendia fallar. A este aceno a multidão callou-se de golpe.

—Amigos — disse elle gravemente — estae quedos, que Rui Pereira quer obedecer a vossos requerimentos. Aguardae que elle vae sair, para por seus proprios olhos se convencer de vossos privilegios e isencões.

A estas palavras a multidão concentrou-se em tão profundo silencio; que se ouviria, para assim dizer, o zunir das azas de uma mosca, se por ventura avoejasse por alli n'aquelle momento.

Passados mais dois ou tres minutos, as portas da casa abriram-se, e por ellas fóra saiu o senhor da Terra de Santa Maria, ladeado pelo bispo e seguido por quinze homens d'armas, armados de lanças, de fachas, de béstas e de espingardas.

Rui Pereira vinha completamente armado. Como trazia a viseira do elmo levantada, via-se lhe o rosto pavorosamente esverdeado pela colera e os olhos illuminados de fulgor verdadeiramente satanico. D. João de Azevedo, que lhe vinha ao lado, tra- zia-o aferrado pelo braço direito, como quem o vinha arrastando á força até alli

Chegando em frente dos officiaes da vereação, Rui Pereira parou, e ficou sem dar palavra e fi- tando-os com olhar desvairado.

— Lêde vossos privilegios — disse então o bispo em voz levemente tremula e como que receoso do que a colera violenta, que cegava o seu amigo, podia provocar.

Gomes Fernandes passou então um pergaminho para as mãos de Diogo da Rocha, tabellião geral por el-rei no Porto, que, á frente dos quatros ta- belliães menores, acompanhára d'esta vez a camara. O tabellião tomou-o, e leu-o em voz alta. Era a carta patente, pela qual el-rei D. Diniz, confirmára as antigas e primeiras posturas da camara do Porto, que prohibiram que poderosos ou fidalgos fizessem estada prolongada na cidade. Após este leu mais quatro ou cinco, que Gomes Fernandes lhe foi suc- cessivamente entregando. Eram cartas dos diffe- rentes reis que áquelle se seguiram até el-rei D. Fernando, as quaes confirmaram este velho privi- legio, explicando o e acrescentando-o cada vez mais.

Rui Pereira assistiu a esta longa leitura sem di- zer uma só palavra, sem fazer um só movimento. Parecia uma estatua. As faces porém denegriram- se-lhe cada vez mais, e o desvairamento enfurecido do olhar augmentára na mesma proporção.

Por fim Diogo da Rocha principiou a lêr a carta de el-rei D. João I, pela qual confirmára a de seu antecessor D. Fernando, que ordenára que nenhum fidalgo, nem cavalleiro, nem mestre de ordens, nem prior, nem abbade bento, poisasse mais que tres dias seguidos na cidade, nem tivesse dentro d'ella, ou seus arrabaldes casas onde fazer moradia; acrescentando a de D. João que, se alguma d'estas pessoas fosse tão ousada que britasse estes privilegios, os juizes e, no caso de negligencia d'elles, os moradores da cidade, em nome d'el-rei e de suas justiças, lançassem fóra d'ella as ditas pessoas, a ferro e fogo, ou como melhor pudessem, e as constrangessem a guardal-os e a observal os.

Ao ouvir estas palavras Rui Pereira deu um estremeção violento.

— Vós mentis... pela gorja! — rouquejou em voz terrivel — Deixae vêr.

E dizendo arrancou de golpe o pergaminho das mãos do tabellião, levou-o convulsivamente aos olhos, e pôz-se a lêl-o.

Esteve assim por dois ou tres minutos a tremer como se estivera azougado; por fim entregou o pergaminho a Diogo da Rocha, e, voltando-se para Vasco Leite, disse-lhe em voz levemente convulsa:

— E bem; que pretendeis de mim?

— Senhor — respondeu gravemente o juiz — vós lestes e entendestes bem nossos privilegios; portanto, em nome d'el-rei e de suas justiças, uma, duas, e tres vezes vos requeiro de novo que obedeçaes a elles, e saiaes logo logo da cidade. E se o não fizerdes — acrescentou em voz mais severamente carregada — protesto desde já — e d'este protesto sêde-me vós todos testemunhas — protesto que de todo o mal e damno que de vossa desobediencia se seguir, só vós sejaes teúdo a responder perante a côrte d'el-rei em seu desembargo.

O juiz calou-se. Rui Pereira permaneceu um momento com os olhos luzentes fitados n'elle, sem dar uma só palavra. Por fim replicou serenamente.

— Da pousada vos mandarei minha resposta.

E dizendo, voltou-lhe as costas, e, seguido do bispo e de todos os seus, entrou de novo para dentro da casa, deixando as portas abertas de par em par.

Passaram cinco minutos. Ao cabo d'elles o bispo saiu outra vez para a rua, acompanhado dos dois capellães.

— Amigos — disse, dirigindo-se aos vereadores — Rui Pereira me envia a di^{zer}-vos que quer obe-decer a vossos privilegios; e portanto que não seja mais. Porém, porque já é tarde, dormirá esta noute na cidade, e ir-se-ha ámanhã depois de jantar.

D. João acabava apenas de proferir esta ultima palavra, quando as portas da casa de Rui Pereira se cerraram com estrepitoso fragor e as janellas appareceràm parapeitadas de homens d'armas, de bésteiros e de espingardeiros, que, soltando temerosa apupada, dispararam sobre a multidão dois tiros de espingarda, e após elles uma nuvem de settas, algumas d'ellas ervadas [1], de pedras, de virotes, em fim toda a casta de armas de arremesso.

— O teu sangue sobre a tua propria cabeça, homem sem pejo nem siso! — exclamou o bispo, lançando um olhar de indignação sobre a casa, onde se afortalezìra o fidalgo, que tão villãmente o illudira.

E, encolhendo a cabeça ao zunido sibilante da saraivada de virotes e pedras, que por junto d'elle passavam, escoou-se por entre a multidão para a rua dos Mercadores, e d'ahi dirigiu-se immediatamente á sé, acompanhado dos seus dois capellães, e sem mais curar das duas anafadas mulas, que deixava em frente da casa de Rui Pereira, expostas ás perigosas contingencias da refrega.

Ellas, as tristes, como estavam mais dianteiras e mais á mão, foram as primeiras victimas d'aquelle traiçoeiro attentado. Baquearam logo ao primeiro impeto da pancadaria. Era uma dôr de coração o vêr o como ficaram aquelles tres bispaes animaesinhos, tão anafados e de pello tão luzidío, assim repassados de virotes e machucados por aquella tor-

___
[1] Vide nota LXXVIiI.

menta de pedregulho, com que o *mui nobre* senhor Rui Pereira *tão lealmente* correspondia á confiança, com que os honrados burguezes do Porto haviam acolhido as promessas, que pelo bispo lhes mandára fazer.

Mas não foram só as pobres das mulas que tombaram em holocausto ás iras traiçoeiras do senhor da Terra de Santa Maria. Ao mesmo tempo que ellas, cairam tambem uma duzia de homens feridos de balas, de settas e de pedradas; e entre elles caiu, ferido por uma pedra na cabeça, o pobre Fernão Martins Balabarda, que, apezar de ainda convalescente, chegára alli havia instantes, chamado por Alvaro Gonçalves para conter o echacorvos, em cuja cara lêra o armeiro que elle trazia alguma cousa tençoeiramente ferrada, de que se podia seguir mal e damno de maior.

Alvaro Gonçalves, ao vêr cair Fernão Martins, soltou um grito de raiva tremenda, e correu como uma fera irritada para a casa de Rui Pereira. O povo lançou-se immediatamente após elle, soltando um uivo ferocissimo. O echacorvos, mal ajudou a conduzir o irmão e os outros feridos para as casas visinhas, voou ao logar do combate, para junto do moço armeiro, que, auxiliado por Abuçaide, forcejava por lançar a porta de ferro fóra dos gonzos.

No entretanto o combate tornou-se temeroso. Era um verdadeiro assalto. Os populares, como não tinham escadas, subiam ás costas uns dos outros, para entrar na casa pelas janellas. Os homens do senhor da Terra de Santa Maria defendiam porém valorosamente a entrada, fazendo chover sobre o inimigo uma nuvem de virotes e de pedras, e despenhando o sem numero de valentes, que uns após outros, e a despeito de toda a resistencia, se empenhavam em entrar pelas janellas. Aquillo era uma confusão medonha de tiros, de brados, de pragas e de blasphemias. Aos que caiam derribados, succediam-se immediatamente outros, e d'aquelles mes-

mos, os que não ficavam de todo aleijados, apor-
fiavam de novo em subir. Ao mesmo tempo os bésteiros e espingardeiros populares faziam entrar pelas janellas dentro um chuveiro de settas e de balas, das quaes a maior parte recochetava nos pei-
toraes estufados das couraças mas algumas tambem estendiam por terra aquelles em quem acerta-
vam. Os homens d'armas da Terra de Santa Maria correspondiam a este fogo com igual brio. O
alarido crescia cada vez com mais horror, em razão dos gemidos dos feridos, dos brados dos velhos e dos prantos e gritos das mulheres. Os sinos
tocavam pavorosamente e sem cessar a rebate, as
trombetas tangiam por toda a parte, e os brados e
o alarido atroavam de todo o espaço. Aquillo afigurava um verdadeiro inferno.

Entretanto Vasco Leite, o Baldaia e os outros
vereadores, collocados em frente do perigo e com
o pendão da cidade levantado, animavam o povo
ao assalto. Sobre elles é que os homens de Rui
Pereira faziam chover maior numero de pedras, de
virotes e de balas. Alvaro Gonçalves, o echacorvos
e Abuçaide, auxiliados por mais alguns outros, entre os quaes figurava o temeroso thesoureiro da
Bolsa, forcejavam a este tempo por arrombar as
duas portas a golpes de machado, e sacudindo-as
á pura força bruta que tinham. Mas as portas não
cediam, e o assalto parecia haver de durar muito
tempo, porque os homens de Rui Pereira embara-
çavam valentemente a entrada pelas janellas. O
combate encarniçava-se, pois, cada vez com mais
furor. Aquillo era um verdadeiro dia de juizo, como dizia depois Gomes Bochardo, que se tinha
refugiado de cócoras n'um armario que havia na
casa. e que julgava da refrega pela temerosa vozeria do alarido.

. Então alguns homens começaram a bradar por
escadas. a clamar que trouxessem escadas. Aqui
Vasco Gil largou os companheiros, que tinham em-

prehendido arrombar a porta, e escoou-se, por entre a turbamulta, em direcção de sua casa. O combate continuou por um quarto de hora mais com o mesmo encarniçamento e com o mesmo resultado. Então ouviram-se algumas vozes que gritavam:

—Arredae, arredae, deixae passar.

E logo muitos homens e mulheres, carregados de carqueja, de palha e de lenha, metteram-se por entre a multidão dirigindo-se para a casa. N'este entretanto as janellas da casa de Vasco Gil e as outras visinhas tinham-se aberto de par em par; e, por ellas fóra, o thesoureiro e os outros moradores arremessavam enxergões, carqueja, lenha e até moveis, que eram logo apanhados por homens que estavam ahi e conduzidos de carreira para o logar do combate.

O assalto cessou immediatamente. Rui Pereira conheceu logo a intenção popular. Queriam deitar-lhe fogo á casa, queriam queimal-o como lobo dentro do covil. Então é que foi uma verdadeira tormenta de pedras, de settas e de toda a qualidade de armas de arremesso. Mas os que conduziam os materiaes combustiveis, protegidos pelos bésteiros e espingardeiros populares e pelo sem numero de pedras, com que o povo correspondia ao fogo que os homens d'armas de Rui Pereira vomitavam de si; e protegidos sobretudo pelas proprias cargas que levavam ás costas e ás cabeças, que lhes serviam como de pavezes impenetraveis, lograram por fim cercar a casa de uma verdadeira montanha de palha, de carqueja e de lenha, sobre a qual foi logo lançado algum enxofre e uma pouca de polvora.

Em seguida largaram fogo a tudo aquillo; e logo uma espantosa fumaceira envolveu toda a casa, entrando pelas janellas e fazendo arredar d'ellas ainda os mais ousados dos soldados do senhor da Terra de Santa Maria. Ouviu-se então um grito pavoroso, em seguida uma detonação, e logo a casa principiou a arder. Minutos depois as chammas co-

meçaram a sair pelas janellas do segundo andar
do edificio. Era a polvora de Rui Pereira, que se
incendiára. Na torvação da cegueira produzida por
aquelles numerosos rolos de fumo, que invadiram
immediatamente a casa, os espingardeiros descui-
daram-se, e deixaram pegar fogo á polvora. Felizmente era ella pouca — porque a polvora ainda
n'esse tempo era pouca e rara' — : a não ser assim
a casa teria voado pelos ares, e não teria escapado
um só homem.

Seguiu-se uma scena pavorosa. Cessou toda a
resistencia da parte de dentro. Dos homens de
Rui Pereira, uns corriam ás janellas a aspirar o ar
livre e a implorar ao povo que os salvasse; os outros arrojavam-se das janellas abaixo, preferindo
morrer victimas do rancor popular, a morrer as-
phixiados e queimados dentro d'aquelle verdadeiro
transumpto de inferno; outros os mais corajosos
iam e vinham do interior da casa para as janellas
e vice-versa, acarretando caixões, malas, fardos,
tapeçarias e toda a qualidade de moveis, que lançavam á rua, com o fim de os subtrahir ás chammas. O povo respondia a uns e recebia outros, fazendo cair sobre as janellas da casa incendiada
uma tempestade ininterrompida de settas e de pedras. Era o monstro popular no auge da cegueira
da ira, tocando a qual é capaz de todos os crimes
e de todas as villanias.

Durante o espaço de um quarto de hora, que
durou esta scena verdadeiramente medonha, a camara, auxiliada por Alvaro Gonçalves tratou de
acalmar o furor popular e de salvar os homens de
Rui Pereira, que se lançavam uns após outros pelas janellas fóra. Era difficil porém o empenho; o
povo não cessava de fazer fogo sobre a casa já
quasi que de todo incendiada, e, quando algum homem caía á rua, lançava-se sobre elle para o despedaçar. Mas, graças ás forças gigantescas do moço
armeiro e á estima, que elle merecia já multidão ;

e graças igualmente a todos os membros da camara, sem exceptuar o proprio Vasco Gil, que, rodeado de um bando de homens generosos, lutava agora contra a ira avillanada do povo, como lutára ha pouco pelos seus fóros e privilegios, a camara poude fazer o maximo, que em taes circumstancias se póde fazer. Se não conseguiu salvar todos os homens de Rui Pereira de serem espancados e feridos pelo povo, quando caíam das janellas abaixo; logrou, porém, á custa de esforços inauditos, recolher todos os feridos ás casas visinhas, e abrir caminho aos sãos para fugirem na direcção do rio, por onde se passavam para a banda d'além uns a nado e outros em bateis.

E Rui Pereira ?

Rui Pereira sustentou nobremente a fama de valente e esforçado, que tinha alcançado nas guerras africanas. Portou-se como um verdadeiro cavalleiro, como um verdadeiro Pereira, como um verdadeiro senhor da Terra de Santa Maria. Oxalá que o seu procedimento anterior fosse tão nobremente admiravel como foi o d'aquella hora tremenda.

Mal viu que não podia resistir dentro da casa, Rui Pereira convocou os seus homens, e ordenou uma sortida. D'esta maneira morreriam como valentes ao ar livre, e não como raposas covardes encerradas no covil. Conhecendo porém que nada podia fazer com a dementação, em que a espessa fumaceira lançára os seus acontiados, tentou contel-os junto das janellas, e d'ahi pactuar uma retirada honrosa. A nada, porém, se prestavam. Vendo-os a saltar desassisadamente á rua, e elle quasi só e quasi asphixiado de todo, correu a uma janella, e collocou-se n'ella, de braços cruzados, a olhar com todo o sangue frio a multidão, a cujos tiros estava descobertamente exposto. Ao cabo de alguns minutos ergueu a viseira do elmo; e por fim, não podendo soffrer a abafação que elle lhe fazia, desenlaçou-o, e atirou-o para o lado. E assim ficou com a cabeça descoberta e braços cruzados exposto á nuvem de virotes e de pedras, que a multidão fazia chover sobre aquella casa.

Os seus homens foram saltando uns após outros das janellas abaixo; primeiro os mais covardes, depois os mais corajosos. Ficou por fim elle só. A casa ia caindo pedaço a pedaço, e o tecto do primeiro sobrado, no qual estava, já lhe estoirava sobre a cabeça, laborado pelas chammas, que tinham quasi de todo consumido o segundo. Mas elle não se movia.

Entretanto que durou o reboliço travado com o povo a favor da instante salvação dos homens, que uns após outros iam saltando das janellas, ninguem sequer se lembrou d'elle. Mas quando aquella revolta acabou, Fernão d'Alvares Baldaia recordou-se de que elle faltava, encarou anciosamente a casa, e, na occasião de uma lufada mais forte de vento, distinguiu-o no meio dos rolos de fumo, de pé, na soleira da janella, com os braços cruzados e a olhar serenamente a multidão.

Fernão d'Alvares advertiu d'aquillo os collegas, e todos correram para debaixo d'aquella janella. Chegados lá, gritaram-lhe:

— Rui Pereira, senhor, salvae-vos... lançae-vos a baixo.

O senhor da Terra de Santa Maria nem sequer se mexeu.

— Salvae-vos, por Deus! salvae-vos. Salvae-vos emquanto é tempo — bradou com terrivel anciedade o Baldaia, estendendo os braços para elle.

Rui Pereira volveu-se então de meio rosto, e fitou o vereador portuense com um sorriso de arrogancia e de escarneo. Aqui um lanço da parede das trazeiras das casas desabou com terrivel fragor, e uma nuvem de faúlhas subiu, chispando, ao espaço por entre a luz tibia do dia, que estava a findar por minutos.

—Salvae-vos, por Deus! salvae-vos — gritou então quasi que dementadamente o Baldaia — Em nome d'el-rei, requeiro-vos que attenteis por vossa salvação; e, se o não fizerdes, juro a Deus, que em sua côrte vos apregoe como um covarde refece, que antes quiz deixar-se morrer deshonradamente como villão, do que confiar a vida a homens honrados, que lhe pediam que olhasse pela salvação d'ella.

A estas palavras Rui Pereira fitou com sobrecenho carregado o Baldaia. N'isto o tecto da sala, onde estava, abateu, e ao peso d'elle abateu tambem o pavimento, deixando aberto um abysmo pavoroso, que assemelhava á cratera incendiada de um vulcão.

Rui Pereira, da soleira da janella onde estava, fitou por um momento aquelle medonho sorvedouro; depois fitou de novo o Baldaia. Em seguida sentou-se socegadamente no peitoril da janella, e atirou comsigo ao meio da rua.

A camara recebeu-o quasi que nos braços. A multidão viu-o lançar-se da janella abaixo.

— Morra! — bradou ella com o instincto do tigre, ao vêr a presa desentocada do logar onde estava afortalecida.

E logo dois homens saltaram de subito ao meio dos vereadores e homens bons, que cercavam Rui Pereira, e procuraram feril-o com as armas, que traziam empunhadas.

Estes dois homens eram o echacorvos e Abuçaide. Ambos se tinham conservado até então juntos do portal da casa, a despeito de todos os perigos, e só com o intento de receberem Rui Pereira, quando o furor do incendio o obrigasse a arrojar-se como os outros á rua.

— Morra! — bradaram elles, pois, arremessando-se ao, para assim dizer, esquadrão cerrado que cercava o senhor da Terra de Santa Maria.

— Morra! — repetiu a multidão, rolando-se igual-

mente sobre elle, e impellindo para distancia os dois
tençoeiros, que não calculavam com aquelle empur-
rão imprevisto.

Os vereadores, e todos os que os auxiliavam, gri-
taram ao povo que se tivesse, procurando ao mesmo tempo conduzir Rui Pereira para dentro de uma
casa visinha. Era porém difficilimo o empenho, e
aquelles homens generosos apenas conseguiram ganhar alguns passos para a frente.

Então o valeroso Alvaro Gonçalves deu um salto
para a frente da turbamulta, e, impellindo com as
forças gigantes, que possuia, os primeiros que encontrou sobre si, conseguiu abrir larga praça; e
logo, empunhando o montante, começou, com elle
em rodizio, a fazer caminho ao corpo de homens
generosos, que levavam no meio de si a Rui Pereira.

O povo uiváva como lobo esfaimado, a quem ar-
rancam dos colmilhos a presa. As pedras choviam
sobre o valente armeiro e sobre os defensores do
senhor da Terra de Santa Maria; mas o terrivel
montante não affrouxava o temeroso rodizio, lampejando ameaçadoramente á luz sanguinea do incendio, que de todo já dominava o luzir tibio dos
ultimos arrebois do dia. Ninguem ousava approximar-se. O brioso esquadrão começou pois a caminhar apressado após do armeiro, defendido valentemente aos lados por Vasco Gil, pelo Baldaia e
pelos demais que os acompanhavam.

Por fim lograram chegar á porta da Bolsa. Chegados ahi empurraram Rui Pereira para dentro, e a
camara, o armeiro e alguns mais lançaram-se de
golpe após elle, fechando immediatamente a porta
sobre si.

O povo agglomerou-se então junto d'ella, ululando
ferozmente. Os vereadores abriram as janellas, e
tentaram apazigual-o, appellando-lhe para a generosidade e para o brio. Uma nuvem de pedras fel-os
porém recolher immediatamente. Rui Pereira, era
Rui Pereira que o povo pedia em altos brados.

Paio Balabarda e Abuçaide lograram então atravessar por entre a multidão. Mal chegaram em frente da porta, principiaram a trovejar sobre ella, um com a ponderosa facha que trazia comsigo, outro com um machado que houvera á mão no calor do arruido. A porta principiava a lascar em astilhas. Então Alvaro Gonçalves lançou-se a correr pela escada abaixo, abriu-a de golpe de par em par, e, tomando desapercebido os dois aggressores pelos peitos, impelliu-os d'alli com taes forças, que os fez ir parar a distancia. Depois empunhou o terrivel montante, plantou-se herculeamente na soleira da porta, e bradou em voz terrivel e com os olhos a chisparem como dois ferros em braza:

— Paio Balabarda, attentae em mim e em vós... Vêde bem o que fazeis... vêde bem o que fazeis...

O furor dementava totalmente o honrado echacorvos. Era a vingança, que se lhe escapava, a vingança que sonhava, havia tantos annos, com todo o rancor de legitimo filho de Mem Balabarda, a vingança emfim da sua orelha esquerda, a do ferimento de seu irmão, a da tentativa de rapto, a da affronta feita a Vivaldo, emfim muitas outras vinganças, que é escusado referir. Comtudo, apezar de dementado, aquella voz fez n'elle profundo abalo. Quedou-se portanto, e ficou-se com os olhos fitos em Alvaro, e como que a seguir aquelle som indestincto, que lhe ferira os ouvidos, e que pouco e pouco se ia desvanecendo n'elles. Emquanto a Abuçaide esse reconheceu o armeiro, o homem que o arabí estremecia. Não ousou portanto bulir mais comsigo.

O echacorvos entrava de novo a perder a consciencia da presença de Alvaro, e a lembrar-se unicamente de que n'aquella casa estava Rui Pereira, o seu desorelhador. Os olhos recomeçaram a luzir-lhe ferozmente, e uma especie de rugido de fera principiou como que a assobiar-lhe pelos labios fóra. A luta ia travar-se medonha entre aquelles dois

homens de forças herculeas, e era provavel que o
povo, contido até alli pela presença do armeiro, que-
brasse agora por todas as considerações, para ajudar Paio Balabarda a despedaçar o seu inimigo.

Mas n'isto Abuçaide sentiu-se violentamente aferrado por um braço. Olhou, era Eleazar Rodrigues.

—Para a judiaria — ciciou o arabí imperiosamente.

O arabe curvou a cabeça, beijou a mão que o tinha aferrado, e partiu.

Depois Eleazar lançou-se para a frente do echacorvos, tomou-lhe os pulsos de subito, sacudiu-os
com força, e bradou lhe em voz severamente entoada:

— Paio Balabarda! Paio Balabarda!

O terrivel e dementado echacorvos estremeceu
convulsivamente, e desprendeu-se das mãos do arabí
com a mesma facilidade, com que qualquer homem
feito se desprende das mãos de uma creança. Depois ficou a olhar para elle com olhar fito e desvairado, e com a facha convulsiva e ameaçadaramente
empunhada.

— Não haveis pejo de tal covardice, Paio Balabarda? Oh! que deshonra para os que vos querem
bem! — disse então o arabí, cruzando os braços e
fitando o com ironia e com desprezo.

— D. Eleazar! — rouquejou o echacorvos quasi
apopletico de raiva.

— Voltae a vós, e vêde que é infame perseguir o
inimigo que não póde defender-se. Havei dó ao menos do bom nome de vosso pae, Paio Balabarda —
volveu com autoridade o judeu.

A estas palavras o echacorvos abriu os labios
convulsos, como se quizesse fallar. Esteve assim
um minuto com os olhos fitos no arabí, depois soltou um grito tremendo, lançou de si com furor a
facha d'armas, e, tomando o bacinete, que trazia
na cabeça, deu com elle tal pancada nas lages que
pavimentavam a rua, que o rompeu em mil pedaços. Em seguida soltou novo grito, levou os punhos
aos olhos, d'onde saltavam duas lagrimas de raiva,

e ficou assim por alguns momentos, a tremer como
que assombrado pelo rancor, em que refervia.

— Que pretendeis de mim, D. Eleazar? — disse
por fim em voz tremula, e fitando no judeu a vista
ainda scintillante.

— Que laveis a mancha deshonrosa, com que vos
tendes estado a sujar até agora — replicou serenamente o arabí — Ajudae a camara a salvar o senhor
da Terra de Santa Maria. Fazei arredar este povo.

O echacorvos cobriu momentaneamente o judeu
com um olhar scintillante e indeciso; e logo, tomando de golpe a facha, que lançára por terra, correu para a frente do povo, e, brandindo-a, bradou
em voz de trovão:

— Sús, gargantões aleivosos, o perro vae-se fugindo pela margem do rio para o couto de Campa-
nhã. A elle! a elle!

E dizendo, lançou-se a correr na direcção do postigo da Lada, por onde encaminhou pela margem
direita do rio acima. Uma ou duas centenas de homens, dos mais volteiros e turbulentos, seguiram
immediatamente após elle, ululando como féras es-
faimadas:

— A elle! A elle! Morra o falso! Morra o aleivoso da Terra de Santa Maria!

A camara aproveitou immediatamente o ensejo
favoravel. Os vereadores e homens bons sairam á
rua, e dirigiram a attenção dos que ficaram, a de
uns a abatar o incendio, que das casas de Leonor
Vaz ameaçava saltar ás propriedades visinhas; a
d'outros a reunir e a juntar os moveis e as alfaias,
que os homens de Rui Pereira haviam lançado á
rua, e que, depois de cuidadosamente amontoadas,
n'um só logar, foram cercadas por homens de confiança, escolhidos pelo procurador da cidade.

Então Vasco Leite, o Baldaia, Vasco Gil e o armeiro da ponte de S. Domingos sairam da casa da
Bolsa com Rui Pereira no meio de si. D'ahi dirigiram-se ao rio pela porta da Ribeira. Alvaro Gon-

çalves desamarrou um dos muitos bateis, que ahi
estavam atracados, e os cinco metteram-se dentro
d'elle. Alvaro e Vasco Gil tomaram então os remos,
e empuxaram-n'o vigorosamente para o largo. D'ahi a
minutos abicaram com elle a uma das praias de Gaia.

Durante o trajecto nenhum d'elles soltou uma só
palavra. Rui Pereira ia sentado á popa, com rosto
carregado e arrogante, olhar distrahido e o rosto
entre as mãos. Mal o batel abicou á praia d'além,
o senhór da Terra de Santa Maria saltou fóra d'elle,
e, sem dar uma só palavra aos seus salvadores, sem
lhes agradecer, sem nem ao menos lhes lançar um
olhar, voltou-lhes as costas, e dirigiu-se a passo va-
garoso para a villa.

Elles já contavam com aquillo. Não deram portanto nenhum signal de offendidos; apenas o thesoureiro da Bolsa encolheu os hombros com desprezo, e sorriu-se ironicamente. Elle e o armeiro
lançaram de novo o batel na direcção da praia da
Ribeira. Fernão d'Alvares Baldaia, que não perdia
Rui Pereira de vista, viu o dar vagarosamente alguns passos para a frente, depois parar e voltar-se
para a cidade. Esteve assim dois ou tres minutos;
meneou então ameaçadoramente a cabeça, e desappareceu no meio da escuridão das escuras e tor-
tuosas viellas do antigo burgo de Gaia.

Ás dez horas o incendio estava inteiramente apagado; as fazendas de Rui Pereira recolhidas na casa
da Bolsa, sob a vigilancia do procurador Gomes
Fernandes; e na rua Nova viam-se apenas uma duzia de curiosos, dos mais abelhudos, que, depois de
commemorarem por mil maneiras os feitos do dia, se
despediram, dando-se a Deus e a todos os santos do
calendario, e se dirigiram ás suas respectivas casas.

A' meia noite a cidade dormia socegadamente.
Parecia que nada havia acontecido. O facto estava
consummado, e o Porto confiava em si e no seu direito para o fazer respeitar.

No Porto as revoluções foram sempre assim.

XVIII

DESCOROÇOAMENTO

Eu só contra mim brado e me crimino;
Pois sei que sou no extremo da desgraça
Artifice infeliz do meu destino.

PAULINO CABRAL.

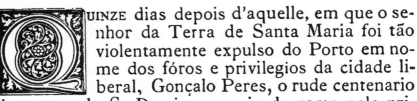UINZE dias depois d'aquelle, em que o se-
nhor da Terra de Santa Maria foi tão
violentamente expulso do Porto em nome dos fóros e privilegios da cidade liberal, Gonçalo Peres, o rude centenario
da ponte de S. Domingos, saiu da cama pela primeira vez, depois que foi ferido por occasião da
desordem, que os homens d'armas de Rui Pereira
travaram acintosamente com Alvaro Gonçalves seu
neto.

Durante este espaço de tempo, grandes, enormes
foram as modificações, que se operaram no espirito
e no modo de ser d'aquelle homem de ferro.

Eleazar Rodrigues, por quem d'antes mostrava
profundo desprezo e aversão, alcançou agora pela
caridade com ue o tratava ela bondade das

suas palavras e pela natural magestade da figura e
do porte, influencia tão poderosa sobre elle, que o
rude e voluntarioso homem d'armas de Nun'Alvares sujeitou-se ás delongas do tratamento e das cau-
telas, que o seu medico julgou necessarias, sem
reagir contra ellas, e sem ao menos deixar trans-
luzir cá para fóra um vislumbre sequer da raivinha,
que lhe acachoava lá dentro

Fernão Gonçalves teve tambem occasião de co-
checer que se enganára até alli com o pae; e que
as desgraças de que fôra victima, se eram em
grande parte resultado do genio rudemente secco
e brutal do velho soldado, tambem o eram não
menos do seu, que ao d'elle se assemelhava. Do
choque d'aquellas duas pedras durissimas é que
tinham resultado todos aquelles infortunios. Fernão
Gonçalves tinha agora taes provas d'isso, que já
não podia duvidar. O affecto, que o centenario tinha ao filho, reprimido até alli pela sua natural so-
berda e dureza de cáracter, surgira agora tão apurado pelo aguilhão dos soffrimentos, que o remorso
e a incerteza da sorte d'elle haviam apontado por
tantos annos, que Fernão Gonçalves tornou-se inteiramente de cera. O centenario, ao achar assim
o filho, não pôde conter-se. Abriu-se de todo, e os
dois conheceram por fim, que estavam mutuamente
enganados. Então Fernão Gonçalves, ao sentir, a
cada instante, as provas de affecto que o pae machinalmente lhe dava, tomava-lhe a mão, é cobria-
lh'a de beijos, sem poder conter as lagrimas que
lhe saltavam dos olhos. No primeiro impeto, o velho como que se espantava d'aquillo; mas logo
caía em si, e então apertava a mão do filho com
força convulsiva, e cobria a cabeça, para não deixar vêr as lagrimas que tambem, mal seu grado,
lhe molhavam as faces, ao sentir-se arroubado pela
felicidade, de que durante mais de um seculo fôra
o principal inimigo.

Mas a esta origem de sensações suavissimas o

centenario sentia acrescentada uma outra, que o
fazia igualmente ditoso. Era esta o affecto extremosissimo, que desde a hora do seu ferimento, o pren-
dera irresistivelmente a Alda. A figura angelicá
d'aquella graciosa creatura, a sua voz maviosa, os
seus gestos carinhosos, a sua corporatura tão delicada, tão franzina e tão fragil, que a afigurava flôr
mimosissima que até dos suspiros dos zephyros
se devia temer, haviam despertado no valente soldado de Aljubarrota, no homem que nunca preci-
sara de protector algum, que ainda aos cem annos
se achava com alma de desafiar meio mundo, sensações até alli inteiramente desconhecidas por eile.
Não era só a gratidão que o demovia; era tambem
o orgulho que lhe acachoava no caracter provocador e esforçado, o orgulho de poder defender um
anjo, que não podia defender-se. Alda não havia
saido do lado d'elle, depois d'aquelle desastre.
Apenas de noite ia para casa do tio; mas logo de
manhã voltava para casa do armeiro da ponte de
S. Domingos, para junto do centenario. Era então
para vêr a carã com que elle a tinha aferrado pela
mão; a facilidade com que se dobrava a todas as
vontades d'ella; os olhares scintillantes com que
assombrava fosse quem fosse, que, por mais ao de
leve, a contradissesse; a tristeza em que ficava,
quando ella á noite se retirava para casa; e o orgulhoso aprumo que dava á cabeça, quando chegava
no dia seguinte. Alda, com aquelle instincto, que
leva os entes frageis e meigos para todos aquelles
em que sentem amor havia igualmente tomado
grande affeição ao velho; e elle, sentindo-o, parecia rejuvenescer a cada caricia que ella lhe fazia,
a cada serviço a que o obrigava a sujeitar-se.

— Ah! perro de mim! — rosnava ás vezes com
a mão d'ella apertada nas suas, e lançando-lhe á
sorrelfa um olhar de indizivel affecto — Ah! perro
de mim! que esteja já com os pés na cova!

E com estes e outros iguaes ditos, e com gestos

e factos igualmente significativos, Gonçalo Peres demonstrava, pelo menos uma vez cada hora, que aquella felicidade, a que tão tarde abrira a porta, lhe andava lá por dentro amargurada pelo receio dos poucos annos, que a sua muita idade lhe advertia que tinha para gozal-a.

Quando se levantou pela primeira vez da cama, o rude homem d'armas do condestavel tentou andar sem auxilio de pessoa alguma. Mas a fraqueza não lh'o consentiu. Aceitou então o arrimo do filho, e encostou-se ao hombro d'elle sem rupugnancia, antes rosnando :

—Má peste venha pelos annos ! Mas emfim ve-lho sou; aqui não ha que refertar. Bom é na ve-lhice ter o homem um filho, a que possa andar apegado.

E com estas e outras taes palavras, em que ora amaldiçoava a velhice por aquella fraqueza, ora se pavoneava de ter a quem se soccorrer contra ella, deu alguns passeios vagarosos pela casa, encostado ao hombro de Fernão Gonçalves e com Alda pela mão. Durante este passeio, conhecia-se-lhe, no rosto carregado, que lhe andava lá dentro a refer-ver uma idéa, que de todo o dominava.

Sentou-se por fim sem largar a mão de Alda, e com ella aferrada esteve alguns minutos a olhar o filho com olhar destrahido, e de quem estava de todo concentrado no pensamento, que lhe aferven-tava a cabeça.

—Ora, rapaz—disse para o velho de sessenta annos, de cujo hombro acabava de desencostar-se —é mister que se acabe em breve com este casa-mento. Bem sabes que n'esta velhice não é, má hora! para crêr que me restem muitos annos de vida. Ora menta isto que te digo; que, jurami, não quero morrer sem ver esta moça casada com Alvaro.

—Senhor pae, vós fallareis com elle, e depois tudo se fará, segundo vossa vontade—respondeu Fernão Gonçalves, sorrindo.

O centenario meneou com olhar carregado a cabeça.

— A mim me quer parecer — disse então — que áquelle bargante lhe pesa o largar a vaganice da vida airada, que vive. Mas, corpo de Deus consagrado! eu lhe direi duas palavras, e isto se fará como digo e quero, ou, voto a Deus, que o marinello se haverá, a poder que eu possa, commigo.

Meia hora depois chegou Alvaro Gonçalves. O centenario depois de lhe ter dado a benção, que elle lhe pedia de joelhos, segundo o costume d'aquelles tempos de melhor civilisação n'estes pontos do que os de hoje; e depois de lhe ter passado a mão pelos cabellos, e de lhe ter palmeado os hombros largos e reforçados, e isto com cara de quem impava de soberba por ter um neto, que não desdizia da raça, disse-lhe com olhar carregado, e voz secca e imperativa:

— Bem pois, dom bargante, tu andas por hi por a terra vaganeando com outros tão bons como tu, sem te accordares do que cumpre á tua honra e aos muitos annos que tenho. Ora sús. que este casamento se faça dentro em oito dias. E não haja n'isto escusa, que o quero assim.

Alvaro, habituado áquellas tiradas do rude affecto do centenario, sorriu-se, e respondeu:

— Vós bem sabeis, senhor avô, que muito desejo contentar-vos em tudo, e mais n'isto, por Deus! Mas attentae a que não pôde fazer-se tão prestes...

— E pois, por beelzebut! — interrompeu o velho, cravando o olhar scintillante no neto.

— Porque não ha hi na cidade clerigo que o queira fazer — continuou sorrindo o moço — Vós bem sabeis — acrescentou, acudindo a impedir a explosão da vontade contrariada do irascivel centenario Vós bem sabeis que inda não fomos apregoados, e assim...

Gonçalo Peres bateu impaciente com o pé no soalho, e, atalhando o neto com um gesto de quem

se dava por satisfeito da explicação, voltou-se para
o filho, e disse rudemente:

— Bem pois; irás tu fallar com o bispo, e dará
a licença.

Fernão Gonçalves, para contentar o velho, respondeu por complacencia que iria; mas Alvaro,
por mais afouto com elle, foi lhe á mão, representando a inutilidade d'aquelle passo, não só porque
o bispo não daria a licença, mas tambem porque
não havia necessidade de lh'a pedir, visto que mais
oito ou dez dias além dos marcados pelo centenario, desembaraçariam o negocio de todo. Isto dizia
Alvaro, não por indifferença por aquella demora
da sua felicidade, mas pelo intimo prazer que sentia, ao vêl-a tão calorosamente defendida por outrem.

O centenario, porém, não comprehendia estas
torceduras, por onde apraz ao homem feliz demo-
rar o gozo da felicidade. Assim ergueu-se, voz em
grita, contra o neto, ordenando imperiosamente que
assim se faria, como ella dissera. Alda saiu pelo
amante, dizendo que o casamento não teria logar,
até que Gonçalo Peres estivesse em estado de poder ir por seu pé com ella á egreja. A esta coarctada o centenario engasgou-se, e enguliu por um
minuto em secco; mas logo voltou cada vez mais
esforçado pelo requinte da felicidade, a que a exigencia de Alda o subira, e bradou com os olhos
reluzentes de exaltação radiosa:

— E bem, moça, tão pecos covardes cuidas tu
que fôram os homens d'armas de Nun'Alvares, que
assim me afraque por uma negra pedrada!... Voto
a Barrabás! que se me afreimas, irei já n'esta hora
fallar com o perro do bispo; que homem sou eu,
Alda, para por tua causa descer ao inferno, se
tanto cumprir. Ora pois — continuou, voltando-se
imperiosamente para o filho — poderá ser que esse
falso do bispo não queira dar a licença sem lh'a
pagarem, porque esses gargantões beguínos nada
fazem, má hora! senão a peso de dinheiro. Mas

não me atarracam por isso. Ahi, n'essa arca estão quarenta dobras validías de oiro. Toma-as, Fernão, vae dal-as ao bispo; e se ainda assim se recusar... voto a Christo e á alma do senhor conde! que lh'as irei metter pela gorja com essa lança, que ahi jaz a esse canto. Com essa já em Aljubarrota alanceei outros tão falsos e scismaticos como elle...

Gonçalo Peres ainda declamava, quando Eleazar Rodrigues entrou a visital-o. O arabí, para o socegar, approvou-lhe a resolução, declarando porém que não havia ahi necessidade de dinheiro nem de ameaças, porque se compromettia a fazer com que o bispo desse a licença que se pretendia. O centenario, vendo-se d'esta maneira obedecido, socegou inteiramente; e desde logo ficou definitivamente resolvido que o casamento de Alvaro e de Alda teria logar d'ahi por oito dias.

Travou-se logo conversação sobre os aprestes d'aquella solemnidade; e, como todos os que alli estavam, se interessavam tanto no caso, protrahiu-se ella até muito depois de ter soado a ultima badalada do sino de correr. Quando o judeu se levantou para retirar-se, já passavam das nove horas da noite. O echacorvos, que viera, havia bem duas horas, para acompanhar Alda para casa, saiu então com ella; e Alvaro Gonçalves envergou á pressa uma saia de malha, e tomou uma facha d'armas para ir acompanhar o arabí á judiaria. Não levaram lanterna, porque Alvaro a julgou escusada, apezar da lei e da ordenação ordenar terminantemente que nenhum judeu andasse de noite fóra do seu bairro, sem andar acompanhado de christão e trazer uma lanterna accesa comsigo. Já n'aquelles bemditos tempos, e muito mais n'elles do que hoje, as leis eram muitas vezes letra morta; e note-se que isto acontecia, acontece, e acontecerá em todas as epochas e a todas as leis, que não tiverem senso nem geito, e que destoarem com os livres instinctos que fazem obrar o homem, e com os principios de governação escla-

recida, que devem inspirar os legisladores a terem
em conta a indole, os costumes e as circumstancias
dos povos, todas as vezes que fazem novas leis.

A porta da judiaria, que se abria de noite, quando
era preciso, era a porta do Olival. O arabí e o armeiro dirigiram-se para lá pelas Taipas. O judeu e
Alvaro despediram-se, abraçando-se. Eleazar entrou
para dentro da porta ferrea do bairro, e o armeiro
desviou-se lentamente na direcção da Ferraria. O coração encaminhava-o para o lado da casa, onde vivia Alda.

Chegando defronte do hospital da Senhora da
Silva, o armeiro parou. Alli estava Branca Mendes
a mãe da mulher que elle adorava; e alli se finava
lentamente em terrivel penitencia do crime, que havia dado vida ao anjo, que lhe ia dar a felicidade a
elle.

Alvaro encostou-se machinalmente á ombreira da
porta de uma casa fronteira, e alli ficou por mais
de meia hora a pensar n'aquella desgraça, que tinha de caminhar de par com a felicidade da sua
Alda, e a luctar indeciso comsigo mesmo, se sim
ou não iria chamar por Branca, e exoral-a a completar a ventura da filha, indo viver na companhia
d'ella. Mas quem era elle, pelo entretanto, para o
fazer? Reservou para mais tarde o realisar aquella
tentativa, e dirigiu-se por fim para o largo do Souto.

A pouca distancia, pareceu-lhe que no alto da
rua alguem havia dado um passo em falso, e chegado a pontos de escorregar. Voltou-se, e, apezar
do escuro da noite, descortinou de facto um homem,
embrulhado n'um amplo çorame, e caminhando
apressadamente. Alvaro coseu-se de todo com a
sombra das casas, e apressou o passo, não largando
o homem de vista. Este, chegando em frente do
hospital da Senhora da Silva, parou. Alvaro occul-
tou-se por detraz da esquina que fazia uma casa,
que ahi havia mais saliente que as outras, e poz-se
a espiar. O homem do çorame, olhou em todas as

direcções, como que a examinar a solidão, em que estava. Pela altura, pelo porte e pelos gestos, Alvaro imaginou que aquelle era Eleazar. Por fim o homem lançou-se de golpe para dentro do portal do hospicio. A' vista d'isto o armeiro juraria pela sua honra que não se havia enganado. Assim subiu apressado a rua, e veiu collocar-se ao lado da ombreira da porta. Antes de o fazer, duvidou um pouco indeciso, porque á sua alma, tão subidamente generosa, repugnava toda e qualquer espionagem. Mas aquella espionagem tinha um fim nobilissimo. Alvaro queria surprehender toda a historia d'aquelles dois desgraçados, para vêr se assim acharia o caminho que o levaria a conseguir recompôr-lhes a felicidade. Alentado por este desejo, espiou.

O judeu, mal entrou para dentro do pateo do hospicio, dirigiu-se á cella da emparedada.

— Branca — chamou então em voz sumida, batendo com os nós dos dedos no tapamento que lhe servia de parede.

— Eleazar, esse és?—perguntaram de dentro em voz harmoniosa e como que exaltada pelo instincto da felicidade — voz que em tudo destoava com o som plangente, em que a ouvimos entoada, da primeira vez que aqui viemos com Eleazar Rodrigues.

— Esse — respondeu em voz melancolica o judeu.

— Que novas de nossa filha?

— Far-se-ha o casamento dentro em oito dias. Assim o manda Gonçalo Peres, e a isso empenhei hoje minha palavra com elle. Ámanhã de manhã irei fallar com Fernão d'Alvares Baldaia, para que vá alcançar do bispo licença para se fazer com escusa de pregões.

A emparedada soltou um grito de suprema felicidade.

— Bemdito sejas tu, Deus de piedade! — exclamou em voz, que bem se sentia acompanhada de um mar de lagrimas, nascidas da maior alegria

d'alma — Bemdito sejas, Deus de amor e de misericordia!

Durante dois ou tres minutos os dois guardaram
profundo silencio. A emparedada orava fervorosamente a meia voz, e Eleazar, com os braços cruzados e a cabeça pendida para o peito, aguardava
que ella acabasse de orar, encostado ao tapamento
da cella.

De repente ouviu-se a voz da emparedada no tom
exaltado de ha pouco, mas agora tão de perto que
bem se via que ella estava com o rosto collado á
fresta da cella.

— E tu, Eleazar, e tu? — disse com suprema anciedade.

— Eu! — replicou elle tristemente — Tenho feito
tudo o que posso fazer; tenho pedido a Deus uma
inspiração, que me illumine... Não posso!... não
posso!

Dos labios da emparedada saiu o rugido, em que
se despeitora a agonia de quem vê em almoeda a
sua propria felicidade, e se sente encadeado e preso
de fórma, que não póde chegar até ella e salval-a.
Era a essencia do supplicio de Tantalo.

— Homem covarde! homem sem coração! — exclamou por fim Branca Mendes — assim pagas a
Deus as altas mercês, que faz a tua filha? Assim
satisfazes ao muito que te tenho sacrificado, desde
o dia, em que te conheci até hoje? Assim desani-
mas da felicidade, Eleazar?

A estas palavras, o arabí levantou nobremente
a cabeça, e fitou o olhar scintillante na fresta, a
que sentia que a amante tinha collado o rosto.

— E's injusta para commigo, Branca — disse em
voz severa mas serena — accusas-me sem ter razão
para o fazer. Não te peço eu ha dezoito annos a
felicidade? Responde. Não te tenho éxorado mil
vezes pelo nosso amor, por tua filha... e até pelo
teu Jesus... não te tenho eu exorado de joelhos
que consintas na realisação da nossa ventura, fu-

gindo commigo para onde ninguem nos pergunte
pelas religiões, a que pertencemos, e onde nos possamos amar, sem nenhum de nós renegar da sua
fé? Não é verdade isto que estou dizendo? E como
tens tu correspondido a estes rogos, que o teu coração devia prevenir aos meus labios — como tens
correspondido, tu que me accusas de faltar aos sacrificios que fizeste pelo nosso amor, e de desanimar de ainda podermos viver ditosamente um para
o outro? Ha dezoito annos que dos teus labios não
tem saido outra consolação para mim senão esta —
não quero ser feliz comtigo, a menos que não sejas
um renegado villão, um apostata, um infame...
um infame que ouse negar de fronte levantada o
Deus, em que não pôde deixar de ter fé? E' isto
amor, Branca? Dá-te por ventura tal amor o direito de me accusares de covarde e de ingrato?

. — Perdão, Eleazar, perdão!... — exclamou a
emparedada em voz plangente e cheia de afflicção.
O judeu deu alguns passos distrahidamente no pateo, sem dizer uma só palavra. Branca chorava, e
gemia.

— Socega, pobre mulher — disse por fim o arabí
— socega. Eu não te accuso. Comprehendo-te e
lastimo-te, porque te amo, como no primeiro dia
que te vi, como na primeira hora em que soube
que eras mãe de minha filha. Oh! se tu soubesses
os esforços e os sacrificios, a que este amor me
tem obrigado, para conseguir a nossa felicidade!
Se tu soubesses quantas noites tenho gastado. sobre os livros, para vêr se n'elles encontro o fio que
me encaminhe a razão por este tenebroso labirintho da duvida! Se soubesses quantas vezes tenho
ido escutar os mais sabios sacerdotes da tua religião, para vêr se dos labios d'elles sae por fim a
palavra. que faça penetrar a convicção na minha
alma! Se pudesses vêr os cabellos brancos, que a
agonia da desesperança tem feito encanecer na minha cabeça! Se pudesses contar os milhares de ve-

zes que tenho rojado a face pelo pó da terra, ora
sob a cupula doirada do templo, ora sob a infinita
abobada do espaço, pedindo a Deus uma inspiração que me illumine, um raio de luz que me escla-
reça... pedindo-lhe até a cegueira da propria razão,
para acreditar no que tu acreditas, para ter fé igual
á tua!... Mas nunca! nunca!... Até hoje não
tenho alcançado mais do que ouvir continuamente estas palavras tremendas — Jesus foi o
maior de todos os homens; mas Deus não pôde
morrer!...

O judeu calou-se de repente. Branca continuava
gemendo e soluçando.

— Branca — continuou Eleazar — eu já fui mais
além do que era licito a um verdadeiro israelita.
Mas não sinto por isso remorsos. Ao teu amor devo a revelação de uma grande verdade. O homem,
cujo coração e cuja intelligencia eram quasi divinas,
porque taes deviam de ser para inventar a sublime
religião da caridade e da magnanima resignação,
que se vinga do injuriador, oppondo á vingança o
amor que perdoa em nome da fraternidade; tal homem... tal homem — oh! não poder a minha razão
dizer Deus! — tal homem merecia o respeito e a
gratidão, e não o odio e o rancor da humanidade.
Os meus passados erraram. Jesus não merecia ser
crucificado.

— Deus de misericordia!... Meu senhor Jesus
Christo! — exclamou fervorosamente a emparedada
— oh! mais um passo... mais um passo... Divino
pae da humanidade, tende compaixão de nós!

O judeu estéve calado por espaço de dois ou
tres minutos.

— Bradas de balde, Branca, bradas de balde —
disse por fim melancolicamente — Se Jesus fosse
Deus... se Deus pudesse morrer, é impossivel que
o meu coração e a minha razão m'o não tivessem
já revelado — tanto é o amor que n'elle sinto por
ti, Branca; tanta é a convicção com que as tuas

-admiraveis doutrinas a prenderam a ella, ó grande Jesus dos nazarenos!

Interrompeu-se aqui momentaneamente, e logo balbuciou:

—Impossivel! impossivel! Deus não póde morrer.

E calando-se de subito, esteve de novo em silencio- por mais de um minuto. De repente disse em voz grave e firme:

—Branca, conheço por fim que não posso alcançar mais da minha razão. Cumpre, portanto, decidir definitivamente o nosso futuro. Anjo, diante de nós não se abrem senão dois caminhos, que a elle nos levem em paz com as nossas consciencias; ou fugirmos, ou resignarmos-n'os á unica felicidade de vêr nossa filha feliz...

A emparedada soltou um grito semelhante ao de quem vê descer sobre o peito o punhal do inimigo, que irresistivelmente o sugeita debaixo do joelho.

—Nunca, nunca—bradou, collando com força o rosto á fresta da cella—Nunca! Dizer para sempre adeus á esperança de poder chamar-te meu! Não tornar a vêr-te! Não realisar os mil sonhos de amor, que sonhamos, nos tempos que a furto nos podiamos vêr! Renunciar ao teu amor, á tua presença, aos teus afagos, á felicidade de te doirar os dias da vida...

—Cala-te, Branca, cala-te, ou condemno-me! —bradou o judeu n'um grito de agonia medonha.

Os dois ficaram de novo calados durante alguns minutos.

—Eleazar,—disse por fim a emparedada em voz serena—terás tu coração para dizeres adeus para sempre a tua filha, para resistir á certeza de que nunca mais a verás?

O judeu cobriu o rosto com as mãos, e soltou um gemido angustiado:

—E pensas tu—continuou a emparedada—que Alda póderá ser feliz, sabendo que seus paes o não são?

— Oh! Branca, Branca... — balbuciou em tom supplicante o arabí.

— E acreditas que Alda possa ser ditosa, sabendo... sabendo... — perdoa-me, Eleazar — sabendo que é filha de um judeu, de um condemnado ás penas eternas?

Eleazar não respondeu. Branca esteve calada por alguns segundos, e por fim seguiu, dizendo:

— Não desanimemos; Deus é piedoso e a Virgem Senhora da Silva ha de ouvir-me. Vae, Eleazar, vae; confiemos tudo da misericordia do Altissimo, confiemos-lhe a felicidade de nossa filha... e o nosso futuro, meu querido, Eleazar... porque nós ainda havemos de ser felizes. Havemos... havemos... diz-m'o agora o coração, e o coração nunca me mentiu, não... Havemos... havemos... Oh! Eleazar!... Vae, pois, coragem! Eu não posso morrer aqui; quero morrer ao pé de ti e de nossa filha. Eleazar, não desanimes; continúa a pedir com fé viva a Deus que te illumine, que eu continuarei a chorar e a pedir-lhe que abrevie a hora, em que te possa chamar meu... meu...

— Branca... Branca, que me matas! — balbuciou o judeu, caindo de joelhos diante da cella da emparedada, ao tapamento da qual ficou com a cabeça encostada.

Os dois estiveram em silencio muito tempo. Por fim o arabí ergueu-se, como que a custo, rebuçou-se no capuz de çorame, e disse melancolicamente:

— Adeus, Branca.

— Deus te illumine, meu Eleazar, Deus te illumine — balbuciou a emparedada em voz plangente, e que soava a lagrimas.

O arabí tomou o caminho da judiaria, a passo lento e todo embebido no milhão de idéas, que em turbilhão se lhe revolviam no cerebro. Ao chegar á porta de ferro, voltou-se, e lançou um olhar melancolico pelo caminho, por onde viera. A poucos passos d'elle estava Alvaro Gonçalves, que tudo ouvira, e que o seguira agora cada vez mais cuidadoso pela segurança do pae da sua Alda.

Eleazar, enternecido por esta prova de affecto, veiu a elle e apertou-lhe affectuosamente a mão.

— Obrigado, meu Alvaro, obrigado — disse-lhe em voz tremula.

— Deus vos illumine, senhor pae, Deus vos illumine — balbuciou o armeiro em voz commovida, e apertando convulsivamente na sua a mão franzina do arabí.

Ao ouvir estas palavras e sobretudo o nome de pae que lhe era dado, a elle judeu, por aquelle homem verdadeiramente nobre e generoso, Eleazar lançou-se-lhe a soluçar entre os braços. Os dois estiveram assim abraçados por alguns minutos. Por fim o arabí beijou o armeiro nas faces, e entrou na judiaria.

Alvaro esteve por algum tempo parado com o olhar destrahido fitado na porta. De subito os olhos illuminaram-lhe com a luz da inspiração de uma grande idéa.

— Oh! — balbuciou elle, apertando de subito a cabeça entre as mãos — Graças, Deus de piedade! — bradou então, levantando o rosto e os braços estendidos para o céo — graças, graças, Deus de infinita misericordia!

Na voz do moço havia a entoação da suprema felicidade. Na inspiração, que de subito lhe arraiava na mente, suppunha elle que estava a definitiva resolução do destino de Eleazar e de Branca.

Partiu então apressadamente pela rua do Souto abaixo. Ao chegar em frente da loja dos Balabardas, parou, e bateu rijamente com o conto da facha na porta.

Minutos depois ouviu-se em tom de tempestade a voz de trovão do terrivel echacorvos.

— Quem, por Barrabás, quem a taes deshoras?

— Abri, Paio, abri, que sou eu — respondeu o moço em voz, em que echoava toda a suprema alegria, que lhe ia no coração.

Instantes depois, Paio Balabarda abria a porta, dando cópia da sua pessoa, com as calças mal atacadas, lanterna em punho, e os olhos luzentes de todo o pasmo, que lhe causava a visita de Alvaro áquella hora da noite, e sobretudo da entoação de voz em que lhe respondera de fóra da porta.

Alvaro entrou para dentro.

Qual fosse a inspiração que teve o moço armeiro, e quaes os resultados d'ella, o leitor o saberá no capitulo seguinte.

XIX

UM APOSTOLO IRRESISTIVEL

Um Deus de amor me inflamma:
E já no pelto meu mal cabe a chamma,
Que docemente o coração me abraza.
Eu vôo por elle: elle so pode
Minha alma, sequiosa do infinito,
De todo saciar: este desejo
Me torna saboroso
O calix, que tu julgas amargoso.

SOUZA CALDAS. *Pœsias sacras.*

ERAM oito horas da manhã.

Eleazar Rodrigues, sentado a uma banca de estudo, com os cotovelos fincados n'ella e a cabeça poisada nas mãos, estava lendo, com profunda attenção, n'um grosso in-folio, escripto em caracteres gregos de fórma oncial, que tinha aberto diante de si poisado n'uma pequena escrivaninha, que havia sobre a banca.

Este repartimento da casa do opulento arabí estava aderecado com esplendor verdadeiramente real. O tapete, que forrava o soalho, era dos mais ricos, que a Persia então exportava para a Europa, por intermedio dos venezianos. As cortinas, que empanavam as janellas, eram de magnifica seda verde,

22

com franjas e corrediças de oiro. Os moveis eram,
de ricas madeiras, atauxiados de marfim e de prata.
A banca era toda de ebano; e a pequena escrivaninha, que havia sobre ella, era de sandalo, com rica
tauxia de oiro. Em todos os trastes haviam lavores
e arabescos primorosamente cinzelados.

Por traz do arabí via-se uma magnifica estante
com trezentos volumes, pouco mais ou menos.
D'estes, cincoenta ou sessenta eram extensas folhas
ou *bandeiras* de pergaminho, enrolada em cylindros, uns de bucho outros de ebano, n'uma das
extremidades dos quaes, ambas ricamente mar-
chetadas de marfim ou de prata, se via uma placa
redonda de metal, com o titulo da obra e o nome
do autor; os outros eram volumes encardernados,
com mais ou menos riqueza, de todos os tamanhos,
desde o in-folio grande até o oitavo pequeno. Não
era esta bibliotheca das cousas de menos valor, que
allı se achavam accumuladas. N'aquella épocha, em
que a calligraphia ainda não tinha sido substituida
pela imprensa, trezentas cópias significavam um
capital importantissimo.

Em frente do logar, onde Eleazar estava lendo,
via se um grande quadro, primorosamente lavrado
e doirado, que tinha por painel uma tela de seda
verde, perfeitamente retezada e preza por dentro
aos frizos do caixilho. Viam-se n'ella bordadas, a
letras de oiro, só duas palavras hebraicas, que diziam — *Paz aos homens.* Este caixilho, que estava
meio mettido na parede, e que fôra alli collocado
havia dois para tres annos, era o assumpto do
pasmo de todos os israelitas da communa, que não
podiam comprehender, para que Eleazar despen-
dera tanto dinheiro, unicamente para ter de continuo diante dos olhos duas palavras, que, pelos
seus actos, fazia crêr que trazia gravadas por Deus
no coração.

Eleazár parecia profundamente enlevado na leitura do seu livro. De repente parou; correu mui-

tas vezes as mãos pela fronte, e ficou por muito tempo com os olhos fitos nas palavras, que estavam escriptas na seda-painel, que tinha diante de si. Passados alguns minutos, ergueu-se, foi direito a elle, e tocou n'uma mola occulta que havia na base do caixilho. A seda recolheu-se de golpe sobre um lado, deixando a descoberto uma primorosa pintura a oleo.

O painel representava Jesus Christo no momento de pronunciar estas sublimes palavras do admiravel sermão da montanha — *Diligite inimicos vestros, benefacite his qui oderunt vos, et orate pro persequentibus et calumniantibus vos* [1].

A figura do divino redemptor tinha aquella airosidade magestosa, que necessariamente devia de ter a do filho de Deus, a do verbo encarnado. O rosto exprimia toda a bondade celestial, que irradia d'aquelle, um dos mais maviosos principios dos evangelisados pelo fundador da religião do amor do proximo e do perdão das injurias. Um dôce sorriso pairava á flôr dos labios do divino iniciador; e o seu olhar, ao passo que se espraiava amorosamente por sobre a multidão que o escutava, parecia que d'ella se refrangia para o céo, patria verdadeira d'aquellas sublimes theorias. Um dos braços estendia-se por sobre o povo, como querendo recolhel-o para dentro d'aquelle dôce coração; o outro erguia-se um pouco para o alto, como que para fazer descer do throno omnipotente a unção divinal, que devia embrandecer aquelles peitos endurecidos pelos resultados do primeiro peccado, e approximal-os da innocencia primitiva, por meio de tão santas e carinhosas doutrinas.

A quem estivesse meditando sobre aquellas suavissimas palavras, que acima apontei, a vista d'a-

---

[1] S. Matheus. Cap. v. p. 44. Amae vossos inimigos, fazei bem aos que vos odiaram, e orae por aquelles que vos perseguem e vos calumniam.

quelle quadro commoveria necessariamente. Á expressão da pintura harmonisava com ellas, quanto humanamente podia harmonisar. O pintor fôra felicissimo na execução. E nem isso admirava. O painel era obra do célebre Masaccio [1], illustre pintor florentino e um dos mais talentosos predecessores de Raphael, cujas obras ainda hoje se admiram n'uma das capellas da egreja dos carmelitas de Florença e na capella de Santa Catharina da egreja de S. Clemente em Roma. O opulento Eleazar Rodrigues comprára este quadro a peso de oiro, por via de um negociante seu amigo, que, havia annos, estivera em Italia. Do assumpto da pintura pôde o leitor deduzir a razão das palavras bordadas na seda; bem como o motivo que obrigava o arabí a tel-a sequestrada d'aquella fórma aos olhares curiosos dos seus irmãos da communa.

O arabí esteve por mais de um quarto de hora como que absorto e sem despregar a vista de cima d'aquella cabeça sublime, que se destacava de todas as outras pela doçura angelical e pela bondade magestosa da expressão. Por fim tornou a cravar os olhos na pagina do livro, que tinha diante de si. Era elle o evangelho de S. Matheus, desenfeitada e simples narrativa, que tem o condão de obrigar docemente o instincto, a, para assim dizer, inspirar á razão o sentimento convicto, a convicção-sentimento da divindade de Jesus. A uncção de verdade, que irradia dos periodos que ella propria inspirou ao antigo publicano das margens do Gênesareth, é de certo a origem mysteriosa, d'onde o espirito recebe a impressão convencedora, que mesmo aos homens mais vaidosos de racionalistas, faz curvar a cabeça diante da essencia divina do genio sobrehumano, que ditou o evangelho. Póde, por

---

[1] Thomaz Guidi di San Giovani, conhecido pelo nome de Masaccio, nasceu em Florença em 1401 e morreu em 1443.

ventura, essa impressão desfazer-se por fim, aba-
tada pela soberba fatuidade, que não sabe dizer o
que é Deus, mas que imagina poder explicar o modo de ser d'isso que não sabe dizer o que é. Embora; mas existe, mas dura ao menos a hora primeira, que segue á leitura do singelo e ingenuo livro de Matheus.

Eleazar esteve, por alguns minutos mais, todo
absorvido na leitura do livro sagrado. Lia o capitulo xxvii, em que o sincero historiador narra
com admiravel simplicidade o julgamento e o supplicio de Jesus. Ao chegar áquellas palavras profe-
ridas pelo centurião espantado — *este deveras era o
filho de Deus* [1], parou, lançou-se de golpe para o
espaldar da cadeira, e ficou por alguns segundos
com o rosto mergulhado entre as mãos.

Depois fitou de novo o painel, e assim esteve
por algum tempo inteiramente absorto e alheado.
Por fim ergueu-se, e exclamou:

— Jesus da Nazareth, sublime iniciador da mais
santa de todas as doutrinas, humilde e admiravel
galileu, que como meteoro de dulcissimo brilho
passaste um momento por sobre o globo, deixando
após de ti um sulco de luz tão vivida, que augmen-
ta e cresce, á medida que os tempos se avolumam
sobre a recordação da tua passagem; ente sobrehumano, homem mysterio, desvenda-te, e diz-me
quem és. A tua palavra resume a sciencia de todos
os seculos, a tua vida é um compendio de maravi-
lhas de affecto e de amor pelos homens, a tua
morte a corôa sobrehumana das doutrinas, que en-
sinaste durante a tua admiravel vida! Quem és,
ente incomprehensivel e fóra de todas as leis que
regem a humanidade, homem superior a todos os
homens, intelligencia d'aguia, coração de pomba,

[1] Centurio autem, et qui cum eo erant custodientes Je-
sum, viso terræmotu et his quæ fiebant, temuerunt valde,
dicentes, Vere filius dei erat iste. MATTH Cap. xxvii. v. 54.

vontade que só se pôde comparar com a que arrancou o mundo ao chaos, quem és... quem és?

O judeu parou, e permaneceu alguns momentos, fitando o painel com olhos, em que parecia luzir inspiração sobrenatural. Depois baixou-os ao livro, e repetiu em voz quasi que sumida:

— *Este deveras era o filho de Deus.*

Em seguida levantou de novo os olhos para o quadro, e fitou-o com a anciedade de quem espera um signal para resolver uma duvida. Um sorriso dôce e melancolico perpassou-lhe então por sobre os labios.

— Oh! não... não póde ser. Deus não morre... não pôde morrer! — balbuciou por fim, deixando-se cair na cadeira, alquebrado por intimo desalento.

E assim ficou por mais alguns minutos com os olhos invariavelmente cravados no painel.

— Aquelle era deveras um varão extraordinario — disse por fim — Deus inspirou-lhe aquelle genio sobrehumano, porque se quiz servir d'elle para meio de se operar a maior de todas as revoluções, por que tem passado a humanidade. Grandiosa e sublime missão! Foi um homem raro, um homem unico! Os seculos não tornarão a vêr outro como elle. Aquelle foi de certo o maior de todos os esforços, a que Deus obrigou a natureza. Outro igual, e o mundo fundir-se-ia, volveria ao nada...

Parou de subito aqui; cobriu o rosto com as mãos, e exclamou por entre um gemido dolorosissimo e entoado pelo som da suprema agonia:

— Oh! mas aquella vida... mas aquella morte! Deus, por ventura, avolumando tão grandiosamente aquelle espirito, regularia tambem a materia, que lhe servia de involucro, por leis diversas d'aquellas que regulam toda a humanidade? Só assim, só assim... — continuou como que respondendo alheadamente a uma pergunta interior — só assim... E assim foi, porque Deus não póde morrer. Oh! só assim, só assim — seguiu em voz forte e ligeiramente tremula, como quem .resiste com todas as forças a uma grande violencia, que lhe estão fazendo — só assim é que se póde explicar a pasmosa e sobrehumana serenidade, com aquelle homem, injuriado, macerado e pregado n'uma cruz, não deixa transparecer no dôce semblante um só vislumbre de desespero ; e, ao soltar o derradeiro espirito, entre as medonhas vascas de uma morte affrontosa, ainda então, ainda n'esse momento terrivel em que a humanidade de tudo se deslembra, ao concentrar-se inteira no seu supremo e derradeiro esforço contra a dissolução, ainda então, ainda n'esse momento grandioso, aquella immensa natureza se esquece de si para se lembrar de seus irmãos, os homens, e para compendiar todas as santas doutrinas, que evangelisou durante a vida n'esta só frase sublime *perdoae-lhes, pae, perdoae-lhes que não sabem o que estão fazeıdo* [1].

O judeu parou um momento, e logo recomeçou, principiando por um balbucio, que era como que uma resposta intima :

—Diante d'esta coragem espantosamente sobrenatural a razão estontece, e acurva-se. Como humanamente explical-a? Que admira que o véo do templo se rasgasse em dois, que a terra estremecesse, que as pedras arrebentassem, que os tumulos se abrissem, e que os cadaveres dos velhos prophetas saissem para fóra d'elles ? [2] Aquella morte era um verdadeiro cataclysmo da natureza. Aquelle homem resumia em si um milhão de humanidades, e a terra não foi feita senão para uma.

Aqui parou de novo, e ficou alguns momentos com os olhos fitos no painel.

—Mas se assim foi... se assim não pôde deixar de ser — continuou como que enlevado por intima

---

[1] Lucas. Cap. xxiii. v. 34. Pater, demi te illis; non enim, sciunt quid facunt.

[2] Matth. Cap. xxvii. v. 51 e 52.

abstracção — se para aquella vida e para aquella
morte era preciso um espirito e um corpo sobrenatural, então aquelle homem não o era senão pela
fórma... então aquelle era um ente sobrehumano... um ente dotado... por Deus... de predicados alheios á humanidade,... de predicados... só
proprios... da omnipotencia divina... então aquelle... era deveras o filho de Deus.

Eleazar parou de subito com os olhos cravados
na pintura do Christo. De repente um sorriso de
ironia triste pairou-lhe nos labios, e o arabí acenou ao de leve com a cabeça uma triste negativa,
e balbuciou em voz melancolica, e como que fallando para a figura, em que tinha cravados os
olhos:

— Mas Deus não póde morrer... não póde morrer!...

E ficou por mais um momento com os olhos fitos no painel. De repente deu um grito terrivel de
afflicção, cobriu o rosto com as mãos, e caiu exte-
nuado na cadeira.

Esteve muito tempo d'esta maneira; por fim descobriu o rosto, e ficou com os olhos fitos na figura
de Jesus, que tinha deante de si.

— *Não sabem o que estão fazendo!* — balbuciou
finalmente e com semblante de profunda abstracção
de espirito — *Não sabem o que estão fazendo!* Mas
quem é este homem extraordinario, que, no instante do passamento, entre as agonias de uma
morte affrontosa, achou em si forças para se dirigir a Deus e dizer-lhe sem receio — *perdoae-lhes
que não sabem o que estão fazendo!*... O que estão
fazendo!... O que estão fazendo? Estão assassi-
nando um homem. Por ventura é isso cousa tão
pouco commum, que, ao pratical-a, os homens não
saibam o que fazem? O *que estão fazendo... o que
estão fazendo!* Então estão fazendo uma cousa
nunca vista! Estão praticando um crime sobrenatural, um crime nunca ouvido, um crime que a hu-

manidade não tornará a poder praticar? E comtudo
esse crime é um assassinato! Deus de Israel, será
possivel que á hora da morte, no momento supremo da dissolução, ao penetrar na escura e duvi-
dosa eternidade, será possivel que haja em algum
homem audacia bastante para se dirigir a Deus
d'esta fórma? O *que estão fazendo! o que estão fazendo!* —terminou Eleazar n'um balbucio, ao mergulhar de novo em profunda abstracção de espirito.

De repente ergueu-se, e, levantando a face e os
braços para o céo, exclamou em voz energica de
grandioso desespero:

—Deus de Israel, Deus de meus paes! Deus de
Abralião, de Isaac. e de Jacob! Deus que do alto
do Horeb inspiraste a Moysés o libertar do povo
escolhido, Deus vingador, Deus dos exercitos, senhor omnipotente do trovão e do raio, accorrei-me...
accorrei-me ou me perco.

Assim dizendo, deixou-se de novo cair sobre a
cadeira, encostou a fronte ao livro que tinha diante
de si, e ficou a offegar como homem oppresso por
extremo e medonho cançaço.

Esteve assim por muito tempo. Ouviram-se então duas pancadas rijas batidas com os nós dos dedos na pórta da sala. Eleazar levantou a cabeça.

—Rabbí —chamou o mouro Abuçaide da parte
de fóra.

—Olá, D. Eleazar, abride. Este sou... Paio Balabarda —ouviu-se ao mesmo tempo dizer alegremente na voz trovejadora do echacorvos.

O arabí levantou-se de golpe.

— Aguardae, que já abro —respondeu.

E, dirigindo-se ao painel, fez correr de novo sobre elle a tela de seda. Depois desandou a chave da
porta.

— Ora entrae, amigo —continuou, tornando logo
para junto da banca. E, ao encostar-se a ella acrescentou —E bem, que pretendeis de mim, Paio?

O arabí voltára-se para a porta ao pronunciar estas palavras. De repente deu um estremeção violento, aprumou-se, e ficou como que pasmado diante
da apparição inesperada, que encontrava diante
de si.

Era Alda, a filha do seu coração, que estava alli
diante d'elle, alguns passos em frente de Paio Balabarda, que se sorria com a ironia do rapaz tra-
vesso, que acaba de pregar um logro.

Alda e o arabí ficaram por alguns segundos diante
um do outro, sem poderem dizer palavra.

Por fim o meigo rosto da formosissima donzella
purpureou-se da mais dôce côr de rosa, os olhos
humedeceram-se-lhe de pranto suavissimo, e ella
ergueu um pouco os braços para a frente, e balbuciou :

— Meu pae... meu senhor pae!

A esta palavra, Eleazar soltou um grito de entoação ineffavel, correu á filha, tomou-a de subito
nos braços, e balbuciou :

— Filha... filha... minha filha querida!...

E a cabeça caiu-lhe de subito sobre o hombro de
Alda, os joelhos curvaram-se, e, a não ser o echacorvos que o tomou em cheio nos braços, o judeu
tombaria desanimado por terra.

— Por S. Barrabás! — trovejou o echacorvos
com suprema afflicção—Que assim isto fosse! Ah!
perro de mim!... E pois, Eleazar, tão peco sois
vós...

O judeu não o deixou terminar; sacudiu-se-lhe
dos braços, cingiu de novo a filha entre os seus, e
começou a beijal-a com a insania da suprema felicidade, balbuciando:

— Filha... minha vida... minha filha querida...
filha do meu coração...

Na voz, nos olhos e nos gestos de Eleazar havia
tudo o que o amor de pae tem de mais dôce e de
mais sublime. Alda ficou como que fascinada por
aquelles extremosos afagos, que nunca havia go-

zado. A pobre menina sentiu fugir-lhe a luz dos olhos, e caiu por fim desmaiada nos braços do pae.

Eleazar foi sental-a n'uma cadeira. Paio approximou-se d'ella com toda a anciedade do amor que lhe tinha.

— Corpo de Deus consagrado — rumorejou elle, fitando anciosamente o judeu, que, ajoelhado diante da filha e com as mãos d'ella apertadas nas suas, a contemplava como revendo-se no rosto amortecido da donzella — Corpo de Deus consagrado! Então D. Eleazar, má hora! assim deixaes vós...

— Não, não — exclamou anciosamente o arabí arredando a mão com que o echacorvos ia aferrar a donzella — não lhe toqueis... não lhe toqueis. Foi o amor, que trago aqui represado no coração ha tanto tempo, foi elle quem fez isto... Não a matará... não a matará...

O rosto de Alda começava de novo a purpurear-se, e os olhos abriram-se-lhe, fitando-se com um dôce sorriso no pae. Eleazar ergueu-se então, e ficou de pé diante da filha com os olhos cheios de lagrimas, tremulo de dulcissima commoção, e com as mãos convulsivamente enlaçadas uma na outra.

De subito Alda deixou-se-lhe escorregar para os pés.

— Meu pae... meu senhor pae — disse ella docemente—concedei-me a felicidade de minha mãe... da minha querida mãe.

O arabí aprumou-se de golpe.

— Deus d'Israel, accorrei-me! — balbuciou elle, com os olhos brilhantes de extremo pavor.

— Eu bem sei — continuou Alda com dulcissima meiguice — eu bem sei que vos devo a felicidade de que já estou gozando. Sou feliz... muito feliz. Meu pae... meu querido pae, completae a minha ventura... concedei-me a felicidade de minha mãe.

— Filha... filha, que me pedes? — balbuciou em voz tremula o judeu.

Alda cobriu-lhe as mãos de beijos e de lagrimas.

— Oh! meu senhor pae — disse então com doçura melancolica — pensaes vós que poderei ser de todo feliz, sendo minha mãe desgraçada, e eu a recordar-me de continuo que, depois de morrer, não acharei no céo meu pae a meu lado. Pae... meu querido pae, sêde christão...

— Filha... filha — balbuciou o judeu — pede-me tudo... as minhas riquezas, a minha vida... tudo... tudo o que possúo. Mas isso não. Não... não... que é impossivel. Deus não morre, Deus não póde morrer — acrescentou como para si, e quasi que já de todo arrebatado pela agonia, que lhe redemoinhava no coração e na cabeça.

— Meu pae... meu senhor pae — acudiu Alda, aferrando-se-lhe com mais força ás mãos, que ao mesmo tempo cobria de beijos — a Deus nada é impossivel, nada; e vós não querereis que eu assim viva, para sempre avexada pela infinita desgraça de não poder chamar-vos pae, de não poder abraçar minha mãe...

Eleazar, que escutava Alda com expressão allucinada e ligeiramente curvado para ella, como quem escuta um som longinquo e quasi indistincto, que ora foge de todo, ora se faz ouvir ao de leve, bateu aqui na fronte com a mão espalmada, e interrompeu a filha, exclamando de golpe:

— A Deus nada é impossivel... nada é impossivel... nada... nada! Oh! aquella morte... aquella morte! Aquelle era um ser extraordinario. Quem o negará?... E aquella morte... aquella morte — acrescentou de todo abstracto e fitando um olhar desvairado na filha — aquella morte... aquella... morte!...

Calou-se aqui de chofre, e ficou um instante com a vista alheada posta em Alda. De subito ergueu a fronte e os olhos para o céo, e exclamou por entre um grito pavoroso:

—Deus d'Israel, se me perco, perco-me com minha filha.

Assim dizendo, correu ao painel, descerrou-o, e exclamou, batendo com a fronte no chão:

—Jesus, filho de Maria, tu és Deus, tu és verdadeiro Deus.

Ao vêr o acto arrebatado do arabí e sobretudo ao dar com os olhos na imagem do Christo, o echacorvos espantou os olhos, deu dois passos para traz, persignou-se atrapalhadamente, e caiu por fim de joelhos balbuciando:

—Voto a tal!... Por S. Judas Barrabás! Quem tal dissera!

E ficou embobado a olhar para aquillo, fazendo cruzes por toda a cara, segundo a mão direita acertava de tocar n'ella, demovida pelo instincto da persignação.

Eleazar esteve por alguns minutos prostrado por terra diante da imagem do Deus da caridade e do perdão das injurias. Por fim, ergueu-se com a fronte serena e magestosa, como quem affrontava, nobremente e com a consciencia de todo tranquilla, a responsabilidade do importantissimo passo que acabava de dar. O rosto porém resplandeceu-lhe de subito com a mais dôce expressão da verdadeira felicidade. Ao levantar-se, o arabí encontrou-se ladeado por Alda e por Alvaro, os dois seres por cuja felicidade sacrificaria até a propria salvação da sua alma.

A apparição de Alvaro nada tinha de extraordinaria. Como o leitor já deve ter adivinhado, a scéna, que acaba de assistir, nada mais era do que o resultado da inspiração, que elle tivera, depois que assistira á conferencia entre o judeu e a emparedada. Ancioso pelo bom resultado d'aquelle expediente, que reputava com razão o extremo, seguiu Alda e o echacorvos a casa do arabí e da porta da sala ficou espiando com immensa agonia, o que ia alli ter logar. Ao vêr Eleazar com a fronte por terra diante da imagem do Christo o moço armeiro sentiu-se arrebatado por impulso irresistivel; lançou-se de golpe dentro da sala, e foi prostrar-se ao lado d'elle, com a fronte tambem de rojos no chão, agradecendo fervorosamente ao salvador do mundo o ter chamado ao recto caminho a grande e generosa alma do pae da sua querida Alda.

Eleazar cobriu Alvaro e Alda com um olhar e um sorriso de felicidade ineffavel. O moço armeiro ajoelhou então, com a amante, aos pés d'elle, e, fitando-o com um olhar que dizia tudo que lhe ia no coração, balbuciou por entre as lagrimas que lhe marejavam pelas faces abaixo:

— Agora, senhor pae, abençoae-n'os.

Eleazar poisou as mãos sobre as cabeças dos seus dois filhos, cravou os olhos na formosa figura de Christo, que tinha diante de si, e exclamou em voz solemne:

—Jesus, homem-Deus, insondavel mysterio da Omnipotencia, venerando segredo da divindade, perante o qual a razão estontece, e se offusca, como se ousasse tentar a apreciação do infinito, Deus de amor, dulcissimo iniciador da fraternidade humana —que a felicidade desça sobre estes dois innocentes com proveito igual ao com que o teu sangue caiu sobre a humanidade, em sacrificio á iniciação das tuas santas e admiraveis doutrinas.!

Assim dizendo, levantou-os, e apertou-os contra o coração, beijando-os e cobrindo-lhes as faces com lagrimas de indizivel ventura.

Paio Balabarda, que se puzera machinalmente de pé, presenciava esta scena de olhos arregalados e com o queixo inferior a tremer convulsivamente. Por fim não poude conter-se mais. Sentiu as lagrimas marejarem-lhe nos olhos. A scena era até superior á alma de pederneira do honrado echacorvos. Soltou um urro pavoroso, arremessou-se sobre o arabí como um toiro, e apertou-o nos braços robustos, bradando meio suffocado:

—Ah! perro de mim! Voto a satanaz! Inferno e
maldição! Corpo de Deus consagrado!...

E depois de ter esgotado uma certa provisão de
pragas e de juras, que trazia sempre na ponta da
lingua para todo e qualquer acontecimento, fosse
de que ordem fosse, soltou Eleazar, e atirou com
os punhos cerrados á sua propria cara d'elle, com
dois murros de tal calibre que só aquellas suas duras maxillas eram capazes de lhe resistirem intei-
ras. O fim d'aquelle esmurramento era acudir ao
prurido, que lhe iam fazendo pelas esguias faces
abaixo quatro lagrimas, que lhe desciam dos olhos
a mergulharem-se na espessa barba de vassoura.

O arabí sorriu-se com doçura áquella manifesta-
ção um pouco bruta da amizade do echacorvos; e
correspondeu-lhe mais humanamente, mas com fervor igual ao d'elle, porque igual ao d'elle era tambem o affecto que lhe tinha.

Como é de uso e muito natural, os quatro inter-
locutores d'aquella scena ficaram então alguns minutos a olhar uns para os outros, sem fallarem, e
como que embobados por aquella felicidade.

—Meus filhos — disse por fim Eleazar — sincera
é a conversão da minha alma. A minha razão cur-
va-se diante da divindade do grande fundador do
christianismo, sem mais pretender penetrar para
dentro dos insondaveis mysterios da omnipotencia
e da sabedoria divina. Ha muitos annos que lutava
agitado pelas torturas afadigosas da duvida. O meu
espirito era como um mar tempestuoso, que acachoava em vagalhões alterosos, que arrebentam uns
contra os outros com temeroso fragor. Mas Deus
amerciou-se de mim, Alvaro, amerciou-se... e il-
luminou-me—continuou, sorrindo docemente e apertando ao peito o armeiro com o braço esquerdo —
porque a Deus nada é impossivel, nada, nada —
accrescentou, cingindo Alda com o outro — A vós
devo a ventura que estou gozando; as vossas orações alcançaram-me a paz e a felicidade do futuro.

Abençoados vós sejaes, meus filhos, meus que-
ridos filhos; e abençoados tambem aquelles — continuou fitando o echacorvos — que tanto de coração
desejavam, e que tanto contribuiram para a paz e
para o socego de espirito do pobre judeu Eleazar.

A estas palavras o echacorvos, cujos olhos, que
pareciam dois fachos, estavam invariavelmente cravados no arabí, enguliu duas ou três vezes em secco
com pavoroso terramoto da caixa laryngeana, erguendo e baixando ao mesmo tempo a perna direita como fero e ardego cavallo, que escarva impaciente o terreno, onde o obrigam a estar parado.

— Paio Balabarda — disse então Eleazar, fitando-o com grave autoridade — que até ámanhã ninguem saiba que o arabí da communa dos judeus
do Porto é christão.

O echacorvos despregou aqui as contrahidas maxillas com temeroso estalo, e bradou em voz de
trovão:

— Voto a tal, D. Eleazar!... Má peste me mate,
má dôr de reira me consumma, mau fim tenha eu,
enforcado eu seja, má hora! como Judas traidor, e
com elle vá parar ás profundas dos infernos, se,
jurami, algum perro excommungado nas egrejas de
mim soubér...

Eleazar interrompeu esta torrente de blasphemias, fazendo um aceno, que emmudeceu o blas-
phemador.

E' escusado dizer os affectos, os carinhos e os
sonhos radiosos, que tiveram logar durante o espaço de mais de uma hora, que Álvaro e Alda passaram junto de Eleazar. Para o leitor fazer perfeita idéa de tudo, deve lembrar-se que era aquella
a primeira vez que aquelle pae extremoso podia
despeitorar todo o affecto, que trazia represado no
coração, havia vinte annos; e que Álvaro e Alda,
apezar de mimosos de carinhos, tinham até alli sido
orphãos d'aquelles que só ao coração de um pae
ou de uma mãe é dado sentir e fazer.

XX

CONCLUSÃO

O caminho fica aberto
A quem mais quizer dizer:
Tudo o que escrevi é certo;
Não pude mais escrever,
Por não ter mais descoberto.

G. DE REZENDE. *Miscellanea.*

A's oito horas do dia seguinte o conselho dos anciãos ou homens bons da communa dos judeus do Porto reunia-se n'uma das mais espaçosas salas do vasto edificio da synagoga, convocado pelo seu prezado arabí. O grande salão estava litteralmente atulhado pela multidão de pessoas, que alli se haviam agglomerado, demovidas pela anciedade de saber o que significava aquella subita e inesperada convocação.

Quando a figura serena e magestosa de Eleazar appareceu no topo da sala, paramentado com todas as insignias do seu cargo, aquelle immenso numero de pessoas recolheu-se de subito em tão profundo silencio, que parecia que a ira de Deus as havia invisivelmente assombrado. Por sobre a nó-

bre serenidade do rosto do arabí pairava agora uma
sombra de melancolia tão impressionadora, que
fascinava todos os que n'elle punham os olhos.
D'aqui aquelle silencio sepulchral, que era como
que o precursor invisivel da immensa desgraça, que
estava a cair por momentos sobre a commune.

Eleazar Rodrigues sentou-se na cadeira, que
occupava havia tantos annos, e onde seu pae se
havia sentado muitos mais. Por alguns minutos.
conservou-se immovel e em silencio, pairando tristemente com o olhar melancolico por cima d'a-
quella turbamulta. Levantou-se então, poisou em
cima da mesa a vara, o escapulario e o barrete
symbolico, e disse em voz melancolica, mas firme
e serena:

— Israelitas da commuña do Porto, elegei novo
arabí. De hoje ávante não o posso ser vosso. Aqui
deponho, e vos deixo as insignias do cargo.

Fez então brevissima pausa, e logo acrescentou
no mesmo tom de voz:

— Sou christão.

Após estas palavras, saiu do seio do povo, primeiro um murmurio de pasmo e de estupefacção
— em seguida um immenso gemido de afflicção —
e logo após o borborinho da indignação e da colera.

Eleazar ficára de pé no seu logar, olhando pla-
cida e melancolicamente a multidão. Os anciãos
da communa, que o rodeavam, fitaram-n'o estupefactos e como que reduzidos a estatuas por aquella
revelação.

Então Eleazar foi collocar-se por detraz da cadeira, onde estivera sentado, ergueu a mão, e toda
a multidão retrahiu-se de novo em profundissimo
silencio.

— Israelitas da communa do Porto — exclamou
em voz firme e solemne — escutae pela ultima vez
a palavra do filho de Manassés Rodrigues. Ao
dizer-vos adeus para sempre, não quero deixar

entre vós uma memoria de odio, mas sim uma recordação toda de paz e de amor. Escutae-me.

Não se ouvia o mais leve susurro. Eleazar continuou então depois de uma pausa de alguns segundos:

— Irmãos, vós bem sabeis que desde muito moço
fui dedicado por meu pae ao estudo sagrado da
lei, e n'elle me mergulhei com todo o ardor, de
que são inspirados aquelles que desejam conhecer
a verdade. Compulsei os livros dos mais sabios
dos nossos rabbis; profundei as doutrinas mais
questionadas pelas varias facções, que dividem a
synagoga; e, por fim, fui, em-poz do meu desejo,
procurar nos livros originaes a solução das duvidas
angustiosas, que desde logo me começaram a
laborar o espirito. Li e meditei as doutrinas inspiradas no Sinai ao grande libertador do povo escolhido; segui hora por hora, minuto por minuto os
acontecimentos fatidicos, em que foi tombando,
seculo após seculo, o reinado de Israel; extasiei-me
diante dos canticos suavissimos do rei inspirado, e
estudei uma a uma as palavras mysteriosas dos
nossos prophetas. Por fim estaquei diante de um
facto immenso. Israel caira, tombára, morrera! As
palavras do Deus do Horeb haviam-se reduzido a
fumo; as promessas do Sinai não se tinham cum-
prido; e o povo escolhido por Deus, o povo domi-
nador, a nação entre as nações, jazia com a face
prostrada no pó da miseria, sem mesmo a propria
esperança de um Messias ser capaz de lhe dar
alentos para se levantar, um momento, da sua
ignobil abjecção.

Eleazar calou-se aqui um instante, e em seguida
continuou assim:

— Diante d'estas verdades pavorosas, que me
davam maiores forças á duvida, retrahi-me, cheio
de medo, para dentro da propria razão; e de lá
perguntei a Deus qual a causa de uma dissolução
tanto em desharmonia com as palavras do Thora.

Por ventura não teria Deus fallado a Moysés no Horeb? Por ventura, irritado pelos crimes repetidos do contumaz Israel, o Deus, que o vingou dos pharáos, lhe haveria por fim voltado as costas, e calar-se-ia para nunca mais tornar a fallar? Nem uma vóz, nem um signal, nem uma inspiração, ao menos, para me guiar por entre aquelle temeroso labirintho da duvida! Mergulhei então de novo no estudo dos livros sagrados, para vêr se por ventura me teria escapado uma frase, uma palavra, um dito sequer, que em si encerrasse a solução d'aquelle pavoroso enigma. Mas então senti em redor de mim um vacuo, em que o ar e a luz me faltavam, em que parecia faltar-me a propria terra. E a lei caiu diante de mim despedaçada, e eu fiquei em frente da duvida, só e desamparado como o cedro das alturas do Libano, quando a tempestade desarreiga da terra o arvoredo, no meio do qual brotou! Oh! que tormentosa occasião aquella! Oh! que soffrimentos aguilhoaram a minha alma, no momento em que reconheceu que a lei de meus paes era insufficiente para por ella chegar ao conhecimento da suprema verdade! No desespero d'aquella agonia, lembrei-me que os livros sagrados dos christãos eram a sequencia dos santos livros de nossos paes, de que elles tiraram a origem. Arremessei-me então a estudal-os, com o fervor com que o naufrago aferra a leve taboa, que boia ao de cimo da vaga, depois que de todo se perdeu o navio alteroso, em que suppunha poder sulcar com segurança os vastos plainos do mar. De subito fez-se diante de mim a luz; achei a explicação do enigma. Israel caira, porque Israel parára, e o mundo fôra ávante; Israel caira, porque Israel teimára em seguir a velha estrada, e o mundo tomára por uma outra totalmente differente. A humanidade havia-se transformado ao grado da mais pasmosa e da mais admiravel de todas as revoluções. A' lei da espada succedêra a lei da palavra; á guerra e ao odio entre os homens, succedêra a paz e o amor da humanidade. Fôra pasmosa revolução aquella! O mundo tomára uma face toda outra. O homem transformára-se, e a humanidade estava por fim senhora do fio, por onde se podia alar até ao cume do sagrado monte da perfectibilidade humanal. Era grande demais aquella revolução para um homem. Para ella precisava-se visivelmente de um Deus. A minha razão curvou-se então diante do ser, de cujos labios partiu o verbo omnipotente, que impelliu a humanidade por este caminho; e a minha cabeça e o meu coração reconheceram a divindade de Jesus.

—Assim é que eu cheguei ao christianismo—continuou depois de breve pausa Eleazar—assim é que eu achei a razão, porque Deus se calou para Israel, e porque as promessas sagradas do Horeb cessaram de realisar-se. Chegára a hora de apparecer um mundo novo, e Israel teimára em permanecer no mundo velho. Então Deus voltou-lhe as costas... e elle caiu.

Eleazar calou-se de novo; as lagrimas rebentaram lhe aqui, pelos olhos fóra, e elle ficou alguns segundos a olhar melancolicamente a multidão.

—Israelitas, adeus—disse por fim em voz ligeiramente tremula—se algum de vós precisar algum'hora do filho de Manassés Rodrigues, ide confiadamente bater á porta d'elle, que sempre o achareis tão vosso irmão como até hoje. Inspira-m'o o coração, e ordena-m'o a nova lei que professo. Que os que tiverem sêde, vão aonde eu estiver, que eu lh'a apagarei; que os que tiverem fome me procurem, que eu os satisfarei; que os perseguidos se acolham a mim que eu os defenderei com o auxilio das omnipotentes doutrinas da dulcissima lei de Jesus.

Assim dizendo, ajoelhou diante dos anciãos estupefactos, e beijou a cada um d'elles a mão; depois ergueu-se, desceu, serenamente os degraus do estrado, e atravessou com as lagrimas nos olhos por entre a multidão, que abria aos lados, gemendo dolorosamente.

— Consummou-se a destruição de Israel — balbuciou então Abrahão Cofem, que o escutára de braços cruzados e encostado a uma das columnas do salão — O templo jámais se erguerá das suas ruinas. A pedra philosophal não sairá para fóra das entranhas do mysterio, porque o canto angular da grande obra sumiu-se para sempre nas profundezas dos abysmos.

E dizendo, saiu melancolicamente após elle da sala. Todo aquelle aranzel se reduzia a manisfestar a dôr, que sentia o alchimista, ao vêr que Eleazar lhe fugia das garras, e que d'elle não poderia haver mais dinheiro, a titulo de procurar a pedra philosophal, para com ella conseguir a reedificação do templo de Salomão, que era o sonho doirado das esquentadas ambições do pobre Abrahão Cofem.

Oito dias depois a cidade do Porto apresentava o aspecto da mais exaltada alegria. Tudo trajava de gala e regozijo, e os sinos da cathedral e os das demais egrejas da terra andavam em bolandas, atroando o espaço com incessante repique festival.

O templo da sé estava adornado com opulencia verdadeiramente asiatica, e os sacerdotes, que viviam no Porto, corriam, desde o romper do dia, açodadamente para lá, com o fim de acompanharem o bispo D. João d'Azevedo na solemnissima festa, que se ia celebrar.

N'aquelle dia ia ter logar o baptismo de Eleazar Rodrigues e de trinta e tantas familias judias, entre as quaes se contavam algumas das mais gradas da communa. Estas haviam rodeado o seu antigo arabí, quando elle ia a abandanar para sempre a synagoga, e, beijaddo-lhe as mãos e os vestidos, haviam exclamado:

— Eleazar Rodrigues, onde vós estaes, está todo o bem. Vós sois a verdadeira sabedoria do povo de Israel. Se dizeis que o nazareno é Deus, é porque deveras o é. Nós tambem seremos christãos.

Este acontecimento importantissimo para a religião de Jesus Christo, arrebatou por tal fórma o bispo D. João, que o venerando prelado deu ordens rigorosas para que aquella solemnidade fosse muitas vezes mais sumptuosa, do que a festa da semana santa, de que tanto se fallára n'aquelle anno.

Eram nove horas da manhã. O bispo revestido em magnificas vestes de pontifical, appareceu por fim na capella-mór, rodeado de todo o cabido e de um sem numero de sacerdotes. D. João era homem já idoso, e de figura magestosa e veneravel. As vestes solemnes, que trajava, e os cabellos brancos como a neve, que lhe saiam debaixo da mitra que trazia na cabeça, davam-lhe o aspecto veneravel dos antigos patriarchas dos primeiros tempos da egreja.

Ao dar com os olhos no grande numero de catechumenos, que occupavam todo o centro da vasta cathedral, com Eleazar prostrado na frente, vestidos de branco e cobertos de flôres, que o enthusiasmo do povo havia lançado e ainda agora estava lançando sobre elles, D. João estacou como que profundamente commovido. Levantou machinalmente para o céo os olhos, d'onde as lagrimas brotavam em fio, e estendeu um momento os braços sobre a multidão, como que a chamar para sobre ella a benevolencia do Altissimo.

Esteve assim alguns minutos, depois subiu ao docel, e sentou-se. Rompeu então um solemne *Te Deum*, entoado pelos conegos e sacerdotes, e repetido pelos menestreis, que, em côro, cantavam e tangiam um sem numero de variadissimos instrumentos. Acabado elle, D. João ergueu-se, encaminhou-se aos degraus da capella-mór, e d'ahi, alevantando a voz, dirigiu aos catechumenos uma sentida e inspirada allocução, em que os chamava fervorosamente á meditaçãc da grandeza do acto, que iam praticar

— Erguei-vos — disse por fim o veneravel prelado,
dirigindo-se ao arabí — erguei-vos, vós homem bem-
fadado, que fostes escolhido por Deus para encaminhar os seus filhos tresmalhados pela via que
leva direita á mansão celestial. Erguei-vos e vinde
receber a prova solemne do fervor e da alegria,
com que a egreja de Deus vos aceita, e recebe em
seus braços.

O bispo calou-se. Eleazar ergueu-se, e dirigiu-se
para elle. Ao ajoelhar, D. João levou-o nos braços,
e apertou-o fervorosamente ao coração. Eleazar
tomou-lhe então as mãos, e beijou-lh'as com gratidão e com respeito.

— Vamos — disse então D. João d'Azevedo.

Então Fernão d'Alvares Baldaia e o corregedor
Gonçalo Camello tomaram Eleazar no meio de si,
e seguiram com elle após o prelado, que se dirigiu,
entoando solemnemente o *Veii, creator*, para junto
de uma esplendida concha de prata, que fôra col-
locada no meio da egreja.

Procedeu-se em seguida ao baptismo de Eleazar,
que trocou este nome pelo de Estevão; e, após elle,
baptisaram-se os outros catechumenos, homens,
mulheres e creanças, e até alguns velhos, dos quaes
uns foram baptisados pelo bispo, e outros em differentes pias baptismaes, que para aquelle caso tinham sido provisoriamente armadas, junto do ba-
ptisterio da egreja.

A' uma hora da tarde a solemnidade estava de todo concluida, e os catechumenos saíam pela porta da
egreja fóra rodeados de immenso numero de povo,
do qual cada um os convidava á porfia a virem
morar em suas casas, entretanto que as não tivessem proprias, visto que d'aquella hora em diante
não podiam voltar a habitar na judiaria. Mal diria
então, quem visse aquelle enthusiasmo, que os descendentes d'aquelles novos christãos ainda haviam
de ser espoliados, atormentados e queimados como
judeus, tudo por não quererem satisfazer aos capri-

chos do fanatismo brutal do duro e irascivel D. frei Balthazar Limpo, que, por desgraça do christianismo, foi bispo da egreja do Porto, sessenta e tres annos depois dos factos .que estou historiando.

O baptismo dos novos .conversos ñão era porém a unica solemnidade, que ali devia ter logar n'aquelle dia. Em frente do altar do sacramento via-se ajoelhado um grupo, que assistia com as lagrimas nos olhos áquella scena edificante. No meio d'aquelle grupo estavam Alvaro Gonçalves e Aldá Mendes vestidos de noivos. Em volta d'elles viam-se Fernão Gonçalves, Vivaldo Mendes, os dois Balabardas, e uns poucos de visinhos, que vieram acompanhando os noivos. Na frente de todos e ao lado de Alda, estava de joelhos o centenario, apegado a um bordão de nogueira, e vestido com um saio de meynin comprido, á antiga portugueza, e uma gorra da mesma fazenda poisada junto d'elle no chão. Os cabellos e as longas barbas brancas do velho homem d'armas do condestavel não eram a cousa menos para vêr d'aquelle grupo, d'onde a felicidade irradiava de todos os rostos.

Logo que terminou a cerimonia dos baptismos, e a egreja se despejou do grande numero de pessoas, que a atulhavam, o bispo dirigiu-se, acompanhado pelo cabido, pela vereação e pelo corregedor para a entrada da capella, onde parou com Eleazar ao lado direito.

—Agora vamos abençoar a felicidade d'aquelles — disse elle alegremente, sorrindo para o arabi.

Então os noivos approximaram-se; Alvaro no meio do avô e do pae, e Alda rodeada por Vivaldo e pelos dois Balabardas. Os dois amantes ajoelharam aos pés do prelado, e minutos depois juravam a Deus fazer eternamente a felicidade um do outro.

Durante a cerimonia, Eleazar, já agora Estevão Rodrigues, esteve continuamente prostrado com a face por terra, rogando fervorosamentte a Deus pela felicidade dos dois esposos.

O prestito nupcial saiu emfim da egreja, e dirigiu-se pela rua da Senhora de Agosto para a rua do Souto, para d'ahi seguir para a ponte de S. Domingos, onde, como o leitor já sabe, o noivo tinha a sua habitação.

Ao chegar ao largo das Aldas, achou-o litteralmente atulhado de povo, que ululava, e assobiava em medonho alarido.

Estava alli a antiga picota ou pelourinho do tempo, em que os bispos tinham a jurisdicção criminal da cidade [1]. Era uma tosca columna de pedra, que tinha no topo um espigão acerado de ferro, e chumbadas aos lados seis ou sete argolas do mesmo metal. Levantava-se sobre um estrado quadrado de granito, rudemente lavrado, para chegar ao cimo do qual se subiam cinco degraus, que o faceavam por todos os quatros lados.

Amarrado sela cinta a uma d'aquellas argolas, e com as mãos presas atraz das costas, via-se agora alli um homem, com a cabeça pendida para o peito e todo coberto de lama e de sangue. Em frente d'elle tripudiava a gentalha, uivando, escarnecendo e apedrejando-o.

Aquelle homem era Gomes Bochardo.

Agarrado em flagrante, por occasião do motim contra Rui Pereira, o triste bolseiro viera expiar alli, por ordem do corregedor, as antipathias que tinha cidade e os caprichos de seu amo, contra os quaes, como o leitor bem sabe, votára sempre terminantemente.

Ao dar com os olhos n'aquelle medonho espectaculo, Alda empallideceu, achegou-se ao pae, e disse-lhe em voz tremula:

—Oh! meu senhor pae, fazei sair d'alli aquelle homem.

[1] Vide nota LXXIX.

O centenario, que ia ao lado d'ella, ouviu-a, encolheu desdenhosamente os hombros, e respondeu-lhe com toda a fleugma e dureza de um acontiado de Nun'Alvares:

— Deixa para lá estrebuchar o bargante, menina; mais, juro a Deus, merecia elle a cabeça espetada na picota...

— Oh! meu senhor avô! —balbuciou Alda, cravando n'elle um olhar magoado.

O centenario fitou-a com olhos de verdadeiro arrependimento; e logo seguiu com elles para Eleazar, como a exprobar-lhe o demorar-se a satisfazer a vontade da filha.

O ex-arabí approximou-se então de Gonçalo Camello, que ia conversando com Fernão d'Alvares Baldaia e com Alvaro Leite, e disse-lhe duas palavras ao ouvido.

— Pois que o quereis, assim seja — replicou-lhe o corregedor, com a maior naturalidade possivel.

E, saindo para fóra do prestito, acenou ao saião que estava de guarda a Bochardo. Este approximou-se.

— Desamarra esse escommungado —disse encarrancadamente Gonçalo Camello — e deixa-o ir em paz para sua casa.

Depois reuniu-se de novo ao acompanhamento, que ia atravessando com difficuldade a multidão, que enchia a praça. Ao passar por diante da picota, Alda viu o saião subir ao alto do estrado, cortar as cordas que prendiam as mãos de Bochardo, e começar depois a desprender o cadeado de ferro, que pela cinta o amarrava á argola.

O prestito foi avante, e Alda não viu mais nada. Aconteceu porém o seguinte:

Gomes Bochardo estava tão estonteado e caido em tal pasmo, que, apezar de desamarrado, não deu um passo para fóra do logar, onde estivera á vergonha. Diante d'aquella especie de medonha syncope moral, a multidão sentiu-se tomada do fundo sentimento de compaixão, que é innato nos filhos do Porto, e emmudeceu.

O saião não era porém demovido por igual humanidade. Vendo que Bochardo se não mexia, soltou uma blasphemia temerosa, e impelliu-o com tal encontrão, que o infeliz saltou por cima dos cinco degraus da picota, e veiu cair estatelado em frente do povo.

Este soltou um brado de indignação e de colera, e cobriu immediatamente o verdugo com uma nuvem de improperios e de pedras.

Bochardo, acordado pela impressão d'aquelle terrivel baque, ergueu-se como embriagado, e tomou cambaleando o caminho da rua de Traz da Sé, onde habitava. O povo, entretido a insultar o saião, deixou-o ir sem reparar n'elle. Mas o velhaco official do corregedor, conhecendo o apuro em que estava, deu um salto para junto de uma casa arruinada que havia no largo, trepou n'um relance a parede, e lançou-se dentro das ruinas.

O povo ficou um momento como que fulminado por esta evolução imprevista. Passada a primeira impressão, soltou um brado temeroso, e arremessou-se para dentro do velho pardieiro. Ai do miseravel!

Dentro das ruinas não estava, porém, folego vivo. Communicavam ellas com um quintalejo que tinha saida para a rua de Sant'Anna. O saião, que era conhecedor do terreno, tomára por elle fóra a todo o poder das pernas, e assim se subtrahira ás justissimas iras populares.

E o povo ficou de bocca aberta — e foi melhor assim...

Eu podia rasoavelmente terminar aqui a minha novella. Deixo Alda casada, Eleazar christão, Bochardo castigado, e o soberbo Rui Pereira esmagado pelos espiritos altaneiros dos liberaes burguezes do Porto. Isto era o principal; o resto podia bem o leitor ter o cuidado de o imaginar.

Não quero porém expôr-me de novo ás iras d'elle. Ainda me doem as costas das muitas ·maldições, que sobre ellas choveram por não ter dado razão do ulterior destino d'aquelle maroto de Matheus Simão, que no *Segredo do abbade*, foi como que o reptil immundo, que envenenou á sorrelfa a felici-dade de Thereza e de Duarte Pinheiro. Eu bem pensei que a somenos figura d'aquelle biltre podia esquecer desapercebida entre os caracteres de ordem superior, por entre os quaes o miseravel formigava. Não foi porém assim. Sabe Deus as duras reprehensões que recebi na bochecha, pelo have-esquecido; as cartas que recebi, mandando-me limr par a mão á parede por não ter fechado a vida d'aquelle maroto; e até o meu sabio e illustrado amigo o senhor visconde de A..., me acoimou a omissão como falta importante da novella.

Ora prometto que me não succeda o mesmo com os heroes d'esta. E para de alguma fórma me sanear do erro passado, saibam os leitores do *Segredo do abbade* que Matheus Simão viveu muitos annos ainda depois da morte de Duarte Pinheiro, gordo, anafado, e sempre reputando-se o primeiro vulto da sua terra. Eu ainda o conheci em 1849, no Minho. Estava então já muito velho, e reduzido a pelle e osso. Passava a vida a correr as egrejas das freguezias circumvisinhas, apegado a um pau e de grandes camandolas pendentes da mão. Consta-me que morreu em 1853 de uma apoplexia, resultado de uma indigestão que apanhou na boda do casamento de um filho de Manuel André, aquelle dedicado creado de Duarte Pinheiro, que foi victima do furor de Vasco d'Ornellas, em razão do extremoso affecto que tinha ao amo.

Mas voltemos aos personagens da presente novella; e para não cortar a narração, continue-se com o que succedeu a Bochardo.

Gomes Bochardo, quatro dias depois da scena da picota, teve o descaramento de se apresentar

em publico, risonho e prasenteiro, como se nada
lhe tivera succedido. O desgraçado pretendia en-
cavalgar com a pouca vergonha a verdade. O povo
porém não lh'o consentiu, e recebeu-o com vaias e
apupos por toda a parte, onde teve a audacia de
apresentar-se. Por fim a sisuda e honrada vereação,
escandalisada de tamanha desfaçatez, reuniu-se em
sessão *ad hoc*, *e n'ella acordarom todos juitameite,
por hoira e prol da dita cidade, por quanto disserom
que os que fforoon ant elles viverom sempre muj bem e
em graide assesego, sservindo ssempre aos reijs que
fforom ant, e esso meesmo a iosso senhor EllReij em
toda paz e concordia, por sserem todos assy como ssom
todollos moradores da cidade misticos em linhageës,
pareitescos e conhadias; e que ora Gomes Bochardo,
bolseiro do bispo e almoxarife do senhor da Terra
de Santa Maria, mal e como nom devia, mesturara
muijtas descordias ant os moradores da dita cidade,
enduzendo huũs e outros que sse dessem qrellas e lij-
bellos famosos, pelos quaes alguũs moradores da
dita cidade forom presos e danarom desso q̃ avijam,
contiiuaido el em sua malleza. E por quaito destas
cousas sse ouvera de sseguir, e póde ao adeaut, alvoroço aitre os da cidade, acordoram q̃ este Gomes
Bochardo nom vivesse mais aitre elles, e ffosse viver
ffora da cidade, por sse arredar escaidallo seguido
dito he.* [1]

Em consequencia d'este acordão, Gomes Bocha-
do, oito dias depois da scena da picota, foi posto
fóra do Porto e riscado para sempre do numero
dos seus moradores. Consta que se retirou para, as
terras, que Rui Pereira tinha em Refojos de Riba
d'Ave, onde morreu alguns annos depois, victima
de uma maçada de pancadaria, que recebeu de um
dos vassallos do-fidalgo, por elle mais ,que rasoavelmente avexado pelo pagamento do fôro.

Emquanto a Rui Pereira, esse tentou vingar-se

[1] Vide nota LXXX.

por todas as fórmas dos cidadãos do Porto, já per-
seguindo-os em toda a parte, onde os encontrava,
já querellando d'elles, e instaurando-lhes processo
perante a côrte d'el-rei. Para acudir aos desaguisados, que d'esta perseguição se podiam seguir,
obrigou-o este, ou antes forçou-o *torto collo*, a segurar os habitantes do Porto de si e dos seus [1].
Correu então um processo, vergonhosissimo para
tão illustre rico-homem. Custa deveras a acreditar
que um fidalgo portuguez se offerecesse a vender a
sua honra a dinheiro, como elle fazia, pedindo vinte
mil dobras em paga da injuria, que tinha recebido! [2]
A sentença, porém, não lhe foi favoravel. El-rei e
o seu conselho accordaram que os habitantes do
Porto haviam tido razão no que fizeram, e acharam-
nos portanto collectivamente isentos de toda a pena. Para adoçarem porém a pilula, que d'esta sorte
fizeram tragar ao orgulhoso fidalgo, deixaram-lhe o
direito salvo contra qualquer individuo, por quem
tivesse sido individualmente offendido. Parece que Rui
Pereira, ou forte com alguma sentença, ou por ventura por meio de algum convenio, ajustou com os
membros da camara o pagarem-lhe uma certa somma como indemnisação das perdas que havia recebido nas fazendas, que tinha armazenadas em casa
de Leonor Vaz; mas o que tambem parece indubitavel é que nunca chegou a receber mealha, graças
á influencia de Fernão d'Alvares Baldaia e de Fernão Luiz, cavalleiro morador no Porto, os quaes
tinham ambos grande privança com el-rei. No correr do tempo, Rui Pereira mereceu mais gloriosa
menção na historia portugueza. A chronica de Affonso V, de Rui de Pina e a do principe D. João,
escripta por Damião de Goes, citam-lhe por vezes
honradamente o nome, em razão dos esforçados
feitos, que praticou, por occasião da guerra da successão de Castella.

[1] Vide nota LXXXI.
[2] Vide nota LXXXII.

Fernão d'Álvares Baldaia foi, como álgures eu
já disse ao leitor, mandado dois annos depois em
missão secreta a Luiz XI de França, para tratar
com elle ácerca da guerra de Aragão e Castella.
Por lá se demorou bastante tempo, jogando de astucia e de velhacaria com aquelle canalha coroado,
de que a insondavel sabedoria do supremo senhor
do Universo estendeu que devia servir-se para es-
magar muito naturalmente, em França, a soberba
aristocracia feudal, que tal como estava, seria invencivel embaraço para o desenvolvimento da sivilisa-
ção, de que a segunda metade do seculo XV foi o
admiravel alvorecer. Do que lá lhe succedeu, bem
como o seu filho, o generoso e esforçado cavalleiro
Luiz Fernandes Baldaia, darei brevemente parte ao
leitor n'outra historia, que, em seguida a esta, tenciono escrever.

Fernão Martins Balabarda continuou a fabricar
couraças e arnezes na sua loja da rua do Souto.
Emquanto a Paio, esse, dois mezes depois do casamento de Alda, enfastiou-se de ser echacorvos,
largou o retabulo, e deu-se ao modo de vida do
irmão, que exercia, conforme lhe ventava a cabeça,
ora na loja da rua do Souto, ora na de seu sobrinho Alvaro Gonçalves, á ponte de S. Domingos.

Logo no dia seguinte á conversão de Eleazar
Rodrigues, Abrahão Cofem abandonou a communa
dos judeus do Porto. Foi viver para Marrocos,
onde o rei o fez seu astrologo particular. Consta
que o desgraçado morreu, annos depois, empalado
por ordem do seu despotico amo, por lhe ter as-
segurado vámente que havia de ter felicidade n'uma
das continuas arremettidas, que inutilmente fazia
contra as nossas praças de Arzilla e de Tanger.
O triste Cofem morreu como o mais soez e ignorante alarve dos aduares africanos! *Sic transit
gloria mundi!*

O bacharel Vivaldo viveu ainda alguns annos
felicissimo pela felicidade da sobrinha, dos tios e

de toda a parentella. Aquella radiosa paz de espirito foi-lhe porém conturbada dolorosamente, ao cabo de vinte annos, por um acontecimento, a que o bom do copista não pôde resistir. Em 1495, chegou-lhe casualmente ás mãos um Breviario bracha-rense, impresso em Braga, no anno anterior pelo allemão João Gherlinc. Vivaldo soffreu tal abalo, ao considerar a morte imminente da sua arte querida, que ensandeceu de uma noite para um dia. Apezar de todos os esforços do sabio physico Eleazar, o desgraçado não recuperou a razão; e, dois mezes depois de a perder, saiu alta noite pela porta fóra, e desappareceu. Durante dois dias ninguem soube d'elle. Por fim acharam-n'o afogado nas aguas do Douro, dobrado a meio corpo sobre o grosso cabo da amarração de uma caravella, de encontro á qual o arremessára a corrente. O infeliz foi colhido para a margem, e os parentes choraram dolorosamente sobre elle, ao encontrarem-n'o abraçado com um ponderoso in-folio pergaminacio de letra oncial, que fôra a sua derradeira obra.

Gonçalo Peres viveu ainda dez annos na maxima das beatitudes, por ter quatro bisnetos com quem jogava a cabra cega, e a quem prégava em voz de trovão as theorias dos homens d'armas do condestavel. Fernão Peres, seu filho, esse chegou a conhecer os netos já homens, e teve a glória de vêr seu filho Alvaro Fonçalves escolhido para um dos armeiros, que a camara do Porto acontiou, annos depois, a pedido de el-rei D. João II [1].

Alvaro e Alda foram felicissimos durante os longos annos que viveram. Morreram macrobios, deixando após de si numerosa descendencia, da qual é mais que provavel que ainda haja no Porto innumeraveis mas já deslembradas vergonteas. D'estes é escusado dizer mais palavra. O leitor tem tido tempo de lhes avaliar os caracteres e o amor

[1] Vide nota LXXXIII.

com que se estremeciam; e, á luz d'esta sciencia, póde perfeitamente apreciar a felicidade d'aquelle honrado e amorosissimo casal.

Passo agora a fallar do arabí e da emparedada. Dos outros sem numero, que entraram incidentemente no correr da acção da minha historia, d'esses não fallo; porque para o fazer vêr-me-ia obrigado a escrever outro volume, que seria assim como registro de parochia ou cousa semelhante. E d'essa me livrára Deus, e ao leitor.

Passando pois a fallar do arabí e da emparedada, eis o que se seguiu:

A's onze horas da noite do mesmo dia, em que foi baptizado Eleazar, e em que teve logar o casamento de Alda, abriu-se de repellão a porta da casa do bacharel Vivaldo, e por ella fóra arremessou-se o echacorvos, armado de um ponderoso machado. Que havia combinação entre elle e o resto da familia, isso era indubitavel; porque, ao sair, Paio disse algumas palavras a meia voz para a pessoa que lhe viera allumiar, e que, em razão d'ellas' fechou a porta muito ao de leve, e como quem o ficava esperando.

Paio Balabarda tomou a correr pela rua do Souto acima. Chegando ao portão do hospicio da Senhora da Silva, lançou-se dentro de golpe, e, mal chegado, exclamou:

— E bem, sobrinha, dormes todavia?

— Não, senhor tio — respondeu a emparedada com notavel exaltação — Prestes, andae prestes. Rompei o tapamento... prestes... prestes... Tirae-me d'aqui.

Ainda a emparedada não tinha acabado de dizer as ultimas palavras, e já o machado do echacorvos troava com horrivel fragor sobre os tijolos, que formavam o tapamento da cella. Ao terceiro ou quarto golpe a parede esboroou, deixando abertura vastissima, pela qual a emparedada se arremessou immediatamente para fóra.

—Ora, graças a Deus!... Voto a Barrabás!—
balbuciou o echacorvos, colhendo a sobrinha entre
os braços.

—Andae, meu senhor tio, não nos demoremos.
Conduzi-me a casa de meu irmão—exclamou com
anciedade Branca Mendes, puxando pelos braços
do tio.

Mas a alguns passos andados, conheceu que os
musculos lhe não obedeciam á vontade. A sua
longa habitação n'aquella estreita e pequena cella
havia-lhe tolhido o movimento quasi que de todo.

—Ai, que não posso ir ávante, não posso ca-
m'nhar!—exclamou com um gemido de profunda
afflicção.

—E que monta, má hora!...—respondeu o
echacorvos em voz de trovão.

E, tomando a sobrinha com um braço, lançou-a
ao hombro, e deitou a correr pela rua do Souto
abaixo, como se ella apenas pesasse uma penna.

Mal chegou á casa do bacharel, e tocou levemente na porta, esta abriu-se de subito. D'ahi a
instantes de dentro d'aquella casa soava o reboliço
jubiloso, que a suprema alegria costuma produzir
no seu primeiro impeto.

No dia seguinte achou-se a cella arrombada, e
Branca desapparecida. O echacorvos sorria com
ares de entendido quando de tal lhe fallavam; mas
por fim poz-se a dizer, alto e bom som, que fôra
elle quem fizera aquelle feito para de lá tirar a sobrinha. O facto não teve felizmente as consequencias que podia ter, a não serem as circunstancias de que fôra acompanhado. Gonçalo Camello, que fôra avisado de que elle havia de ter logar, nem mesmo deu signaes de lhe dar importancia; e o bispo, que era de quem mais havia a
temer, estava muito enthusiasmado com a conversão de Eleazar Rodrigues, para lhe aguarentar
a satisfação com espalhafatos, que iriam de encontro á felicidade do seu honrado e favorito converso.

Assim foi elle proprio que mais trabalhou em Roma para apressar a expedição do breve, que devia absolver a emparedada de todos os votos que fizera.

Quatro mezes depois, chegou finalmente o almejado breve. Branca Mendes e Estevão Rodrigues, o antigo Eleazar, foram então sacramentalmente unidos um ao outro pelo bispo D. João, que, apezar do ex-arabí se oppôr pertinazmente a toda e qualquer pompa na celebração da cerimonia, ainda assim não prescindiu de ser elle quem administrasse o sacramento.

Assim terminaram os amores do judeu e da emparedada. Não consta que tivessem filhos depois do casamento.

Apezar do final desenlace do emparedamento de Branca Mendes, é certo que depois d'ella não houveram mais emparedadas no Porto.

Foi ella portanto a-ultima dona de s. nicolau.

FIM.

NOTAS

NOTA I. PAG. 8

A revolução, que deu ao throno de Castella á
astuta e varcnil Isabel I, chamada a Catholica, e
a seu marido o cynico e traiçoeiro Fernando III,
rei de Aragão, e V entre os reis castelhanos d'este
nome, teve por causa primordial as offensas, que
foram feitas á altiva e orgulhosa fidalguia de
Castella pelo tão leviano como imprudente Henrique IV. A perda da corôa, soffrida pela princeza
D. Joanna, sua filha e da rainha D. Joanna, irmã
d'el-rei D. Affonso V, foi o resultado do impolitico
e inconsiderado proceder, que elle encetou logo que
subiu ao throno. *A excelleite senhora,* como depois
lhe chamaram entre nós, a *beltraneja,* como por
insulto a epithetavam em Castella, foi a victima
expiatoria de todos aquelles orgulhos e de todos
aquelles desacertos. Por ventura que a mysteriosa
justiça da providencia assim o determinou, para
castigar o ambicioso Henrique das desobediencias
e conspirações, com que amargurou os ultimos annos da vida do fraco D. João II, seu pae. Deveras,
que maior punição do que morrer torturado pela

certeza do inevitavel futuro de trabalhos e de humilhações, que deixava apparelhado á unica filha que tinha!

Affonso V, prestando-se, por ventura com pouca dignidade sua e da nação, a servir, nos ultimos tempos da vida de Henrique, de meio para a realisação dos planos, imaginados por el-rei de Castella e pelo seu valído, o famoso marquez de Vilhena, para segurar o throno da desgraçada D. Joanna, tão violentamente abalado pelo sem numero de desacertos do primeiro, e pelos caprichos ambiciosos do segundo, deu por certo prova incontestavel da bondade e cavalheirismo romanesco de que era dotado; mas não comprovou com menos rigor a leviandade e desatino governativo, que foram o fundo essencial do caracter d'aquelle monarcha, tão esforçado e magnanimo, como inhabil e de todo incapaz para qualquer qualidade de mando.

Henrique IV morreu a 12 de dezembro de 1474. A' morte d'elle, o reino de Castella achava-se dividido em duas parcialidades, de forças pouco mais ou menos iguaes. Uma d'ellas queria dar a corôa a D. Isabel, meia irmã do rei fallecido, allegando, talvez que não sem razão, a apregoada illegitimidade da *beltraneja*, que o proprio Henrique IV havia confessado n'uma das horas muito frequentes das suas inconsiderações, na qual chegou á inconveniencia de reconher por sua successora a irmã: a outra defendia os direitos de D. Joanna, que Henrique fizera jurar, mal nascêra, por sua successora; que por muitas vezes declarára sua filha legitima; e que reconheceu solemnemente no testamento, com que falleceu, no qual rogava a Affonso V que casasse com ella, e defendesse a corôa, que a ella pertencia como unica filha e successora d'elle, legitimo rei Castella.

Este testamento, resultado dos planos anteriormente combinados pelo astuto marquez de Vilhena, que falleceu dois mezes antes do rei castelhano, foi desde logo aceitado pelo nosso bom Affonso V. Não foi a ambição que a isso o demoveu. Affonso foi arrastado pelas promessas feitas ao rei fallecido, pelas instancias dos nobres que seguiam o partido de D. Joanna, e sobretudo pela orphandade da pobre senhora, que era filha de sua irmã, cuja honra a sua alma de perfeito cavalleiro não se lembrava sequer de pôr em duvida. Se fosse a ambição, não teria elle, annos antes, recusado a mão da princeza Isabel, cujo casamento lhe foi com instancia commettido por Henrique, a perfeito aprazimento d'ella que desejava ardentemente uma corôa — recusa que posteriormente foi causa d'aquella mulher varonil e nobremente orgulhosa lhe preferir Fernando d'Aragão, que a requestava com toda a astucia e com toda a pertinacia da politica tortuosa e traiçoeira, de que depois se mostrou consummadissimo mestre. Se tivesse sido aceite aquelle offerecimento, feito n'uma epocha em que Henrique se mostrava de todo indifferente ao direito da filha, é muito provavel que Portugal e Castella tivessem chegado a ser uma só nação. D'este erro politico se queixava depois o grande D. João II, que não foi tão *bom homem* como o pae, mas que foi *rei* muitas mil vezes melhor do que elle. Assim o assevera o chronista Rui de Pina, que d'elle foi contemporaneo. (*Chronica de Affonso V.* Cap. 173.)

Em consequencia de ter aceitado o testamento de Henrique IV, e das vivas instancias dos nobres que favoreciam, e acaudilhavam o partido de D. Joanna, Affonso V invadiu Castella pela Codiceira, e d'ahi foi immediatamente a Placencia, onde estava aguardando por elle a triste filha de Henrique. O exercito portuguez constava de cinco mil e seiscentos homens de cavallo, e quatorze mil de pé, afóra outra gente de serviço, pagens, e aventureiros, que o acompanhavam.

Aós versados na historia e nas chronicas de Hes-

panha e Portugal não são desconhecidas as nau-
seabundas peripecias da comedia, ora burlesca,
ora repellente, que a corôa de Castella custou a
Isabel I e a Fernando V: nem o são tambem as
admiraveis inepcias, em parte devidas á má vontade com que os fidalgos portuguezes se prestavam·
áquella guerra, por meio das quaes o pobre Afri-
.cano, *ce pauvre roi*, como lhe chamma Commines
(Memoires L. V. Chap. 7) foi capaz de dar cabo
do poderoso partido, que lhe assegurava o bom
exito d'aquella justissima empreza.

Se o rei de Portugal, em logar de gastar o tempo
e enfraquecer as forças durante nove mezes, n'uma
pequena e mesquinha guerra na fronteira,—guerra
de que o astuto Fernando se ria decerto ás gargalhadas — se tivesse internado pela Castella e occupado Madrid e outras cidades importantes, cujos
castellos estavam em grande numero por elle, como
lh'o aconselhavam· o celebre arcebispo de Toledo
e o marquez de Vilhena, filho e em tudo successor
do valido de Henrique IV — nem Isabel e Fernando se teriam sentado no throno castelhano —
nem elle teria ido fazer na França, na côrte do
astuto Luiz XI, a triste figura que fez — nem a
Excellente senhora iria morrer freira professa em
Santa Clara de Coimbra — estado para que ella tinha tão pouca vocação como a mãe, se é verdade
o que nos insinua o seu contemporaneo Rui de
Pina.

A indecisa batalha das planuras de Pelaio Gonçalves, de Castro Queimado ou de Toro, que por
todos estes nomes é conhecida pelos historiadores
e chronistas hespanhoes e portuguezes, foi a ultima
scena, digna de menção, d'este nauseabundo drama
de astucias, de velhacarias, de traições, de incon-
veniencias e de sandices.

Affonso V morreu, ralado de desgostos, a 28 de
agosto de 1481.

Foi esta uma das occasióes, em que mais claramente se verificou aquelle dito de Rezende, na *Miscellanea*.

Portuguezes, castelhanos,
Não hos quer Deus juntos vêr.

A'quelles que desejarem conhecer mais a fundo este periodo curiosissimo da nossa historia e da historia de Hespanha; e que por falta de tempo não podem manusear os volumosos escriptos dos historiadores e chronistas das duas nações, em alguns dos quaes elle se acha minuciosamente historiado com mais ou menos criterio; recommendo, pelo que toca ao reinado de Henrique IV, o *Compendio de la historia de España*, por Arcargota — breviario historico, ao qual, apezar da sobranceria quasi sempre burlesca com que falla de nós, não se póde negar bom methodo e bastante senso critico no resumo e na apreciação da maioria dos factos da historia interna de Hespanha. Pelo que respeita a Affonso V, leia o leitor, que ficará plenamente satisfeito, a parte respectiva da *Chronica do principe D. João*, escripta por Damião de Goes, com aquelle espirito corajoso, critico e investigador da verdade, que fazem d'elle o melhor dos nossos chronistas, e que dão fortes motivos para suspeitar que seria um dos melhores historiadores da Europa e o unico verdadeiro historiador portuguez d'esse tempo, se a censura previa e a inquisição não existissem no seculo XVI, epocha em que teve a infelicidade de escrever.

NOTA II. PAG. 8

Esta foi uma das innumeraveis questões, em que o espirito liberal dos habitantes do Porto repelliu, na idade-media, as continuadas tentativas de dominação dos grandes e poderosos. Para o leitor a comprehender bem, é necessario recordar alguns actos anteriores a ella.

E' de sciencia geralmente vulgarisada o ter a rainha D. Tareja, mãe do nosso grande rei D. Affonso Henriques, doado ao bispo D. Hugo II todos os direitos e jurisdicções que possuia na antiga behetría do Porto. Apezar do liberrimo foral que o novo senhor lhes deu, e de ser elle de caracter azado para levar a agua ao seu moinho, como diz o povo na sua expressiva fraseologia, parece que os independentes e rudes habitantes do burgo, outr'ora behetría, não ficaram muitos satisfeitos do desempeno, com que a rainha dispôz d'elles· Começaram desde logo a agitar-se os espiritos e a preparar-se as malquerenças, que, durante seculos, deviam fazer estremecer quasi que diariamente a sé portucalense. Nos primeiros sessenta ou setenta annos, as relações entre os bispos, que governaram a egreja do Porto, e os habitantes do burgo foram sempre mais ou menos agitadas por caprichos, por exigencias e por desobediencias mais ou menos rudes e audaciosas. Foi por fim nomeado bispo do Porto o soberbo e arrogante D. Martinho Rodrigues. A famosa revolução contra elle, que poz de pé para sempre o espirito liberal e corajosamente independente dos habitantes do Porto, deu então ao poder dos bispos a medida definitiva do que tinha a esperar dos seus indomitos e liberrimos vassallos.

Desde então até o episcopado de D. Gil Alma, nos primeiros annos do seculo XV, seguiu-se uma guerra pertinaz e a todo o trance, em que os bispos tentaram submetter inteiramente os revoltosos burguezes, e estes libertar-se completamente do jugo. Os reis, sobretudo Affonso IV, deram calor a este empenho do burgo; e os pobres dos bispos viram-se por mais de uma vez obrigados a fugir da cidade, para dentro dos muros da qual voltavam sempre sob a egide das excommunhões e dos interdictos, que, ao que parece, não tinham grande merecimento no Porto, onde era vulgar áquella celebre frase *excommunhão não brita osso,* que o compilador da Ordenação affonsina ainda julgou necessario incluir entre os crimes puniveis por ella.

Havia sessenta annos que a cidade estava em interdicto, quando el-rei D. João I e os procuradores do bispo D. Gil Alma assignaram em Santarem, a 13 de abril de 1406, a escriptura, pela qual o bispo cedeu a el-rei toda a jurisdicção e direito que tinha na cidade, pela pensão annual de 3000 livras da moeda antiga, que, a 36 reis cada livra, prefazem a somma de 108$000 réis. Para o pagamento d'esta quantia assignava el-rei o rendimento de todas as propriedades, que tinha na cidade; e, quando elle não bastasse, o da alfandega, até que se acabassem as *nossas cazas*, *que mandamos fazer na dita cidade, no logar que chamam rua Formosa*, das quaes, depois de aforadas, se dariam ao bispo tantas quantas bastassem para o dito pagamento.

E' preciso que se saiba que, apezar d'el-rei chamar ás casas *suas*, dizer que as mandára fazer, e contratar em seu nome com o bispo, a verdade era serem as casas feitas á custa da cidade, pela propria deliberação d'ella e já com este mesmo fim; e que a rua Formosa, actualmente rua dos Inglezes, custou á gente do Porto 50$000 dobras, pouco mais ou menos 7:500$000 réis da moeda actual, despeza para que el-rei não deu nem mealha. Isto era pois um modo de dizer d'el-rei; e tanto assim, que após o contrato não tentou elle, por muito tempo, acto algum de senhorio na cidade, chegando até a mandar derribar alguns castellos que n'ella havia, como que para demonstrar-lhe que estava convencido de que não tinha direito a tomar-lhe menagem. Em consequencia pois d'este contrato e da maneira cavalheira, com que D. João I pagava ao Porto os muitos sacrificios, que por elle fizera, e estava fazendo, a camara tomou logo posse da jurisdicção da cidade, e nomeou para alcaide-mór d'ella o cidadão Pero Rodrigues.

Passado tempo, el-rei, por motivos de convenien-

cia propria, quer dizer, forçado pela pressão que
os nobres exerciam sobre elle pela necessidade que
tinha de os ter sempre contentes, aliás faziam-se-
castelhanos — porque deve o leitor saber que dos
nobres, que acompanharam o mestre d'Avis e Nuno Alvares Pereira na gloriosa empreza da nossa
independencia, poucos foram aquelles que deixaram
de ser ora castelhanos ora portuguezes, segundo
lhes ventavam os interesses e as conveniencias —
obrigado pois d'essa necessidade deu a alcaidaria-
mór da cidade ao famoso João Rodrigues de Sá,
tão famigerado na historia d'essa epocha com o nome do Sá *das Galés* — epitheto glorioso que com-
memora um seu feito de admiravel coragem e forças, praticado por occasião do cerco que os castelhanos puzeram a Lisboa. A nomeação arrebentou
inesperadamente. O Porto estremeceu a este que-
brantamento do seu direito; mas, empenhado como
estava na victoria da nossa independencia, e a demais apreciando perfeitamente os motivos que obrigavam o seu amigo, D. João I, a tal infracção, sujeitou-se sem reagir, confiando do tempo a desfor-
ra. Ora é de saber que o Sá das Galés não era
n'esse tempo tão poderoso e grande como depois
o foi merecidamente. Pelo que, apresentando-se no
Porto, não deu de si cópia arrogante e soberba
como do seu genio se podia esperar; mas antes
apresentou-se bondoso e condescendente, como
quem vinha desconfiado de que não seria bem recebido pelos impreterritos burguezes. Achando porém o contrario do que esperava, não tratou de
discutir direitos; aceitou o que lhe concederam, deixando a cidade na posse pacifica de nomear o alcaide pequeno, que de razão parecia dever ser nomeado por elle alcaide-mór.

Com o andar do tempo, o Sá *das Galés* tornou-se o poderoso rico-homem, senhor dos vastos
dominios, que constituiram a maior parte da grande
casa dos condes de Mathosinhos e de Penaguião.

actualmente marquezes de Abrantes, que d'elle são
descendentes e representantes. João Rodrigues julgou então ter chegado o momento de se empossar
de todos os direitos de alcaide-mór do Porto; e
em consequencia d'isso intentou tomar para si, com
a violencia que era propria do seu caracter, a nomeação do alcaide pequeno. Oppoz-se lhe in-con-
tinente a cidade com igual violencia e com a indomavel e altiva pertinacia, que foi sempre em todas
as epochas o caracteristico invariavel do espirito
independente e liberal dos burguezes do Porto. Seguiu-se renhidissima demanda, na qual João Rodrigues allegava da sua parte que el rei lhe déra a
alcaidaria como cousa sua propria, e portanto livre
de todos os onus e isenções; e a cidade respondia,
negando a el-rei o direito de poder fazer tal, allegando com a sua posse, e acrescentando, que,
mesmo quando el-rei tivesse direito a dispôr da
alcaidaria do Porto, em razão dos contratos com
o bispo, ainda assim o não podia fazer senão da
mesma maneira e fórma que o bispo tinha direito
a fazel-o quando era senhor da jurisdicção. A esta
referta violenta, que ameaçava serias consequencias, acudiu a prudencia de D. João I, conciliando
as duas partes n'um convenio, pelo qual ficou a
João Rodrigues e seus descendentes o direito de
apresentar o alcaide pequeno, e á cidade o direito
de o confirmar. D'esta maneira o alcaide pequeno,
nomeado pelo alcaide-mór do Porto, não podia
exercer o officio, sem que a cidade o approvasse,
e consentisse em que fosse empossado n'elle. Se a
cidade o não admittia, o alcaide-mór tinha de nomear outro e outro, até que chegasse a um, que
fosse do aprazimento e satisfação da cidade. Foi
esta demanda o primeiro rebate das contendas in-
cessantes, que d'alli por diante tiveram os burguezes do Porto com o seu alcaide-mór; das quaes
todas faz menção o celebre *Livro da demanda com
o conde de Penaguião*, um dos mais preciosos re-

positorios de noticias historicas curiosissimas, e
parte d'ellas ignoradas, que existe no cartorio da
camara da cidade do Portō.

O convenio entre João Rodrigues de Sá e o
Porto foi observado com mais ou menos boa vontade, de uma e de outra parte, até o anno de 1454.
N'este anno, sendo alcaide pequeno um certo Diogo
Lourenço, que o era havia muitos annos, em razão
de ter sido apresentado e approvado uns poucos
de triennios seguidos, o Porto, por ventura espi-
caçado por ter o alcaide pequeno levado para sua
casa os presos, em razão de estar a cair a cadeia,
que então era na rua Chã, onde hoje existe o arco
da Cadeia, que era n'aquella epocha a entrada
principal das prisões, foi atacado por um d'aquelles frequentes accessos de indomavel birra e pertinacia, com que, a certos espaços, estava sempre
de pé contra qualquer cousa, que lhe cheirasse a
senhorio de pessòa, que lhe fosse estranha. Em
consequencia d'elle, a camara reuniu-se presidida
pelo seu juiz João Carneiro, e n'um d'aquelles au-
daciosos accordãos, em que o espirito independente
e liberal da cidade se collocou tantas vezes acima
do poder supremo do rei, passou uma sentença,
em que decretou que a alcaidaria-mór não pertencia aos descendentes do Sá das Galés, mas sim á
cidade; e depoz em consequencia d'isso o alcaide
pequeno, ordenando-lhe que tornasse os presos á
cadeia publica, e entregasse os ferros e mais utensilios das prisões, sob pena de o degredarem da
cidade para Ceuta.

João Rodrigues de Sá de Menezes, alcaide-mór,
neto e em tudo descendente do Sá das Galés,
appellou d'esta sentença, conjunctamente com o
alcaide pequeno, para a côrte d'el-rei D. Affonso V,
o qual em Vizeu, onde estava então, lavrou no
pleito uma sentença, em que decidiu que a alcaidaria-mór pertencia a João Rodrigues, e mandou
que Diogo Lourenço continuasse a ter a alcaidaria

pequena, emquanto que assim o quizesse o alcaide-mór, e que tivesse os presos em sua casa, entretanto que a cadeia da rua Chã não fosse re-
parada.

Os animos altaneiros da gente do Porto não eram
para soffrer pacientemente este desaire. Arremetteram immediatamente com o pobre do alcaide pequeno pelo lado que lhe era mais sensivel. O procurador da cidade Vasco Gil recusou-se a reparar
a cadeia e a dar lhe o dinheiro necessario para
comprar os ferros e prisões de que precisava, dizendo que visto que a alcaidaria pertencia a João
Rodrigues, elle que fizesse todas as despezas d'ella.
O pobre Diogo Lourenço ficou fulminado, e in-con-
tinente requereu contra o procurador a um dos
juizes da cidade, allegando que nem o alcaide-mór
nem o alcaide pequeno tinham assentamento nem
mantimentos pago por el-rei ; e que portanto, se a camara lhe não desse os meios precisos para ter o que
lhe era necessario para guardar os presos, não se
responsabilisava por elles. E acrescentava que os alcaides pequenos estavam de posse de receber da
camara esses meios, posse de que Vasco Gil o pretendia esbulhar, não por accordão algum da mesma
camara, mas *por sua propria força e autoridade.*
Respondeu o procurador da cidade, allegando os
motivos já acima declarados, e negando de novo
que a alcaidaria pertencesse a João Rodrigues,
terminando por dizer que visto Diogo Lourenço
não ter querido obedecer á cidade, largando o
officio e tornando os presos á cadeia como lhe fôra
ordenado, não era official d'ella, e por isso não tinha ella obrigação de lhe dar os meios para cumprir seu officio. Pelo que pedia, que, pois Diogo
Lourenço, pelas razões allegadas, recebera indivi-
damente da cidade mais de 50$000 réis, durante
os annos que servira de alcaide pequeno, sem d'elles dar contas, fosse coagido a repôl-os, sob pena
de ser multado em 100$000 réis de indemnisações.

Diogo Lourenço, de todo desnorteado, defendeu-se como poude, a si e ao alcaide-mór, renovando as antigas razões do Sá das Galés relativamente ao senhorio da alcaidaria, e allegando, a favor d'ella e do seu procedimento, a sentença passada por Affonso V em Vizeu. Emquanto a dar contas dos dinheiros recebidos, espantava-se de que tal se requeresse, pois que tal exigencia nunca fôra feita a nenhum dos seus antecessores, nem a elle mesmo, durante os longos annos a que exercia o officio; mas que se a camara quizesse que elle as desse, estava prompto a fazel-o.

Apezar d'estas razões, o juiz e a camara decidiram o pleito a favor do procurador da cidade.

O alcaide pequeno appellou d'esta sentença para a côrte d'el-rei.

O audacioso accordão da camara era uma luva de insolita provocação-lançada pelos indomitos burguezes ao poder supremo d'el-rei. Affonso V levantou-a, mas levantou-a com prudencia e moderação. Na sentença dada, n'este pleito, em Lisboa, a 24 de março de 1455 ordenou que a cidade désse ao alcaide as prisões, cadeias e mais ferramentas precisas para guardar os presos, e que, se o não fizesse, ficasse responsavel pela segurança d'elles; que mandasse reparar a cadeia de modo que os presos estivessem seguros, e o alcaide pequeno pudesse viver n'ella, o qual os teria presos n'ella e não em sua casa — facto este que, se por elle fosse novamente praticado, seria severamente punido: que o alcaide pequeno fosse, segundo a ordenação, nomeado de tres em tres annos, e que, visto ter a cidade consentido que Diogo Lourenço, o fosse por mais tempo que o determinado por lei, João Rodrigues o pudesse agora de novo apresentar, e elle servir, se a cidade, segundo o convenio com o Sá das Galés, o não rejeitasse. A sentença termina com uma d'aquellas frequentes provas de leveza e de incapacidade governativa, que Affonso V dava a cada passo. Termina, ordenando que a sentença, passada em Vizeu e por elle assignada, fosse reputada nulla e sem effeito, porque tal sentença fôra dada contra ordenação expressa, e sem serem ouvidas legalmente ambas as partes! O nosso bom Affonso V era atreito a estas levianda-des, pouco honrosas para a dignidade real. Na camara do Porto existe uma carta sua, na qual elle lhe ordena que, se, por ventura, passasse alguma carta contra o privilegio, que tinha a cidade de não ter fidalgo dentro dos muros, não lhe obedeces-sem, porque tal papel devia ser reputado subre-pticiamente alcançado!!

Com a sentença de 24 de março os burguezes do Porto ficaram litteralmente embezerrados. O pobre Affonso V foi logo a primeira victima d'esta birra concentrada. O bom do rei, apezar do que dizia na sentença, remetteu por fóra á camara uma carta, pedindo-lhe que consentisse que Diogo Lou-renço tivesse os presos em sua casa durante os tres annos, que ainda havia de servir de alcaide pe-queno. A camara respondeu a el-rei que não, e o bondoso monarcha, n'uma carta que existe no car-torio da mesma camara (Livro das vereações de 1451 a 1461, fol. 57, das pertencentes ás vereações de 1455) responde a este *não* insolente, dizendo que *vista por nós vossa resposta, havemos por bem o que asserca dello obrastes, e nos praaz que vossa seiteiça seja iiteirameite cumprida como em ella he contheudo!*

Assim permaneceram as coisas até 1472. João Rodrigues de Sá não era homem que se ficasse calado com o meio desaire, que da sentença lhe tinha tocado: mas receioso em razão do respeito com que el-rei acatava os altaneiros burguezes do Porto, espiava occasião propicia para renovar van-tajosamente a contenda. Preparou-se a expedição de Arzilla. O alcaide-mór julgou que era este o momento desejado: el-rei precisava dos nobres. A

19 de junho de 1472, pouco mais de mez e meio
antes da partida da frota que para a expedição se
eśtava a apparelhar no Porto, apresentou-se na camara, e declarou que, apezar do tabellião Lourenço Annes, que era muito bemquisto da cidade,
não ter ainda acabado o seu tempo de alcaide pequeno, determinára depôl-o do officio, e deixar em
logar d'elle um certo Tristão Gonçalves, entretanto
que elle alcaide-mór se demorasse em Africa. Percebeu a camara aonde visava o tiro; pelo que lhe
declarou immediatamente que não consentia em tal
por motivos que na presença lhe allegaram, mas
que depois, no correr do pleito, disseram os vereadores que *nom declarauom por onestidade e por
nom gerarem escandalo.* Enfureceu-se com isto João
Rodrigues, e quiz á força cumprir o seu capricho.
Alborotou-se immediatamente a cidade; e o duque
de Guimarães, o mesmo que, annos depois, foi de-
golado, já duque de Bragança, na praça d'Evora,
receioso que aquellês alborotos damnassem á expedição, em que elle era commandante da gente
de Entre Doiro e Minho e da armada que se appa-
relhava no Porto (R. de Pina, Chron. de Affonso V.
Cap. 153: Goes, Chron. do pr. D. João, Cap. 21)
interveiu no caso, e obrigou o alcaide-mór a ceder.
Em razão d'isso o soberbo João Rodrigues voltou
á camara e declarou que deixava Lourenço Annes
por alcaide pequeno durante a sua ausencia; mas
que, voltando, nomearia outro, o qual não agra-
dando á cidade, ficaria então servindo Lourenço
Annes o tempo, que lhe faltava para completar os
tres annos. Lavrou-se termo d'este convenio, e socegou por então a contenda.

Voltou João Rodrigues; mas, em logar de cumprir o que tinha promettido, quiz de novo impôr
Tristão Gonçalves á camara. Os vereadores recu-
saram-se até a reunir-se para receber, como era de
costume, a proposta. Então João Rodrigues, enfurecido, correu á cadeia, tirou as chaves e os pré-

sos a Lourenço Annes, e entregou tudo a Tristão. Gonçalves. A camara requereu logo contra elle a Vasco Martins de Rezende, ouvidor por el-rei das justiças de Entre Doiro e Minho. O ouvidor intimou o alcaide-mór a repôr tudo no antigo estado. O soberbo João Rodrigues replicou que não-lhe reconhecia competencia para decidir o feito, visto que elle proprio remettera logo a el-rei a informação da pendencia. Arrebentou immediatamente temerosa revolta. O ouvidor porém conseguiu acalmar os animos, fazendo grande espalhafato com os meios legaes. Citou solemnemente o alcaide-mór e o povo a comparecerem dentro de dez dias na côrte d'el-rei. O povo socegou, enlevado por esta ameaça pendente sobre a cabeça do seu inimigo.

A citação do ouvidor foi cumprida, e el-rei por sentença passada em Coimbra a 7 de setembro de 1472, ordenou que Tristão Gonçalves não fosse alcaide pequeno, e que João Rodrigues repuzesse as cousas no estado em que as achou, quando desapossou Lourenço Annes, e nomeasse para alcaide pequeno pessoa que o pudesse ser, e que merecesse a confiança da cidade.

O orgulhoso João Rodrigues curvou a cabeça. Chegando ao Porto, apresentou á camara differentes homens para serem approvados para alcaides pequenos. A camara recusou-lh'os todos, e continuou a recusar, a recusar, a recusar. João Rodrigues percebeu o fim d'aquellas recusas acintosas; e, receioso da irritação, em que estavam os espiritos contra elle, convencionou com a camara o que havia tratado com ella antes de partir para Arzilla; isto é, que Lourenço Annes acabasse o seu triennio.

Assim se achavam as cousas no mez de maio de 1474, epocha em que começa a novella. A cidade havia vencido, mas era de receiar que o soberbo alcaide-mór renovasse a contenda, logo ue o favorito da cidade acabasse o seu tempo.

A estes receios é que se referem as palavras do texto.

A respeito dos factos aqui historiados, vejam-se no cartorio da camara do Porto, as duas sentenças de Affonso V que se encontram no livro B, a primeira desde fl. 99 a 106, e a segunda desde fl. 165 v. a 167 v. Consulte-se também o livro das vereações de 1451 a 1461, a fl. 57 das que pertencem ás vereações de 1455.

Quem quizer conhecer a fundo a importancia e grandeza do cargo de alcaide-mór, prerogativas, obrigações e rendas que lhe pertenciam, leia a Ordenação Affonsina L.º I. Tit. 72. Quem não tiver tempo para lêr tanto, leia então a parte respectiva do excellente artigo ácerca da *Milicia portugueza na idade media*, escripto pelo sr. Alexandre Herculano no Panorama. Vol. II, pag. 18.

O alcaide pequeno, além de ser o arrecadador e o fiscal das rendas do alcaide-mór, fazia em certas cousas as vezes d'elle. A parte mais importante, em que o substituia, era indubitavelmente na de chefe da policia da terra. A' vigilancia d'estes officiaes publicos é que estava confiada a segurança das cidades e terras, onde os havia, bem como a guarda das cadeias. N'esta parte eram elles uns como carcereiros-móres, que superintendiam e vigiavam os carcereiros, a quem immediatamente estava confiada a guarda dos presos.

A'cerca dos alcaides pequenos leia-se a Ord. Aff., principalmente, no L.º I. Tit. 30.

NOTA III. PAG. 9

Em varias sessões das camaras d'esta epocha e de epochas anteriores se encontram á cada passo providencias ácerca das armadas, que saíam da barra do Porto, em certas occasiões, contra os piratas andaluzes, que infestavam as nossas costas. Que havia da parte do povo muita aversão a em-

'barcar n'estas expedições, deprehende-se da acta da vereação de 14 de julho de 1479, na qual se diz:

«Outrosy acordarom que por quanto, ora quando a cidade mandou armar para os andaluzes, forom deitados pregoeens por toda a cidade, com grandes penas a todollos visinhos dela de idade de desoito annos atee sessenta, o que muitos tiuerom em pequena conta: E por quanto nom seria razom que os que a taaees cousas som negrijentes, pasasem sem pena; auendo piedade com elles, por que taaees ha hi que som proues, que cadahum dos que reuees forom, pagem para a custa da ditta armada um reall de prata, e esto sem nenhuu dos que das dittas idades forem, serem escusos.»

(Cartorio da camara do Porto. Livro das vereações de 1475 a 1484 fl. 3 das pertencentes ás vereações de 1479.)

Se antes de 1479 não apparecessem mencionadas, por differentes vezes, estas armadas, podia dizer-se, que estas piratarias dos andaluzes eram resultado da guerra, que haviamos tido com Castella, em razão da successão da corôa de Henrique IV. Mas assim, o que d'este logar e de outros identicos se deprehende é que não eram só os piratas inglezes, de que fazem menção as chronicas, que n'estas epochas infestavam as nossas costas.

NOTA IV. PAG. 10

Terra de Santa Maria. E' a Terra da Feira. Este nome, que lhe era dado desde muitos tempos antes da fundação da monarchia portugueza, ainda se encontra em alguns, mas poucos documentos, dos fins do seculo XVII. Na sentença, dada por el-rei D. Affonso V no processo da querella que deu Rui Pereira contra os moradores do Porto, em razão da revolta que contra elle fizeram a 1 de junho de

1474, revolta que se acha fielmente descripta nos capitulos XVI e XVII d'esta novella, el-rei, fallando de Rui Pereira, chama-lhe *de nosso conselho e senhor da Terra de Santa Maria.*

Este documento importantissimo para a historia do privilegio que o Porto gozou, até aos principios do seculo xvi do não ter fidalgo, dentro dos muros nem seus arrabaldes ; e igualmente precioso e importante para a historia dos usos e costumes e para a apreciação do caracter dos habitantes do Porto no seculo xv, existe no cartorio da camara do Porto, Livro B fl. 131 a 141.

NOTA V. PAG. 10

Na vereação de 2 de outubro de 1392 «dom frey aluaro goncalues camello, prioll dospital, marjchal da oste delrey, meirinhor moor por elRey antre doyro e mynho e traslosmontes» apresentou á camara duas cartas d'eL-rei D. João I, escriptas a elle prior, nas quaes ordenava que se fizessem na cidade oito estalagens, em que pousassem, por dinheiro, aquelles que a ella tivessem necessidade de vir. A camara accordou que era bom que se fizessem, e logo as distribuiu, e lhes marcou da maneira seguinte a localidade:

It. primeyramente nas cógostas duas estalagens grádes e boas.

It. no souto hua estalage gráde e boa.

It. outra nas casas de Estevão fereira.

It. outra na rua chaã nas casas que forõ de Jeruaz da deuesa.

It. outrá grande e boa á porta de cima de villa.

It. em myragaya outra estalage gráde e boa.

It. outra em villa noua.

> *(Cartorio da camara do Porto. Livro das vereações de 1428 a 1431 fl. 30-32 das pertencentes ás vereações de 1430. (Era de Cesar.)*

NOTA VI, PAG. 14

Vide o que se diz a este respeito na nota II.

NOTA VII. PAG. 16

Os nossos antigos jogavam, não só a dinheiro de contado, mas a cousas de comer e a bebidas. Ao dinheiro em moeda chamavam *dinheiros seccos;* ás bebidas e mantimentos *dinheiros molhados*; Encontram-se estas duas designações em varios logares da Ordenação affonsina, e particularmente no L.º V tit. 41 § 11, que tem a epigraphe—*Que nom joguem a dados dinheiros, nem aja hi tavollagem.* (Vide nota XX.)

NOTA VIII. PAG. 16

Segundo Viterbo, as *coróas* são moeda portugueza desde o principio da monarchia, mas ignora-se-lhe o valor que tinham então. El-rei D. Duarte mandou lavrar corôas de oiro com o valor de 216 réis. No tempo de Affonso V, duas d'estas corôas faziam uma dobra; ora, valendo então uma dobra 230 réis, segue-se que uma corôa valia 115 réis. Quatro corôas são portanto 460 réis.

O *grosso* era uma moeda de prata fina e pura, que, até 1489, valeu o mesmo que um real de prata; isto é, 33 réis. Dez grossos são portanto 330 réis.

Vide Viterbo. Elucidario, verb. *Grosso* e *Coróa* e no Supplemento, verb. *Moeda.*

NOTA IX. PAG. 17

Em vereação de 26 de abril de 1448, a camara accordou que em razão de Gonçalo Annes e sua mulher, moradores no Porto, terem tratado de traidores os habitantes d'esta cidade na presença do infante D. Pedro, duque de Coimbra, que no anno

anterior entregára a Affonso V a governança do
reino, que exercêra, como regente, durante a sua
menoridade, o dito Gonçalo Annes e sua mulher,
e os seus descendentes até á quarta geração fossem degredados de moradores e visinhos do Porto
para sempre. Accordou mais que se confiscassem
os bens dos dois criminosos, e que, se algum d'elles fosse achado dentro da cidade, morresse por
ello.

*(Cartorio da camara do Porto. Livro das ve-
reações de 1448, fl. 62 v)*

NOTA X. PAG. 23

D. Nuno Alvares Pereira, depois de casar com
D. Leonor d'Alvim, recolheu-se, ao Minho, aos senhorios de sua mulher. Como moço de genio ardente e dotado de esforço, de que depois deu táo su-
bidas provas, reuniu em roda de si uma companhia
de acontiados, escolhidos entre os mais esforçados
e turbulentos das suas terras. Era o que faziam
todos os ricos-homens da epoca. «Em sua casa —
diz o seu velho chronista(*Coronica do condestabre*
cap. V pag. 17, da edição de 1848) — auia continuo de cote quatorze, & quinze escudeyros, &
vinte & trinta homeés de pee segundo a terra requere, & estes todos boós, & bem homeés. Ca elle
nunca se doutros se contentaua nem contentou em
seus dias. E a huã polla grande custa que auia, &
a outra pollo a terra assȳ leuar, & pollo que elle
via fazer aos outros seus visinhos. E de si por ser
homeẽ nouo aas vezes faria na terra das suas segundo seus visinhos. E porem nom tanto que sempre em elle nom fosse ho temor de Deus.»
Isto diz o bom do chronista, que escrevia no reinado de Affonso V (Cap. 76), e que por ventura
foi homem d'armas de Nuno Alvares, o que parece
reveiar-se de algumas das passagens da chronica.
Estes homens *todos boós e bem homeés* com que

Nuno Alvares *fazia das suas*, acompanhando-o a Lisboa, em numero de trinta escudeiros. afóra *peça de homens de pé*, ao saimento de el-rei D. Fernando, mostraram claramente o estofo de que eram, querendo matar o corregedor da côrte, e seguindo-o, para o fazer, até dentro do proprio paço real, unicamente por elle os querer, por ordem da rainha, mudar de aposentadoria ou aboletamento, como hoje diriamos. A este seguiram-se outros muitos feitos de igual jaez, d'onde facilmente se tira em conclusão, não só o caracter rixoso e volteiro d'elles, mas igualmente o do proprio rico homem de que eram acontiados. Pela mais pequena frioleira, pelo mais somenos capricho, era cutilada de bota abaixo, sem attenderem á qualidade das pessoas, nem ao numero dos que tinham pela frente. Eram verdadeiros minhotos do alto, sem outro freio e sem outro respeito senão o acatamento que tinham ao seu esforçado caudilho, que n'essa epocha era tão bom como elles, e que se revia n'aquellas proezas, porque só d'aquella gente se *contentava*, e *contentou em seus dias*.

Pede, porém, a verdade, que se diga que estes mesmos homens rixosos e brutaes, especie de assassinos tolerados pelo estado anarchico da epocha, foram tambem os valentes e irresistiveis, soldados, com que o condestavel ganhou a batalha dos Atoleiros, e outros muitos combates, e os primeiros que em Aljubarrota romperam o exercito castelhano, pelo lado que defrontava com a ala, que era commandada por elle.

NOTA XI. PAG. 123

Por decisão tomada nas côrtes de Elvas de 1408 mandou D. João I que ninguem pudesse ser açaqual, «senom homens de 16 annos a fundo, e velhos de 50 annos para cima.» Vid. Viterbo. Eluc. verb. *Açaqual*.

NOTA XII. PAG. 123

«Entam se despediu o Mestre da Raynha muito
quieto sem mostra de perturbaçam algũa & tomou
o Códe polla mão, & sairão ambos da camara a
hũa grande casa, que estaua diante, & os do Mestre todos com elle, & Ruy Pereira e Lourenço
Martins mais perto & chegandose o Mestre com o
conde pera junto de hũa fresta sintirão os seus,
que o Mestre lhe começaua de falar passo, & as
palauras foram poucas, & que ninguem entendeo,
& sédo mais tempo de o matar q' de o ouuir, o
Mestre tirou hum traçado, & deu·lhe hum golpe
polla cabeça, & os que com o Mestre estauão,
vendo isto, arrancarão das espadas para lhe dar;
querendose elle acolher á camara da Raynha com
aquella ferida, que não era mortal, Ruy Pereira
meteo nelle hum estoque de armas, de que logo
cahio em terra morto; os outros quizerão darlhe
mais feridas & o Mestre lho não consintio...» Nu-
nes de Leão, Chronica de D. João I, Cap. V.

Este Rui Pereira era tio do condestavel, e avô
de Rui Pereira, senhor da Terra de Santa Maria,
de que falla a novella.

NOTA XIII. PAG. 123

«Em Portugal a infanteria regular consistia nos
bésteiros, que correspondiam aos *arbaletiers* dos
francezes, e aos *archers* dos inglezes. Era a bésta
certa machina semelhante a um arco para arremes-
sar frechas e virotes. Do meio do arco vinha uma
especie de cronha, sobre a qual passava a corda,
que parece era puxada para o peito do soldado,
quando este queria desfechar o tiro, com um certo
gancho, a que chamavam *garra* ou *garrucha* ou
por uma especie de roldana ou *polé*. A maior ou
menor perfeição das béstas dava maior ou menor
importancia ao bésteiro : os de *bésta de garrucha*

eram os principaes, e d'estes até alguns andavam a cavallo; os mais ricos *arnezados*, isto é, com armadura, e os outros singelos, isto é, sem arnezes. Os de *bésta de polé* eram os de menos monta; e pelo regimento da guerra de D. Affonso V (Ordenação Affonsina Liv. I. Tit. 69) se vê que eram muito menos privilegiados.

Dava-se tambem o nome de bésteiros a outros soldados de pé, que, em vez de bésta, usavam de lanças ou chuços: estes eram os infimos no exercito, e chamavam-lhes commummente peões.

Os bésteiros do conto eram aquelles que estavam .alistados em cada comarca, e que se podiam considerar como soldados de um exercito permanente. ,Da Ordenação de D. Affonso V (loc. cit.) se colhe que estes bésteiros eram todos de bésta de polé; porque os de bésta de garrucha eram isentos de serem alistados, podendo servir na guerra com armas e cavallo. «—Panorama. V. I. pag. 219. *Milicia da idade media*, pelo sr. A. Herculano, segundo se diz, porque estes excellentes artigos, como todos os dos primeiros volumes d'aquelle jornal, não trazem a assignatura do autor.

Os bésteiros do conto de cada comarca eram fornecidos por cada uma das terras importantes d'ellas, segundo o numero que era obrigada a ter alistados. Por uma carta d'el-rei D. João I (citada por Viterbo) e pelos capitulos especiaes do Porto nas côrtes de Coimbra de 1439 (Cartorio da Camara. Livro B. fol. 308 v.) consta que o Porto era obrigado a ter vinte e cinco bésteiros do conto, *visto que alli se faziam* — diz a carta de D. João I — *outras apuraçoens de homens de vintenas do mar*, *cavalleiros, peoens e arricaveiros*. Em 1439, em consequencia das guerras passadas, o numero dos bésteiros do conto do Porto subia a quarenta, como dizem os mesmos capitulos, e se estabelece na Ord. Aff. *loc. cit.* § 30. D'isto se queixou o Porto a el-rei, n'aquellas côrtes, pedindo-lhe que ih'os reduza

.ao numero primitivo, porque na cidade havia muitos bésteiros de polé, de cavallo e de garrucha e marinheiros, e além d'isso, em tempo de guerra, todos eram bésteiros. Pediu mais a camaia que estes bésteiros fossem unicamente empregados em conduzirem presos e dinheiros, e não obrigados a irem servir a Ceuta; e que o soldo d'elles fosse pago pela contribuição pessoal chamada os *dez reis de Ceuta*, a qual era paga unicamente pelos habitantes de Entre Douro e Minho. D'isto se deduz que os bésteiros do conto eram um verdadeiro exercito permanente obrigado a todo o serviço militar, inclusivè ao das nossas possessões do ultramar; e. igualmente que a provincia de Entre Doiro e Minho pagava para a conservação de Ceuta, para, cuja conquista tantos sacrificios fez, um tributo especial, que nenhuma outra provincia pagava.

El-rei D. Fernando, por carta regia passada em Evora a 1 de março de 1369, concedeu aos bésteiros do conto do Porto valiosissimos privilegios, taes como o gozarem o fôro de cavalleiros em suas demandas; o não serem julgados senão pelo seu anadel; o serem isentos de todas as fintas e peitas do concelho, excepto em certos e determinados casos de immediato interesse publico; o não poderem ser penhorados nas suas armas, nos seus bois de arado e instrumentos de ganharem a vida, nos seus vestidos nem nos de suas mulheres, etc., etc. Apezar dos grandes privilegios concedidos por essa carta, que se acha tresladada no Livro grande do Cartorio da Camara do Porto fol. 40 v., dos citados capitulos especiaes apresentados nas côrtes de 1459, colhe-se que havia grande repugnancia em ser bésteiro do conto, a ponto de muitos homens chegarem a abandonar a cidade para o não serem. Esta repugnancia era porém geral em todo o'reino, como se mostra pela citada Ord. Aff. L. I. tit. 69. Póde ser que, além do serviço fóra da terra da naturalidade dos bésteiros, a maior parte d'elle pesado e muito penoso, influisse não pouco para esta aversão o não lhes darem os concelhos *guallardom do tempo que servirom por beesteiros,* como se diz na citada Ord. § 18.

NOIA XIV. PAG. 24

O desorelhamento era penna muito vulgar entre nós na idade media. A Ordenação Affonsina appli-ca-a a cada passo. No L. I. tit. 51, que trata do *Regimeito da guerra,* encontra-se o desorelhamento applicado em quatro §§; tres vezes o da orelha direita, §§ 47, 62 e 63, e uma só o da orelha esquerda, § 44.

O § 44, que é o que diz respeito á desgraça do nosso Paio Balabarda, diz assim:

« ITEM. Por nenhua contenda de alojamentos, nem de nenhua outra qualquer cousa nom faça nenhua volta, nem arroido na hoste, nem ajuntamento de gente; e esto tambem dos principaaes como dos meores, sob pena de perder seos cavallos, e armas, e o corpo aa nossa mercee; e se for page, ou outro moço, perderá a orelha esquerda; e ante que se em elle faça eixecuçom poderá mostrar seu agravo ao Conde-estabre ou ao Marichal, e seer-lhe ha feito comprimento de direito.»

NOTA XV. PAG. 25

Echacorvos. Este epitheto foi dado por affronta por um antigo prelado portuguez, citado por Viterbo, (Eluc. verb. *Ichacorvos*) aos antiquíssimos questores ou demandadores das egrejas, que, á semelhança dos modernos andadores, se empregavam em esmolar para a sustentação da fabrica de uma egreja, de uma capella, de um santuario, ou para o culto de qualquer santo, etc.

No correr da dissolução, a que chegou o clero na idade média os bispos aproveitaram-se d'estes

infimos officiaes das egrejas, para meios de augmen-
tarem as suas rendas á custá do suor dos seus diocesanos.

Eram os echacorvos homens leigos, casados, viu-
vos ou solteiros. A estes vendiam alguns bispos
*com cobiça de dinheiros sem outro desejo boõ do
serviço de Deos*, por certa somma ou mediante um
contrato de repartição de lucros, cartas pelas quaes
lhes *davam os casos pontificaes*, isto e, a faculdade
de poderem absolver por dinheiro certos peccados
graves, como o incesto, o adulterio, etc., e ao mes·
mo tempo o direito de prégarem nas egrejas. E'
facil de presumir as necedades e heresias, que em
voz de trovão sairiam da bocca d'estes ignorantes
e estupidos apostolos da religião dos padres da
idade media. Mas como, para eiles, a questão não
era a doutrina, mas o augmento de cabedaes e de
riquezas, pouco se lhes dava do que taes pregado-
res diziam do pulpito abaixo, e só attendiam a tornar effectivos os lucros, que procuravam grangear
pela venda d'aquellas cartas de licença. Para os
realisar, os bispos juntavam a estas cartas a penna de excommunhão, pela qual constrangiam os
povos a virem escutar as estupidas prégações dos
homens, a quem as vendiam. Para se livrarem
d'esta obrigação, que lhes roubava o tempo que
lhes era necessario para grangear a vida, os pobres
diocesanos do *piedosissimo* prelado convencionavam
com os echacorvos pagarem-lhes certa somma de
dinheiro, mediante a qual os dispensavam da assis-
tencia aos sermões. As sommas extorquidas por
esta fórma, e as não menores que provinham do
direito de dar absolvições, davam a estas cartas
dos bispos grandissimo valor, que se traduzia em
favor d'elles nas grandes sommas de dinheiro, que
por ellas lhes pagavam os echacorvos.

Parece que logo desde os primeiros tempos da
monarchia portugueza, os reis, para pôrem dique
a tão escandalosos abusos, arrogaram a si o direito

de não consentirem que os echacorvos usassem das cartas dos bispos, sem terem d'elles outras de licença para o fazerem. Mas o grande poder e influencia do clero conseguiu obliterar, até o reinado de Pedro I, os esforços com que a monarchia, se esforçava para enfrear a audacia da escandalosa licença, com que elle se alastrava por cima da moralidade publica. N'esta' epocha o abuso chegára a ser de todo o ponto insupportavel. Mas a confiança, que inspirava ao povo o leal e severo caracter do Justiceiro, deu-lhe alentos para levantar a voz contra elle, e para queixar-se altamente, nas côrtes de Elvas de 1361, de que os reis e os prelados davam *cartas aos demandadores, para demandarem pelas terras, e elles, fazem hj muitas burlas.* D. Pedro acudiu a estas queixas do povo com todo o rigor, que era proprio do seu caracter; e a necessidade da licença regia, tornando-se desde esse tempo effectiva, pôz peias ao abuso, e reduziu-o por algum tempo quasi que á ultima miseria. A morte de D. Pedro e as preturbações que acompanharam o reinado de D. Fernando, e depois a revolução que enthronisou o mestre d'Aviz, fizeram esquecer a execução das providencias tomadas em 1361. Não contente com este esquecimento, ou despertado por ventura pela renovação do antigo rigor, a que a paz dava finalmente logar, o clero, nas côrtes de Santarem de 1427, ousou queixar-se a el-rei D. João de que os echacorvos não pudessem exercer a sua profissão unicamente pelas cartas dos bispos e sem as de licença d'el-rei.

D. João I respondeu-lhes como digno filho de D. Pedro. Estranhou severamente ao clero o seu mau proceder n'aquelle ponto, fazendo com justiça recair a responsabilidade d'elle, não sobre todos os bispos, mas sobre alguns, que, peiores que os publicanos que Jesus expulsára do templo, mercadejavam com a religião, e a tornavam odiosa aos fieis; e em seguida, desmascarando francamente o abuso,

26

prohibiu sob pena de prisão que os echacorvos usassem das licenças dos bispos sem a carta de approvação regia, concedendo-lhes unicamente o poderem pedir simplesmente, e não obrigando por meio de brados estupidos, de excommunhões e do poder de absolver.

Desde este tempo o echacorvos começou a cair; e a publicação da Ordenação Affonsina, em que se inclue esta prohibição (L.º II tit. 7 art. 55) animando o odio que os povos lhes tinham, reduziu pouco a pouco esta escandalosa entidade ás mesquinhas proporções do andador actual, que nada mais é que os restos miseraveis do temeroso echacorvos da idade media.

O echacorvos ainda lutou muito tempo ao abrigo da imperfeita execução, que as leis tinham n'aquellas epochas. Mas o odio popular não lhes deixou, como digo, tornar a levantar a cabeça. E' esta a razão, porque o autor da novella pinta o echacorvos de 1474, isto é, de cincoenta annos depois das côrtes de Santarem e dezesseis depois da publicação da Ordenação de Affonso V, como a transicção do demandador da idade media para o andador da nossa epocha.

Vid. Ord. Aff. L.º II tit. 7 art. 55, e Viterbo Eluc. Verb. *Ichacorvos* e *Demandador*.

NOTA XVI. PAG. 27

Roupa farpada — golpeada, cheia de abertos pelas mangas e peito do gibão, e na parte superior das calças, para deixar vêr os forros, que eram de fazendas preciosas, e, outras vezes, o vestuario que andava por baixo d'aquelle. No seculo XVI usou-se até fazer sair em tufos por estes golpes, córtes ou abertos a camisa de magnifico panno. Estes golpes eram abrochados por broches de diamantes e de pedras preciosas, ou por troçaes de oiro, de prata ou de seda. O povo apertava-os com fitas ou correias, terminadas em pontas de latão amarello ou esmaltado de côres, a que chamava pendentes.

Para gozar das immuuidades e respeitabilidade do estado clerical, havia na idade media muita gente que, para assim dizer, se encostava a elle, e usava das vestes que lhe eram proprias, chegando até a rapar corôas. Parece que os tabelliães foram os que mais insistiram n'isso, por ventura alentados pelas recordações de tempos anteriores, em que, em razão de serem os clerigos os unicos que quasi exclusivamente sabiam lêr e escrever, o tabellionado era exercido por elles, a despeito da expressa prohibição do concilio reunido em Chalons em 813 e de varios outros concilios dos seculos X e XI.

Para enfrear estas tendencias, que punham muita gente ao abrigo das immunidades ecclesiasticas, e por isso quasi que independentes do poder real, el-rei D. Duarte, por uma lei, publicada em Cintra a 23 de julho de 1433, sendo ainda elle infante, mas estando governando em logar de seu pae D. João I, que se achava impossibilitado pela grave enfermidade, de que morreu vinte e dois dias depois da publicação d'essa lei, a 14 de agosto d'esse mesmo anno de 1433, ordenou que os tabelliães andassem vestidos de *roupas farpadas e devisadas de colores desvairadas com deferenças partidas bem devisadas sem nunca trazeido em ienhum tempo corôa aberta, graide nem pequena.* Os tabelliães que desobedecessem a esta determinação, em que el-rei torna a insistir no § 4 da mesma lei, perdiam o officio, e isto ainda que cumprissem algumas das clausulas d'ella, mas não as cumprissem perfeitamente. Esta lei foi encorporada na Ord. Aff. onde se acha L.º I. tit. 48, que se intitula *Das roupas, que ham de trazer os Taballiães, pera serem da jurisdiçom d'El-Rey.*

Affonso V acrescentou á lei de seu pae a prescripção do vestuario, de que os tabelliães podiam usar em luto de qualquer parente. Estes vestuarios, embora fossem de dó, haviam de ser tambem farpados; e no caso dos tabelliáes quererem continuar a usar dos que traziam antes da occasiáo do dó, podiam-n'o fazer, trazendo em cima d'elles *fita de burel, ou de linhas de lãa de semelhante maieira em tal guisa, que sempre ande em avitos leigaaes, e em todo seculares.*

No ultimo § concede el-rei *huum mez d'espaço,* aos tabelliáes já feitos, e aos que d'ahi *en diaite forem pera comprirem esta condiçom.*

A que se referirá este ultimo § da lei? Náo teriam os tabelliáes obedecido perfeitamente á lei de D. Duarte? Ou por ventura é este mez de espaço concedido á alteraçáo de costumes feita por esta pragmatica de luto, ordenada por Affonso V?

Parece-me que a primeira supposiçáo é a que mais racionalmente se conclue das palavras da lei. Que aos tabelliáes novamente nomeados se conceda um mez para se proverem de vestuario legal entende-se; mas que se conceda o mesmo espaço aos *que já som feitos,* indica que elles náo os tinham ainda, e por conseguinte náo haviam obedecido á lei anterior. Se a concessáo da lei se entende em relaçáo ao vestuario de luto, é rasoavel que ella se faça em favor dos tabelliáes antigos e anteriores a ella; mas náo em favor dos novamente nomeados, que esses devem conhecer a lei, que regulava o officio já muito d'antes da nomeaçáo.

Vid. Ord. Aff. loc. cit. e no Panorama Vol. II pag. 398, o artigo intitulado *Particularidades ácerca dos taballiaens,* muito provavelmente saido da eruditissima penna do nosso grande historiador e grande mestre de archeologia, o sr. Alexandre Herculano.

NOTA XVII. PAG. 27

No cartorio da camara do Porto, L.º A, fol. 134, encontra-se uma carta de el-rei D. Affonso V pela qual nomeia escriváo da alcaidaria do Porto, Pero Fernandes, creado de D. Maria do Barredo, e filho de Fernão Vicente, que servira o mesmo officio, e que fallecera havia pouco tempo. Esta carta é datada de Evora, a 29 de novembro de 1475.

NOTA XVIII. PAG. 30

El-rei D. Duarte, estando em Evora, ordenou «que nenhuum nom seja tam ousado, que por arroido que se levante chame outro apellido, senam sómente *aaqui* d'El-Rey; e o que disser *aaqui* d'alguum outro, Nós o avemos logo por degradado da dita Cidade e seu Termo por cincos annos: e esto se entenda assy nas molheres, como nos homees.»

El-rei D. Affonso V, encorporando esta lei na Ord. Aff. L.º V, tit. 71, ordenou no § 6 do mesmo tit. «que sem embargo della seer local, a saber, na Cidade de Evora, se guarde geeralmente em todos nossos Regnos, quanto tange aos apellidos, e saidas aos arroidos.»

NOTA XIX. PAG. 31

As camaras tinham antigamente o direito de marcar a quantidade de carne, que se havia de matar nos açougues. A que sobejava do consumo, era vendida, com o nome de *carne de enxerqua*, ou logo no dia seguinte ou depois de posta na salmoura, por umas vendilhoas ou regateiras, que se chamavam *enxerqueiras* ou *eixerqueiras*.

Estas mulheres eram assim a modo de *empregadas* do concelho, como se deprehende da Ord. Aff. L.º I. tit. 28 § 13, onde se diz: — «Os Almotacees quando nom teverem carniceiros, e paateiras, e regateiras, e exerqueiras, e candieiras, e mostardeiras, e almocreves que ajam de servir o Concelho, requeiráo aos Vereadores, que lhos dem...»

NOTA XX. PAG. 34

El-rei D. Affonso I.V foi o primeiro que prohibiu as casas de jogo, ou tavolagem, a que tambem se deu o nome de garito, do qual veiu o de gariteiros aos proprietarios d'ellas. Este rei não só puniu as tavolagens que estavam publicas, mas tambem as que eram secretas.

Antes d'elle, as tavolagens eram publiçamente toleradas, e os donos d'ellas pagavam por isso grossas sommas a el-rei aos senhores das terras, onde ellas estavam estabelecidas. Parece mesmo que o ter tavolagem era um direito senhorial, cujo uso se arrendava por um tanto. N'ellas o jogo mais vulgar era o dos dados. Affonso IV prohibiu-as, castigando os jogadores tavolageiros (os que davam tavolagem, e os que jogavam n'ella) com a perda do dinheiro que jogavam; e demais, se fossem pessoas abastadas, pagariam cinco livras de cada vez que ahi fossem achadas, e se as não quizessem pagar, estivessem na cadeia até o fazerem: e se fossem homens vis, que nada tivessem de seu, pagassem por cada vez vinte soldos, não pagando os quaes, estariam dez dias na cadeia, e ao fim d'elles, se ainda não pagassem a multa, levariam dez açoutes publicamente no concelho.

Depois el-rei D. Fernando mandou que quem jogasse dinheiros seccos aos dados, e fosse achado no jogo, estivesse quinze dias na cadeia, e perdesse, para quem o prendesse, as roupas que trouxesse vestidas, as quaes não poderia remir a dinheiro, nem tornar a compral·as lançando n'ellas na almoeda (arrematação, leilão). A quem estivesse a vêr jogar, impoz, a penna de uma noute de cadeia, e o perdimento dos vestidos que trouxesse para quem o prendesse, os quaes poderia remir a dinheiro, se assim o quizesse.

Em seguida el-rei D. João I fez uma lei, em que ordenou que fosse preso e perdesse as roupas aquelle que fosse encontrado a jogar — «a dados, em pubrico nem em escondido, galinhas, nem frágaõs, nem pattos, nem leitoões, nem carneiros, nem cabritos, nem coelhos, nem perdizes, nem outras carnes algumas: outro sy nem lampreas, nem saavees, nem congros, nem outros pescados: nem outro sy trigo, nem cevada, nem milho, nem centeo, nem avellãas, nem alfeloa a descontar; nem outro sy nom joguem preços por penhores a vinho, nem agua, nem vinagre, nem sal, nem outra cousa algua: salvo se for vinho pera beber logo, e pagar, que nom passe conthia de vinte soldos.» Isto é o que se chamava dinheiros molhados. (Vid. Nota VII).

E como estas leis prohibitivas atacavam directamente os dados, el-rei prohibiu geralmente toda a especie de jogo, mencionando designadamente — a torrelha, dadas femeas, a vaca, o jaldete, que se ignora o que fossem e mais os seguintes: —

Curre-curre. Jogo n'aquella epocha muito moderno. Era, pouco mais ou menos, o *par ou i01es*. Consistia em adivinhar o numero de objectos, que cada um tinha fechado na mão. «*Curre curre* — dizia um. — «Eu entro — respondia o parceiro, e alvitrava o numero dos objectos, que na mão do outro estavam fechados. O curre-curre differençava-se pois do *par ou nones*, nas vozes e em dar maior campo ao alvidramento. N'elle podiam entrar muitos numeros; no *par ou i01es* apenas dois, par e pernão.

O butir. Especie de fito ou por ventura de jogo da bola. Em todo o caso, jogo, que consistia em acertar n'um alvo ou approximar-se d'elle o mais que fosse possivel.

A porca. Especie de malhão, do qual se differença em se jogar com uma pedra ou um pedaço de pau, ao passo que o malhão se joga com uma bola. Este jogo ainda é hoje usado em algumas localidades do alto Minho.

Vide Ord. Aff. L.º V. tit. 41.

NOTA XXI. PAG. 34

Brancos — o mesmo que *reaes brancos*. Os reaes· de cobre eram *brancos* ou *pretos*. Aos brancos da-va-se-lhes este nome em razão da muita liga de estanho que tinham; os pretos eram só de cobre. O *real branco* valia seis ceitis; e como o ceitil valia a sexta parte do nosso real de hoje, segue se que o real branco é o real de que hoje nos servimos. Dòs-reaes pretos dez faziam um real branco; d'onde se segue que o real preto valia tres quintos de ceitil, que é precisamente a decima parte de um real, branco de seis ceitis.

Haviam tambem reaes brancos de prata que tinham maior valor. No texto o echacorvos refere-se porém aos de cobre de seis ceitis, que eram os mais vulgares entre o povo.

Vid. Viterbo. Eluc. Verb. *Ceitil* e *Real.*

NOTA XXII. PAG. 34

Eram estas algumas das gentilezas praticadas-pelas vendilhoas d'aquella epocha. *Inchar freama* consistia em encher de vento os animaes e aves, que expunham á venda, para apparentarem de gordos e bem nutridos. N'uma postura da camara de Vizeu, de 1304 (citada por Viterbo no Eluc. verb. *Empicotar* e *Inchar freama*) diz-se — «que aquel que inchar freama ou outras carnes, ou po-zer sevo no rril do cabrito, que peite cinque soldos;. e se vender porca em vez de porco, ou ovelha em vez de carneiro, que   peite   sesseenta soldos, e azou-tem-no pela Villa...»

Em razão da especificação de *outras carnes*, que se encontra n'este logar logo após de freama, Vi-terbo (Eluc. verb. *Freama*) inclina-se a que a freama aqui signifique leitão. Tudo póde ser; o que parece-fóra de duvida é que *inchar freama* significava a insufflação de animaes, para apparentarem gordura.

NOTA XXIII. PAG. 34

Arca de malfeitorias era a caixa ou cofre, onde se lançavam as multas ou pennas pecuniarias, em que alguem era condemnado por algum crime ou *malfeitoria*.

O echacorvos, accusando a enxerqueira de *malfeitorias* taes como inchar freama, pôr cebo em ril de cabrito, chama á caixa do seu retabulo arca de malfeitorias, como quem considerava as esmolas, que extorquia com as suas insolencias, multas remissivas dos peccados, que audaciosamente lançava em rosto aos esmolantes.

NOTA XXIV. PAG. 34

«Leal. Moeda de prata mandada lavrar por el-rei D. João I: tinha de uma parte a legenda *Leal* debaixo de uma cruz, e da outra o escudo real com o nome do rei na orla. Por uma carta do infante D. Pedro ao corregedor da Extremadura, de 9 de março de 1441, que se acha entre os documentos da camara de Coimbra, consta que *os Leaes, que seu pai lavrára com o valor de 10 réis, elle os mandava valer 12 réis, para evitar se fundissem, ou extrahissem do reino.*» Viterbo. Eluc. veb. *Leal*.

Quatro *leaes* valiam portanto, no tempo de Affonso V, 48 réis.

NOTA XXV. PAG. 35

A prova da cadeia publica existir por esta epocha na rua Chã veja-se na Nota xvii, e no cartorio da camara no documento correspondente, Liv. B fl. 96 e 106 A'cerca da impossibilidade de marcar precisamente a localidade da cadeia publica do Porto nas differentes epochas anteriores á fundação da Relação dos Filippes vid. Nota ii ao *Motim ha cem annos*.

NOTA XXVI. PAG. 39

Ao autor d'esta novella nem ao de leve passa pela cabeça resumir sequer n'uma nota, que de mais a mais precisa de estreitar o mais possivel, para não avolumar muito este livro, tudo o que ácerca dos *copistas,* calligraphos, chrorographos, amanuenses, escribas ou notarios; e da origem, desenvolvimento e grandeza das artes de ·calligraphia e illuminura, que eram correlativas; da arte e luxo das encadernações dos livreiros; e do apparecimento e desenvolvimento progressivo da imprensa etc., etc., se acha escripto por miudo na *Histore de l'imprimirie* de Paul Lacroix (Bibliophile Jacob) por ventura o mais consciencioso e profundo de todos os trabalhos, que a respeito da imprensa se tem feito. Comtudo, visto que caí no peccado de fazer reviver a memoria de todo esquecida dos pobres copistas, julgo do meu dever dizer aqui o quanto baste para o leitor formar uma idéa, pelo menos muito approximada, do que elles eram, bem como da maneira por que os seus trabalhos eram feitos.

Os copistas datam de tempos immemoriaes. E' facil de acreditar que apenas a intelligencia começou a produzir, appareceram logo homens que desejaram conhecer os fructos d'ella, e por conseguinte outros que, mediante um certo lucro, ou mesmo por curiosidade, os reproduziam, ou em beneficio proprio ou para satisfazer os desejos alheios. Isto, já se vê, depois que a escripta substituiu a memoria no officio de repositorio commemorativo dos trabalhos intellectuaes, que impressionavam as multidões, isto se por ventura a escriptura foi um invento calculado e não instinctivo do homem, e por conseguinte coevo da intelligencia e da memoria.

Nos tempos das glorias da Grecia e de Roma, os copistas foram ahi aos milhares, e altamente considerados, apezar de um grande numero d'elles serem escravos. A arte da calligraphia era, porém, táo apreciada n'aquelles dois cultos imperios, que ha razões para se suspeitar que o proprio Demosthenes a exerceu, e cultivou. O luxo das encadernações correspondia á opulencia dos dois povos, e á consideração, em que eram tidos os livros calligraphicos, os unicos que então existiam.

Desde a invasão das gentes germanicas até aos fins do seculo XII, a arte de copiar esteve enfornada nos mosteiros, onde igualmente se havia asylado o pouco da civilisação grega e romana, que milagrosamente escapou áquella pavorosa torrente de selvageria. Ahi se acoutou, ahi tornou a tomar novos alentos, ahi se reforçou e medrou até aos principios do seculo XIII, em que a arte dos copistas principiou a ser exercida por leigos. A cada anno, que ia avançando para a frente, a cada dia, a cada hora, a calligraphia ia fazendo novos progressos na fórma de letra, no primoroso das tintas e no delicado das pinturas, que enriqueciam as rubricas e iniciaes dos capitulos, e tarjavam as margens dos rotulos de pergaminhos em que as copias eram feitas. Aos francezes sobretudo se deve os mais importantes adiantamentos da arte. Foram elles que criaram a *illuminura*, e que no seculo XIII a tornaram definitivamente uma arte á parte da calligraphia, apezar de exercida pelos mesmos que exerciam esta. De alguns codices preciosos, dos que existem no precioso repositorio de codices e manuscriptos da Bibliotheca publica do Porto, se conhece visivelmente esta differença. Acham-se os livros calligraphicamente completos; mas muitas rubricas de paragraphos e capitulos do final d'elles estão apenas desenhadas a lapis, como indicando que os livros eram primeiro escriptos e depois illuminados, isto é, que as duas artes eram completamente distinctas uma da outra. Em menos de seculo e meio a illuminura correu parelhas de perfeição com a calligraphia. Ha na Bibliotheca do

Porto alguns, não poucos codices, da escola franceza, que se admiram pela perfeição inexcedivel do
typo e igualmente pela perfeição e graça das bem
traçadas caricaturas e quadros, e dos imaginosos
arabescos, que adornam as rubricas e as iniciaes.
Portugal não foi dos paizes, onde a illuminura
fez menos progressos; o que foi devido á escola de
pintura de manuscriptos creada em 1248 em Lisboa,
por Affonso III, á imitação do que tinha visto em
França.

Desde o seculo XIII até os meados do seculo XV,
em que Guttemberg descobriu a imprensa, a arte
do copista não fez senão crescer em engrandecimento e perfeição. Tinha-se tocado a perfectibilidade, e o que já então se fazia era buscar innovações caprichosas, que dessem aos escriptos algum ar de novidade. Cada nação, para assim
dizer, tinha uma letra particular sua, mas a geralmente adoptada era a letra allemã, como a que
mais se prestava aos caprichos fantasiosos dos copistas.

As verdadeiras copias, aquellas que merecem a
attenção dos eruditos, como especimens preciosos
da sciencia calligraphica da idade media, são as
feitas em pergaminho. O papel inventou-se no seculo XII ou fins do seculo XI, mas, como, diz
Hallam, não principiou a vulgarisar-se senão nos
fins do seculo XIV. Entre nós appareceu tambem
pela mesma occasião. O mais antigo accordão da
camara do Porto, que existe em papel de algodão,
no cartorio da mesma camara, é do dia 24 de junho de 1390 (1428 da éra de Cesar). Apezar da
espessura d'este papel, e de ser todo coberto de
felpo, não ha n'elle um só borrão. No seculo XV,
o papel era já vulgarissimo, como se vê do Livro
antigo das provisoens, que se acha no cartorio da
mesma camara. Comtudo no seculo XIII, e mesmo
no XIV o papel não era empregado senão para os
documentos de menos valor; os mais importantes

e as copias dos livros escreviam-se em pergaminho.
D'estes é que vamos particularmente fallar.

As copias dos livros em pergaminho, ou se escreviam *em bandeira*, isto é, em longas tiras de pergaminho, que se chamavam *rótulos;* ou *em folios*,
á semelhança dos livros modernos. Os escriptos *em
bandeira*, que são os mais antigos, e que principiaram a cair em desuso logo nos fins do seculo XIII,
enrolavam-se em cylindros de buxo ou de ebano,
colladas as bandeiras primorosamente umas ás outras, e a extremidade da ultima collada com toda
a segurança ao cylindro, que tinha ou não tinha,
segundo o luxo do possuidor, uma lamina de prata
n'uma das extremidades, na qual se escrevia o titulo da obra. Os *em folios* eram encadernados como os nossos livros modernos e as encadernações
eram desde a carneira simples até á carneira ricamente imprensada e coberta de lavores de metal,
inclusivè de prata. Alguns eram encadernados em
seda, setim, velludo, tudo ricamente bordado a oiro.
Estas differenças de encadernações procediam da
mais ou menos opulencia de quem possuia os livros.

Nas copias mais simples o livro era escripto a
tinta preta, e as rubricas dos capitulos e as iniciaes
dos paragraphos a tinta vermelha, tão fina e tão
perfeita, que ainda hoje existe na maxima parte
dos codices com o lustre e brilho primitivo. As
copias ricas, além das pinturas e miniaturas, tinham todas as iniciaes primorosamente illuminadas com figuras, boscagem, aves, arabescos, etc.,
de oiro, prata, purpura, azul, verde e outras côres.
A' excepção da prata, que em muitos codices se
acha completamente oxidada, tudo o mais tem atravessado os seculos sem nada perder da perfeição
primitiva.

Os copistas trabalhavam em escriptorios (*scri-
ptoria*) inteiramente sequestrados de todo o ruido.
Para escrever no pergaminho, serviam-se de uma
penna de ferro, a que chamavam *estilo*. No papel

escreviam com penna de ave. As bancas ou mezas
eram de variadissimas fórmas, como se vê dos fac-
similes de estampas da idade media, representando
copistas, que Lacroix reproduziu na sua Historia.
Umas eram semelhantes ás bancas actuaes, e em
cima d'ellas havia pequenas escrivaninhas sobre as
quaes escrevia o cópista. Os tinteiros das tintas de
differentes côres estavam mettidos em argolas de
latão ou de ferro, collocadas nas faces laterais das
bancas. Parece que quem usava d'estas bancas, se
sentava a uma das extremidades d'ellas, de fórma
que o braço direito repousava sobre a escrivaninha
e o corpo ficava todo do lado de fóra da banca, de
par com a face lateral d'ella. Haviam outras bancas de fórmas mais singulares. Algumas consistiam
em dois grossos e largos pranchões em posição
vertical, ligados a meio por um outro horisontal,
que servia de assento. Na espessura anterior dos
dois pranchões havia uma taboa levantada com
declive sufficiente, e presa a elles por duas molas,
que serviam para augmentar-lhe ou diminuir-lhe a
inclinação. O copista escrevia sentado no pranchão
horisontal, com os joelhos todos saidos para fóra
da taboa, que lhe servia de mesa. A estas bancas
assemelhavam-se outras que eram mais ricas e
mais perfeitas na fórma. Consistiam n'uma especie
de pulpito, aberto pela frente, com espaldar de
docel para amparar a escripta de qualquer sujidade,
que por ventura caisse dos tectos, todos então de
madeira. Nos braços d'esta cadeira, que, como digo, se assemelhava ás paredes lateraes de um pulpito, collocavam-se os tinteiros, a rasoavel altura e
presos a argolas de ferro ou latão. Estas paredes
ou braços eram inferiores á cintura do individuo.
Na frente, e presa á espessura das extremidades
dos dois braços por duas molas, que subiam ou
desciam, havia uma taboa inclinada, que servia de
escrivaninha, e sobre a qual trabalhava o copista,
com os joelhos todos da parte de fóra d'ella·

Ora ahi tem o leitor a traços largos o que foi a
arte da calligraphia, o que foram os copistas e as
copias, e o como estas eram feitas, bem como os
utensilios e moveis em que eram trabalhadas. Isto
são cousas que deviam andar escriptas em outros
livros; mas a archeologia da vida intima portugueza ainda está por estudar e por escrever, e o pobre do novellista, se quer metter-se-por estas epochas da historia dentro, tem de ser mineiro, appa-
relhador e estatuario, tudo ao mesmo tempo —
improbo trabalho, sem recompensa de qualidade
alguma, e que o autor confessa humildemente que
é preciso ter muito pouco juizo para emprehender
e levar a cabo.

Vide Histoire de l'imprimerie et des arts et pro-
fessions qui se rattachent á la typografie, par Paul
Lacroix (bibliophile Jacob). Paris 1852. Vide Viterbo. Eluc. Verb. Rótulo e Estilo.

NOTA XXVII. PAG. 40

Talvez que haja ahi quem embique com eu dizer que a invenção da imprensa foi inspirada a
Guttemberg pelo espirito da especulação e do lucro. Para aquelles que, para acreditar na grandeza das invenções, precisam de divinisar as inten-
ções, que inspiraram o inventor, ha de veras de
custar o vêr assim arrastar pela lama a grande
inspiração, que fez do inventor da imprensa o heroe da mais fecunda das revoluções, que tiveram
logar na idade media. Comtudo a verdade é esta.
A imprensa foi filha da actividade interesseira de
um imaginoso especulador, que pretendeu descobrir um meio de enriquecer, burlando a boa fé dos
contemporaneos. As cousas passaram-se assim.

Os livros dos copistas em razão do muito trabalho e tempo que n'elles se despendia, eram carissimos. Guttemberg calculou que a poder-se inventar o meio de reproduzir com menos trabalho e

muito menos tempo milhares d'aquellas copias, quem o inventasse enriqueceria fabulosamente. A sua admiravel actividade inventiva poz logo mãos á obra, mas como lhe faltavam os capitaes precisos para as despezas da especulação, associou a si tres outros individuos, João Riffe, Antonio Heilmann e André Dryzehn, aos quaes communicou a idéa que tinha para chegar á realisação do projecto. Por algum tempo trabalharam no mais rigoroso segredo; mas uma pequena questão de interesses esteve em pontos de revelar tudo, fazendo com que os quatro associados viessem pleitear em juizo. Mas taes eram as esperanças, que da especulação tinham concebido, que nenhum d'elles revelou cousa alguma, e todos foram unanimes em declarar que a especulação, sobre que versava a questão, consistia no aperfeiçoamento e fabricação de espelhos, *spiegel* em allemão *speculum* em latim, que tencionavam ir vender com grandes lucros na feira da romaria de Aix-la-Chapelle. E de facto os taes *espelhos* lá appareceram, e lá se venderam com os resultados que se esperavam. Mas que *espelhos* eram esses? Esses espelhos eram o *Speculum humanæ salutis* e o *Speculum salutis*, o *Espelho da salvação humana*, e o *Espelho da salvação*, pequenos livros de devoção, que foram os primeiros livros que sairam das fôrmas xylographicas, com que Guttemberg encetou a famosa descoberta que havia de civilisar o mundo.

Ora aqui tem o leitor, que pensa que os heroes são todos gloria, e não de carne e osso como nós outros, a origem do admiravel invento, que fez do nome de Guttemberg o verbo iniciador da civilisação da idade media.

Vide Lacroix, *Histoire de l'imprimerie* &. pag. 72 e 73.

NOTA XXVIII. PAG. 40

A imprensa foi descoberta entre os annos de 1424 e 1445. A famosa Biblia impressa por Guttemberg e Faust foi impressa entre os annos de 1450 e 1455.

Parece que foram os judeus, que introduziram a typographia em Portugal, em 1489. O primeiro livro, que entre nós se imprimiu, foi o Pentateuco em hebraico, impresso n'aquelle anno em Lisboa por Rabban Eliezer e Rab Tzorba. A primeira imprensa que se estabeleceu no Porto foi a de Vasco Dias Tanco de Frexenal, na qual se imprimiu o *Espelho de casados*, do doutor João de Barros.

NOTA XXIX. PAG. 41

A banca de Vivaldo Mendes é copiada do facsimile reproduzido por Lacroix, *Histoire de l'imprimerie,* pag. 51; o qual elle intitula *Calligraphe (XV.ᵉ siècle). Fac-simile d'ure miniature du tome* III *(fol.* 1) *des* Chroniques de Hainaut, *ms. de la Bibl. des ducs de Bourgogne, à Bruxelles.*

NOTA XXX. PAG. 42

Na idade media as viuvas usavam de toucas; as mulheres casadas traziam os cabellos atados e penteados segundo a moda, simples ou enfeitados de varios enfeites e de fios de pedras preciosas; as solteiras usavam-n'os soltos pelas costas abaixo, apartados ao meio, e presos em redor da cabeça por um cordão ou por uma fita de mais ou menos valor, segundo a fortuna de cada uma, chegando até algumas d'estas fitas a ser adornadas de rubis e diamantes, ou de magnificos lavores de fio de oiro.

De todas estas differenças se encontram a cada passo exemplos nas primorosas gravuras da excellente obra de Camillo Bounard, intitulada *Coutumes des XIII.ᵉ XIV.ᵉ et XV.ᵉ siècles.*

NOTA XXXI. PAG. 45

As leis portuguezas davam á colonia dos judeus, que habitavam Portugal, o caracter de uma pequena nação dominada e opprimida por uma grande, no meio da qual estava encravada. Não só contribuia poderosamente para isso o uso das *judiarias* ou bairros especiaes, que na maior parte das cidades e villas lhes eram designados para habitarem reunidos, e fóra dos quaes lhes não consentiam viver; mas contribuiam sobretudo os magistrados, as leis e os tribunaes especiaes que para elles havia, e em que unicamente podiam pleitear e ser julgados, excepto nas raras excepções designadas pelas leis. Nos nossos governantes da idade média parecia estar tão fundamente arreigado o proposito de fazerem da colonia judia um corpo inteiramente á parte e discriminado, por limites tão claros e distinctos, do resto da nação, que não só era severamente prohibido aos magistrados christãos, juizes, corregedores de comarca, desembargadores, sobrejuizes, e ouvidores o conhecerem de feito civel ou crime entre judeu e judeu, ou dar *cartas direitas* ou outras; mas, o que é mais, era prohibido aos proprios judeus, com penna de prisão e de pagar de cadeia a multa de 1000 dobras de oiro, isto é 150$000 réis, o querellarem, denunciarem ou demandarem uns aos outros nos tribunaes christãos.

D'aquellas leis e d'aquelles usos a colonia dos judeus resalta como um corpo social com um centro governativo, de que se derivava o poder para as differentes divisões e sub-divisões, em que estava fraccionado para facilitar á acção governamental o poder estender-se com toda a perfeição até ás extremidades do todo.

O ponto central do governo da colónia judia era o arabiado-mór, que era a suprema magistratura, que exercia o poder sobre o corpo social todo inteiro. O arabiado-mór dividia-se em seguida em

sete comarcas, governadas cada uma por seu ouvidor, que n'ella fazia as vezes do arabí-mór. As
comarcas dividiam-se em communas, que, á semelhança dos nossos concelhos, elegiam um senado
ou camara, e de entre os membros d'esta um
arabí-menor, que, tambem como os nossos juizes
concelhios, igualmente de eleição popular, não só
presidiam aos vereadores e homens bons, que governavam, e dirigiam em corpo municipal a vida
intima da communa, mas, tambem como aquelles,
eram os julgadores que sentenciavam todas as
questões civis e criminaes d'ella.

Para o leitor poder fazer uma idéa perfeita d'este
ponto historico, de certo um dos mais curiosos e
mais importantes da nossa antiga vida nacional,
alargarei esta nota muito mais do que tenciono fazer ás outras. Falla-se tanto dos antigos judeus portuguezes, e sabe-se vulgarmente tão pouco ácerca
d'elles, que me parece que n'uma nota de uma novella historica — que é a verdadeira historia para o
povo e para aquelles que não cultivam as letras —
não será desarrazoado o dar a conhecer, o mais
perfeitamente que a traços largos se possa fazer,
o estado social que, por seculos, gozou entre nós
esta raça desgraçada e admiravelmente activa e
trabalhadora, que, depois de ter tido grande influencia e importancia em Portugal, foi, uma parte
d'ella, victima da ridicula ambição do *feliz* D. Manuel, e do fanatismo feroz do *estupido* D. João III;
e outra parte, obrigada a abandonar a terra onde
seus paes tinham nascido e vivido, levou á Hollanda
e a outras povoações da confederação germanica
aquelle incançavel e pertinaz espirito de actividade,
que cria prodigios, e que fez d'ellas cidades commerciaes de primeira ordem, e por bastante tempo
potencias respeitaveis para as outras nações da
Europa.

Os magistrados, pois, que governavam a colonia
dos judeus portuguezes, e as divisões e sub-divisões

em que estava governamentalmente fraccionada, eram, como disse, o arabí-mór, os ouvidores das comarcas, e os arabís-menores e senados das communas. Cada um d'estes tinha os seguintes magistrados e officiaes inferiores, que a elle eram adjuntos: —

O arabí-mór, que se denominava *arabí-mór de Portugal*, e usava de sello igual aos dos corregedores d'el-rei, com as armas reaes e a legenda *Seello do Arraby moor de Portugal*, tinha os seguintes:—

—Um ouvidor, que devia de ser judeu e homem letrado, para desembargar segundo direito os feitos que o arabí não soubesse desembargar.

—Um chanceller, para sellar as suas sentenças e *cartas direitas*, isto é, cartas em que ordenava ás autoridades suas inferiores que cumprissem o *direito* ou a lei. Este podia ser judeu ou christão.

—Um escrivão do arabiado-mór, que podia ser judeu ou christão.

—Um porteiro, para fazer as penhoras.

Ouvidores das comarcas. Haviam sete: um no Porto para os judeus de Entre Doiro e Minho; um na Torre de Moncorvo para os de Traz-os-Montes; um em Vizeu para os da comarca da Beira do lado d'aquem da Serra da Estrella; um na Covilhã para os do lado d'além da serra até o Tejo; um em Santarem para os da Extremadura; um em Evora para os de Entre Tejo e Guadiana, e um em Faro para os do Algarve. O ouvidor tinha os seguintes officiaes: —

—Um chanceller, para sellar as suas sentenças com um sello de armas reaes e a legenda *Seello do ouvidor da commarca de...* Podia ser judeu ou christão.

—Um escrivão da ouvidoria, que podia tambem ser judeu ou christão.

—Um porteiro.

Arabí-menor. Era eleito annualmente d'entre os vereadores, e, para entrar em exercicio, precisava de ser confirmado pelo arabí-mór. Presidia ao sénado da communa, o qual era composto de —

Vereadores, procuradores, e homens bons.

Escrivão do arabí-menor.

Porteiro.

Estes dois ultimos officiaes eram-n'o tambem do senado.

As attribuições de cada um dos tres principaes magistrados da colonia judia eram as seguintes:—

Ao arabí-mór, como supremo magistrado d'ella, pertencia —

— Nomear os ouvidores e os chancelleres das comarcas, e confirmar as eleições dos arabís-menores.

— Dar todas as *cartas direitas* em todos os feitos civeis entre judeus. Estas cartas, bem como as confirmativas dos arabís-menores e da nomeação de outros officiaes, eram passadas em nome d'el-rei e selladas com o sello real. As cartas testemunhaveis, de aggravos, de frontas ou protestações, etc., eram dadas em nome d'elle arabí e selladas com o sello particular.

— Dar cartas de segurança, em seu nome, nos casos em que a Ord. L.º III, tit. 122 e 123, o consentia aos corregedores das comarcas.

— Conhecer dos aggravos ou appellações, civeis e crimes, dados contra as sentenças dos arabís das communas. D'estas suas decisões tinha obrigação de conceder aggravo ou appellação para el-rei.

— Fazer frequentes corrições pelas comarcas, e n'ellas —

Pedir aos tabelliães os *estados* (informações) das communas, os quaes elles eram obrigados a ter promptos, e segundo elles prover ao bem estar da communa, prendendo os culpados, que entregava aos arabís-menores para serem julgados, escarmentando estes se eram negligentes, etc., etc.

Fazer audiencias, em que fazia justiça dos maleficios praticados pelos arabís-menores e demais officiaes das communas; e decidia os feitos que aquelles não tinham podido decidir.

Syndicar a respeito dos orphãos, mandando aos arabís-menores, que nomeassem tutores aos que os não tinham, e tomando contas aos tutores e curadores já nomeados.

Syndicar dos bens das communas e tomar contas aos procuradores e thesoureiros d'ellas.

Constranger as communas a ter letrados e capellães (sacerdotes).

Mandar fazer as calçadas e edifícios publicos e particulares, necessarios ás communas.

O arabí-mór não podia fazer correição nos logares, onde estivesse el-rei. Ahi a correição pertencia ao corregedor dá côrte; o qual, porém, como não podia decidir nos feitos dos judeus, remettia-lh'os para elle os julgar. Para se pagar dos direitos e rendas, que a seu officio pertenciam, o arabí-mór tinha o direito de mandar penhorar pelo porteiro os bens dos officiaes das communas, mas d'estas penhoras havia aggravo e appellação para el-rei.

Aos ouvidores das comarcas pertenciam as seguintes attribuições:—

— Tomar, cada um, conhecimento dos feitos da sua comarca respectiva, sem se metter com os das comarcas dos outros; e n'elles dar, em nome do arabí e não no seu, todas as cartas, sentenças e mais desembargos necessarios.

— Conhecer de todas as appellações e aggravos das sentenças dos arabís-menores. Estas appellações e aggravos podiam ser feios directamente para elle ou para o arabí-mór. Das decisões d'elle appellava-se ou aggravava-se para el-rei, e não para o arabí-mór. Estas cartas eram passadas em nome do arabí e d'elle ouvidor. A faculdade de appellar para o arabí ou para o ouvidor só era permittida quando o arabí estava presente: na ausencia d'elle não se podia appellar nem aggravar senão para o ouvidor.

As attribuições do arabí-menor eram —

— Fazer direito e justiça dos criminosos presos pelo arabí-mór nas suas correições.

. — Sentencear os pleitos da communa. Se o não fazia por negligencia ou malicia, era obrigado a pagar pelos seus bens as custas ás partes, excepto no caso de provar que o não fizera por alguma d'ellas ser muito poderosa.

— Conhecer, juntamente com os vereadores, das querellas de injuria verbal.

— Fazer á custa dos bens da communa e de accordo com os vereadores, as esmolas e despezas que julgasse convenientes.

— Oppôr-se ao cumprimento de alguma carta dada pelo arabí-mór com manifesta injustiça e prejuizo de alguem.

— Sentencear os pleitos tentados pelo arabí-mór contra os seus devedores.

— Executar e fazer executar as sentenças do arabí-mór. No caso d'essas sentenças serem contrarias ás leis, tinha obrigação de as não cumprir.

Eram estes os magistrados e officiaes que constituiam o mechanismo governativo da colonia hebraica, o os tribunaes especiaes em que os judeus pleiteavam as suas demandas uns com os outros. N'elles tambem, pelo rasoavel principio de que o autor deve seguir o fôro do réo, era o christão obrigado a demandar o judeu, quando o christão era autor; e pela mesma razão quando o era o judeu não podia demandar o christão senão no tribunal christão. Esta reciprocidade e protecção estabelecida pela lei prova até á evidencia o quanto os judeus foram favorecidos em Portugal até aos fins do seculo XV.

Esse favor e essa protecção não faziam, porém, com que os judeus não estivessem sujeitos a certas leis e costumes especiaes, que eram vexatoriamente privativos d'elles. Essas leis e esses costumes, que conjunctamente com o corpo governativo que lhes era particular, constituem a especialidade da situação politica da colonia judia no meio da nação, eram as seguintes : —

Os judeus não eram obrigados a usar de um vestuario especial, como o eram os mouros. Trajavam portanto como a população christã. Ora como esta conformidade de trajo fazia com que elles *se não extremassem nem divisassem* dos christãos (Ord. Aff. L.º II tit. 86), o que estava em completa opposição com o espirito de separação, que n'este ponto inspirava o governo, os judeus eram por este motivo obrigados a trazer, sobre o vestido que trajassem por cima de todos, um signal vermelho, á semelhança de uma estrella de seis pernas, do tamanho do sello redondo de el-rei.

— Eram obrigados a viver em *judiarias* ou algemas, bairros separados inteiramente do resto da população; e não podiam andar fóra d'elles logo depois da ultima badalada do *sino da oraçom*, ou de Ave-Marias. Esta prohibição comprehendia todos os judeus de quinze annos para cima. As pennas em que incorriam, se contravertiam esta disposição vexatoria da lei, eram — pela primeira vez ser preso e preso se conservar até pagar a multa de 5:000 livras (180$000 réis) — pela segunda, 10:000 (réis 360$000) pela mesma fórma — pela terceira não pagava nada, mas era açoutado publicamente. Podiam ser presos não só pelos officiaes de justiça, mas por qualquer pessoa que os encontrasse; e das multas metade era dos apprehensores e metade para promover o andamento dos feitos dos presos pobres.—Exceptuavam-se do rigor d'esta lei os casos seguintes — 1.º se o judeu vinha de fóra da terra e lhe anoitecia no caminho — 2.º se chegando de noite de fóra da terra, encontrava a judiaria fechada. N'este caso podia até ir pernoitar ás estalagens, onde dormiam christãos — 3.º se vinha por mar, e aportava de noite, porque em tal caso podia sair da barca e ir direito para a judiaria — 4.º se tinha alguma quinta fóra da villa ou logar, podia viver n'ella e de noite requerer o que lhe cumprisse para o amanho e cultivação d'ella — 5.º se, ouvindo o sino das Ave--Marias, partisse logo para a judiaria, mas não pudesse chegar a ella, antes de elle acabar de tocar —6.º *se alguũ Judeo fôr chamado d'algũa tal pessoa, que deva ir a sua casa, ou lhe fôr graide necessidade hir ellá por cousa que ao Chrisptaão, ou ao Judeo seja mester, que possa hir ellá, contaito que leve candea, e Chrisptaão comsigo em quaito fôr e vier pela Vila; e assy o possam fazer Fisicos ou Cellorgiaãens, ou outros Mesteiraaes, se para seus officios e mesteres forem chamados* — 7.º se atravessar de jornada essas villas e logares onde houver judiarias, porque então não é obrigado a recolher-se n'ellas: — 8.º sendo rendeiro das sizas e rendas de el rei, podiam andar de noite comtanto que trouxessem christão comsigo, e não fossem achados em casas suspeitas — 9.º se saíam antemanhã para fazer jornada.

— Quando os reis entravam n'algum logar, onde havia judiaria, os judeus eram obrigados a sair a recebel-os fora do logar com danças e folias, e suas *tourinhas* encostadas ao peito, como jurando-lhes fidelidade. *Tourinhas* eram uns pequenos e ricos volumes, em que estava escripto o pentateuco, ao qual os nossos maiores chamavam *toura*. Ás taes recepções não podiam ir armados, em razão dos muitos barulhos e arruidos, que usavam travar uns com os outros.

— Nos logares, onde havia communas e n'ellas vinho atavernado, não podiam entrar nas tavernas dos christãos, sob penna de 5o reaes brancos (meio tostão) de multa.

— Estavam sujeitos a um sem numero de impostos, que lhes eram privativos, e que ninguem mais pagava senão elles.

— Se tinha algum escravo mouro e esse se fazia christão, era obrigado a vendel-o dentro de dois

mezes a um christão; e, se o não fazia, perdia-o
e o escravo passava para a fazenda real.

— O judeu ou judia que tivesse communicação
com christão, era condemnado á morte. Livrava-se
a mulher, se provava que fôra forçada; e ambos,
se provavam que mutuamente ignoravam as religiões a que pertenciam. Os cumplices christãos sof-
friam a mesma penna, que elles.

— Em qualquer cidade ou villa, em que vivessem,
nunca eram tidos por visinhos d'ella, ainda que os
seus antepassados ahi tivessem nascido, vivido e
morrido, e elles ahi tivessem nascido e nunca habi-
tado n'outra parte. Em consequencia d'isto os judeus não eram isentos do pagamento das porta-
gens, passagens e costumagens, de que os foraes
isentassem os moradores dos logares, onde elles
viviam.

—Era prohibido aos judeus ter creado, creada,
moço de lavoura, azemeis ou pegureiros christãos.
Como, porém, lhes era permittido aforar e arrendar
terras, podiam chamar trabalhadores para as cul-
tivar, comtanto que não fossem tomados a soldada
annual.

— Nos grandes povoados era prohibido aos judeus o entrar em casa de mulher christã, viuva ou
solteira, sem irem acompanhados de homem christão. Em casa de casados, não podiam entrar sem
estar o marido. Exceptuavam-se d'esta regra *fisico
ou Celorgiom, ou alfaiate, ou Alvane* (pedreiro de
alvenaria) *ou Dubadores de roupa velha* (remendões)
e Tecelaães e Bésteiros de lã (cardadores) *e Pedrei-
ros, e Carpinteiros e Obreiros e Braceiros, e d'outros alguũs officios, que sejam taa*es *que se nom possam fazer se nom por espaço d'alguũ tempo.* — O
mercador judeu ou outro qualquer, que fosse a casa
de mulher christã para receber qualquer cousa,
não o podia fazer sem lá estarem dous homens ou
mulheres christãos; e aquelles que com ellas tinham de tratar algum negocio, deviam-n'o fazer ou

na rua ou á porta da rua, mas não entrar em casa. O judeu, que o contrario fazia, pagava pela primeira e segunda vez 5o:ooo livras (1:800$000 réis), e pela terceira vez era publicamente açoutado. Esta lei, porém, não se entendia com os logares pequenos, por onde os judeus passassem *caminhantes,* ou de jornada ou a mercadejar. Ahi podiam entrar e pousar em taes casas, mas, fazendo maldade, eram castigados, segundo o crime que commettiam. — As mulheres christãs não podiam entrar nas casas nem tendas ou lojas dos judeus, senão acompanhadas por christão, já homem feito e não moço Se, porém, tinham de comprar alguma cousa, e não iam acompanhadas por homem christão, não podiam entrar na loja, e negociavam o que queriam á porta d'ella. Aquella que fazia o contrario era castigada pela lei, e os judeus tinham obrigação de a denunciar. Para prevenir a possibilidade de os christãos, ou por odio ou por desejo de extorquirem alguma somma aos judeus, lhe metterem á força mulheres das portas a dentro, a lei ordenava que em tal caso o judeu saisse immediatamente para fóra da porta, e bradasse contra aquella força, feito o que a responsabilidade da contravenção recaía sobre a mulher.

— Era prohibido aos judeus, sob pena de 5o:ooo livras e de serem publicamente açoutados com cem açoutes, o arrendarem as rendas e dizimos das egrejas, mosteiros, capellas, commendadorias, bem como o se serem mordomos, védores, recebedores e contadores, ou exercerem outro qualquer cargo em casa dos infantes, condes, prelados, mestres de ordens, abbades, priores, commendadores, cavalleiros, escudeiros e grandes senhores. Affonso II foi o primeiro, que, para satisfazer ás exigencias de Roma, encetou esta prohibição, ordenando que os judeus não fossem empregados da casa real. D. Duarte, como se vê da Ord. Aff. L.º II, tit. 85, tornou extensiva esta prohibição a todas as pessoas

acima designadas. Esta lei nunca foi, porém, exe-
cutada senão por alguns dignatarios ecclesiasticos.
E' curioso vêr a contradicção, em que está aquelle
logar da ordenação com outros, em que falla dos
judeus como recebedores de sizas e de outras rendas publicas.

—Não gozavam do beneficio da *lei da avoenga*
isto é não podiam succeder nos bens dos collate--
raes, descendentes dos mesmos avós que elles.

—Era-lhes prohibido comprar ouro ou prata ou
moeda sem licença d'el-rei.

Estas e mais algumas poucas leis mais, tenden-
tes, na maxima parte, a refrear o espirito altamente
usurario, que caracterisava muitos dos individuos
da colonia hebraica, conjunctamente com aquella
governação especial e privativa que tinham, constituiam a situação politica, que fazia dos judeus
uma verdadeira excepção da marcha regular da
nossa vida nacional.

Estas disposições vexatorias afiguram á primeira
vista a situação dos judeus como estado de oppressão tyrannica, que litteralmente os esmagava. Se,
porém, se considerar que os seus tribunaes e magistrados á parte, além de serem segura garantia
contra a malquerença dos christãos, eram um fôro,
um privilegio valiosissimo : se attendermos ás muitas excepções com que as proprias leis vexatorias
quasi se annullavam a si proprias ; e se puzermos
tudo isto de par com o sem numero de cautellas,
com que a lei cercava o judeu, quasi que procurando um por um todos os casos, em que a malquerença dos christãos podia abusar do rigor d'ellas,
havemos de concluir que desde o principio da nossa monarchia, essas leis e esses vexames não significavam outra cousa màis que a homenagem que
os homens illustrados se viam obrigadoś a prestar
ao fanatismo intolerante e feroz, com que o vulgo
rude e ignorante odiava a raça judaica.

Assim o judeu, accusado de apostasia, não podia

ser preso, sem que o querellante desse fiadores
idoneos a reparar por seus bens as perdas e damnos que com a querella lhe tivesse causado:—o
judeu que se tornava christão recebia logo dos paes
o seu patrimonio, mas á morte d'elles não recebia
mais cousa alguma, por mais augmentado que estivesse o casal, excepto se elles lh'o deixavam por
testamento:—o judeu accusado de qualquer crime
não podia ser preso, sem que o querellante desse
fiadores idoneos á indemnisação, que era obrigado
a pagar-lhe, no caso de não provar a querella:—
nas demandas o testemunho do christão não valia
contra judeu, se outra testemunha judia não juras-
se a mesma cousa:—não podia ser constrangido
a responder em juizo no sabbado, nem nos dias da
sua paschoa:—nenhum judeu podia ser obrigado
a fazer se christão, e quem a tal o obrigava, era
severamente punido:—o judeu, que se fazia christão, era obrigado a dar no fim de um anno *carta
de guete*, carta de desquite a sua mulher, pela qual
os dois ficavam para todos os effeitos divorciados
um do outro.

Estas e outras disposições analogas provam evidentemente a protecção, com que os homens illustrados do paiz amparavam os judeus contra o odio
vulgar, que os obrigava a fazer as leis vexatorias;
ou pelo menos o espirito de rectidão e de justiça,
que os inspirava, o que porventura é ainda mais
honroso para a memoria d'elles e glorioso para nós.

Tal era a situação politica e civil dos judeus portuguezes nos meados do seculo XV. Quem quizer
mais profundamente estudal-a, para conhecer as
differentes gradações porque ella foi passando desde
o principio da monarchia até esta epocha; bem
como fazer idéa do sem numero de vexações insultuosas, com que os opprimia o odio e aversão, que
lhes tinham os christãos, odio que a lei pretendia a
todo o custo enfrear em muitas das suas mais violentas manifestações, leia a Ordenação Affonsina

L.º II., tit. 66—98. L.º IV, tit. 51. L.º V, tit. 25 e 26. Nas *Memorias de litteratura da Academia real das sciencias* acha-se tambem um excellente trabalho ácerca do que foram os judeus em Portugal, que merece ser lido com profunda attenção.

NOTA XXXII PAG. 47 ·

Os relogios mais antigos são os de areia, cuja origem se perde na escuridão dos tempos primitivos. Foram sempre o mesmo que são hoje; e d'elles se fez grande uso nos conventos da idade media.

Em seguida a elles inventaram-se os clepsydros, relogios cujo machinismo era posto em movimento pela acção da agua, engenhosamente combinada. Estes, que já eram usados na Grecia e na Roma antiga, foram-se aperfeiçoando pouço e pouco, a ponto de chegarem a haver clepsydros, que davam horas, faziam mover figuras, marcavam a hora do dia, o dia do mez, a rotação dos planetas, tocavam trombeta, atiravam pedras, etc. etc.

Os clepsydros tinham chegado a este grau de aperfeiçoamento, quando se inventaram a escapola e os pendulos. Uns attribuem esta grande invenção ao monge Gerbert, que foi eleito papa nos fins do seculo X com o nome de Silvestre II: outros attribuem-n'a, e por conseguinte a invenção dos relogios mechanicos, a João Muller, o celebre Regiomontanus, que viveu no seculo XIV. O que parece certo é que alguns seculos antes de Muller a agua já tinha sido substituida pelos pendulos e pela escapola. Ha documentos que provam, que a roda, que faz bater as horas, já era conhecida no seculo XII.

Apezar da importancia d'estes dois grandes inventos, os relogios mechanicos não se vulgarisaram, por ventura em razão do seu grande preço; e os clepsydros e relogios de areia continuaram a reinar durante os seculos XI, XII, e XIII. Haviam-n'os ricamente cinzelados, e serviam de adorno das salas e quartos como os relogios actuaes. Todos os conventos tinham clepsydros de torre, que davam horas. A primeira noticia, que, d'elles temos, é de 1120. Em 1314 havia um d'estes relogios na porta de Caen.

O primeiro relogio mechanico de torre, de que se faz menção, é o fabricado pelo benedictino inglez Wellingfort para o convento de St. Alban, de que era abbade. O segundo é o celebrado relogio da casa da camara de Padua, fabricado em 1344 por Jacques de Dondis, paduano, tão conhecido em França pelo nome de mestre João dos Relogios. Fizeram-se muitos n'este seculo XIV. O mais famoso é o celebre relogio da cathedral de Dijon, que Filippe, o audaz, duque Borgonha, roubou á egreja de Contrai, depois da batalha de Rosebecq. Foi este o primeiro, que teve automatos, que davam horas. Depois d'este fizeram-se innumeraveis relogios de torre, cada qual mais perfeito em mechanismo e mais admiravel pelas figuras, que fazia mover, e movimentos planetarios, que marcava. O mais famoso é o celebre relogio astronomico da cathedral de Strasbourg, fabricado em 1573, por Conrado Dasypodius.

Os relogios de pendulos, para dar horas em salas e gabinetes, principiaram a apparecer em França, Italia e Allemanha pelos principios do seculo XIV. Ao principio eram carissimos, o que fez continuar o reinado dos clepsydros e relogios de areia. Costumavam dependurar-se nas paredes das salas; porém mais geralmente nos quartos de dormir e, nos conventos, no logar mais saliente dos dormitorios. Tambem se collocavam em pedestaes de madeira, adornados de lavores preciosos, alguns até de prata elegantemente cinzelados. Estes pedestaes ou caixas eram ôcos, como actualmente, para darem passagem aos pendulos.

No seculo XV inventou-se a mola espiral, que,

supprimindo a necessidade dos pendulos para o movimento mechanico dos relogios, foi causa de se principiarem a fazer relogios de sala muito pe-quenos, e de se inventarem os relogios de algi-beira. Tambem n'este seculo se inventou o desper--tador.

Não é facil marcar o anno, em que taes desco-bertas se fizeram. O que é certo é que se fizeram no seculo XV. N'esta epocha a arte da relojoaria chegou á tal perfeição, que Panarolo assevera que no seu tempo (fins do seculo XV) haviam relogios do tamanho de uma amendoa; e du Verfdier conta que o celebre relojoeiro Carovaggio fez para An-dré Alciato um despertador, que não só annun-ciava a hora marcada, mas que, com a mesma pan-cada, batia um fuzil, e accendia uma vela. Nos fins do reinado de Luiz XI haviam em França e so-bretudo em Allemanha relogios pequenissimos, e muito perfeitos. Em 1500 Pedro Hele fabricava em Noremberg relogios de algibeira, a que, pela sua fórma oval, se dava- vulgarmente o nome de *ovos* de Noremberg.

D'ahi por diante a arte da relojoaria não fez se-não crescer e aperfeiçoar-se. Quem quizer conhe-cer a fundo as differentes gradacões de aperfeiçoa-mento porque foi pouco e pouco chegando até nós; bem como as differentes fórmas, e variados e extra-vagantes tamanhos que tiveram os relogios nos se-culos XVI, XVII e XVIII, leia o excellente livro de Pierre Dubois, intitulado *Histoire de l'horlogerie depuis soi origine jusqu'à nos jours*, publicado em Paris em 1849.

NOTA XXXIII PAG. 47

Paixoeiro. Assim se chamava um livro, que con--tinha as passagens dos quatro evangelhos, relativos á paixão de Jesus Christo.

NOTA XXXIV. PAG. 48

Flacco Albino Alcuino, sabio escriptor da idade media (seculo VIII), nasceu em Inglaterra em 726, e foi discipulo do veneraval Beda. Sabia o latim e o grego e era uma verdadeira encyclopedia de todos os conhecimentos do seu tempo. Carlos Magno, demovido pela grande reputação de que elle gozava na Europa, convidou-o a abandonar a egreja de York, de que era simples diacono, e a vir viver junto d'elle em Paris, para o auxiliar a fazer renascer as sciencias e artes no seu vasto imperio. Alcuino aceitou, e veiu viver para França, onde pela sua influencia se crearam muitas escolas em Paris, em Tours e em Aix-la-Chapelle, dirigindo elle proprio a celebre escola palatina, que funccionava no palacio do imperador, e á qual estavam reunidas uma bibliotheca e uma academia, de que o proprio Carlos Magno era membro. Para esta bibliotheca é que Alcuino fez escrever muitas copias, admiraveis pela correcção e pela riqueza, e elle proprio escreveu não poucas. Muitas outras se escreveram tambem, que foram remettidas aos differentes mosteiros, onde se reproduziam, e se espalhavam pelos estudiosos.

No palacio de Carlos Magno havia um vasto salão destinado aos copistas. Chamava-lhe Alcuino o seu *scriptorium*, e sobre a porta d'elle é que fez escrever os seguintes versos, que Canusio nos transmittiu, e que o bom do Vivaldo Mendes, no seu enthusiasmo, cita ás lufadas:—

Hic sedeant sacrae scribentes flamina legis,
Nec non sanctorum dicta sacrata patrum.
Hic intersere caveant sua frivola verbis,
Frivola nec propter erret et ipsa maius;
Correctosque sibi quærant studiosi libellos,
Tramite quo recto perra volaitis eat.
Est decus egregium sacrorum scribere libros,
Nec mercede sua scriptor et ipse caret.

Baluzio attribue a Alcuino a copia da famosa biblia da Valliscellana, a qual por muito tempo se
attribuiu ao monge Ambrosio Autpere. A prova
achou-a elle nos versos com que está subscripta, sobretudo n'estes dois ultimos, em que Alcuino se
nomeia —

Per me quisque leges versus orare memento,
Alchuin dicor ego....

Vid. Lacroix. *Hist. de l'imprimerie* pag. 40.

NOTA XXXV. PAG. 54

O que seja uma *inicial* e uma *rubrica;* e escrever em *bandeira* e em *folio,* veja-se na nota XXVI.

NOTA XXXVI. PAG. 55

Baldoairo — livro que continha as ladainhas dos
santos e mais orações proprias das ladainhas de
maio, clamores etc.
Colhetano — livro que continha por sua ordem
todas as orações chamadas *collectas.*
Perciçoeiro — collecção de tudo o que se rezava
e cantava nas procissões.
Psalterio gallego — livrinho em que estavam co-
piados os principaes psalmos de David.

NOTA XXXVII. PAG. 59

Assim se chamou a rua das Taipas até 1486. O
nome de Taipas veiu-lhe de ter sido entaipada por
accordão da camara de 14 de janeiro de 1486, em
razão de uma epidemia que, nos fins do anno ante-
cedente, se desenvolvera n'ella. Vid. no cartorio
da camara do Porto, livro das vereações de 1486,
fol. 26.

NOTA XXXVIII. PAG. 64

Em vereação de 16 de abril de 1485, a camara, em cumprimento de uma carta de el-rei D. João II, a qual se acha no Livro antigo das provisões, fol. 12, escripta em Montemór a 21 de janeiro de 1485, e dirigida aos juizes e vereadores do Porto, mandou chamar *Alvaro Gonçalves, coiraceiro, morador á poite de S. Domingos*, e disse-lhe que por elle ser bom official de seu officio, lhe estabelecia o ordenado de 3$000 réis annuaes, para elle fazer as armas brancas a seu cargo, com a condição de elle nunca sair da cidade para ir servir a outros.

Na carta alludida el rei ordenava á camara que estabelecesse na cidade, como officiaes d'ella, um armeiro de fazer gibanetes e outro de fazer armas brancas, cada um com 4$000 réis de ordenado; e um alimpador ou guarecedor de armas com 2$000 réis — todos pagos á custa do concelho.

L.º das vereações de 1485, fol. 38 v.

NOTA XXXIX. PAG. 73

A missão de Fernão d'Alvares Baldaia a Luiz XI de França não se acha mencionada em nenhuma das nossas chronicas e livros de historia. Segundo elles, Affonso V não mandou senão duas embaixadas a Luiz XI. Da primeira, que expediu dias antes de invadir Castella, foi encarregado D. Alvaro d'Athaide, a cuja inepcia e falta de tino, deu em resultado a imprudencia da ida de Affonso V a França, diz Damião de Goes (Chron. do princ. D. João, cap. 88) que allude Filippe de Commines (Memoires, L. V. cap. 7): da segunda, que foi enviada, já depois da batalha de Toro, d'aqui do Porto, estando el-rei dando calor ao aviamento da esquadra, em que havia de partir para França, foi encarregado Pero de Sousa (Goes. Chron. do princ. D. João, ib. *in fine*).

Estas são as duas embaixadas de que fallam os nossos chronistas e historiadores; da missão do Baldaia não dizem palavra. E' pois um ponto historico inteiramente ignorado até hoje, mas que nem por isso deixa de ser verdadeiro, como se prova do seguinte documento, que se acha no Cart. da Cam. do Porto. L.º das vereações de 1475-1484 fol. 37 v., das relativas ás vereações de 1476.

— «Segunda ffeira que fforom 25 dias do dito mes (*março*) seendo todos juntos em Rollaçom estas pesoas para o que se adeante segue.

It. ffernão dalvares da maya — It. Allvaro Roiz dazaredo, juizes: — It. João Roiz andorinho — It. allvaro rroiz de couros, vereadores — It. Martim anes, procurador — It. Vasco gill — It. lopo vyeira — It. Ruy gonçalves — It. Pero vasques moutinho — It. Diego biço — It. fernão gonçalves, çapateiro — It. Diego dolliveira — It. Martim anes debasto — It. alvaro diaz, banheiro — It. gomes affonso, marinheiro — It. João affonso, thesoureiro — It. Diego affonso, fferreiro — It. gomes ffernandes — It. alvaro vyeira — It. pero alvares damaya — It. ffernão vaazques — It vasco lleite — It. ffernão vicente — It. João affonso, do Cayz — It. nuno de Rezende — It. ffernão novaaes — It. gill pirez, çapateiro — It. pero dabelhes, marinheiro — It. nuno ffernandes, alfayate — It. pero affonso, fferrador — It. gonçalo affonso, fferreiro do souto.

E seendo assy todos juntos com outros muytos cujos nomēs aqui nom son escriptos pollo nom saber, martim anes, procurador, apresentou hua carta dell-rey, que mandara a esta cidade, em que lhe fazia saber como por cousas muyto compridouras a seu serviço, elle envyjava ora fernan dalvares baldaya a casa dellrrey de ffrança; que lhes encommendava e rogava muyto que, porem bem sabiam suas despesas e necessidades, dessem hordem de lhe fazerem a despesa ahua carvella, em o que o dito ffernan dalvares avya dhir, asy de fretes como bitalha e solldos de marynheiros. Aquall carta ffoy vista por todos e leuda presentes elles: e acordarom todos que era muy bem de se ffazer e dar todo o que o dito Senhor em sua carta escrepve; e isso meesmo acordarom que, para se aver o dinheiro que para o dito caso requere, que todollos moradores da cidade e aravaldes e termos cada hua pessoa page dez réis, e pera isto nom seia escusado nenhuũ cavalleiro, nem privillegiado, nem moedeiro, salvo allguas veuvas que fôr achado que som tam proves que os nom possom pagar; e hordenarom que os rolles ffossem logo ffeytos e llançados pollas ruas da cidade e aravaldes, como se llançam os dos pedidos e dinheiros de ceyta, e isso mesmo pollos termos aos Jurados, segundo custume.»

Foi tal a pressa que se deu á execução d'este accordão, e Fernão d'Alvares partiu tão immediatamente, que, vinte dias depois de elle tomado, já Affonso V agradece á camara, em carta datada de Toro, a 15 de abril de 1476, a presteza e a boa vontade com que deram o aviamento pedido para a partida de Fernão d'Alvares Baldaia.

D'estes dois documentos fica provada até á evidencia a missão do Baldaia a Luiz XI. Qual fosse o objecto d'ella, é que não consta; mas se attendermos a que por esta epoca chegou de França o embaixador D. Alvaro d'Athaide, e que foi em Toro onde deu conta a el-rei do resultado d'ella, é porventura licito o concluir-se que a missão do Baldaia teve por objecto levar a Luiz XI a confirmação do tratado de liga e amizade, e a resposta das cartas e recados cheios de conselhos, offerecimentos e promessas de auxilio, que por D. Alvaro mandára a Affonso V. Por ventura que a ida de Fernão Luiz, cavalleiro morador no Porto, que el-rei, na mesma carta de Toro, diz á camara que envia a el-rei de Inglaterra com recados particulares seus, e para o aviamento do qual péde á camara que faça os mesmos sacrificios, que fez na occasião da ida do Baldaia, não foi estranha ás treguas de nove annós, que por essa occasião fez Eduardo IV de Inglaterra com o astuto Luiz XI.

A generosa cidade do Porto ainda para mais esta despeza abriu a sua já então opulenta bolsa; e cumpre notar aqui que não foi esta a unica vez, nem Affonso V o unico rei, que recorreu, ainda nos apuros mais puramente particulares, á rasgada generosidade dos vereadores e homens bons do concelho do Porto.

NOTA XL. PAG. 76

A respeito das emparedadas e do seu local favorito no Porto, veja-se Viterbo. Eluc. verb. *Emparedadas.*

O autor d'este livro confessa com toda a franqueza, que não deixa de ter algumas duvidas ácerca de muitas das cousas que diz Viterbo a respeito das emparedadas do Porto; comtudo, como não poude haver á mão a Memoria de fr. Bernardo da Encarnação, citada por elle, teve de contentar-se com curvar a cabeça ao respeito devido ao autor do Elucidario, indubitavelmente muito douto e erudito, mas nem sempre feliz nas suas apreciações e interpretações.

NOTA XLI. PAG. 81

Genesim. Cadeira ou aula, em que os judeus ensinavam, e explicavam nas suas synanogas o pentateuco de Moysés, do qual o Genesis é o primeiro livro. Para a poderem ter, pagavam a el-rei ou ao senhor da terra um certo tributo, como se vê de Viterbo. Eluc. Verb. *Genesim.*

NOTA XLII. PAG. 85

Almocovar ou almocavar era o nome, que se dava aos cemiterios dos mouros e dos judeus, os quaes eram fóra das cidades e terras populosas. Antes de se fazer a *judiaria* nova do Olival, os judeus do Porto viviam em grande numero no sitio ainda hoje chamado Monte dos judeus. Ahi tinham o seu almocovar, e ahi o continuaram a ter, depois que vieram para a judiaria do Olival.

NOTA XLIII. PAG. 87

Vid. nota xxxi. Pag. 45.

NOTA XLIV. PAG. 93

Vid. nota xxxi. Pag. 45.

NOTA XLV. PAG. 94

Vid. nota xxxi. Pag. 45.

NOTA XLVI. PAG. 96

Livra. Moeda de prata, antiquissima entre nós. Teve differentes valores, como toda a outra moeda, segundo os nossos differentes reis se viam na necessidade de usar do direito de *quebrar* a moeda, isto é, de lhe dar maior ou menor valor, segundo entendiam. No tempo de Affonso V a livra de prata valia 36 reis. Cinco mil livras eram pois 180$000 reis.

NOTA XLVII. PAG. 99

Ceitil era uma moeda de tão pequeno valor que seis d'elles faziam um real branco, que é o nosso real de hoje.

Preto — Real preto valia $3/5$ de um ceitil.

Pogeia ou mealha não era moeda cunhada de per si, mas sim metade de um *dinheiro* partido com tesoura ou faca. Um *dinheiro* valia um *real preto;* logo a *pogeia* valia a vigesima parte de um real branco.

Até o tempo de D. João I a judiaria ou bairro dos judeus era no sitio ainda hoje chamado *Moite dos judeus*. Como, porém, não fosse sufficiente para o grande numero d'elles que havia no Porto, viviam espalhados pela cidade, entre os habitantes christãos. D. João I, provavelmente para pôr os judeus fóra do perigo que corriam, vivendo a tanta distancia dos muros da cidade, ordenou á camara que dentro d'elles lhes assignasse logar, onde podessem fazer uma *judiaria*. A camara assim o fez, assignando-lhes o terreno que comprehende pouco mais ou menos a área que circuita quem hoje segue da bocca da rua de S. Bento da Victoria, pelas Taipas abaixo, Bellomonte, até ás escadas da Esnoga. A pouca distancia d'esta a judiaria subia pela montanha acima até á esquina da viella do Ferraz, e d'ahi continuava para a Ferraria de cima, até de novo ir fechar na rua de S. Bento. Este terreno foi aforado pela camara aos judeus com foro e pensão annual e prepetua de *200 maravidis velhos, de 27 soldos o maravidim, de dinheiros portuguezes da moeda antiga, que ora são chamados Alfonsins, ou de Barbudas, e de Graves, Fortes e Pilartes da moeda de Portugal, que foi feita em Lisboa e na dita cidade* (do Porto) *por mandado d'el-rei D. Fernando, coivém a saber: Barbuda por dois soldos e quatro dinheiros: e Grave por quatorze dinheiros: e Pilarte por sete dinheiros: e Forte por dois soldos dos ditos dinheiros Alfonsins.*

A 3 de março de 1390 deu D. João I a esta judiaria o privilegio de não dar aposentadoria a pessoa alguma, excepto estando el-rei no Porto, porque então a aposentadoria seria determinada pelo seu aposentador.

A judiaria do Olival tinha duas portas apenas; uma na bocca da actual rua de S. Bento da Victoria, e outra que fechava a saida das escadas ainda hoje chamadas da Esnoga. As portas eram de ferro,. como se deprehende de alguns logares da Ordena- ção Affonsina. Os limites da área, que occupava a judiaria, eram traçados por casas que não tinham saida para a rua christã, que com ellas vizinhava, e em partes por muros fortes e altos.

NOTA XLIX. PAG. 113

A desgraçada expedição de Tanger, no tempo de el-rei D. Duarte, partiu de Lisboa a 22 de agosto de 1437. A 16 de outubro foi o infante D. Fernando entregue a Zalah-ibn-Zalah. Haviam portanto, em 1474, trinta e sete annos desde que o echacorvos fôra desorelhado.

NOTA L. PAG. 122

D. Judas Cofem não é ser imaginario. Da lei de D. João I, feita em Lisboa a 3 de maio de 1402 (Ord. Aff. L.º II, tit. 81), consta que n'este anno D. Judas Cofem era arabí-mór dos judeus portuguezes. Da mesma lei parece deprehender-se que succedera a mestre Mousem, que fôra antes d'elle arabí-mór. D. Judas Cofem não era lá muito bom judeu para os proprios judeus, pois que a lei de D. João I foi feita a petição dos seus correligionarios, que se aggravarom, e derom delle muitos Capitulos dizendo, que lhes fazia muitos aggravos usaido do dito Officio como nom devia, e tomaido coihecimento dos feitos, e cousas, que a elle iom perteenciam.

NOTA LI. PAG. 126

Os alchimistas foram os precursores da chimica. Á visionaria esperança de descobrir a pedra filoso-fal deve esta sciencia a sua existencia. A medicina não lhe deve tambem pequenos serviços. Bastam as importantes innovações que n'ella fez o tão talentoso como extravagante Paracelso (Aureolo Filippe Theophrasto Bombast de Hohenheim) para dar á alchimia logar honroso na historia da sciencia da idade media.

A algaravia, usada por Abrahão Cofem, não é mais que um pallido reflexo da linguagem mysteriosa e quasi sempre incomprehensivel, de que usavam os alchimistas. *Alembroth* era o nome que elles davam ao producto da sublimação do deutochlorureto de mercurio (sublimado corrosivo) e do sal ammoniaco. Alembroth é palavra chaldaica, que quer dizer *obra prima da arte*. Os alchimistas tambem lhe chamavam sal da sabedoria.

NOTA LII. PAG. 126

Rogerio Bacon — foi frade franciscano, e verdadeiro talento encyclopedico do seculo XIII. Nasceu em 1214, em Ilchester, pequena cidade de Inglaterra, e morreu em Paris em 1292. Foi denominado *doutor admiravel* em razão dos profundos conhecimentos, que tinha em todas as sciencias então conhecidas. Era homem de virtude austera e rasgada franqueza de lingua, razão pela qual passou a maior parte da vida preso, ora nos carceres publicos ora nos dos conventos, victima dos frades seus contemporaneos, que, para se vingarem de elle lhes reprehender a vida dissoluta, que então levavam, o accusaram de feiticeiro e de magico, apezar de ser principalmente dirigida contra a magia a sua celebre obra intitulada *Epistola de secretis operibus naturae et artis, et de nullitate magiae*. A physica era a sua sciencia predilecta; e foi elle o primeiro que proclamou as vantagens que o methodo experimental leva ao especulativo, que era a base de todos os estudos da epocha. Apezar do seu grande talento e dos seus vastos conhecimentos, e por ventura em razão de elles mesmos e do grande atrazo em que as sciencias philosophicas estavam n'aquella

epocha, foi grande astrologo e grande alchimista.
A elle se attribue a descoberta da polvora, dos
vidros de augmento, do telescopio, e de uma sub-
stancia inflammavel semelhante ao phosphoro. Se
o não foi, então o que se conclue das differentes
passagens dos seus escriptos, onde estes inventos
se acham precisamente descriptos, é que elles já
eram conhecidos no tempo d'elle. Escreveu varias
obras sobre alchimia, das quaes a mais perfeita é
a intitulada *Speculum alchimicum.*

Raimundo Lullo, natural de Palma, capital das
ilhas Baleares, onde nasceu em 1235. Era filho de
uma familia nobre e rica. Até aos trinta annos viveu vida dissoluta e estragada; mas então, mu-
dando de rumo, fez-se frade franciscano, apezar de
casado e de ser viva sua mulher. Concebeu então
a idéa de uma cruzada contra os infieis, mas de
uma cruzada não pela espada, mas pela palavra e
pelo raciocinio. Para isso propunha elle que se for-
masse um exercito de theologos. Dotado de vontade
pertinaz e indomavel, Lullo, mal se deixou possuir
d'esta idéa, deu-se logo ao estudo das linguas orien-
taes, á leitura dos livros arabes, e á philosophia.
Estes estudos levaram-n'o a inventar um systema
novo, a que chamou *Arte nova, graide arte,* a qual
consistia em combinar n'um todo as idéas mais
abstractas, e mais geraes, a fim de poder julgar
com segurança da justeza das proposições e mesmo poder descobrir verdades novas. Deu-se então
a prégar por toda a parte a sua cruzada theologica,
de que a Europa d'essa epocha se riu, mas que
nada mais era na essencia que o missionarismo,
adoptado mais tarde pelos jesuitas, no seculo XVI.
Apezar de abandonado e escarnecido por toda a
gente, Lullo nem assim desanimou, e para de alguma fórma lévar ávante o seu projecto, resolveu-
se a pôl-o em pratica de per si só. N'este proposito fez duas viagens a Tunis e uma a Argel. Na
ultima que fez a Tunis, em 1315, tinha então

oitenta annos de idade, foi apedrejado pelos arabes
e deixado por morto na praça publica. Um navio
genovez trouxe-o moribundo para Malhorca, onde
morreu. Lullo foi autor de um sem numero de escriptos sobre differentes ramos das sciencias então
conhecidas. Entre elles contam-se alguns sobre a
alchimia.

NOTA LIII. PAG. 126

Nicolau Flammel — celebre alchimista dos fins
do seculo XIII. Nasceu em Paris, onde morreu em
1413. Apezar de alguns livros de alchimia, que se
lhe attribuem, e das grandes riquezas, que osten-
tou durante a vida, as quaes fizeram acreditar
por toda a Europa que elle tinha definitivamente
encontrado a pedra philosophal, o que é certo é
que, á morte d'elle, não se lhe achou dinheiro algum; nem as excavações, que á cubiça induziu a
fazer na casa onde vivêra, deram resultado que fizesse arrepender os homens sensatos do sorriso
de escarneo, com que haviam acolhido até alli a
opinião, que o vulgo formava d'elle.

NOTA LIV. PAG. 126

O imperador Juliano, querendo provar a falsidade
da religião christã, de que apostatara por fins evidentemente politicos, quiz reedificar o templo de
Salomão, destruido por Tito, e que as prophecias
evangelicas diziam que seria um dia arrazado para
nunca mais se reedificar. Os judeus, enthusiasmados
por este desejo do imperador, prestaram riquezas
e braços á obra; mas, ao proceder-se ás excavações necessarias, rebentaram, umas após outras,
da terra, torrentes de fogo, que fizeram por fim abandonar a empreza. Este acontecimento é indubitavel,
porque não só é narrado pelos escriptores christãos
contemporaneos, mas pelo insuspeito escriptor pa-

gão Ammiano Marcellino, igualmente contemporaneo do facto.

Gibbon, o com toda a razão famoso autor da *History of the decli1e and fall of the roman empire* arrastado por aquelle seu espirito faccioso de scepticismo, que abarcava todas as religiões, mas que parecia escolher, por acinte, a christã para alvo de uma ironia desengraçada, que não poucas vezes lhe cegou o admiravel bom senso critico e profundo talento de investigação, de que era dotado, não podendo negar o testemunho de Ammiano Marcellino, explica o facto de uma maneira quasi burlesca, que nem vale a pena de mencionar.

E' certo que os turbilhões de fogo, que arredaram os obreiros de Juliano das ruinas do templo de Salomão, não podem passar aos olhos do verdadeiro philosopho como resultado de uma causa sobrenatural; mas é certo igualmente que o facto teve logar, e que a consequencia d'elle foi o cumprimento da prophecia. Nem para ella se cumprir, e do cumprimento d'ella resultar um argumento da verdade das prophecias evangelicas, era preciso que no facto interviesse um milagre. A divindade não precisa de fazer sair a natureza para fóra das leis que racionalmente lhe impoz para demonstrar a verdade e o poder das suas palavras; para isso basta servir-se d'ella, tal qual a creou e tal qual a regulou. O facto deu-se; o templo não se levantou das suas ruinas; a prophecia cumpriu-se portanto.

Mas como é que naturalmente se explicam as chammas e os globos de fogo, que afugentaram os obreiros de Juliano, na maior parte judeus, da arrojada tentativa, que desmentia a prophecia evangelica?

Guizot, n'uma das notas com que enriqueceu a sua excellente traducção da obra de Gibbon, transcreve a *eigeihosa e muito provavel* explicação, que deu d'este notavel incidente o celebre João Henrique Michaelis, famoso orientalista allemão dos

fins do seculo XVII. Essa explicação, racionalissima
e confirmada pelo que acontece geralmente em
ruinas e excavações, que estiveram muitos annos
tapadas, reduz-se a seguinte. O templo, que era uma
fortissima cidadella, segundo o que diz Tacito, que
da importancia das fortificações d'elle e da cidade
nos deixou uma rapida mas brilhante descripção,
tinha uma fonte perenne de agua, montes cavados
em subterraneos e reservatorios e cisternas para
recolher as aguas das chuvas — *Fons perennis
aquae, cavati sub terra moites; et piscinae cister-
naeque servandis imbribus* (Tac. Hist. Lib. V. 12).
Estes subterraneos e estas cisternas eram de di-
mensões extraordinarias. A'cerca d'elles, Flavio
Joseph conta factos, que o provam evidentemente.
Ora o templo foi destruido por Tito no A. C. 70,
e a tentativa de Juliano foi em 363. Tinham portanto passado 293 annos, durante os quaes aquellas
cisternas e subterraneos, de todo abafados pelo en-
tulho das ruinas, se foram enchendo de ar inflammavel. Ao cavarem, os obreiros de Juliano chegaram
aquellas vastas excavações, assim entulhadas. E'
natural que tomassem brandões e tochas accezas
para as explorarem. O ar, que ellas continham, in-
flammou-se, e então chammas subterraneas repel-
liram os que se approximavam; ouviram-se explo-
sões, e estes phenomenos renovaram se todas as
vezes que se pretendeu penetrar em novas passagens subterraneas. O mesmo aconteceu a Herodes,
quando pretendeu penetrar o sepulchro subterraneo
de David, onde se dizia que estavam escondidos
immensos thesouros.

Tal é, em resumo, a racional e plausivel explicação de Michaelis, com a qual Guizot corrige o
irrisorio scepticismo de Gibbon.

Vid. Gibbon, *History* etc. Chap. XXIII. Nota *
em seguida á nota 83 da edição de Milman (Edição Baudri. Paris, 1840. Vol. III. Pag. 113 e 114).

Aos que embicarem em que Abrahão Cofem

avente no seculo XV a explicação apresentada por Michaelis no seculo XVII pede o autor que deixem por caridade ao triste alchimista a supposta propriedade de uma idéa que podia, sem ser milagre, surgir na cabeça do talentoso judeu que estava habituado a observar as reações de alguns dos productos naturaes, quando postos em contacto uns com os outros.

NOTA LV. PAG. 129

O hospital dos palmeiros, que era tambem uma das *gafarias*, ou hospitaes de empestados, do Porto, tinha a sua entrada principal pela Biquinha, d'onde vinha até ás trazeiras da capella de S. Crespim. Parte d'elle está hoje completamente arruinado. Outra parte é propriedade da assoacição dos sapateiros, que ainda ha poucos annos, tinha n'elle o seu hospital.

Por uma carta d'el-rei D. João I, que se encontra no Cart. da Cam. do Porto, no livro grande, fol. 49 v., consta que até aquelle tempo o corregedor da comarca, quando estava no Porto, fazia d'elle cadeia; e quando estava ausente, os moradores e vizinhos faziam d'elle armazens, onde mettiam mercadorias *assy de sal, como cauros e outras cousas.* Em consequencia d'isto os *palmeyros moradores* no Porto *disseram* a el-rei *que em a dita cidade avya hua casa aqual fôra espital; aqual casa elles diziam que elles queryam rrepayrar do que lhe comprisse para sse em ella fazer hum espital, em que se os pellegrynos aiam de albergar,* o que não faziam por causa das razões sobreditas. El-rei mandou-lhes logo entregar a casa, ordenando que se porventura estivesse n'aquella hora, *empachada,* que lh'a desempachassem.

NOTA LVI. PAG. 131

Senhoria era o nome que se dava á republica de Veneza. Os cavalleiros de Rhodes eram os que se chamaram, ao principio, *Hospitaleiros* ou *de S. João de Jerusalem;* depois *de Rhodes,* quando, em consequencia de acabar o imperio christão da Palestina, vieram estabelecer-se n'aquella ilha; e em seguida *de Malta,* em razão de Carlos v lhes ter cedido a ilha d'este nome, onde vieram collocar o gráo mestrado da ordem, depois de, em 1530, serem expulsos de Rhodes por Soliman II.

NOTA LVII. PAG. 132

Allude-se aqui a um famoso canhão, que Mahomet II levou ao cerco de Constantinopla. Foi fabricado por um certo Urbano, engenheiro natural da Dacia ou da Hungria, que esteve a principio ao serviço dos gregos, e passou depois para o de Mahomet. Era de bronze, e tinha doze palmos de largura de bocca; e a bala pesava seiscentos arrateis ou mil duzentos, segundo diz Lennardo Chiensis, que, medindo-a, achou tambem que ella tinha onze palmos de circumferencia *(lapidem, qui palmis undecium meias ambibat in gyro).* Quando este canhão foi experimentado, annunciou-se a experiencia ao publico, a fim de prevenir os effeitos subitos e perigosos do espanto e do medo. A proclamação annunciava que o grande canhão se descarregaria no dia seguinte. A explosão ouviu-se ou sentiu se n'uma área de 24 milhas de circumferencia; a bala foi lançada a perto de uma milha de distancia, e, ao cair, enterrou-se uma braça pelo chão dentro. De Adrianopolis, onde foi fabricada, foi conduzida a Constantinopla por uma especie de grande carreta composta de trinta carros presos uns aos outros, e puxada por sessenta juntas de bois. Estanceavam-lhe aos lados duzentos homens, encarregados de a equilibrarem e de a não deixarem rolar para o chão. Precediam-n'a duzentos e cincoenta trabalhadares, que iam alizando as estradas e reparando as pontes. De Adrianopolis a Constantinopla, isto é, distancia de cento e cincoenta milhas, gastou nada menos que dois mezes para chegar.

Este canhão monstruoso, que não dava mais que sete tiros por dia, arrebentou por fim. Esta difficuldade de o carregar e disparar prova evidentemente o atrazo, em que estava a artilharia ainda n'aquella epocha.

Aos que duvidarem com o *espirituoso* Voltaire da existencia d'este monstro, responde Gibbon com o testemunho dos contemporaneos, e com a existencia do celebre canhão dos Dardanellos. Este é muito maior que o de Mahomet. Von Hamner assevera que, estando em Constantinopla, fôra testemunha do singular facto de se ter um alfaiate refugiado n'elle, para se esquivar á perseguição dos seus credores. No tempo de Gibbon este grande canhão foi carregado e disparado por experiencia. A bala era de pedra e pesava 1100 arrateis; para a carregar foram precisas trezentos e trinta arrateis de polvora. A seiscentas jardas de distancia a bala arrebentou em tres grandes pedaços, atravessou por sobre o estreito dos Dardanellos, e, deixando as aguas a referver espumosas, ergueu-se de cima d'ellas, e lançou-se, resaltando, de encontro á collina fronteira.

Vid. Gibbon *History of the decline and fall of the roman empire*, Chap. 68. Edição Milman (Na de Paris de Baudry, 1840, vol: VIII, pag. 186 e 194).

NOTA LVIII. PAG. 139

Dobra, antiga moeda de ouro. Havia *dobras portuguezas ou dobras cruzadas; dobras castelhanas ou da Baida ou valedias: dobras de D. Branca, Sevilhanas ou valedias, e dobras mouriscas ou barbariscas.*

A dobra portugueza, ou dobra cruzada de ouro, depois de valer no tempo de D. Diniz 270 reis e no d'el-rei D. Pedro 147 réis; veiu a valer, em 1437,

150 réis, 15:000 dobras cruzadas de ouro equivaliam portanto a 2:250$000 réis.

As dobras castelhanas, quer as da Banda, quer as sevilhanas, que todas se chamavam valedias, por terem curso no reino, corriam em 1456 pelo valor de 200 réis cada uma; mas em um documento do Cart. do convento de Santo Thyrso, datado de 1462, já se lhe dá o valor de 230 reis.

As dobras mouriscas ou barbariscas corriam com o valor das dobras de D. Diniz, isto é 270 réis; que, diz Viterbo, em relação ao moderno valor do marco de ouro, corresponde a 700 réis. Este valor, que se lhe dá em alguns documentos, parece porém que é convencional, porque a avaluação legal era ser a dobra barbarisca o mesmo que cinco livras de 36 réis, o que corresponde a 180 réis.

E' preciso confessar aqui francamente que os valores assignados n'estas notas ás differentes moedas apontadas na novella, são todos ou tirados das leis que a este respeito se faziam ou dos documentos mais contemporaneos ou mais chegados ao seculo xv. São unicamente apresentados para o leitor fazer uma idéa approximada do que ellas valiam. A nossa moeda até D. Manoel e ainda até D. Sebastião, nunca teve valor fixo. Ao direito de a quebrar que tinham os reis, acrescia o costume de contratar com ella, avaliando-a arbitrariamente nos contratos como outra qualquer mercadoria. Imagine o leitor que se faziam hoje contratos, em que se designasse o quantitativo pelas meias corôas de 5 tostões, e que n'um d'esses contratos se dizia que ellas seriam pagas cada uma a 520, n'outro a 440, n'outro a 600 réis, etc. Aqui tem o como se faziam os antigos contratos. D'aqui resulta a grande confusão em que se acha a numismatica para fixar o valor da moeda da idade média. A *Historia da moeda portugueza* ainda está por fazer; não é trabalho impossivel, mas indubitavelmente obra de immensa difficuldade. Deus nos depare um A. Herculano para a escrever.

NOTA LIX. PAG. 139

2:000 corôas de ouro equivaliam, pouco mais ou menos, a 230$000 réis. Vid: Nota VIII.

NOTA LX. PAG. 139

Ao negociante, que fallia, mandava a lei *romper o banco*, isto é, quebrar o mostrador ou balcão. D'aqui banco roto e bancarrota, como moderna-mente se diz.

NOTA LXI. PAG. 141

O *adevinhar em cabeça de homem morto* era um do sem numero de abusões, a que os nossos maio-res chamavam feiticerias, e em que acreditavam existir um poder occulto, pelo qual se podia conse-guir o que se pretendia. A Ord. Manuelina L.º V tit. 33 e a Ord. Filippina (que copiou aquella) L.º V tit. 3 commemoram um grande numero d'esses abusões, e estabelecem para elles pennas rigorosas. A estas Ordenações corresponde na Affonsina o L.º V tit. 42, que não é tão minucioso na designa-ção das differentes especies de feiticerias.

NOTA LXII. PAG. 142

Vid. nota LVIII. Pag. 139.

NOTA LXIII. PAG. 145

O total desapparecimento da nacionalidade he-braica data do reinado do imperador Adriano. Du-rante elle, os judeus revoltaram-se duas vezes, com o fim de sacudirem o jugo romano. Da primeira vez Adriano contentou-se com arruinar as fortificações da cidade santa; da segunda, no anno de Christo 135, expulsou-os para sempre de Jerusalem, e de toda a Palestina.

Os judeus dispersaram-se então pelas differentes nações da Africa, da Asia e sobretudo da Europa. Desde essa epocha nunca mais conseguiram incorporar-se em nação.

NOTA LXIV. PAG. 153

«ElRey Dom Affonso o Terceiro em seu tempo fez Ley, per que ordenou, e mandou, que se Judeo rompesse algũa Igreja per mandado d'alguũ Chrisptãao, fosse queimado aaporta dessa Igreja; e o Chrisptãao que lhe tal rompimento mandou fazer, se fosse Cavalleiro, pagasse a ElRei trezentos maravedis, e mais fosse degradado do Regno per huũ anno; e se fosse Escudeiro, ou piom, ou outro homem de similhante condiçom, que morresse porem.

«1. A qual Ley vista per nos, declaramos em esta guisa; a saber, se o que mandou fazer tal rompimento for Cavalleiro, ou Fidalgo de sollar, e elle nom era nosso Official, em tal caso mandamos que seja degradado pera fóra do Regno por dous annos, e mais peite a nos cento escudos de ouro; e se for d'outra qualquer condiçom mais pequena, mandamos que morra porem. E com esta declaraçom mandamos que se guarde, e cumpra a dita Ley, assy como em ella hé contheudo, e per nos suso declarado.»

Ord. Aff. L.º II. tit. 87.

NOTA LXV. PAG. 153

Toura era o nome por que era vulgarmente conhecido o pentateuco de Moysés, que encerra os primeiros cinco livros do Testamento Velho. Vid. nota XXXI.

NOTA LXVI. PAG. 190

O documento mais completo, que se encontra no Cartorio da Camara do Porto a respeito da Bolsa do Commercio, d'esta cidade, é o seguinte que se acha no livro das Vereações de 1439-1449 fol. 40. — Para se entender bem o anno, em que foi tomado o accordão da Camara, cumpre aqui advertir, em favor dos que não teem tido tempo para se entregarem aos estudos historicos, que, até o anno de Christo· de 1422, se contava entre nós pela era de Cesar. D. João I ordenou então por lei de 22 de agosto d'aquelle anno, que se contasse d'alli por diante pela data do Nascimento de Christo. Ora como a Era de Cesar andava adiantada trinta e oito annos ao anno, em que nasceu Jesus Christo, segue-se que para reduzir aquella a esta é necessario diminuir-lhe 38 annos, isto é fazer recuar 38 annos para traz as datas marcadas por aquella Era de Cesar. A lei de D. João I encontra-se na Ord. Aff. L.º IV. tit. 77.

O accordão da camara diz assim —

«E dispois desto 24 dias de janeiro da era de myl quatro centos e qorranta anos (A. D., 1392), no moesteyro de sam domyngos, que está na cydade do porto na crasta segunda do dito moesteyro, stando presentes —

It. Lopo diaaz despinho, juiz por elrey na dita cidade, e gonçalo martjns e afon anes, vereadores; —It. affom doniz, procurador do porto; —It. afom de morejra; —It. domingos anes da maya; —It. Joham gil; —It. afom rujz, tendeiro; —It. gonçalo anes, dos banhos; —It. pero martjns dã pedra; —It. afom stevez; —It. afom annes, paatejro; —It. pero afom, de gaya; —It. Johã cibraaes; —It. Vasco gonçallvez; —It. goncalo stevez—

E outros mujtos homens boõs moradores e vesinhos da dita cidade, que ao dito logo quiserom vijr por pregom, que ffoy lançado polla dita cidade, que viessem todos ao dito logo, para acordarem estas cousas que sse adeante seguem, segundo deu ffé goncalo pregoeiro, que deitára o dito pregom polla dita cidade por mandado do dito juiz e vereadores.

E logo o dito juiz e vereadores e homens boós acordarom, e mandarom que sse ffezesse bolsa em a dita cidade para averem de pagar a diego affom, morador em a dita cidade, hua soma douro, que dezia que lhe custára hua letra de privilegio, que dezia que ouve delRey de Ingraterra, para que nõ pagassem outros djreitos de suas mercadorias mays que os outros djreitos velhos, que soyam a apaguar se nos ditos regnos de Ingraterra segundo mays compridamente he contheudo na dita carta de privilegio, e para outras despezas necessarias, que compriam aos nabios e mercadores da dita cidade, e commarcas, ssegundo ssoiam a sseer ordinhadas em outro tempo; a qual bolsa hordinharom, e acordarom por esta guisa; que se pague de toda mercadoria, que sse carregar em a dita cidade, a s. de cada hua tonellada sengella 10 libras, e de cada trouxel de pano que veer aa dita cidade vinte libras: e hordinharom e ffezerom logo para ffretadores das naaos gil vicente barbas e gonçalo annes dos banhos, vesinhos e moradores na dita cidade; ao qual gonçalo annes logo derom juramento dos avangelhos, que bem e djreitamente e sem malicia husassem do dito officio, e o dito gonçalo annes assy o prometteu de fazer; e logo poserom por tesoureiro da dita bolsa Johã pires barba mea, e por escrepvam della afom donis, sobrinho que foi de pero donis das botas, que presente estavam: a qual bolsa hordjnharam por prol communal da cidade e moradores d'ella, e por carta delRey, que para esto foj dada, segundo sse adeante ssegue —

A qual carta delRey era escripta em purgaminho de cojro abrida e sellada do sello pendente do dito senhor Rey, posto e colgado em ffita preta; da qual carta o theor tal he : —

Dom Joham, polla graça de deus, Rey de portugal e do argarve : A vos, gonçalo annes carvalho, juiz por nos na cidade do porto, e a outros quaeesquer que esto ouverem de leer, a que esta carta

ffor mostrada, saude : Sabede que o concelho e homens boós dessa cidade nos enbiarom dizer que nos
tempos dos Reys nossos antecessores ouve na dita
cidade hordinhada bolsa de certos dinheiros, que
sse lançavam e contavam nas abalias dos averes,
que sse hij carregavam em nabios para outras partes, e dos pannos que sse hij carregavam de rrétor-
no, para sse pagar dello as despezas, que sse faziam; quando envyam para a costeira do mar sobre
parte desses nabios e averes, se lhes alghum embargo acontecia, assy como ora em galiza e outrossy
em Ingraterra, por costumes e empossiçoens novas, que lhes demandavam, e por outras caussas
semelhantes, segundo sse ssempre custumou de fazer ; o qual dito djreito sse non tirou nem rrecadou
depois que nos ouvemos estes Regnos, por razom
da guerra e outras necessydades e embargos, que
sse sseguirom ; e que orra avendo por nosso serviço e prol e honrra da dita cidade, acordarom de
se renovar e poer em obra : e que, por quanto al-
ghuns de fora da dita cidade, que hij carregam, re-
cusam de pagar em ello, e que nos pediam por mercee que lhes ouvessemos dello remedio; e nos beendo
o que pediam, Teemos por bom, e mandamosvos
que ffaçades logo chamar todos os desse concelho
ou a mayor parte d'elle por pregom, e sse todos ou
a mayor parte d'elles disserem que é bem tyrarse
o dito djreito da bolsa, comosse sempre em tempo
dos outros Reys se hussou e custumou de fazer,
que, ssem outro embargo, costrangades e mande-
des costranger que paguem em ello esses que em
ello assy recusarem de pagar, e fazedelhes os cos-
trangimentos, que para ello comprem, e sobresto
nom ponhades outro nenhu embargo em nenhua
maneyra que sseia. Unde nom façades. Dante em
Santarem 11 dias de julho. ElRey o mandou por
Ruy Lourenço, dayam de coymbra, lecenceado em
degredos, e por Johom affom, scollar em lcis, sseu
vassallo, anbos do seu desembargo. Vasco annes

affez era de mjl e quatrocentos e trinta e cinco annos.»

Estes são, como digo acima, os dois documentos mais completos que se acham no Cartorio da Camara do Porto, a respeito da Bolsa do Commercio. D'elles se deduzem algumas das attribuições que dou no texto a esta excellente instituição; as outras, para as provar com documentos, seria necessario copiar um sem numero de accordãos da Camara, por onde se acham casualmente e até muitas vezes incidentemente lançadas. Assim, a organisação do tribunal foi colleccionada d'este e d'aquelle logar, d'este ou d'aquelle accordão; e da mesma maneira o foram todas as demais attribuições da Bolsa. A importancia de auxiliar com um subsidio os commerciantes, de cujas perdas casuaes podiam resultar fallencias, encontra-se da mesma fórma, havendo até alguns logares, d'onde parece dever concluir-se que, em alguns casos, estes subsidios chegavam a ser a completa indemnisação da perda. O que evidentemente se deduz de todos estes accordãos e documentos, é que a camara exercia influencia muito directa sobre a Bolsa, o que facilmente se explica pela razão de serem os juizes e vereadores d'ella tirados, com raras excepções, de entre os membros da classe commercial.

E' possivel, é provavel, ouso até affirmar que se póde asseverar sem receio de errar, que as attribuições da Bolsa do commercio do Porto eram muitas mais do que as que lhe assigno no texto. Para revolver o immenso repositorio de preciosos e importantes documentos para a historia do Porto, que encerra o Cartorio da sua Camara, é necessario mais tempo e saude, do que tenho podido dispôr até hoje; assim é para mim fóra de duvida que nos muitos milhares de documentos, que não tenho podido examinar, se encerram ácerca 'da Bolsa muitas mais noticias e informações, do que as que se encontram nos alguns centos d'elles que tenho lido e copiado.

Não achei noticia authentica, que me autorise a affirmar que o tribunal da Bolsa estava na rua Formosa, rua Nova dos Inglezes, como hoje se chama. Fil-o, porém, em razão do seguinte documento, que se acha no Livro A. fol. 51. v. —

«Dom João pella graça de deus rej de portugal e do algarve, a voos juizes, e conselho, e homens boós da nossa cidade do porto, saude: sabede que por os procuradores desse concelho que veerom a estas cortes, que ora fazemos em esta cidade de lisboa [1], nos forom dados huns capitolos especiaes, antre os quaes som conteudos, com nossas respostas, estes que se seguem; nos enviastes dizer que em todos os lugares das provincias do mundo, onde ha mercadores, se custumou e costuma terem hua casa por logea, em que fazem seus ajuntamentos, quando querem falar sobre alguas cousas, que pertencem a serviço de seu senhor, e apra de suas mercadorias, da qual cousa segue ao senhor da terra serviço e a elles proveito; e que por quanto em essa cidade não ha casa em que se possa fazer tal juntamento, e na rua fermoza dessa cidade ha hua casa sobre hum arco, que he tal, em que se não póde fazer casa de morada, por não ter loja, que nos pediades por merecê que vola mandassemos dar e mandassemos ao veador da obra da dita rua que fizesse fazer e ordenar a dita casa, para o que dito he. A isto respondemos que nos praz, e mandamos ao veador da ditta obra que faça fazer a ditta casa em aquella guisa que cumprir para o que o ditto he, e vola deixe............Dada em lisboa quatorze dias de majo. ElRej o mandou per Joanne afonso dalanquer, seu vassallo e veador da sua fazenda. João fernandes a fez, era de mil quatro centos e cincoenta annos. (A. D. 1412.)»

Ora se, como se vê, a *praça do commercio* era na rua Nova dos Inglezes, não é para estranhar

[1] Côrtes de Lisboa 1412.

que n'ella funccionasse tambem o tribunal da Bolsa do Commercio.

NOTA LXVII. PAG. 192

Vid. nota LXVI. *in fine.*

NOTA LXVIII. PAG. 192

Este principe, verdadeiramente notavel, que foi o iniciador dos grandes descobrimentos que nos abriram o caminho da India pelo Cabo da Boa Esperança, nasceu no Porto a 4 de março de 1394, —dia de quarta feira de cinzas, diz Pedro de Mariz (Dialogos IV. 4.). No Cart. da Cam. do Porto, L.º III dos Pergaminhos, fol. 40, encontra-se um pergaminho com os nove recibos originaes, passados pelos operarios e pelos menestreis e jograes, que fizeram o tablado, e cantaram, e tangeram nas festas e matinadas, que tiveram logar na cidade por occasião do baptizado de D. Henrique.

NOTA LXIX. PAG. 236

«O qual Ruj Pereira entrara na dita cidade a dita sexta feira antes do dia de Pentecoste, que herão vinte e seis dias de Maio, e viera, com muita gente de armas, besteiros e espingardeiros, dos bandos e assuada, em que estivera com Martim ferreira...» Sentença na querella de Rui Pereira. Cart. da Cam. do Porto. L.º B. fol. 131-141.

NOTA LXX. PAG. 239

Isto em razão das pendencias que teve com elles seu avô João Alvares Pereira, que foi, como elle, lançado por força d'armas fóra do Porto. Vid. Sentença na querella de Rui Pereira, loc. cit.

NOTA LXXI. PAG. 240

Assim consta da sentença na querella de Rui Pereira, acima citada; bem como da carta d'el-rei D. Affonso V, datada de Evora 11 de abril de 1475, em que *encommenda* á camara do Porto *que tenha maneira como as ditas casas de lionor vaaz, molher viuva, moradora na rrua nova dessa cidade,* as quaes foram queimadas por occasião do levantamento contra Rui Pereira, que n'ellas se fôra aposentar, fossem *corregidas* á custa da cidade *porque vos veedes bem que ella demanda rrazom, e que vos fostes o que o dito dapno fizestes.* Esta carta está colleccionada no Livro antigo das provisões, fol. 90.

NOTA LXXII. PAG. 246

Da sentença na querella de Rui Pereira, tantas vezes citada, se prova evidentemente o grande commercio, que elle fazia no Porto. Elle proprio diz claramente que viera á cidade *«para tomar suas contas, aos mestres de seus navios, dos frettes delles, e para fazer dizimar e arrecadar certa mercadoria que estava na alfandega da dita cidade, que lhe viera, etc.* etc.

NOTA LXXIII. PAG. 247

«... mandára a mais da gente, que com elle vinha e assj cavallos, que hi tinha, para sua terra, como se de feito forão, e somente ficarão em a dita cidade com elle alguns, a que havia de dar de vestir, e que nom podia escusar pera se delles servir e elle escrever suas contas. «. . Sentença na querella de Rui Pereira, acima citada.

NOTA LXXIV. PAG. 269

Este capitulo e o seguinte são puramente o desenvolvimento da Sentença na querella de Rui Pe-

reira, tantas vezes citada, e de que fallei mais deti-
damente no Nota IV. Afóra os nomes de Abuçaide
e do echacorvos, e da intervenção de Alvares Gonçalves no arruido, com os quaes prendem os pequenos incidentes necessarios para ligar o enredo
do romance com os factos narrados na Sentença,
tudo alli é historico; — factos, nomes, argumentos
da camara, respostas de Rui Pereira, n'uma palavra tudo é de lá copiado.

NOTA LXXV. PAG. 271

A camara do Porto compunha-se de —
— 2 juizes, que presidiam a camara; julgavam
todos os pleitos que se questionavam na cidade,
menos os crimes com certas excepções; e faziam,
em nome do senado, correição no concelho e seus
termos. Estas correições eram feitas de dois em dois
mezes, por um só juiz, cada um d'élles por sua vez.
Entretanto o outro ficava na cidade cumprindo com
as obrigações inherentes ao cargo. Se a correição
terminava antes do fim dos dois mezes, o juiz, voltando á cidade, tomava assento na camara. D'ahi
vem o acharem-se algumas vezes os dois juizes
assistindo ás reuniões d'ella. As attribuições d'estas
autoridades municipaes eram muitas e differentes.
Mas não é no curto espaço de uma nota, por mais
que se quizesse alongar, que ellas devem ser estu-
dadas e mencionadas. Fique esse trabalho para
quem algum dia tentar escrever uma Historia dos
feitos, costumes e fóros do Porto, que é ahi onde
tem logar proprio e digno o desenvolvimento d'este
assumpto importante, que esclarece e demonstra
o motivo, porque os habitantes do Porto teem
como que de natureza, como principio essencial do
sangue. o espirito liberal, que em todas as epochas
fez d'elles os indomaveis batalhadores da liberdade
portugueza· Quem estudar a nossa organisação
municipal até aos principios do seculo XVI, quem

conhecer a reacção permanente contra o absolu-
tismo dos reis, em que esteve o Porto desde 1518,
em que o *felicissimo*, e nada mais que *felicissimo*,
D. Manuel, aproveitando a prodigiosa vertigem
conquistadora, que se apoderou de todo o paiz e
designadamente do Porto, cujos habitantes, arre-
batados pela natural actividade e espirito especulador, se lançavam aos milhares pelo caminho da
India, nos. roubou os mais preciosos e liberaes privilegios que tinhamos, ha de concluir forçosamente,
que os descendentes d'aquelles independentes e indomaveis homens livres, haviam necessariamente
de ser o que até hoje têem sido para a liberdade
de todo o paiz.

Mas voltando á camara. Compunha-se ella de
2 juizes ordinarios.

4 vereadores.

1 procurador do povo ou da cidade, que tinha a
seu cargo vigiar e requerer tudo o que fosse preciso ao bem-estar do concelho em geral e á conservação dos fóros e isenções de que elle gozava.

Procuradores dos mesteres, que foram mais ou
menos em numero, segundo as differentes epochas.
Estes requeriam tudo o que pertencia particularmente aos interesses das differentes córporações
industriaes, em que se dividiam os habitantes de
todo o concelho; e não tinham obrigação de ir á
camara, senão quando tinham que requerer em beneficio dos seus commettentes, ou eram requeridos
pelo senado para lá irem.

Todos estes *officiaes* eram de eleição popular.

Além d'elles, ás sessões da camara tinham obrigação de assistir, com voto deliberativo, um certo
numero de *homeis bons*, homens de bom conselho
e autorizados pela sua idade ou pela sua sciencia,
os quaes eram apontados e arrolados pela camara,
e tinham obrigação de apparecer ás sessões, ou
todos ou por turnos, sob pena de serem multados.
Além d'elles, assistia, ás vezes, e deliberava, por

votos nas sessões, todo o povo da cidade, que a camara mandava convocar por pregão para ir dar o seu parecer sobre certos casos de maior importancia. Já se vê que o povo não ia todo, mas ia sempre muita gente, como se deprehende de differentes sessões da camara, em que isto se acha mencionado.

Á reunião dos officiaes da camara, que eram de eleição popular, chamava-se *vereação:* elles com os homens bons e povo chamava-se camara. D'aqui a razão d'estas palavras que se encontram frequentes vezes no começo das actas das sessões — assy todos juntos e reunidos em camera e vereaçom, nas casas da rollaçom, etc., etc.

Os membros da camara, que eram de eleição, pertenciam quasi sempre á classe commercial; mas tambem e não poucas vezes se acham tirados d'entre os membros das outras industrias, como sapateiros, alfaiates, tanoeiros, etc., etc. Os homens bons eram escolhidos de todas as classes, advogados, tabelliães, sapateiros, padeiros, alfaiates, marinheiros, banheiros, etc., etc.

Isto prova, como mais se não póde provar, os sentimentos de liberdade e igualdade, que dominavam muito naturalmente os habitante do Porto d'aquella epocha.

Hoje, é preciso confessar e dizer, embora com dôr — *Quantum mutati ab illis!!*

NOTA LXXVI. PAG. 280

Esta passagem é copiada litteralmente dos capitulos especiaes apresentados pelos procuradores do Porto a el-rei D. Duarte nas côrtes de Evora de 1436. Este documento encontra-se no Cart. da Cam. do Porto: Livro B, fol. 250, e no Livro grande, fol. 54. O nosso laborioso, erudito e perspicacissimo paleographo e archeologo, o desembargador João Pedro Ribeiro, copiou parte d'este documento nas

suas *Dissertações chronologicas e criticas. vol. I,
pag. 318.* E' para reparar que, para o fazer, pre-
ferisse á copia do Livro grande a do Livro B — o
segundo volume do torpissimo registro mandado
escrever nos fins do seculo XVII ou fins do XVI,
e que foi escripto por copistas ignorantes e pouco
conscienciosos, que não só não copiaram os originaes com o rigor que deviam, mas até lhes altera-
ram os termos, troncando uns, omittindo e estra-
gando outros, transtornando tambem não poucas·
datas, muitas das quaes se acham emendadas á
margem por letra de epoca mais recente.

E' preciso, porém, confessar que a orthographia
da copia de J. P. Ribeiro, approxima-se mais da
do Livro grande, do que da do pessimo Livro B,.
que, bem como o seu companheiro Livro A, mere-
ciam ser queimados, se n'elles não estivessem alguns documentos importantes, de que não existem·
na camara outras copias.

NOTA LXXVII. PAG. 292

Haverá por ahi muito critico, d'estes que tudo
ignoram e que de tudo fallam, e, o que mais é,
que, em razão de um certo aprumo e de um certo·
tom sentencioso, fazem acreditar aos outros que
tem direito a fallar, que, chegando aqui, dirão com
aquella admiravel gravidade do asno sabio da fa-
bula — Relogio na sé do Porto em 1474! Ora, o·
autor está a zombar de nós.

Ora eu, apezar do particular desprezo que sinto
por estes sabios de pé-fresco, responderei aqui a
essa objecção provavel, não em homenagem ao re-
paro d'elles, mas á boa fé do publico, que por falta
de sufficiente illustração se deixa dominar por aquelles aprumos, e os acredita.

O Porto foi desde longos annos uma cidade rica
e importante. Os relogios de torre datam... veja-
se o que a este respeito digo na nota XXXII, logo·

é mais que provavel que, no seculo XV, a sé do Porto tivesse um relogio. Mas não é unicamente ó raciocinio e a boa critica, em que os taes sabios não são muito fortes, que levariam a dar á sé um relogio em 1474. De um documento, setenta annos anterior a esta data, já consta que ella o tinha havia muito tempo. Este documento é a vereação de 28 de janeiro de 1402, que se acha no L.º das vereações de 1439—1449 (E. de Cesar) fol. 43, na qual se lê: —

... acordarom, e mandarom que por este anno, que ora anda, page o concelho a gonçalo annes, tesourejro da sse, que fficou a ffazer tanger o relogio por o dito anno, que de seis mil libras, que lhy ficarom adar por o dito anno que page o concelho por ajuda da paga do dito anno tres mil libras e o bispo e cabjdo as tres mill ljbras.

NOTA LXXVIII. PAG. 308

Os nossos antepassados tinham o barbaro costume de *ervar* ou envenenar as settas e virotes. O veneno ou *erva*, de que usavam, era geralmente a cicuta.

NOTA LXXIX. PAG. 362

Depois de construidos os muros que Affonso IV principiou, e que el-rei D. Fernando terminou, o pelourinho da cidade ficou ao lado da porta da Ribeira. O antigo pelourinho dos bispos era no largo das Aldas ao descer para a velha rua de Sant'Anna. Ainda existia nos meados do seculo XVI, como se deduz de differentes documentos, que existem no Cartorio da Camara do Porto, e que incidentalmente fallam n'elle·

NOTA LXXX. PAG. 366

Estas palavras são do accordão da vereação de 10 de julho de 1402, que se encontra no L.º II das

vĕreações, de 1439 — 1449 (E. C.) fol. 42. Já
vê o leitor que não foi lançado contra Gomes Bochardo, pessoa fabulosa. Passou-se contra um tal
*Pedralvares, natural da galliza, procurador do
numero,* que, pelo visto, não tinha lá muito boas
manhas e costumes.

NOTA LXXXI PAG. 367

A sentença, pela qual Rui Pereira foi obrigado
a segurar os habitantes do Porto, encontra-se no
Livro B. fol. 114. Da pertinacia, com que se recusou a obedecer, e quiz illudir o cumprimento das
ordens d'el-rei n'este ponto, resalta visivelmente o
orgulho de que era dotado, e a altivez da nobreza
d'aquelle tempo, altivez que D. João II afogou depois no sangue dos duques de Bragança e de Vizeu.

NOTA LXXXII. PAG. 367

Este pedido vem na Sentença da querella etc.,
tantas vezes citada. N'ella se diz que Rui Pereira
requeria que os habitantes do Porto fossem con-
demnados, além de outras pennas, a pagarem-lhe
20$000 dobras. E' preciso confessar que o soberbo
rico-homem da terra de Santa Maria tinha em bem
pouco preço o seu brio e a sua honra, pois que tão
miseravelmente se offerecia a vendel-a. Esta pecha,
porém, de mercadejar com o brio e com a honra
era defeito antigo dos ricos-homens portuguezes.
No Cart. da Cam. do Porto, no L.º grande, fol.
179, col. 2.ª, encontra-se a seguinte passagem das
inquirições de Affonso III, sendo esta relativa á de
Santa Marinha de Uzezar — «Laurencius Pelagius
de fontaelo, juratus et interrogatus... audivit di-
cere hominibus, qui sciebant, quod in villa Moura
habebat rez quinque casaliæ, et modo tenent filii de
Alfonso Roderici Rendamor, quare dicunt quod rex
dedit illa suo patri pro feridas quas sibi fecit.»

Deve aqui acrescentar-se que este Affonso Rodrigues Rendamor, ao que parece das mesmas inquirições, L.º grande fol. 165 etc., col. 2.ª, foi contemporaneo de Affonso Henriques ou de Sancho I,
e que os filhos eram poderosos barões, que inquie-
tavam toda a provincia de Entre Doiro e Minho,
nas quaes em differentes localidades, tinham possessões uma usurpadas, outras legitimamente adqui-
ridas.

NOTA LXXXIII. PAG. 369

Vid. nota XXXVIII.

INDICE